ایک زاہدہ، ایک فاحشہ

کلیاتِ منٹو ۔ 1/9

افسانے

سعادت حسن منٹو

Copyrights

Literary works of Saadat Hasan Manto are in public domain and therefore are free to to be published, reproduced, stored in a retrieval system, or transmitted in any form or by any means, electronic, mechanical, photocopying, recording, or otherwise. Reproduction of this book and this series with publisher name or logo, however is not permitted.

Title: Ek Zahida, Ek Fahisha
Format: Paperback
Series: Kulliyat e Manto
Part: Part 1 of 9
Author: Saadat Hasan Manto
Published By: GhazalSara Dot Org, LLC
Published: May 2023
ISBN: 978-1-957756-48-6

Contact: ghazalsara.org@outlook.com

Scan this QR Code with your phone now!

<u>Printed and bound in the U.S.A.</u>

کلیاتِ منٹو

منٹو کے تمام افسانوں کو نو کتابوں کی صورت میں شائع کیا جا رہا ہے۔ یہ کتب امریکہ میں غزل سرا کے آن لائن سٹور اور باقی تمام دنیا میں ایمازون اور ایسے ہی دوسرے سٹورز پر بآسانی دستیاب ہیں۔ اس کے علاوہ یہ کتب ای بک فارمیٹ میں ایپل بک سٹور، گوگل پلے بکس اور دوسرے ای بک پلیٹ فارمز پر دستیاب ہیں۔

فارمیٹ	آئی ایس بی این	ٹائٹل	#
ہارڈ کور	978-1-957756-71-4		
پیپر بیک	978-1-957756-48-6	ایک زاہدہ، ایک فاحشہ	1
ای بک	978-1-957756-57-8		
ہارڈ کور	978-1-957756-72-1		
پیپر بیک	978-1-957756-49-3	بلاوٗز	2
ای بک	978-1-957756-58-5		
ہارڈ کور	978-1-957756-73-8		
پیپر بیک	978-1-957756-50-9	ٹھنڈا گوشت	3
ای بک	978-1-957756-59-2		
ہارڈ کور	978-1-957756-79-0		
پیپر بیک	978-1-957756-51-6	دھواں	4
ای بک	978-1-957756-60-8		
ہارڈ کور	978-1-957756-74-5		
پیپر بیک	978-1-957756-52-3	سودا بیچنے والی	5
ای بک	978-1-957756-61-5		
ہارڈ کور	978-1-957756-66-0		
پیپر بیک	978-1-957756-53-0	شہید ساز	6
ای بک	978-1-957756-62-2		
ہارڈ کور	978-1-957756-46-2		
پیپر بیک	978-1-957756-54-7	کھول دو	7
ای بک	978-1-957756-63-9		
ہارڈ کور	978-1-957756-77-6		
پیپر بیک	978-1-957756-55-4	موزیل	8
ای بک	978-1-957756-64-6		
ہارڈ کور	978-1-957756-78-3		
پیپر بیک	978-1-957756-56-1	ہتک	9
ای بک	978-1-957756-65-3		

فہرست

۱۹۱۹ء کی ایک بات	5
اب اور کہنے کی ضرورت نہیں	13
ابّی ڈڈو	19
آخری سیلیوٹ	26
آرٹسٹ لوگ	35
اس کا پتی	39
اصلی جن	53
افشائے راز	59
اللہ دتا	64
اُلو کا پٹھا	71
آم	78
آمنہ	85
انار کلی	90
انجام بخیر	94
انقلاب پسند	100
آنکھیں	110
اوپر نیچے اور درمیان	115
اولاد	122
ایک خط	128
ایک زاہدہ، ایک فاحشہ	137
ایکٹریس کی آنکھ	143
بابو گوپی ناتھ	150
بادشاہت کا خاتمہ	164
باردہ شمالی	176
بارش	180
باسط	184
بانجھ	190

۱۹۱۹ء کی ایک بات

یہ ۱۹۱۹ء کی بات ہے بھائی جان! جب رولٹ ایکٹ کے خلاف سارے پنجاب میں ایجی ٹیشن ہو رہی تھی۔ میں امرتسر کی بات کر رہا ہوں۔ سر مائیکل اوڈوائر نے ڈیفنس آف انڈیا رولز کے تحت گاندھی جی کا داخلہ پنجاب میں بند کر دیا تھا۔ وہ اِدھر آ رہے تھے کہ پلول کے مقام پر اُن کو روک لیا گیا اور گرفتار کر کے واپس بمبئی بھیج دیا گیا۔ جہاں تک میں سمجھتا ہوں بھائی جان! اگر انگریز یہ غلطی نہ کرتا تو جلیاں والا باغ کا حادثہ اُس کی حکمرانی کی سیاہ تاریخ میں ایسے خونیں ورق کا اضافہ کبھی نہ کرتا۔

کیا مسلمان، کیا ہندو، کیا سکھ، سب کے دل میں گاندھی جی کی بے حد عزت تھی۔ سب اُنہیں مہاتما مانتے تھے۔ جب اُن کی گرفتاری کی خبر لاہور پہنچی تو سارا کاروبار ایک دم بند ہو گیا۔ یہاں سے امرتسر والوں کو معلوم ہوا، چنانچہ یوں چٹکیوں میں مکمل ہڑتال ہو گئی۔

کہتے ہیں کہ نو اپریل کی شام کو ڈاکٹر سَتِیّہ پال اور ڈاکٹر کچلو کی جِلاوطنی کے احکام ڈپٹی کمشنر کو مل گئے تھے۔ وہ ان کی تعمیل کے لیے تیار نہیں تھا۔ اِس لیے کہ اُس کے خیال کے مطابق امرتسر میں کسی ہیجان خیز بات کا خطرہ نہیں تھا۔ لوگ پُرامن طریقے پر احتجاجی جلسے وغیرہ کرتے تھے۔ جن سے تشدّد کا سوال ہی پیدا نہیں ہوتا تھا۔ میں اپنی آنکھوں دیکھا حال بیان کرتا ہوں۔ نَو کو رام نومی تھی۔ جلوس نکلا مگر مجال ہے جو کسی نے حکام کی مرضی کے خلاف ایک قدم اٹھایا ہو، لیکن بھائی جان! سر مائیکل عُجّب اوندھی کھوپڑی کا انسان تھا۔ اُس نے ڈپٹی کمشنر کی ایک نہ سنی۔ اُس پر بس یہی خوف سوار تھا کہ یہ لیڈر مہاتما گاندھی کے اشارے پر سامراج کا تختہ اُلٹنے کے دَپَے ہیں، اور جو ہڑتالیں ہو رہی ہیں اور جلسے مُنعقد ہوتے ہیں اُن کے پَسِ پردہ یہی سازش کام کر رہی ہے۔

ڈاکٹر کچلو اور ڈاکٹر سَتِّیہ پال کی جِلا وطنی کی خبر آناً فاناً شہر میں آگ کی طرح پھیل گئی۔ دل ہر شخص کا کُھدّر تھا۔ ہر وقت دھڑ کا سالگا رہتا تھا کہ کوئی بہت بڑا حادِثہ برپا ہونے والا ہے، لیکن بھائی جان جوش بہت زیادہ تھا۔ کاروبار بند تھے۔ شہر قبرستان بنا ہوا تھا، پَر اُس قبرستان کی خاموشی میں بھی ایک شور تھا۔ جب ڈاکٹر کچلو اور سَتِّیہ پال کی گرفتاری کی خبر آئی تو لوگ ہزاروں کی تعداد میں اکٹھے ہوئے کہ مل کر ڈپٹی کمشنر بہادر کے پاس جائیں اور اپنے محبوب لیڈروں کی جِلا وطنی کے احکام مَنسُوخ کرانے کی درخواست کریں۔ مگر وہ زمانہ بھائی جان! درخواستیں سُننے کا نہیں تھا۔ سر مائیکل جیسا فرعون حاکمِ اعلیٰ تھا۔ اُس نے درخواست سننا تو کُجا، لوگوں کے اُس اِجتماع ہی کو غیر قانونی قرار دیا۔

امرتسر۔۔۔۔ وہ امرتسر جو کبھی آزادی کی تحریک کا سب سے بڑا مرکز تھا۔ جس کے سینے پر جلیاں والا باغ جیسا قابلِ فخر زخم تھا۔ آج کس حالت میں ہے۔۔۔؟ لیکن چھوڑیئے اِس قِصے کو۔ دل کو بہت دکھ ہوتا ہے۔ لوگ کہتے ہیں کہ اِس مُقدس شہر میں جو کچھ آج سے پانچ برس پہلے ہوا اُس کے ذمہ دار بھی انگریز ہیں۔ ہو گا بھائی جان! پَر سچ پوچھئے تو اُس لہو میں جو وہاں بہا ہے ہمارے اپنے ہی ہاتھ رنگے ہوئے نظر آتے ہیں۔ خیر۔۔۔۔

ڈپٹی کمشنر صاحب کا بنگلہ سِول لائنز میں تھا۔ ہر بڑا افسر اور ہر بڑا ٹوڈی شہر کے اُس الگ تھلگ حصے میں رہتا تھا۔۔۔۔ آپ نے امرتسر دیکھا ہے تو آپ کو معلوم ہو گا کہ شہر اور سِول لائنز کو ملانے والا ایک پُل ہے جس پر سے گزر کر آدمی ٹھنڈی سٹرک پر پہنچتا ہے۔ جہاں حاکموں نے اپنے لیے یہ ارضی جنت بنائی ہوئی تھی۔

ہجوم جب ہال دروازے کے قریب پہنچا تو معلوم ہوا کہ پُل پر گھڑ سوار گوروں کا پہرہ ہے۔ ہجوم بالکل نہ رکا اور بڑھتا گیا۔ بھائی جان! میں اُس میں شامل تھا۔ جوش کتنا تھا، میں بیان نہیں کر سکتا، لیکن سب نہتے تھے۔ کسی کے پاس ایک معمولی چھڑی تک بھی نہیں تھی۔ اصل میں وہ تو صرف اس غَرض سے نکلے تھے کہ اجتماعی طور پر اپنی آواز حاکمِ شہر تک پہنچائیں اور اُس سے درخواست کریں کہ ڈاکٹر کچلو اور ڈاکٹر سَتِّیہ پال کو غیر مشروط طور پر رہا کر دے۔ ہجوم پُل کی طرف بڑھتا رہا۔ لوگ قریب پہنچے تو گوروں نے فائر شروع کر دیئے۔ اِس سے بھگدڑ مچ گئی۔ وہ گنتی میں صرف بیس پچیس تھے اور ہجوم سینکڑوں پر مشتمل تھا، لیکن بھائی جان! گولی کی دہشت بہت ہوتی ہے۔ ایسی افراتفری پھیلی کہ الاماں۔ کچھ گولیوں سے گھائل ہوئے اور کچھ بھگدڑ میں زخمی ہوئے۔

دائیں ہاتھ کو گندا نالا تھا۔ دھکا لگا تو میں اُس میں گِر پڑا۔ گولیاں چلنی بند ہوئیں تو میں نے اٹھ کر دیکھا،

ہجوم تِتر بِتر ہو چکا تھا۔ زخمی سٹرک پر پڑے تھے اور پُل پر گورے کھڑے ہنس رہے تھے۔ بھائی جان مجھے قطعاً یاد نہیں کہ اُس وقت میری دماغی حالت کس قسم کی تھی۔ میرا خیال ہے کہ میرے ہوش و حواس پوری طرح سلامت نہیں تھے۔ گندے نالے میں گرتے وقت تو قطعاً مجھے ہوش نہیں تھا۔ جب باہر نکلا تو جو حادِثہ وقوع پذیر ہوا تھا، اُس کے خد و خال آہستہ آہستہ دماغ میں اُبھرنے شروع ہوئے ۔

دُور شور کی آواز سنائی دے رہی تھی جیسے بہت سے لوگ غصے میں چیخ چلّا رہے ہیں۔ میں گندا نالا عُبور کر کے ظاہرا پیر کے تکیے سے ہوتا ہوا ہال دروازے کے پاس پہنچا تو دیکھا کہ تیس چالیس نوجوان جوش میں بھرے پتھر اُٹھا اُٹھا کر دروازے کے گھڑیال پر مار رہے ہیں۔ اُس کا شیشہ ٹوٹ کر سٹرک پر گِرا تو ایک لڑکے نے باقیوں سے کہا، ''چلو۔۔۔ مَلِکہ کا بُت توڑیں!''

دوسرے نے کہا، ''نہیں یار۔۔۔ کوتوالی کو آگ لگائیں!''

تیسرے نے کہا، ''اور سارے بینکوں کو بھی!''

چوتھے نے اُن کو روکا، ''ٹھہرو۔۔۔ اس سے کیا فائدہ۔۔۔ چلو پُل پر اُن لوگوں کو ماریں۔''

میں نے اُس کو پہچان لیا۔ یہ تھیلا کنجر تھا۔۔۔ نام محمد طفیل تھا مگر تھیلا کنجر کے نام سے مشہور تھا۔ اِس لیے کہ ایک طوائف کے بطن سے تھا۔ بڑا آوارہ گرد تھا۔ چھوٹی عمر ہی میں اُس کو جوئے اور شراب نوشی کی لَت پڑ گئی تھی۔ اُس کی دو بہنیں شمشاد اور الماس اپنے وقت کی حسین ترین طوائفیں تھیں۔ شمشاد کا گلا بہت اچھا تھا۔ اُس کا مجرا سننے کے لیے رئیس بڑی دور دور سے آتے تھے۔ دونوں اپنے بھائی کی کرتوتوں سے بہت نالاں تھیں۔ شہر میں مشہور تھا کہ انہوں نے ایک قسم کا اُس کو عاق کر رکھا ہے۔ پھر بھی وہ کسی نہ کسی حیلے اپنی ضروریات کے لیے اُن سے کچھ نہ کچھ وصول کر ہی لیتا تھا۔ ویسے وہ بہت خوش پوش رہتا تھا۔ اچھا کھاتا تھا، اچھا پیتا تھا۔ بڑا نفاست پسند تھا۔ بذلہ سَنجی اور لطیفہ گوئی مزاج میں کُوٹ کُوٹ کے بھری تھی۔ میرثیوں اور بھانڈوں کے سَوقیانہ پن سے بہت دور رہتا تھا۔ لمبا قد، بھرے بھرے ہاتھ پاؤں، مضبوط کَسرتی بدن۔ ناک نقشے کا بھی خاصا تھا۔

پُرجوش لڑکوں نے اس کی بات نہ سنی اور مَلِکہ کے بُت کی طرف چلنے لگے۔ اُس نے پھر اُن سے کہا، ''میں نے کہا مت ضائع کرو اپنا جوش، اِدھر آؤ میرے ساتھ۔۔۔ چلو اُن کو ماریں جنہوں نے ہمارے بے قصور آدمیوں کی جان لی ہے اور اُنہیں زخمی کیا ہے۔۔۔ خدا کی قسم ہم سب مل کر اُن کی گردن مروڑ سکتے ہیں۔۔۔ چلو!''

کچھ روانہ ہو چکے تھے۔ باقی رک گئے۔ تھیلا اُپل کی طرف بڑھا تو اُس کے پیچھے چلنے لگے۔ مَیں نے سوچا کہ ماؤں کے یہ لال بے کار موت کے منہ میں جا رہے ہیں۔ فوارے کے پاس دُبکا کھڑا تھا۔ وہیں مَیں نے تھیلے کو آواز دی اور کہا، ''مت جاؤ یار۔۔۔ کیوں اپنی اور اُن کی جان کے پیچھے پڑے ہو۔'' تھیلے نے یہ سن کر ایک عجیب سا قہقہہ بلند کیا اور مجھ سے کہا، ''تھیلا صرف یہ بتانے چلا ہے کہ وہ گولیوں سے ڈرنے والا نہیں۔'' پھر وہ اپنے ساتھیوں سے مخاطب ہوا، ''تم ڈرتے ہو تو واپس جا سکتے ہو۔''

ایسے موقعوں پر بڑھے ہوئے قدم اُلٹے کیسے ہو سکتے ہیں۔ اور پھر وہ بھی اُس وقت جب لیڈر اپنی جان ہتھیلی پر رکھ کر تم آگے آگے جا رہا ہو۔ تھیلے نے قدم تیز کیے تو اُس کے ساتھیوں کو بھی کرنے پڑے۔ ہال دروازے سے پُل کا فاصلہ کچھ زیادہ نہیں۔۔۔ ہو گا کوئی ساٹھ سنّر گز کے قریب۔۔۔ تھیلا سب سے آگے آگے تھا۔ جہاں سے پُل کا دو رویہ متوازی جنگلہ شروع ہوتا ہے، وہاں سے پندرہ بیس قدم کے فاصلے پر دو گھڑ سوار گورے کھڑے تھے۔ تھیلا نعرے لگاتا جب جنگلے کے آغاز کے پاس پہنچا تو فائر ہوا۔ مَیں سمجھا کہ وہ گر پڑا ہے۔۔۔ لیکن دیکھا کہ وہ اُسی طرح۔۔۔ زندہ آگے بڑھ رہا ہے۔ اُس کے باقی ساتھی ڈر کے بھاگ اُٹھے ہیں۔ مُڑ کر اُس نے پیچھے دیکھا اور چلّایا، ''بھاگو نہیں۔۔۔ آؤ!''

اُس کا مُنہ میری طرف تھا کہ ایک اور فائر ہوا۔ پلَٹ کر اُس نے گوروں کی طرف دیکھا اور پیٹھ پر ہاتھ پھیرا۔۔۔ بھائی جان! نظر تو مجھے کچھ نہیں آنا چاہیے تھا، مگر میں نے دیکھا کہ اس کی سفید بوسکی کی قمیص پر لال لال دھبے تھے۔۔۔ وہ اور تیزی سے بڑھا، جیسے زخمی شیر۔۔۔ ایک اور فائر ہوا۔ وہ لڑ کھڑایا مگر ایک دم قدم مضبوط کر کے وہ گھڑ سوار گورے پر لپکا اور چَشم زَدن میں جانے کیا ہوا۔۔۔ گھوڑے کی پیٹھ خالی تھی۔ گورا زمین پر تھا اور تھیلا اُس کے اوپر۔۔۔ دوسرے گورے نے جو قریب تھا اور پہلے بوکھلا گیا تھا، بِدکتے ہوئے گھوڑے کو رو کا اور دھڑ ادھڑ فائر شروع کر دیے۔۔۔ اُس کے بعد جو کچھ ہوا مجھے معلوم نہیں۔ مَیں وہاں فوارے کے پاس بے ہوش ہو کر گر پڑا۔

بھائی جان! جب مجھے ہوش آیا تو مَیں اپنے گھر میں تھا۔ چند پہچان کے آدمی مجھے وہاں سے اُٹھا لائے تھے۔ اُن کی زبانی معلوم ہوا کہ پُل پر سے گولیاں کھا کر ہجوم مشتعل ہو گیا تھا۔ نتیجہ اُس اِشتِعال کا یہ ہوا کہ مَلِکہ کے بُت کو توڑنے کی کوشش کی گئی۔ ٹاؤن ہال اور تین بنکوں کو آگ لگی اور پانچ یا چھ گورے مارے گئے۔ خوب لُوٹ مچی۔

لُوٹ کھسوٹ کا انگریز افسروں کو اتنا خیال نہیں تھا۔ پانچ یا چھ یورپین ہلاک ہوئے تھے اُس کا بدلہ

لینے کے لیے چنانچہ، جلیاں والا باغ کا خُونیں حادِثہ رونما ہوا۔ ڈپٹی کمشنر بہادر نے شہر کی باگ ڈور جنرل ڈائر کے سُپرد کردی۔ چنانچہ جنرل صاحب نے بارہ اپریل کو فوجیوں کے ساتھ شہر کے مختلف بازاروں میں مارچ کیا اور درجنوں بے گناہ آدمی گرفتار کیے۔ تیرہ کو جلیاں والا باغ میں جلسہ ہوا۔ قریب قریب پچیس ہزار کا مجمع تھا۔ شام کے قریب جنرل ڈائر مُسلّح گورکھوں اور سِکھوں کے ساتھ وہاں پہنچا اور نہتّے آدمیوں پر گولیوں کی بارش شروع کردی۔

اُس وقت تو کسی کو نقصانِ جان کا ٹھیک اندازہ نہیں تھا۔ بعد میں جب تحقیق ہوئی تو پتہ چلا کہ ایک ہزار ہلاک ہوئے ہیں اور تین یا چار ہزار کے قریب زخمی۔۔۔ لیکن مَیں تھیلے کی بات کر رہا تھا۔۔۔ بھائی جان! آنکھوں دیکھی آپ کو بتا چُکا ہوں۔۔۔ بے عیب ذات خدا کی ہے۔ مرحوم میں چاروں عیب شرعی تھے۔ ایک پیشہ ور طوائف کے بطن سے تھا مگر جیالا تھا۔۔۔ مَیں اب یقین کے ساتھ کہہ سکتا ہوں کہ اُس ملعون گورے کی پہلی گولی بھی اُس کے لگی تھی۔ آواز سن کر اُس نے جب پلٹ کر اپنے ساتھیوں کی طرف دیکھا تھا، اور اُنہیں حوصلہ دلایا تھا جوش کی حالت میں اُس کو معلوم نہیں ہوا تھا کہ اُس کی چھاتی میں گرم سیسہ اُتر چکا ہے۔ دوسری گولی اُس کی پیٹھ میں لگی۔ تیسری پھر سینے میں۔۔۔ مَیں نے دیکھا نہیں، پر سنا ہے جب تھیلے کی لاش گورے سے جدا کی گئی تو اُس کے دونوں ہاتھ اُس کی گردن میں اِس طرح بری طرح پیوَست تھے کہ علیحدہ نہیں ہوتے تھے۔۔۔ گورا جَہنم واصل ہو چُکا تھا۔

دوسرے روز جب تھیلے کی لاش کفن دفن کے لیے اُس کے گھر والوں کے سپرد کی گئی تو اُس کا بدن گولیوں سے چھلنی ہو رہا تھا۔۔۔ دوسرے گورے نے تو اپنا پورا پستول اُس پر خالی کر دیا تھا۔۔۔ میرا خیال ہے اُس وقت مرحوم کی روح قفسِ عُنصری سے پرواز کر چکی تھی۔ اُس شیطان کے بچے نے صرف اُس کے مردہ جسم پر چاند ماری کی تھی۔

کہتے ہیں جب تھیلے کی لاش محلے میں پہنچی تو کہرام مچ گیا۔ اپنی برادری میں وہ اتنا مقبول نہیں تھا، لیکن اس کی قیمہ قیمہ لاش دیکھ کر سب دھاڑیں مار مار کر رونے لگے۔ اُس کی دو بہنیں شمشاد اور الماس تو بے ہوش ہو گئیں۔ جب جنازہ اٹھا تو اُن دونوں نے ایسے بَین کیے کہ سننے والے لہو کے آنسو روتے رہے۔ بھائی جان! مَیں نے کہیں پڑھا تھا کہ فرانس کے انقلاب میں پہلی گولی وہاں کی ایک اَنکھیائی کے لگی تھی۔ مرحوم محمد طفیل ایک طوائف کا لڑکا تھا۔ انقلاب کی اُس جدوجہد میں اُس کے جو پہلی گولی لگی تھی دسویں تھی یا پچاسویں، اِس کے متعلق کسی نے بھی تحقیق نہیں کی۔ شاید اِس لیے کہ سوسائٹی میں اُس غریب کا کوئی رتبہ

نہیں تھا۔ مَیں تو سمجھتا ہوں پنجاب کے اُس خُونیں غسل میں نہانے والوں کی فہرست میں تھیلے کنجر
کا نام ونشان تک بھی نہیں ہوگا۔۔۔ اور یہ بھی کوئی پتہ نہیں کہ ایسی کوئی فہرست تیار بھی ہوئی تھی۔
سخت ہنگامی دن تھے۔ فوجی حکومت کا دورِ دورہ تھا۔ وہ دَیو جسے مارشل لا کہتے ہیں شہر کے گلی کوچے
کوچے میں ڈکارتا پھرتا تھا۔ بہت افراتفری کے عالم میں اُس غریب کو جلدی جلدی یوں دفن کیا گیا جیسے
اُس کی موت اُس کے سوگوار عزیزوں کا ایک سنگین جرم تھی جس کے نشانات وہ مٹادینا چاہتے تھے۔
بس بھائی جان! تھیلا مر گیا۔ تھیلا دفنا دیا گیا اور۔۔۔ اور۔۔۔ ،، یہ کہہ کر میرا ہم سفر پہلی مرتبہ کچھ کہتے کہتے
کہتے رکا اور خاموش ہو گیا۔ ٹرین دندناتی ہوئی جا رہی تھی۔ پٹریوں کی کھٹا کھٹ نے یہ کہنا شروع کر
دیا، ،، تھیلا مر گیا۔۔۔ تھیلا دفنا دیا گیا۔۔۔ تھیلا مر گیا۔۔۔ تھیلا دفنا دیا گیا۔ ،، اس مرنے اور دفنانے کے
درمیان کوئی فاصلہ نہیں تھا، جیسے وہ اُدھر مرا اور اِدھر دفنا دیا گیا۔ اور کھٹ کھٹ کے ساتھ ان الفاظ کی ہم
آہنگی کچھ اس قدر جذبات سے عاری تھی کہ مجھے اپنے دماغ سے ان دونوں کو جدا کرنا پڑا۔ چنانچہ مَیں نے
اپنے ہم سفر سے کہا، ،، آپ کچھ اور بھی سنانے والے تھے؟ ،،
چونک کر اُس نے میری طرف دیکھا۔ ،، جی ہاں۔۔۔ اِس داستان کا ایک افسوسناک حصہ باقی ہے۔ ،،
مَیں نے پوچھا، ،، کیا؟ ،،

اُس نے کہنا شروع کیا، ،، میں آپ سے عرض کر چکا ہوں کہ تھیلے کی دو بہنیں تھیں شمشاد اور الماس۔
بہت خوبصورت تھیں۔ شمشاد لمبی تھی۔ پتلے پتلے نقش، غلافی آنکھیں، سُنہری بہت خوب گاتی تھی۔ سنا
ہے خاں صاحب فتح علی خاں سے تعلیم لیتی رہی تھی۔ دوسری الماس تھی۔ اُس کے گلے میں سُر نہیں تھا،
لیکن بناوے میں اپنا ثانی نہیں رکھتی تھی۔ مُجرا کرتی تھی تو ایسا لگتا تھا کہ اس کا انگ انگ بول رہا ہے۔
ہر بھاؤ میں ایک گھات ہوتی تھی۔۔۔ آنکھوں میں وہ جادو تھا جو ہر ایک کے سِر پر چڑھ کے بولتا تھا۔ ،،
میرے ہم سفر نے تعریف و توصیف میں کچھ ضرورت سے زیادہ وقت لیا۔ مگر مَیں نے ٹوکنا مناسب
نہ سمجھا۔ تھوڑی دیر کے بعد وہ خود اِس لمبے چکر سے نکلا اور داستان کے افسوسناک حصے کی طرف آیا، ،،
قصہ یہ ہے بھائی جان! کہ اُن آفت کی پرکالہ دو بہنوں کے حُسن و جمال کا ذکر کسی خوشامدی نے فوجی
افسروں سے کر دیا۔۔۔ بلوے میں ایک میم۔۔۔ کیا نام تھا اس چڑیل کا۔۔۔؟ مس۔۔۔ مس شروڈ
ماری گئی تھی۔۔۔ طے یہ ہوا کہ اُن کو بلوایا جائے اور۔۔۔ اور۔۔۔ جی بھر کے انتقام لیا جائے۔۔۔ آپ
سمجھ گئے نا بھائی جان! ؟ ،،

میں نے کہا، ''جی ہاں!''

میرے ہم سفر نے ایک آہ بھری، ''ایسے نازک مُعاملوں میں طوائفیں اور کسبیاں بھی اپنی مائیں بہنیں ہوتی ہیں۔۔۔مگر بھائی جان! یہ مُلک اپنی عزت و ناموس کو میرا خیال ہے پہچانتا ہی نہیں۔ جب اوپر سے علاقے کے تھانیدار کو آرڈر بھلا تو وہ فوراً تیار ہو گیا۔ چنانچہ وہ خود شمشاد اور الماس کے مکان پر گیا اور کہا کہ صاحب لوگوں نے یاد کیا ہے۔۔۔وہ تمہارا مُجرا سننا چاہتے ہیں۔۔۔بھائی کی قبر کی مٹی بھی ابھی تک خشک نہیں ہوئی تھی۔ اللہ کو پیارا ہوئے اُس غریب کو صرف دو دن ہوئے تھے کہ یہ حاضری کا حکم صادر ہوا کہ آؤ ہمارے حضور ناچو۔۔۔اِذیت کا اِس سے بڑھ کر پُر اذیت طریقہ کیا ہو سکتا ہے۔۔۔؟ مُستَبعَد تمسخُر کی ایسی مثال میرا خیال ہے شاید ہی کوئی اور مل سکے۔۔۔کیا حکم دینے والوں کو اتنا خیال بھی نہ آیا کہ طوائف بھی غیرت مند ہوتی ہے۔۔۔؟ ہو سکتی ہے۔۔؟ کیوں نہیں ہو سکتی؟'' اُس نے اپنے آپ سے سوال کیا، لیکن مخاطب وہ مجھ سے تھا۔

میں نے کہا، ''ہو سکتی ہے!''

''جی ہاں۔۔۔'' تھیلا آخر اُن کا بھائی تھا۔ اُس نے کسی قمار خانے کی لڑائی بھڑائی میں اپنی جان نہیں دی تھی۔ وہ شراب پی کر دنگا فساد کرتے ہوئے ہلاک نہیں ہوا تھا۔ اُس نے وطن کی راہ میں بڑے بہادرانہ طریقے پر شہادت کا جام پیا تھا۔ وہ ایک طوائف کے بطن سے تھا۔ لیکن وہ طوائف ماں تھی اور شمشاد اور الماس اُسی کی بیٹیاں تھیں اور یہ تھیلے کی بہنیں تھیں۔۔۔طوائفیں بعد میں تھیں۔۔۔اور وہ تھیلے کی لاش دیکھ کر بے ہوش ہو گئی تھیں۔ جب اُس کا جنازہ اُٹھا تھا تو انہوں نے ایسے بین کیے تھے کہ سن کر آدمی لہو روتا تھا۔۔۔''

میں نے پوچھا، ''وہ گئیں؟''

میرے ہم سفر نے اُس کا جواب تھوڑے وقفے کے بعد افسردگی سے دیا، ''جی ہاں۔۔۔جی ہاں گئیں۔۔۔ خوب سج بن کر۔'' ایک دم اُس کی افسردگی تیکھا پن اختیار کر گئی، ''سولہ سنگار کر کے اپنے بلانے والوں کے پاس گئیں۔۔۔کہتے ہیں کہ خوب محفل جمی۔۔۔دونوں بہنوں نے اپنے جوہر دکھائے۔۔۔زرق برق پیشوازوں میں ملبوس وہ کوہ قاف کی پریاں معلوم ہوتی تھیں۔۔۔شراب کے دور چلتے رہے اور وہ ناچتی گاتی رہیں۔۔۔یہ دونوں دَور چلتے رہے۔۔۔اور کہتے ہیں کہ۔۔۔رات کے دو بجے ایک بڑے افسر کے اشارے پر محفل برخواست ہوئی۔۔۔'' میرا ہم سفر کچھ دیر خاموش رہا پھر وہ اُٹھ کھڑا ہوا اور باہر

بھاگتے ہوئے درختوں کو دیکھنے لگا۔

پہیوں اور پٹریوں کی آہنی گڑگڑاہٹ کی تال پر اُس کے آخری دو لفظ ناچنے لگے، ''برخواست ہوئی۔۔۔ برخواست ہوئی۔'' میں نے اپنے دماغ میں اُنہیں، آہنی گڑگڑاہٹ سے نوچ کر علیحدہ کرتے ہوئے اس سے پوچھا، ''پھر کیا ہوا؟''

بھاگتے ہوئے درختوں اور کھمبوں سے نظریں ہٹا کر اُس نے بڑے مضبوط لہجے میں کہا، ''انہوں نے اپنی زَرق برق پِشواز یں نوچ ڈالیں اور الف ننگی ہو گئیں اور کہنے لگیں۔۔۔ لو دیکھ لو۔۔۔ ہم تھیلے کی بہنیں ہیں۔۔۔ اُس شہید کی جس کے خوبصورت جسم کو تم نے صرف اس لیے اپنی گولیوں سے چھلنی چھلنی کیا تھا کہ اُس میں وطن سے محبت کرنے والی روح تھی۔ ہم اُسی کی خوبصورت بہنیں ہیں۔۔۔ آؤ، اپنی شَہوَت کے گرم گرم لوہے سے ہمارا خوشبوؤں میں بسا ہوا جسم داغدار کرو۔ مگر ایسا کرنے سے پہلے صرف ہمیں ایک بار اپنے مُنہ پر تُھوک لینے دو۔۔۔''

یہ کہہ کر وہ خاموش ہو گیا۔ کچھ اس طرح کہ اور نہیں بولے گا۔ میں نے فوراً ہی پوچھا، ''پھر کیا ہوا؟'' اُس کی آنکھوں میں آنسو ڈبڈبا آئے، ''اُن کو۔۔۔ اُن کو گولی سے اُڑا دیا گیا۔''

میں نے کچھ نہ کہا۔ گاڑی آہستہ ہو کر اسٹیشن پر رکی تو اس نے قُلی بلا کر اپنا اسباب اُٹھوایا۔ جب جانے لگا تو میں نے اُس سے کہا، ''آپ نے جو داستان سنائی، اُس کا انجام مجھے آپ کا خود ساختہ معلوم ہوتا ہے۔'' ایک دم چونک کر اُس نے میری طرف دیکھا، ''یہ آپ نے کیسے جانا؟'' میں نے کہا، ''آپ کے لہجے میں ایک ناقابلِ بیان کرب تھا۔''

میرے ہم سفر نے اپنے حلق کی تلخی تُھوک کے ساتھ نگلتے ہوئے کہا، ''جی ہاں۔۔۔ اُن حرام۔۔۔'' وہ گالی دیتے دیتے رُک گیا۔ انہوں نے اپنے شہید بھائی کے نام پر بٹّا لگا دیا۔'' یہ کہہ کر وہ پلیٹ فارم پر اُتر گیا۔

اب اور کہنے کی ضرورت نہیں

یہ دنیا بھی عجیب و غریب ہے۔۔۔ خاص کر آج کا زمانہ۔۔۔ قانون کو جس طرح فریب دیا جاتا ہے، اس کے متعلق شاید آپ کو زیادہ علم نہ ہو۔ آج کل قانون ایک بے معنی چیز بن کر رہ گیا ہے۔ اِدھر کوئی نیا قانون بنتا ہے، اُدھر یارلوگ اُس کا توڑ سوچ لیتے ہیں، اِس کے علاوہ اپنے بچاؤ کی کئی صورتیں پیدا کر لیتے ہیں۔ کسی اخبار پر آفت آنی ہو تو آیا کرے، اُس کا مالک محفوظ و مامون رہے گا، اِس لیے کہ پرنٹ لائن میں کسی قصائی یا دھوبی کا نام بحیثیت پرنٹر پبلشر اور ایڈیٹر کے درج ہو گا۔ اگر اخبار میں کوئی ایسی تحریر چھپ گئی جس پر گورنمنٹ کو اعتراض ہو تو اصل مالک کے بجائے وہ دھوبی یا قصائی گرفت میں آ جائے گا۔ اُس کو جرمانہ ہو گا یا قید۔ جرمانہ تو ظاہر ہے اخبار کا مالک ادا کر دے گا، مگر قید تو وہ ادا نہیں کر سکتا۔ لیکن اُن دو پارٹیوں کے درمیان اِس قسم کا معاہدہ ہوتا ہے کہ اگر قید ہوئی تو وہ اُس کے گھر اتنے روپے ماہوار پہنچا دیا کرے گا۔ ایسے معاہدے میں خلاف ورزی بہت کم ہوتی ہے۔

جو لوگ ناجائز طور پر شراب بیچتے ہیں، اُن کے پاس دو تین آدمی ایسے ضرور موجود ہوتے ہیں جن کا صرف یہ کام ہے کہ اگر پولیس چھاپہ مارے تو وہ گرفتار ہو جائیں اور چند ماہ کی قید کاٹ کر واپس آ جائیں، اُس کا معاوضہ اُن کو معقول مل جاتا ہے۔ چھاپہ مارنے والے بھی پہلے ہی سے مطّلع کر دیتے ہیں کہ ہم آ رہے ہیں، تم اپنا انتظام کر لو۔۔۔ چنانچہ فوراً انتظام کر لیا جاتا ہے، یعنی مالک غائب غلّہ ہو جاتا ہے اور وہ کرائے کے آدمی گرفتار ہو جاتے ہیں۔۔۔ یہ بھی ایک قسم کی ملازمت ہے لیکن دنیا میں جتنی ملازمتیں ہیں کچھ اسی قسم کی ہوتی ہیں۔

مَیں جب امین پہلوان سے ملا تو وہ تین مہینے کی قید کاٹ کر واپس آیا تھا۔ مَیں نے اُس سے پوچھا، ''امین! اِس

دفعہ کیسے جیل میں گئے؟،،

امین مسکرایا، ''اپنے کاروبار کے سلسلے میں۔،،

'' کیا کاروبار تھا؟،،

'' جو رہا، وہی ہے۔،،

'' بھئی بتاؤ تو۔۔۔،،

'' بتانے کی کیا ضرورت ہے۔۔۔ آپ اچھی طرح جانتے ہیں مگر خواہ مخواہ مجھ سے پوچھ رہے ہیں۔،، میں نے تھوڑے سے توقُّف کے بعد اُس سے کہا، ''امین! تمہیں آئے دن جیل میں جانا کیا پسند ہے؟،، امین پہلوان مسکرایا، ''جناب۔۔۔ پسند اور ناپسند کا سوال ہی پیدا نہیں ہوتا۔۔۔ لوگ مجھے پہلوان کہتے ہیں، حالانکہ میں نے آج تک اکھاڑے کی شکل نہیں دیکھی۔۔۔ اِن پڑھ ہوں۔۔۔ کوئی اور ہنر بھی مجھے نہیں آتا۔۔۔ بس، جیل جانا آتا ہے۔ وہاں میں خوش رہتا ہوں۔۔۔ مجھے کوئی تکلیف محسوس نہیں ہوتی۔۔۔ آپ ہر روز دفتر جاتے ہیں۔۔۔ کیا وہ جیل نہیں۔۔۔،،

میں لاجواب ہو گیا، ''تم ٹھیک کہتے ہو امین، لیکن دفتر جانے والوں کا معاملہ دوسرا ہے۔۔۔ لوگ انہیں بُری نگاہوں سے نہیں دیکھتے۔،،

'' کیوں نہیں دیکھتے؟ ضلع کچہری کے جتنے مُنشی اور کلرک ہیں، انہیں کون اچھی نظر سے دیکھتا ہے۔۔۔ رشوتیں لیتے ہیں۔۔۔ جھوٹ بولتے ہیں اور پرلے درجے کے مکّار ہوتے ہیں۔ مجھ میں ایسا کوئی عیب نہیں۔۔۔ میں اپنی روزی بڑی ایمان داری سے کماتا ہوں۔،،

میں نے اس سے پوچھا، '' کس طرح؟،،

اُس نے جواب دیا، ''اِس طرح کہ اگر کسی کا کام کرتا ہوں اور قید کاٹتا ہوں، جیل میں محنت مشقَّت کرتا ہوں اور بعد میں اُس شخص سے جس کی خاطر میں نے سزا بھگتی تھی، مجھے دو تین سو روپیہ ملتا ہے تو یہ میرا معاوضہ ہے، اِس پر کسی کو کیا اعتراض ہو سکتا ہے۔۔۔ میں رشوت تو نہیں لیتا۔۔۔ حلال کی کمائی کھاتا ہوں۔ لوگ مجھے غنڈا سمجھتے ہیں۔۔۔ بڑا خطر ناک غنڈا۔۔۔ لیکن میں آپ کو بتاؤں کہ میں نے آج تک کسی کے تھپڑ بھی نہیں مارا۔ میری لائن بالکل الگ ہے۔،،

اُس کی لائن واقعی دوسروں سے الگ تھی۔۔۔ مجھے حیرت تھی کہ تین چار مرتبہ قید کاٹنے کے باوجود اُس میں کوئی تبدیلی واقع نہیں ہوئی۔ وہ بڑا سنجیدہ مگر گنوار قسم کا آدمی تھا جس کو کسی کی پروا نہیں تھی۔ قید کاٹنے کے

بعد جب بھی آتا تو اُس کا وزن کم از کم دس پاؤنڈ زیادہ ہوتا۔

ایک دن مَیں نے اس سے پوچھا، ''امین! کیا وہاں کا کھانا تمھیں راس آتا ہے؟''

اُس نے اپنے مخصوص انداز میں جواب دیا، ''کھانا کیسا بھی ہو، اُس کو راس کرنا آدمی کا اپنا کام ہے۔۔۔ مجھے دال سے نفرت تھی، لیکن جب پہلی مرتبہ مجھے وہاں کنکروں بھری دال دی گئی اور ریت ملی روٹی تو مَیں نے کہا۔۔۔ امین یار۔۔۔ یہ سب سے اچھا کھانا ہے، کھا، ڈنڈ پیل اور خدا کا شکر بجا لا۔ چنانچہ مَیں ایک دو روز ہی میں عادی ہو گیا۔۔۔ مشقّت کرتا، کھانا کھاتا اور یوں محسوس کرتا جیسے مَیں نے گنجے کے ہوٹل سے پیٹ بھر کر کھانا کھایا ہے۔''

مَیں نے ایک دن اُس سے پوچھا، ''تم نے کبھی کسی عورت سے بھی محبت کی ہے؟''

اُس نے اپنے دونوں کان پکڑے، ''خدا بچائے اِس محبت سے، مجھے صرف اپنی ماں سے محبت ہے۔''

مَیں نے اُس سے پوچھا، ''تمہاری ماں زندہ ہے؟''

''جی ہاں۔۔۔ خدا کے فضل و کرم سے۔۔۔ بہت بوڑھی ہے، لیکن آپ کی دعا سے اُس کا سایہ میرے سر پر دیر تک قائم رہے گا اور وہ تو ہر وقت میرے لیے دعائیں مانگتی رہتی ہے کہ خدا مجھے نیکی کی ہدایت کرے۔''

مَیں نے اُس سے کہا، ''خدا تمہاری ماں کو سلامت رکھے! پر مَیں نے یہ پوچھا تھا کہ تمہیں کسی عورت سے محبت ہوئی یا نہیں دیکھو، جھوٹ نہیں بولنا۔''

امین پہلوان نے بڑے تیز لہجے میں کہا، ''مَیں نے اپنی زندگی میں آج تک کبھی جھوٹ نہیں بولا۔۔۔ مَیں نے کسی عورت سے محبت نہیں کی۔''

مَیں نے پوچھا، ''کیوں؟''

اُس نے جواب دیا، ''اس لیے کہ مجھے اِس سے دلچسپی ہی نہیں۔'' میں خاموش ہو رہا۔

تیسرے روز اُس کی ماں پر فالج گرا اور وہ راہئ ملکِ عَدَم ہوئی۔ امین پہلوان کے پاس ایک ایک پیسہ بھی نہیں تھا۔ وہ سوگوار، مغموم اور دل شکستہ بیٹھا تھا کہ شہر کے ایک رئیس کی طرف سے اُسے بلاوا آیا۔ وہ اپنی عزیز ماں کی میّت چھوڑ کر اُس کے پاس گیا اور اُس سے پوچھا، کیوں میاں صاحب، آپ نے مجھے کیوں بلایا ہے؟''

میاں صاحب نے کہا، ''تمہیں کیوں بلایا جاتا ہے۔۔۔ ایک خاص کام ہے۔''

امین نے جس کے دل و دماغ میں اپنی ماں کا کفن دفن تیر رہا تھا، پوچھا، ''حضور یہ خاص کام کیا ہے؟''

میاں صاحب نے سگریٹ سلگایا، ''بلیک مارکیٹ کا قصہ ہے۔ مجھے معلوم ہوا ہے کہ آج میرے گودام پر چھاپہ مارا جائے گا، سو مَیں نے سوچا کہ امین پہلوان بہترین آدمی ہے جو اِسے نمٹا سکتا ہے۔''

امین نے بڑے مَغموم اور زخمی انداز میں کہا، ''آپ فرمائیے، مَیں آپ کی کیا خدمت کر سکتا ہوں؟''

''بھئی، خدمت و دمت کی بات تم مت کرو۔۔۔بس صرف اتنی سی بات ہے کہ جب چھاپہ پڑے تو گودام کے مالک تم ہو گے۔ گرفتار ہو جاؤ گے۔ زیادہ سے زیادہ جرمانہ پانچ ہزار روپے ہو گا اور ایک دو برس کی قید!''

''مجھے کیا ملے گا؟''

''جب وہاں سے رہا ہو کر آؤ گے تو معاملہ طے کر لیا جائے گا۔''

امین نے میاں صاحب سے کہا، ''حضور، یہ بہت دُور کی بات ہے، جرمانہ تو آپ ادا کر دیں گے، لیکن قید تو مجھے کاٹنی پڑے گی۔ آپ باقاعدہ سودا کریں۔''

میاں صاحب مسکرائے، ''تم سے آج تک میں نے کبھی وعدہ خلافی کی ہے۔۔۔پچھلی دفعہ مَیں نے تم سے کام لیا اور تم کو تین مہینے کی قید ہوئی، تو کیا مَیں نے جیل خانے میں ہر قسم کی سہولت بہم نہ پہنچائی۔ تم باہر آ کر مجھ سے کہا کہ تمہیں وہاں کوئی تکلیف نہیں تھی۔ اگر تم کچھ عرصے کے لیے جیل چلے گئے تو وہاں تمہیں ہر آسائش ہو گی۔''

امین نے کہا، ''جی۔۔۔یہ سب درست ہے۔۔۔لیکن۔''

''لیکن کیا؟''

امین کی آنکھوں میں آنسو آ گئے، ''میاں صاحب! میری ماں مر گئی ہے۔''

''کب؟''

''آج صبح''

میاں صاحب نے افسوس کا اظہار کیا، ''کفن و دفنا دیا ہو گا۔'' امین کی آنکھوں میں سے آنسو ٹپ ٹپ گرنے لگے، ''میاں صاحب ابھی تو کچھ بھی نہیں ہو سکا۔۔۔میرے پاس تو فہم کھانے کے لیے بھی کچھ نہیں ہے۔''

میاں صاحب نے چند لمحات حالات پر غور کیا اور امین سے کہا، ''تو ایسا کرو۔۔۔میرا مطلب ہے کہ تجہیز و تکفین کا بندوبست میں ابھی کیے دیتا ہوں۔۔۔تمہیں کسی قسم کا تَردُّد نہیں کرنا چاہیے۔۔۔تم گودام پر جاؤ اور

اپنی ڈیوٹی سنبھالو۔''

امین نے اپنی مَیلی قمیض کی آستین سے آنسو پونچھے، ''لیکن میاں صاحب مَیں۔۔۔مَیں اپنی ماں کے جنازے کو کندھا بھی نہ دوں!''

میاں صاحب نے فلسفیانہ انداز میں کہا، ''یہ سب رسمی چیزیں ہیں، مرحومہ کو دفنانا ہے، سو یہ کام بڑی اچھی طرح سے ہو جائے گا۔ تمہیں جنازے کے ساتھ جانے کی کیا ضرورت ہے۔ تمہارے ساتھ جانے سے مرحومہ کو کیا راحت پہنچے گی۔۔۔وہ تو بے چاری اِس دنیا سے رخصت ہو چکی ہے۔۔۔اُس کے جنازے کے ساتھ کوئی بھی جائے۔۔۔کیا فرق پڑتا ہے۔ اصل میں تم لوگ جاہل ہو۔۔۔مَیں اگر مر جاؤں تو مجھے کیا معلوم ہے کہ میرے جنازے میں کس کس عزیز اور دوست نے شرکت کی تھی۔ مجھے اگر جَلا بھی دیا جائے تو کیا فرق پڑتا ہے۔ میری لاش کو چیلوں اور گِدھوں کے حوالے کر دیا جائے تو مجھے اِس کی کیا خبر ہو گی۔ تم زیادہ جذباتی نہ ہو، دنیا میں سب سے ضروری چیز یہ ہے کہ اپنی ذات کے متعلق سوچا جائے۔۔۔مَیں پوچھتا ہوں، تمہاری کمائی کے ذرائع کیا ہیں؟''

امین سوچنے لگا۔ چند لمحات اپنی بساط کے مطابق غور کرنے کے بعد اُس نے جواب دیا، ''حضور! میری کمائی کے ذرائع آپ کو معلوم ہیں، مجھ سے کیوں پوچھتے ہیں۔''

''مَیں نے اِس لیے پوچھا تھا کہ تمہیں میرا کام کرنے میں کیا حیل وجحت ہے۔ مَیں تمہاری ماں کی تجہیز و تکفین کا ابھی بندو بست کیے دیتا ہوں اور جب تم جیل سے واپس آؤ گے تو۔۔۔''

امین پہلوان نے بڑے بینڈے انداز میں پوچھا، ''تو آپ میرا بھی بندو بست کر دیں گے؟''

میاں صاحب بوکھلا گئے، ''تم کیسی باتیں کرتے ہو امین پہلوان!''

امین پہلوان نے ذرا دُرُشت لہجے میں کہا، ''امین پہلوان کی ایسی کی تیسی۔ آپ یہ بتائیے کہ مجھے کتنے روپے ملیں گے۔۔۔مَیں ایک ہزار سے کم نہیں لوں گا۔''

''ایک ہزار تو بہت زیادہ ہیں۔''

امین نے کہا، ''زیادہ ہے یا کم۔۔۔مَیں کچھ نہیں جانتا۔۔۔مَیں جب قید کاٹ کر آؤں گا تو اپنی ماں کی قبر پختہ بناؤں گا، سنگِ مرمر کی۔۔۔وہ مجھ سے بہت پیار کرتی ہے۔''

میاں صاحب نے اس سے کہا، ''اچھا بھئی، ایک ہزار ہی لے لینا۔'' امین نے میاں صاحب سے کہا، ''تو لائیے اتنے روپے دیجیے کہ میں کفن دفن کا انتظام کر لوں۔۔۔اُس کے بعد میں آپ کی خدمت کے

لیے حاضر ہو جاؤں گا۔ ''

میاں صاحب نے اپنی جیب سے بٹوا نکالا، '' لیکن تمہارا کیا بھروسا ہے؟ ''

امین کو یوں محسوس ہوا جیسے اُس کو کسی نے ماں بہن کی گالی دی ہے، '' میاں صاحب! آپ مجھے بے ایمان سمجھتے ہیں۔۔۔ بے ایمان آپ ہیں۔۔۔ اِس لیے کہ اپنے فعلوں کا بوجھ میرے سر پر ڈال رہے ہیں۔ ''

میاں صاحب موقع شناس تھے۔ انہوں نے سمجھا کہ امین بگڑ گیا ہے، چنانچہ انہوں نے فوراً اپنی چرب زبانی سے رام کرنے کی کوشش کی لیکن امین پر کوئی اثر نہ ہوا۔

جب وہ گھر پہنچا تو دیکھا کہ غسّال اُس کی ماں کو آخری غسل دے چکے ہیں۔ کفن بھی پہنایا جا چکا ہے۔۔۔ امین بہت متحیّر ہوا کہ اُس پر یہ مہربانی کس نے کی ہے۔۔۔ میاں صاحب نے۔۔۔ لیکن وہ تو سودا کرنا چاہتے تھے۔

اُس نے ایک آدمی سے جو تابوت کو سجانے کے لیے پھول گوندھ رہا تھا، پوچھا، '' یہ کس آدمی نے اتنا اہتمام کیا ہے؟ ''

پھول والے نے جواب دیا، '' حضور! آپ کی بیوی نے۔ ''

امین چکرا گیا۔۔۔ وہ اپنے شدید تعجب کا مظاہرہ کرتا مگر خاموش رہا۔ پھول والے سے صرف اتنا پوچھا، '' کہاں ہیں وہ؟ ''

پھول والے نے جواب دیا، '' جی اندر ہیں۔۔۔ آپ کا انتظار کر رہی تھیں۔۔۔ ''

امین اندر گیا۔۔۔ تو دیکھا کہ ایک نوجوان، خوبصورت لڑکی اُس کی چارپائی پر بیٹھی ہے۔ امین نے اُس سے پوچھا، '' آپ کون ہیں۔۔۔ یہاں کیوں آئی ہیں؟ ''

اُس لڑکی نے جواب دیا، '' مَیں آپ کی بیوی ہوں، یہاں کیوں آئی ہوں، یہ آپ کا عجیب و غریب سوال ہے۔ ''

امین نے اُس سے پوچھا، '' میری بیوی تو کوئی بھی نہیں۔ بتاؤ تم کون ہو۔ ''

لڑکی مسکرائی، '' مَیں۔۔۔ میاں۔۔۔ دین کی بیٹی ہوں۔۔۔ ان سے جو آپ کی گفتگو ہوئی، مَیں نے سب سنی۔۔۔ اور ۔۔۔ اور ۔۔۔ ''

امین نے کہا، '' اب اور کہنے کی ضرورت نہیں۔۔۔ ''

ابجی ڈڈو

’’مجھے مت ستایئے۔۔۔ خدا کی قسم، میں آپ سے کہتی ہوں، مجھے مت ستایئے۔‘‘

’’تم بہت ظلم کر رہی ہو آج کل۔‘‘۔۔ ’’جی ہاں بہت ظلم کر رہی ہوں۔‘‘

’’یہ تو کوئی جواب نہیں۔‘‘

’’میری طرف سے صاف جواب ہے اور یہ میں آپ سے کئی دفعہ کہہ چکی ہوں۔‘‘

’’آج میں کچھ نہیں سنوں گا۔‘‘

’’مجھے مت ستایئے۔ خدا کی قسم، میں آپ سے سچ کہتی ہوں، مجھے مت ستایئے، میں چلّانا شروع کر دوں گی۔‘‘

’’آہستہ بولو۔۔ بچیاں جاگ پڑیں گی۔‘‘

’’آپ تو بچیوں کے ڈھیر لگانا چاہتے ہیں۔‘‘

’’تم ہمیشہ مجھے یہی طعنہ دیتی ہو۔‘‘

’’آپ کو کچھ خیال تو ہونا چاہیے۔۔۔ میں تنگ آ چکی ہوں۔‘‘

’’درست ہے۔۔ لیکن۔۔۔‘‘

’’لیکن ویکن کچھ نہیں۔‘‘

’’تمہیں میرا کچھ خیال نہیں۔۔۔ اصل میں اب تم مجھ سے محبت نہیں کرتیں۔۔۔ آج سے آٹھ برس پہلے جو بات تھی وہ اب نہیں رہی۔۔۔ تمہیں اب میری ذات سے کوئی دلچسپی نہیں رہی۔‘‘

’’جی ہاں!‘‘

''وہ کیا دن تھے جب ہماری شادی ہوئی تھی۔ تمہیں میری ہر بات کا کتنا خیال رہتا تھا۔ ہم باہم کس قدر شیر و شکر تھے۔۔۔ مگر اب تم کبھی سونے کا بہانہ کر دیتی ہو، کبھی تھکاوٹ کا عذر پیش کر دیتی ہو اور کبھی دونوں کان بند کر لیتی ہو۔ کچھ سنتی ہی نہیں۔''

''میں کچھ سننے کے لیے تیار نہیں۔''

''تم ظلم کی آخری حد تک پہنچ گئی ہو۔''

''مجھے سونے دیجیے۔''

''سو جایئے۔۔۔ مگر میں ساری رات کروٹیں بدلتا رہوں گا۔۔۔ آپ کی بلا سے!''

''آہستہ بولیے۔۔۔ ساتھ ہمسائے بھی ہیں۔''

''ہوا کریں۔''

''آپ کو تو کچھ خیال ہی نہیں۔۔۔ سنیں گے تو کیا کہیں گے؟''

''کہیں گے کہ اس غریب آدمی کو کیسی کڑی بیوی ملی ہے۔''

''اوہ ہو!''

''آہستہ بولو۔۔۔ دیکھو بچی جاگ پڑی۔''

''اللہ اللہ۔۔۔ اللہ جی اللہ۔۔۔ اللہ اللہ۔۔۔ اللہ جی اللہ۔۔۔ سو جاؤ بیٹے سو جاؤ۔۔۔ اللہ اللہ۔۔۔ اللہ جی اللہ۔۔۔ خدا کی قسم آپ بہت تنگ کرتے ہیں، دن بھر کی تھکی ماندی کو سونے تو دیجیے۔''

''اللہ، اللہ۔۔۔ اللہ جی، اللہ۔۔۔ اللہ اللہ۔۔۔ اللہ جی اللہ۔۔۔ تمہیں اچھی طرح سلانا بھی نہیں آتا۔۔۔''

''آپ کو تو آتا ہے نا۔۔۔ سارا دن آپ گھر میں رہ کر یہی تو کرتے رہتے ہیں۔''

''بھئی میں سارا دن گھر میں کیسے رہ سکتا ہوں۔۔۔ جب فرصت ملتی ہے، آ جاتا ہوں اور تمہارا ہاتھ بٹا دیتا ہوں۔''

''میرا ہاتھ بٹانے کی آپ کو کوئی ضرورت نہیں۔ آپ مہربانی کر کے گھر سے باہر اپنے دوستوں ہی کے ساتھ گل چھرے اڑایا کریں۔''

''گل چھرے؟''

''میں زیادہ باتیں نہیں کرنا چاہتی۔''

''اچھا دیکھو، میری ایک بات کا جواب دو۔۔۔''

’’خدا کے لیے مجھے تنگ نہ کیجیے۔‘‘

’’کمال ہے میں کہاں جاؤں؟‘‘

’’جہاں آپ کے سینگ سمائیں چلے جائیے۔‘‘

’’لو اب ہمارے سینگ بھی ہو گئے۔‘‘

’’آپ چپ نہیں کریں گے؟‘‘

’’نہیں۔۔۔ میں آج بولتا ہی رہوں گا۔خود سوؤں گا نہ تمہیں سونے دوں گا۔‘‘

’’سچ کہتی ہوں، میں پاگل ہو جاؤں گی۔۔۔ لو گو یہ کیسا آدمی ہے۔۔۔ کچھ سمجھتا ہی نہیں۔۔۔ بس ہر وقت۔ ہر وقت۔ ہر وقت۔۔۔‘‘

’’تم ضرور تمام بچیوں کو جگا کر رہو گی۔‘‘

’’نہ پیدا کی ہوتیں اتنی۔‘‘

’’پیدا کرنے والا میں تو نہیں ہوں۔۔۔ یہ تو اللہ کی دین ہے۔۔۔ اللہ، اللہ۔۔۔ اللہ جی، اللہ، اللہ۔۔۔۔۔ اللہ جی، اللہ۔‘‘

’’بچی کو اب میں نے جگایا تھا؟‘‘

’’مجھے افسوس ہے!‘‘

’’افسوس ہے، کہہ دیا۔۔۔ چلو چھٹی ہوئی۔۔۔ گلا پھاڑ پھاڑ کر چلّائے چلے جا رہے ہیں۔ ہمسائیگی کا کچھ خیال ہی نہیں، لوگ کیا کہیں گے اس کی پروا ہی نہیں۔۔۔ خدا کی قسم میں عنقریب ہی دیوانی ہو جاؤں گی!‘‘

’’دیوانے ہوں تمہارے دشمن۔‘‘

’’میری جان کے دشمن تو آپ ہیں۔‘‘

’’تو خدا مجھے دیوانہ کرے۔‘‘

’’وہ تو آپ ہیں!‘‘

’’میں دیوانہ ہوں، مگر تمہارا۔‘‘

’’اب چونچلے نہ بگھاریئے۔‘‘

’’تم تو نہ یوں مانتی ہو نہ وؤں۔‘‘

’’میں سونا چاہتی ہوں۔‘‘

’’سو جاؤ، میں پڑا بکواس کرتا رہوں گا۔‘‘

’’یہ بکواس کیا اشد ضروری ہے؟‘‘

’’ہے تو سہی۔۔۔ ذرا ادھر دیکھو۔۔۔‘‘

’’میں کہتی ہوں، مجھے تنگ نہ کیجیے۔ میں رو دوں گی۔‘‘

’’تمہارے دل میں اتنی نفرت کیوں پیدا ہو گئی۔۔۔ میری ساری زندگی تمہارے لیے ہے۔ سمجھ میں نہیں آتا تمہیں کیا ہو گیا ہے۔۔۔ مجھ سے کوئی خطا ہوئی ہو تو بتا دو۔‘‘

’’آپ کی تین خطائیں یہ سامنے پلنگ پر پڑی ہیں۔‘‘

’’یہ تمہارے کوسنے کبھی ختم نہیں ہوں گے؟‘‘

’’آپ کی ہٹ کب ختم ہو گی؟‘‘

’’لو بابا میں تم سے کچھ نہیں کہتا سو جاؤ۔۔۔ میں نیچے چلا جاتا ہوں۔‘‘

’’کہاں؟‘‘

’’جہنم میں۔‘‘

’’یہ کیا پاگل پن ہے۔۔۔ نیچے اتنے مچھر ہیں، پنکھا بھی نہیں۔۔۔ سچ کہتی ہوں، آپ بالکل پاگل ہیں۔۔۔ میں نہیں جانے دوں گی آپ کو۔‘‘

’’میں یہاں کیا کروں گا۔۔۔ مچھر ہیں پنکھا نہیں ہے، ٹھیک ہے۔۔۔ میں نے زندگی کے برے دن بھی گزارے ہیں۔ تن آسان نہیں ہوں۔۔۔ سو جاؤں گا صوفے پر۔‘‘

’’سارا وقت جاگتے رہیں گے؟‘‘

’’تمہاری بلا سے۔‘‘

’’میں نہیں جانے دوں گی آپ کو۔۔۔ بات کا بتنگڑ بنا دیتے ہیں۔‘‘

’’میں مر نہیں جاؤں گا۔۔۔ مجھے جانے دو۔‘‘

’’کیسی باتیں منہ سے نکالتے ہیں۔۔۔! خبردار جو آپ گئے۔‘‘

’’مجھے یہاں نیند نہیں آئے گی۔‘‘

’’نہ آئے۔‘‘

’’یہ عجیب منطق ہے۔۔۔ میں کوئی لڑ جھگڑ کر تو نہیں جا رہا۔‘‘

’’لڑائی جھگڑا کیا ابھی باقی ہے۔۔۔ خدا کی قسم آپ کبھی کبھی بالکل بچوں کی سی باتیں کرتے ہیں۔ اب یہ خبط سر میں سمایا ہے کہ میں نیچے گرمی اور مچھروں میں جا کر سوؤں گا۔۔۔ کوئی اور ہوتی تو پاگل ہو جاتی۔‘‘

’’تمہیں میرا بڑا خیال ہے۔۔۔‘‘

’’اچھا بابا نہیں ہے۔۔۔ آپ چاہتے کیا ہیں؟‘‘

’’اب سیدھے راستے پر آئی ہو۔‘‘

’’چلیے ہٹیے۔۔۔ میں کوئی راستہ واستہ نہیں جانتی۔ منہ دھو کے رکھیے اپنا۔‘‘

’’منہ صبح دھویا جاتا ہے۔۔۔ لو، اب من جاؤ۔‘‘

’’توبہ!‘‘

’’ساری پر وہ بورڈر لگ کر آ گیا؟‘‘

’’نہیں!‘‘

’’عجب الو کا پٹھا ہے درزی۔۔۔ کہہ رہا تھا آج ضرور پہنچا دے گا۔‘‘

’’لے کر آیا تھا، مگر میں نے واپس کر دی۔۔۔‘‘

’’کیوں؟‘‘

’’ایک دو جگہ جھول تھے۔‘‘

’’اوہ۔۔۔ اچھا، میں نے کہا، کل ’’برسات‘‘ دیکھنے چلیں گے۔۔۔ میں نے پاس کا بندوبست کر لیا ہے۔‘‘

’’کتنے آدمیوں کا؟‘‘

’’دو کا۔۔۔ کیوں؟‘‘

’’باجی بھی جانا چاہتی تھیں۔‘‘

’’ہٹاؤ باجی کو، پہلے ہم دیکھیں گے پھر اس کو دکھا دیں گے۔۔۔ پہلے ہفتے میں پاس بڑی مشکل سے ملتے ہیں۔۔۔ چاندنی رات میں تمہارا بدن کتنا چمک رہا ہے۔‘‘

’’مجھے تو اس چاندنی سے نفرت ہے۔ کم بخت آنکھوں میں گھستی ہے سونے نہیں دیتی۔‘‘

’’تمہیں تو بس ہر وقت سونے ہی کی پڑی رہتی ہے۔‘‘

’’آپ کو بچوں کی دیکھ بھال کرنا پڑے تو پھر پتا چلے۔ آٹے دال کا بھاؤ معلوم ہو جائے گا۔ ایک کے کپڑے بدلو، تو دوسری کے میلے ہو جاتے ہیں۔ ایک کو سلاؤ، دوسری جاگ پڑتی ہے، تیسری نعمت خانے

کی غارت گری میں مصروف ہوتی ہے۔''

''دو نوکر گھر میں موجود ہیں۔''

''نوکر کچھ نہیں کرتے۔''

''تو انہیں نکال باہر کرو۔''

''آہستہ بولیے، دیکھیے، چھوٹی کیسے چونکی ہے۔''

''معاف کر دینا۔۔۔ذرا ہاتھ سے تھپکا دو۔''

''منجھلی بھی تڑپ رہی ہے۔''

''پیشاب کرا دیا تھا اسے؟''

''جی ہاں!''

''پھر کیا وجہ ہے؟''

''گرمی آج کچھ زیادہ ہے۔۔۔آپ پرے ہٹ جائیے۔''

''نہیں۔۔۔نہیں۔ آخر ہار مجھے ہی ماننی پڑتی ہے۔''

''تمہاری ہار، ہار نہیں، جیت ہوتی ہے۔۔۔اللہ بہتر جانتا ہے مجھے تم سے کتنی محبت ہے۔''

''اپنی محبت آپ اسی وقت جتایا کرتے ہیں۔''

''لو بھئی، اور کیا سر بازار تم سے محبت کیا کروں۔۔۔؟ اِدھر دیکھو میری طرف۔''

''آپ اپنی کر کے رہیں گے۔''

''میری جان جو ہوئیں تم۔''

''میں نے کہا۔۔۔ہٹیے۔''

''کیا ہوا؟''

''دیکھتے نہیں، بڑی اٹھ کر بیٹھی ہوئی ہے۔''

''اوہ!''

''سنا نہیں آپ نے؟''

''کیا؟''

''کہہ رہی ہے۔۔۔ابجی ڈڈو۔''

’’ہاں ہاں۔۔۔سنا ہے۔۔۔دے لے دودھ۔‘‘

’’میں نیچے بھول آئی ہوں۔‘‘

’’نیچے؟‘‘

’’ہاں، نعمت خانے میں، جائیے، لے آیئے۔‘‘

’’لے آؤں، نیچے سے؟‘‘

’’جلدی جائیے رونا شروع کر دے گی۔‘‘

’’جاتا ہوں۔‘‘

’’میں نے کہا، سنئے۔۔۔آگ جلا کر ذرا کنکنا کر کیجیے گا دودھ۔‘‘

’’اچھا، اچھا۔۔۔سن لیا ہے۔‘‘

آخری سیلیوٹ

یہ کشمیر کی لڑائی بھی عجیب و غریب تھی۔ صُوبیدار رب نواز کا دماغ ایسی بندوق بن گیا تھا جس کا گھوڑا خراب ہو گیا ہو۔

پچھلی بڑی جنگ میں وہ کئی محاذوں پر لڑ چکا تھا۔ مارنا اور مرنا جانتا تھا۔ چھوٹے بڑے افسروں کی نظروں میں اُس کی بڑی توقیر تھی، اِس لیے کہ وہ بڑا بہادر، نِڈر اور سمجھدار سپاہی تھا۔ پلاٹون کمانڈر مشکل کام ہمیشہ اُسے ہی سونپتے تھے اور وہ اُن سے عُہدہ برآ ہوتا تھا۔ مگر اِس لڑائی کا ڈھنگ ہی نرالا تھا۔ دل میں بڑا اودھولکہ، بڑا جوش تھا۔ بھوک پیاس سے بے پروا صرف ایک ہی لگن تھی، دشمن کا صفایا کر دینے کی، مگر جب اُس سے سامنا ہوتا، تو جانی پہچانی صورتیں نظر آتیں۔ بعض دوست دکھائی دیتے، بڑے بغلی قسم کے دوست، جو پچھلی لڑائی میں اُس کے دوش بدوش، اتحادیوں کے دشمنوں سے لڑے تھے، پَر اب جان کے پیاسے بنے ہوئے تھے۔

صُوبیدار رب نواز سوچتا تھا کہ یہ سب خواب تو نہیں پچھلی بڑی جنگ کا اعلان، بھرتی، قد آور چھاتیوں کی پیمائش، پی ٹی، چاند ماری اور پھر محاذ۔ اِدھر سے اُدھر، اُدھر سے اِدھر، آخر جنگ کا خاتمہ۔ پھر ایک دم پاکستان کا قیام اور ساتھ ہی کشمیر کی لڑائی۔ او پر تلے کتنی چیزیں۔ رب نواز سوچتا تھا کہ کرنے والے نے یہ سب کچھ سوچ سمجھ کر کیا ہے تا کہ دوسرے بوکھلا جائیں اور سمجھ نہ سکیں۔ ورنہ یہ بھی کوئی بات تھی کہ اتنی جلدی اتنے بڑے انقلاب برپا ہو جائیں۔

اتنی بات تو صُوبیدار رب نواز کی سمجھ میں آتی تھی کہ وہ کشمیر حاصل کرنے کے لیے لڑ رہے ہیں۔ کشمیر کیوں حاصل کرنا ہے، یہ بھی وہ اچھی طرح سمجھتا تھا اس لیے کہ پاکستان کی بقاء کے لیے اُس کا الحاق اَشد

ضروری ہے، مگر نشانہ باندھتے ہوئے اُسے جب کوئی جانی پہچانی شکل نظر آ جاتی تھی تو وہ کچھ دیر کے لیے بھول جاتا تھا کہ وہ کس غرض کے لیے لڑ رہا ہے، کس مقصد کے لیے اُس نے بندوق اٹھائی ہے۔ اور وہ یہ غالباً اِسی لیے بُھولتا تھا کہ اُسے بار بار خود کو یاد کرانا پڑتا کہ اب کی وہ صرف تنخواہ زمین کے مربعوں اور تمغوں کے لیے نہیں بلکہ اپنے وطن کی خاطر لڑ رہا ہے۔ یہ وطن پہلے بھی اُس کا وطن تھا، وہ اِسی علاقے کا رہنے والا تھا جو اب پاکستان کا ایک حصہ بن گیا تھا۔ اب اُسے اپنے اِسی ہم وطن کے خلاف لڑنا تھا جو کبھی اُس کا ہمسایہ ہوتا تھا، جس کے خاندان سے اُس کے خاندان کے پُشت ہا پُشت کے دیرینہ مَراسِم تھے۔ اب اُس کا وطن وہ تھا جس کا پانی تک وہ اُس نے کبھی نہیں پیا تھا، پر اب اِس کی خاطر، ایک دم اُس کے کاندھے پر بندوق رکھ کر یہ حکم دے دیا گیا تھا کہ جاؤ، یہ جگہ جہاں تم نے ابھی اپنے گھر کے لیے دو اینٹیں بھی نہیں چُنیں، جس کی ہوا اور جس کے پانی کا مزا ابھی تک تمہارے مُنہ میں ٹھیک طور پر نہیں بیٹھا، تمہارا وطن ہے۔۔۔ جاؤ اِس کی خاطر پاکستان سے لڑو۔۔۔ اُس پاکستان سے جس کے عین دل میں تم نے اپنی عمر کے اتنے برس گزارے ہیں۔

رب نواز سوچتا تھا کہ یہی حال اُن مسلمان فوجیوں کا ہے جو ہندوستان میں اپنا گھر بار چھوڑ کر یہاں آئے ہیں۔ وہاں اُن سے سب کچھ چھین لیا گیا تھا یہاں آ کر اُنہیں اور تو کچھ نہیں ملا۔ البتہ بندوقیں مل گئی ہیں۔ اُسی وزن کی، اُسی شکل کی، اُسی مار کی اور چھاپ کی۔

پہلے سب ایک کر ایک ایسے دشمن سے لڑتے تھے جن کو انہوں نے پیٹ اور انعام و اکرام کی خاطر اپنا دشمن یقین کر لیا تھا۔ اب وہ خود دو حصوں میں بٹ گئے تھے۔ پہلے سب ہندوستانی فوجی کہلاتے تھے۔ اب ایک پاکستانی تھا اور دوسرا ہندوستانی۔ اُدھر ہندوستان میں مسلمان ہندوستانی فوجی تھے۔ رب نواز جب اُن کے متعلق سوچتا تو اُس کے دماغ میں ایک عجیب گڑبڑ سی پیدا ہو جاتی۔ اور جب وہ کشمیر کے متعلق سوچتا تو اس کا دماغ بالکل جواب دے جاتا۔۔۔ پاکستانی فوجی کشمیر کے لیے لڑ رہے تھے یا کشمیر کے مسلمانوں کے لیے؟ اگر انہیں کشمیر کے مسلمانوں ہی کے لیے لڑایا جاتا تھا تو حیدرآباد اور جُوناگڑھ کے مسلمانوں کے لیے کیوں انہیں لڑنے کے لیے نہیں کہا جاتا تھا۔ اور اگر یہ جنگ ٹھیٹ اسلامی جنگ تھی تو دنیا میں دوسرے اسلامی ملک ہیں وہ اس میں کیوں حصہ نہیں لیتے۔

رب نواز اب بہت سوچ بچار کے بعد اِس نتیجے پر پہنچا تھا کہ یہ باریک باریک باتیں فوجی کو بالکل نہیں سوچنا چاہئیں۔ اُس کی عقل موٹی ہونی چاہیے۔ کیونکہ موٹی عقل والا ہی اچھا سپاہی ہو سکتا ہے، مگر فطرت سے مجبور

کبھی کبھی وہ چور دماغ سے اُن پر غور کر ہی لیتا تھا اور بعد میں اپنی اِس حرکت پر خوب ہنستا تھا۔

دریائے کشن گنگا کے کنارے اُس سڑک کے لیے، جو مظفر آباد سے کرن جاتی ہے، کچھ عرصے سے لڑائی ہو رہی تھی۔۔۔ عجیب و غریب لڑائی تھی۔ رات کو بعض اوقات آس پاس کی پہاڑیاں فائروں کے بجائے گندی گندی گالیوں سے گونج اُٹھتی تھیں۔ ایک مرتبہ صوبیدار رب نواز اپنی پلاٹون کے جوانوں کے ساتھ شب خون مارنے کے لیے تیار ہو رہا تھا کہ دور نیچے ایک کھائی سے گالیوں کا شور اٹھا۔ پہلے تو وہ گھبرا گیا۔ ایسا لگتا تھا کہ بہت سے بھوت مل کر ناچ رہے ہیں اور زور زور کے قہقہے لگا رہے ہیں۔ وہ بڑبڑایا، ''خیریز کی دُم۔۔۔ یہ کیا ہو رہا ہے۔'' ایک جوان نے گونجتی ہوئی آوازوں سے مخاطب ہو کر یہ بڑی گالی دی اور رب نواز سے کہا، ''صوبیدار صاحب گالیاں دے رہے ہیں۔ اپنی ماں کے یار۔''

رب نواز یہ گالیاں سن رہا تھا جو بہت اُکسانے والی تھیں۔ اُس کے جی میں آئی کہ بزن بول دے مگر ایسا کرنا غلطی تھی، چنانچہ وہ خاموش رہا۔ کچھ دیر جوان بھی چپ رہے، مگر جب پانی سر سے گزر گیا تو انہوں نے بھی گلا پھاڑ پھاڑ کے گالیاں لڑھکانا شروع کر دیں۔۔۔ رب نواز کے لیے اِس قسم کی لڑائی بالکل نئی چیز تھی۔ اُس نے جوانوں کو دو تین مرتبہ خاموش رہنے کے لیے کہا، مگر گالیاں ہی کچھ ایسی تھیں کہ جواب دیئے بنا انسان سے نہیں رہا جاتا تھا۔

دشمن کے سپاہی نظر سے اوجھل تھے۔ رات کو تو خیر اندھیرا تھا، مگر وہ دن کو بھی نظر نہیں آتے تھے۔ صرف اُن کی گالیاں نیچے پہاڑی کے قدموں سے اُٹھتی تھیں اور پتھروں کے ساتھ ٹکرا ٹکرا کر ہوا میں حل ہو جاتی تھیں۔ رب نواز کی پلاٹون کے جوان جب اُن گالیوں کا جواب دیتے تھے تو اُس کو ایسا لگتا تھا کہ وہ نیچے نہیں جاتیں، اوپر کو اُڑ جاتی ہیں۔ اِس سے اُس کو خاصی کوفت ہوتی تھی۔۔۔ چنانچہ اُس نے جھنجھلا کر حملہ کرنے کا حکم دے دیا۔ رب نواز کو وہاں کی پہاڑیوں میں ایک عجیب بات نظر آئی تھی۔ چڑھائی کی طرف کوئی پہاڑی درختوں اور بوٹوں سے لدی بھُندی ہوتی تھی اور اترائی کی طرف گنجی۔ کشمیری ہِتّو کے سر کی طرح۔ کسی کی چڑھائی کا حصہ گنجا ہوتا تھا اور اترائی کی طرف درخت ہی درخت ہوتے تھے ۔ چیڑ کے لمبے تناور درخت۔ جن کے سوتے ہوئے دھاگے جیسے پتوں پر فوجی بوٹ پھسل جاتے تھے۔ جس پہاڑی پر صوبیدار رب نواز کی پلاٹون تھی، اُس کی اترائی درختوں اور جھاڑیوں سے بے نیاز تھی۔ ظاہر ہے کہ حملہ بہت ہی خطرناک تھا مگر سب جوان حملے کے لیے بخوشی تیار تھے۔ گالیوں کا انتقام لینے کے لیے وہ بے تاب تھے۔ حملہ ہوا اور کام یاب رہا۔ دو جوان مارے گئے۔ چار زخمی ہوئے۔ دشمن کے تین

آدمی کھیت رہے۔ باقی رسد کا کچھ سامان چھوڑ کر بھاگ نکلے۔ صُوبیدار رب نواز اور اُس کے جوانوں کو اِس بات کا بڑا دُکھ تھا کہ دشمن کا کوئی زندہ سپاہی اِن کے ہاتھ نہ آیا جس کو وہ خاطر خواہ گالیوں کا مزا چکھاتے۔ مگر یہ مورچہ فتح کرنے سے وہ ایک بڑی اہم پہاڑی پر قابض ہو گئے تھے۔ وائرلیس کے ذریعے سے صُوبیدار رب نواز نے پلاٹون کمانڈر میجر اسلم کو فوراً ہی اپنے اِس حملے کے اِس نتیجے سے مطلع کر دیا تھا اور شاباشی وصول کر لی تھی۔

قریب قریب ہر پہاڑی کی چوٹی پر پانی کا ایک تالاب سا ہوتا تھا۔ اُس پہاڑی پر بھی تالاب تھا، مگر دوسری پہاڑیوں کے تالابوں کے مقابلے میں زیادہ بڑا۔ اُس کا پانی بھی بہت صاف اور شفاف تھا۔ گو موسم سخت سرد تھا، مگر سب نہائے۔ دانت بجتے رہے مگر انہوں نے کوئی پروانہ کی۔ وہ ابھی اِس شُغل میں مصروف تھے کہ فائری کی آواز آئی۔ سب ننگے ہی لیٹ گئے۔ بہت دیر کے بعد صُوبیدار رب نواز خاں نے دُوربین لگا کر نیچے ڈھلوانوں پر نظر دوڑائی، مگر اُسے دشمن کے چھپنے کی جگہ کا پتا نہ چلا۔ اُس کے دیکھتے دیکھتے ایک اور فائر ہوا۔ دُور اُترائی کے فوراً بعد ایک نسبتاً چھوٹی پہاڑی کی داڑھی سے اسے دُھواں اٹھتا نظر آیا۔ اُس نے فوراً ہی اپنے جوانوں کو فائر کا حکم دیا۔

اِدھر سے دھڑا دھڑ فائر ہوئے۔ اُدھر سے بھی جواباً گولیاں چلنے لگیں۔۔۔ صُوبیدار رب نواز نے دُوربین سے دشمن کی پوزیشن کا بغور مطالعہ کیا۔ وہ غالباً بڑے بڑے پتھروں کے پیچھے محفوظ تھے۔ مگر یہ محافظ دیوار بہت ہی چھوٹی تھی۔ زیادہ دیر تک وہ چھپے نہیں رہ سکتے تھے۔ اُن میں سے جو بھی اِدھر اُدھر ہٹتا، اُس کا صُوبیدار رب نواز کی زد میں آنا یقینی تھا۔ تھوڑی دیر فائر ہوتے رہے۔ اُس کے بعد رب نواز نے اپنے جوانوں کو منع کر دیا کہ وہ گولیاں ضائع نہ کریں صرف تاک میں رہیں۔ جونہی دشمن کا کوئی سپاہی پتھروں کی دیوار سے نکل کر اِدھر یا اُدھر جانے کی کوشش کرے اُس کو اُڑا دیں۔ یہ حکم دے کر اُس نے اپنے الف ننگے بدن کی طرف دیکھا اور بڑبڑایا، ''خنزیز کی دُم۔۔۔ کپڑوں کے بغیر آدمی حیوان معلوم ہوتا ہے۔''

لمبے لمبے وقفوں کے بعد دشمن کی طرف سے اِکا دُکا فائر ہوتا رہا۔ یہاں سے اُس کا جواب بھی کبھی کبھی دے دیا جاتا۔ یہ کھیل پورے دو دن جاری رہا۔۔۔ موسم یک لخت بہت سرد ہو گیا۔ اِس قدر سرد کہ دن کو بھی خون مُنجمِد ہونے لگتا تھا، چنانچہ صُوبیدار رب نواز نے چائے کے دور شروع کرا دیئے۔ ہر وقت آگ پر کیتلی دھری رہتی۔ جونہی سردی زیادہ ستاتی ایک دور اِس گرم گرم مشروب کا ہو جاتا۔ ویسے دشمن پر برابر

نگاہ تھی۔ ایک ہٹتا تو دوسرا اس کی جگہ دوربین لے کر بیٹھ جاتا۔

ہڈیوں تک اتر جانے والی سرد ہوا چل رہی تھی۔ جب اُس جوان نے جو پہرے دار تھا، بتایا کہ پتھروں کی دیوار کے پیچھے کچھ گڑ بڑ ہو رہی ہے۔ صوبیدار رب نواز نے اُس سے دوربین لی اور غور سے دیکھا۔ اسے حرکت نظر نہ آئی لیکن فوراً ہی ایک آواز بلند ہوئی اور دیر تک اُس پاس کی پہاڑیوں کے ساتھ ٹکراتی رہی۔ رب نواز اُس کا مطلب نہ سمجھا۔ اُس کے جواب میں اُس نے اپنی بندوق داغ دی۔ اُس کی گونج دبی تو پھر اُدھر سے آواز بلند ہوئی، جو صاف طور پر اُن سے مخاطب تھی۔ رب نواز چلّایا، ''خنزیر کی دُم۔۔۔ بول کیا کہتا ہے تُو !''

فاصلہ زیادہ نہیں تھا۔ رب نواز کے الفاظ دشمن تک پہنچ گئے، کیونکہ وہاں سے کسی نے کہا، ''گالی نہ دے بھائی،''

رب نواز نے اپنے جوانوں کی طرف دیکھا اور بڑے جھنجھلائے ہوئے تعجب کے ساتھ کہا، ''بھائی؟'' پھر وہ اپنے مُنہ کے آگے دونوں ہاتھوں کا بھونپو بنا کر چلّایا، ''بھائی ہو گا تیری ماں کا جَنا۔۔۔ یہاں سب تیری ماں کے یار ہیں !'' ایک دم اُدھر سے ایک زخمی آواز بلند ہوئی ''رب نواز !'' رب نواز کانپ گیا۔۔۔ یہ آواز اس پاس کی پہاڑیوں سے سر پھوڑتی رہی اور مختلف انداز میں، رب نواز۔۔۔ رب نواز، دہراتی بالآخر خون مُنجمد کر دینے والی سرد ہوا کے ساتھ جانے کہاں اُڑ گئی۔

رب نواز بہت دیر کے بعد چونکا، ''یہ کون تھا۔'' پھر وہ آہستہ سے بڑبڑایا، ''خنزیر کی دُم!'' اُس کو اتنا معلوم تھا ٹیٹوال کے محاذ پر سپاہیوں کی اکثریت 6/9 رجمنٹ کی ہے۔ وہ بھی اُسی رجمنٹ میں تھا۔ مگر یہ آواز تھی کس کی؟ وہ ایسے بے شمار آدمیوں کو جانتا تھا جو کبھی اُس کے عزیز ترین دوست تھے۔ کچھ ایسے بھی جن سے اُس کی دشمنی تھی، چند ذاتی اغراض کی بناء پر۔ لیکن یہ کون تھا جس نے اُس کی گالی کا بُرا مان کر اُسے چیخ کر پکارا تھا۔

رب نواز نے دوربین لگا کر دیکھا، مگر پہاڑی کی ہلتی ہوئی چھدری داڑھی میں اُسے کوئی نظر نہ آیا۔ دونوں ہاتھوں کا بھونپو بنا کر اس نے زور سے اپنی آواز اُدھر پھینکی، ''یہ کون تھا؟ رب نواب بول رہا ہے۔۔۔ رب نواز۔۔۔ رب نواز۔۔۔'' یہ رب نواز، بھی کچھ دیر تک پہاڑیوں کے ساتھ ٹکراتا رہا۔ رب نواز بڑبڑایا، ''خنزیر کی دُم !'' فوراً ہی اُدھر سے آواز بلند ہوئی، ''میں ہوں۔۔۔ میں ہوں رام سنگھ !''

رب نواز یہ سن کر یوں کریں وہ اُچھلا جیسے وہ چھلانگ لگا کر دوسری طرف جانا چاہتا ہے۔ پہلے اُس نے اپنے آپ سے

کہا، ''رام سنگھ؟'' پھر حلق پھاڑ کے چلایا، ''رام سنگھ؟ اوے رام سنگھا۔۔ خنزیر کی دُم!''
''خنزیر کی دم'' ابھی پہاڑیوں کے ساتھ ٹکرا ٹکرا کر پوری طرح گم نہیں ہوئی تھی کہ رام سنگھ کی پھٹی پھٹی آواز بلند ہوئی، ''اوے کمہار کے کھوتے!'' رب نواز پھوں پھوں کرنے لگا۔ جوانوں کی طرف رعب دار نظروں سے دیکھتے ہوئے وہ بڑ بڑایا، ''بکتا ہے۔۔ خنزیر کی دُم!'' پھر اُس نے رام سنگھ کو جواب دیا، ''اوئے باباٹل کے کڑاہ پرشاد۔۔۔ اوئے خنزیر کے جھٹکے۔'' رام سنگھ بے تحاشا قہقہے لگانے لگا۔ رب نواز بھی زور زور سے ہنسنے لگا۔ پہاڑیاں یہ آوازیں بڑے کھلنڈرے انداز میں ایک دوسرے کی طرف اُچھالتی رہیں۔۔ صوبیدار رب نواز کے جوان خاموش تھے۔

جب ہنسی کا دور ختم ہوا تو اُدھر سے رام سنگھ کی آواز بلند ہوئی، ''دیکھو یار ہمیں چائے پینی ہے!'' رب نواز بولا، ''پیو۔۔۔ عیش کرو۔'' رام سنگھ چلّایا، ''اوئے عیش کس طرح کریں۔۔ سامان تو ہمارا اُدھر پڑا ہے۔'' رب نواز نے پوچھا ''کدھر؟'' رام سنگھ کی آواز آئی، ''اُدھر۔۔ جدھر تمہارا فائر ہمیں اُڑا سکتا ہے۔'' رب نواز ہنسا، ''تو کیا چاہتے ہو تم۔۔ خنزیر کی دُم!'' رام سنگھ بولا، ''ہمیں سامان لے آنے دے۔''

''لے آ!'' یہ کہہ کر اُس نے اپنے جوانوں کی طرف دیکھا۔ رام سنگھ کی تشویش بھری آواز بلند ہوئی، ''تو اُڑا دے گا، کمہار کے کھوتے!'' رب نواز نے بھنّا کر کہا، ''بک نہیں اوئے سنتوکھ سر کے کچھوے۔'' رام سنگھ ہنسا، ''قسم کھا نہیں مارے گا!'' رب نواز نے پوچھا، ''کس کی قسم کھاؤں!'' رام سنگھ نے کہا، ''کسی کی بھی کھا لے!۔'' رب نواز ہنسا، ''اوئے جا۔۔ منگوا لے اپنا سامان۔''

چند لمحات خاموشی رہی۔ دوربین ایک جوان کے ہاتھ میں تھی۔ اُس نے معنی خیز نظروں سے صوبیدار رب نواز کی طرف دیکھا۔ بندوق چلانے ہی والا تھا کہ رب نواز نے اُسے منع کیا، ''نہیں۔۔ نہیں!'' پھر اُس نے دوربین لے کر خود ہی دیکھا۔ ایک آدمی ڈرتے ڈرتے پنجوں کے بل پتھروں کے عقب سے نکل کر جا رہا تھا۔ تھوڑی دور اِس طرح چل کر وہ اُٹھا اور تیزی سے بھاگا۔ اور کچھ دور جھاڑیوں میں غائب ہو گیا۔ دو منٹ کے بعد واپس آیا تو اُس کے دونوں ہاتھوں میں کچھ سامان تھا۔ ایک لحظے کے لیے وہ رُکا۔ پھر تیزی سے اوجھل ہوا تو رب نواز نے اپنی بندوق چلا دی۔ تڑاخ کے ساتھ ہی رب نواز کا قہقہہ بلند ہوا۔ یہ دونوں آوازیں مل کر کچھ دیر جھنجھناتی رہیں۔ پھر رام سنگھ کی آواز آئی، ''تھینک یو۔'' ''نو مینشن۔'' رب نواز نے یہ کہہ کر جوانوں کی طرف دیکھا، ''ایک راؤنڈ ہو جائے۔'' تفریح کے طور

پر دونوں طرف سے گولیاں چلنے لگیں۔ پھر خاموشی ہوگئی۔ رب نواز نے دُوربین لگا کر دیکھا۔ پہاڑی کی داڑھی میں سے دھواں اُٹھ رہا تھا۔ وہ پکارا، ''چائے تیار کر لی رام سنگھا؟'' جواب آیا، ''ابھی کہاں اوئے کمہار کے کھوتے!''

رب نواز ذات کا کمہار تھا۔ جب کوئی اس کی طرف اشارہ کرتا تھا تو غصے سے اس کا خون کھولنے لگتا تھا۔ ایک صرف رام سنگھ کے مُنہ سے وہ اُسے برداشت کر لیتا تھا اس لیے کہ وہ اُس کا بے تکلف دوست تھا۔ ایک ہی گاؤں میں وہ پل کر جوان ہوئے تھے۔ دونوں کی عمر میں صرف چند دن کا فرق تھا۔ دونوں کے باپ، پھر اِن کے باپ بھی ایک دوسرے کے دوست تھے۔ ایک ہی اسکول میں پرائمری تک پڑھتے تھے اور ایک ہی دن فوج میں بھرتی ہوئے تھے اور پچھلی بڑی جنگ میں کئی محاذوں پر اِکٹھے لڑے تھے۔ رب نواز اپنے جوانوں کی نظروں میں خود کو خفیف محسوس کر کے بڑبڑایا، ''خنزیر کی دُم۔۔۔۔اب بھی باز نہیں آتا۔'' پھر وہ رام سنگھ سے مخاطب ہوا، ''بک نہیں اوئے کھوتے کی جُوں۔'' رام سنگھ کا قہقہہ بلند ہوا۔ رب نواز نے ایسے ہی شِست باندھی ہوئی تھی۔ تفریحاً اُس نے لبَلبی دبا دی۔ تڑاخ کے ساتھ ہی ایک فلک شگاف چیخ بلند ہوئی۔ رب نواز نے فوراً دُوربین لگائی اور دیکھا کہ ایک آدمی، نہیں، رام سنگھ پیٹ پکڑے، پتھروں کی دیواروں سے ذرا ہٹ کر دوہرا ہوا اور گر پڑا۔

رب نواز زور سے چیخا، ''رام سنگھ!'' اور اچھل کر کھڑا ہو گیا، اُدھر سے بیک وقت تین چار فائر ہوئے۔ ایک گولی رب نواز کا دایاں بازو چاٹتی ہوئی نکل گئی۔ فوراً ہی وہ اوندھے منہ زمین پر گر پڑا۔ اب دونوں طرف سے فائر شروع ہو گئے۔ اُدھر کچھ سپاہیوں نے گڑ بڑ سے فائدہ اٹھا کر پتھروں کے عَقب سے نکل کر بھاگنا چاہا۔ اِدھر سے فائر جاری تھے۔ مگر نشانے پر کوئی نہ بیٹھا۔ رب نواز نے اپنے جوانوں کو اُترنے کا حکم دیا۔ تین فوراً ہی مارے گئے، لیکن اُفتاں و خیزاں باقی جوان دوسری پہاڑی پر پہنچ گئے۔

رام سنگھ خون میں لت پت پتھریلی زمین پر پڑا کراہ رہا تھا۔ گولی اُس کے پیٹ میں لگی تھی۔ رب نواز کو دیکھ کر اس کی آنکھیں تمتما اُٹھیں۔ مسکرا کر اس نے کہا، ''اوئے کمہار کے کھوتے، یہ تو نے کیا کیا؟'' رب نواز، رام سنگھ کا زخم اپنے پیٹ میں محسوس کر رہا تھا، لیکن وہ اس پر جھکا اور مسکرا کر اس کی پیٹی کھولنے لگا، ''خنزیر کی دم''، تم سے کس نے باہر نکلنے کو کہا تھا؟''

پیٹی اتارنے سے رام سنگھ کو سخت تکلیف ہوئی۔ درد سے وہ چِلّا چِلّا پڑا۔ جب پیٹی اتر گئی اور رب نواز نے زخم کا معائنہ کیا جو بہت خطرناک تھا تو رام سنگھ نے رب نواز کا ہاتھ دبا کر کہا، ''میں اپنا آپ دکھانے کے

لیے باہر نکلا تھا کہ تو نے۔۔۔ اوئے رب کے پتر، فائر کر دیا۔'' رب نواز کا گلا رندھ گیا، ''قسم وحدہ لا شریک کی۔۔۔ میں نے ایسے ہی بندوق چلائی تھی۔۔۔ مجھے معلوم نہیں تھا کہ تو کھوتے کا سنگھ باہر نکل رہا ہے۔۔۔ مجھے افسوس ہے!''

رام سنگھ کا خون کافی بہہ نکلا تھا۔ رب نواز اور اس کے ساتھی کئی گھنٹوں کے بعد وہاں پہنچے تھے۔ اس عرصے تک تو ایک پوری مشک خون کی خالی ہو سکتی تھی۔ رب نواز کو حیرت تھی کہ اتنی دیر تک رام سنگھ زندہ رہ سکا ہے۔ اُس کو امید نہیں تھی کہ وہ بچے گا۔ ہلانا جلانا غلط تھا، چنانچہ اُس نے فوراً وائرلیس کے ذریعے سے پلاٹون کمانڈر سے درخواست کی کہ جلدی ایک ڈاکٹر روانہ کیا جائے۔ اُس کا دوست رام سنگھ زخمی ہو گیا ہے۔ ڈاکٹر کا وہاں تک پہنچنا اور پھر وقت پر پہنچنا بالکل مُحال تھا۔ رب نواز کو یقین تھا کہ رام سنگھ صرف چند گھڑیوں کا مہمان ہے۔ پھر بھی وائرلیس پر پیغام پہنچا کر اُس نے مسکرا کر رام سنگھ سے کہا، ''ڈاکٹر آ رہا ہے۔۔۔ کوئی فکر نہ کر!'' رام سنگھ بڑی نحیف آواز میں سوچتے ہوئے بولا، ''فکر کسی بات کی نہیں۔۔۔ یہ بتا میرے کتنے جوان مارے ہیں تم لوگوں نے؟''

رب نواز نے جواب دیا ''صرف ایک!'' رام سنگھ کی آواز اور زیادہ نحیف ہو گئی، ''تیرے کتنے مارے گئے؟'' رب نواز نے جھوٹ بولا، ''چھ!'' اور یہ کہہ کر اُس نے معنی خیز نظروں سے اپنے جوانوں کی طرف دیکھا۔ ''چھ۔۔۔ چھ!'' رام سنگھ نے ایک ایک آدمی اپنے دل میں گنا۔ ''میں زخمی ہوا تو وہ بہت بد دل ہو گئے تھے۔۔۔ پر میَں نے کہا۔ کھیل جاؤ اپنی اور دشمن کی جان سے۔۔۔ چھ۔۔۔ ٹھیک ہے!'' وہ پھر ماضی کے دھندلکوں میں چلا گیا، ''رب نواز۔۔۔ یاد ہیں وہ دن تمہیں۔۔۔''

اور رام سنگھ نے بیتے دن یاد کرنے شروع کر دیئے۔ کھیتوں کھلیانوں کی باتیں، اسکول کے قصے، 9/6 جاٹ رجمنٹ کی داستانیں۔۔۔ کمانڈنگ افسروں کے لطیفے اور باہر کے ملکوں میں اجنبی عورتوں سے مُعاشقے۔ اُن کا ذکر کرتے ہوئے رام سنگھ کو کوئی بہت دلچسپ واقعہ یاد آ گیا۔ ہنسنے لگا تو اُس کے ٹیس اٹھی مگر اُس کی پروانہ کرتے ہوئے زخم سے اور پرہی اور پر ہنس کر کہنے لگا۔ ''اوئے سؤر کے تل۔۔۔ یاد ہے تمہیں وہ مڈم۔۔۔''

رب نواز نے پوچھا ''کون؟'' رام سنگھ نے کہا، ''وہ۔۔۔ اِٹلی کی۔۔۔ کیا نام رکھا تھا ہم نے اُس کا۔۔۔ بڑی مار خور عورت تھی!'' رب نواز کو فوراً ہی وہ عورت یاد آ گئی، ''ہاں، ہاں۔۔۔ وہ۔۔۔ مڈم منیتا فنیتو۔۔۔ پیسہ ختم، تماشا ختم۔۔۔ پر تجھ سے کبھی کبھی رعایت کر دیتی تھی مسولینی کی بچی!'' رام سنگھ زور سے ہنسا۔۔۔ اور اُس کے زخم سے جمے ہوئے خون کا ایک لوتھڑا باہر نکل آیا۔ سرسری طور پر رب نواز نے جو

پٹی باندھی تھی، وہ کھسک گئی تھی۔ اُسے ٹھیک کر کے اُس نے رام سنگھ سے کہا، ''اب خاموش رہو۔''
رام سنگھ کو بہت تیز بخار تھا۔ اُس کا دماغ اِس کے باعث بہت تیز ہو گیا تھا۔ بولنے کی طاقت نہیں تھی مگر بولے چلا جا رہا تھا۔ کبھی کبھی رک جاتا۔ جیسے یہ دیکھ رہا ہے کہ ٹنکی میں کتنا پٹرول باقی ہے۔ کچھ دیر کے بعد اُس پر ہذیانی کیفیت طاری ہو گئی، لیکن کچھ ایسے وقفے بھی آتے تھے کہ اُس کے ہوش و حواس سلامت ہوتے تھے۔ اُنہی وقفوں میں اُس نے ایک مرتبہ نواز سے سوال کیا، ''یار سچ سچ بتاؤ، کیا تم لوگوں کو واقعی کشمیر چاہیے!''

رب نواز نے پورے خلوص کے ساتھ کہا۔ ''ہاں، رام سنگھ!'' رام سنگھ نے اپنا سر ہلایا، ''نہیں۔۔۔ میں نہیں مان سکتا۔۔ تمہیں ورغلایا گیا ہے۔'' رب نواز نے اُس کو یقین دلانے کے انداز میں کہا، ''تمہیں ورغلایا گیا ہے۔۔۔ قسم پنجتن پاک کی۔۔۔'' رام سنگھ نے رب نواز کا ہاتھ پکڑ لیا، ''قسم نہ کھا یارا۔۔۔ ٹھیک ہو گا۔'' لیکن اُس کا لہجہ صاف بتا رہا تھا کہ اُس کو رب نواز کی قسم کا یقین نہیں۔

دن ڈھلنے سے کچھ دیر پہلے پلاٹون کمانڈنٹ میجر اسلم آیا۔ اُس کے ساتھ چند سپاہی ہی تھے، مگر ڈاکٹر نہیں تھا۔ رام سنگھ بے ہوشی اور نَزَع کی حالت میں کچھ بڑبڑا رہا تھا۔ مگر آواز اِس قدر کمزور اور شکستہ تھی کہ سمجھ میں کچھ نہیں آتا تھا۔ میجر اسلم بھی 9/6 جاٹ رجمنٹ کا تھا اور رام سنگھ کو بہت اچھی طرح جانتا تھا۔ رب نواز سے سارے حالات دریافت کرنے کے بعد اُس نے رام سنگھ کو بلایا۔۔۔ ''رام سنگھ۔۔۔۔۔ رام سنگھ!'' رام سنگھ نے اپنی آنکھیں کھولیں، لیٹے لیٹے اٹینشن ہو کر اُس نے سلیوٹ کیا۔ لیکن پھر آنکھیں کھول کر اُس نے ایک لحظے کے لیے غور سے میجر اسلم کی طرف دیکھا۔ اُس کا سلیوٹ کرنے والا اکڑا ہوا ہاتھ ایک دم گر پڑا۔ جھجھلا کر اس نے بڑبڑانا شروع کیا، ''کچھ نہیں اوئے رام سیّاں۔۔۔ بھول ہی گیا تو سؤر کے نلا۔۔۔ کہ یہ لڑائی۔۔۔ یہ لڑائی؟''

رام سنگھ اپنی بات پوری نہ کر سکا۔ بند ہوتی ہوئی آنکھوں سے اُس نے رب نواز کی طرف نیم سوالیہ انداز میں دیکھا اور سرد ہو گیا۔

آرٹسٹ لوگ

جمیلہ کو پہلی بار محمود نے باغ جناح میں دیکھا۔ وہ اپنی دو سہیلیوں کے ساتھ چہل قدمی کر رہی تھی۔ سب نے کالے برقعے پہنے تھے۔ مگر نقابیں اُلٹی ہوئی تھیں۔ محمود سوچنے لگا یہ کس قسم کا پردہ ہے کہ برقع اوڑھا ہوا ہے مگر چہرہ ننگا ہے۔ ۔ ۔ آخر اِس پردے کا مطلب کیا۔ ۔ ۔؟ محمود جمیلہ کے حُسن سے بہت متاثر ہوا۔ وہ اپنی سہیلیوں کے ساتھ ہنستی کھیلتی جا رہی تھی۔ محمود اُس کے پیچھے چلنے لگا۔ اُس کو اِس بات کا قطعاً ہوش نہیں تھا کہ وہ ایک غیر اخلاقی حرکت کا مُرتکِب ہو رہا ہے۔ اُس نے سینکڑوں مرتبہ جمیلہ کو گھور گھور کے دیکھا۔ اِس کے علاوہ ایک دو بار اُس کو اپنی آنکھوں سے اشارے بھی کیے۔ مگر جمیلہ نے اُسے دَرخَورِ اِعتِنا نہ سمجھا اور اپنی سہیلیوں کے ساتھ بڑھتی چلی گئی۔ اُس کی سہیلیاں بھی کافی خوبصورت تھیں مگر محمود نے اُس میں ایک ایسی کشش پائی جو لوہے کے ساتھ مقناطیس کی ہوتی ہے۔ ۔ ۔ وہ اُس کے ساتھ چمٹ کر رہ گیا۔ ایک جگہ اُس نے جرأت سے کام لے کر جمیلہ سے کہا، ''حضور اپنا نقاب تو سنبھالیے۔ ۔ ۔ ہَوا میں اُڑ رہا ہے۔ ''جمیلہ نے یہ سن کر شور مچانا شروع کر دیا۔ اِس پر پولیس کے دو سپاہی جو اُس وقت باغ میں ڈیوٹی پر تھے، دوڑتے آئے اور جمیلہ سے پوچھا، ''بہن کیا بات ہے؟'' جمیلہ نے محمود کی طرف دیکھا جو سہما کھڑا تھا اور کہا، ''یہ لڑکا مجھ سے چھیڑ خانی کر رہا تھا۔ جب سے میں اس باغ میں داخل ہوئی ہوں، یہ میرا پیچھا کر رہا ہے۔

سپاہیوں نے محمود کا سرسری جائزہ لیا اور اُس کو گرفتار کر کے حوالات میں داخل کر دیا۔ ۔ ۔ لیکن اُس کی ضمانت ہو گئی۔ اب مقدمہ شروع ہوا۔ ۔ ۔ اُس کی روئداد میں جانے کی ضرورت نہیں، اس لیے کہ یہ تفصیل طلب ہے۔ قصہ مختصر یہ ہے کہ محمود کا جرم ثابت ہو گیا اور اُسے دو ماہ قید با مشقت کی سزا ملی گئی۔ اُس کے

والدین نادار تھے۔ اِس لیے وہ سیشن کی عدالت میں اپیل نہ کر سکے۔ محمود سخت پریشان تھا کہ آخر اُس کا قصور کیا ہے۔ اُس کو اگر ایک لڑکی پسند آ گئی تھی اور اُس نے اس سے چند باتیں کرنا چاہیں تو یہ کیا جرم ہے، جس کی پاداش میں وہ دو ماہ قید بامشقت بھگت رہا ہے۔ جیل خانے میں وہ کئی مرتبہ بچوں کی طرح رویا۔ اُس کو مصوری کا شوق تھا، لیکن اس سے وہاں چکی پسوائی جاتی تھی۔

ابھی اسے جیل خانے میں آئے بیس روز ہی ہوئے تھے کہ اسے بتایا گیا کہ اس کی ملاقات آئی ہے۔ محمود نے سوچا کہ یہ ملاقاتی کون ہے؟ اس کے والد تو اس سے سخت ناراض تھے۔ والدہ اپاہج تھیں اور کوئی رشتے دار بھی نہیں تھے۔ سپاہی اسے دروازے کے پاس لے گیا جو آہنی سلاخوں کا بنا ہوا تھا۔ اُن سلاخوں کے پیچھے اُس نے دیکھا کہ جمیلہ کھڑی ہے۔۔۔ وہ بہت حیرت زدہ ہوا۔۔۔ اُس نے سمجھا کہ شاید کسی اور کو دیکھنے آئی ہو گی۔ مگر جمیلہ نے سلاخوں کے پاس آ کر اُس سے کہا، ''میں آپ سے ملنے آئی ہوں۔ ''

محمود کی حیرت میں اور بھی اضافہ ہو گیا، ''مجھ سے۔۔۔؟ ''

'' جی ہاں۔۔۔ میں معافی مانگنے آئی ہوں کہ میں نے جلد بازی کی جس کی وجہ سے آپ کو یہاں آنا پڑا۔ ''

محمود مسکرایا، ''ہائے اُس زُودِ پشیماں کا پشیماں ہونا۔ ''

جمیلہ نے کہا، ''یہ غالبؔ ہے؟ ''

'' جی ہاں! غالب کے سوا اور کون ہو سکتا ہے جو انسان کے جذبات کی ترجمانی کر سکے۔۔۔ میں نے آپ کو معاف کر دیا۔۔۔ لیکن میں یہاں آپ کی کوئی خدمت نہیں کر سکتا۔ اس لیے کہ یہ میرا گھر نہیں ہے سرکار کا ہے۔۔۔ اِس کے لیے میں معافی کا خواستگار ہوں۔ '' جمیلہ کی آنکھوں میں آنسو آ گئے، ''میں آپ کی خادمہ ہوں۔ '' چند منٹ اُن کے درمیان اور باتیں ہوئیں، جو محبت کے عہد و پیمان تھیں۔۔۔ جمیلہ نے اُس کو صابن کی ایک ٹکیہ دی۔ مٹھائی بھی پیش کی۔ اس کے بعد وہ ہر پندرہ دن کے بعد محمود سے ملاقات کرنے کے لیے آتی رہی۔ اِس دوران میں اُن دونوں کی محبت اُستوار ہو گئی۔

جمیلہ نے محمود کو ایک روز بتایا، ''مجھے موسیقی سیکھنے کا شوق ہے۔۔۔ آج کل میں خان صاحب سلام علی خاں سے سبق لے رہی ہوں۔ '' محمود نے اس سے کہا، ''مجھے مصوری کا شوق ہے۔۔۔ مجھے یہاں جیل خانے میں اور کوئی تکلیف نہیں۔۔۔ مشقّت سے میں گھبراتا نہیں۔ لیکن میری طبیعت جس فن کی طرف مائل ہے اس کی تسکین نہیں ہوتی۔ یہاں کوئی رنگ ہے نہ روغن ہے۔ کوئی کاغذ ہے نہ پنسل ہے۔۔۔ بس چکی پیستے رہو۔ '' جمیلہ کی آنکھیں پھر آنسو بہانے لگیں، ''بس اب تھوڑے ہی دن باقی رہ گئے ہیں۔ آپ

باہر آئیں۔تو سب کچھ ہو جائے گا۔''

محمود دو ماہ کی قید کاٹنے کے بعد باہر آیا تو جمیلہ دروازے پر موجود تھی۔۔۔ اُس کالے بُرقعے میں جو اب بھوسلا ہو گیا تھا اور جگہ جگہ سے پھٹا ہوا تھا۔

دونوں آرٹسٹ تھے۔اس لیے انہوں نے فیصلہ کیا کہ شادی کرلیں۔۔۔ چنانچہ شادی ہو گئی۔جمیلہ کے ماں باپ کچھ اثاثہ چھوڑ گئے تھے اس سے انہوں نے ایک چھوٹا سا مکان بنایا اور پرمسرت زندگی بسر کرنے لگے۔ محمود ایک آرٹ اسٹوڈیو میں جانے لگا تا کہ اپنی مصوری کا شوق پورا کرے۔۔۔ جمیلہ خاں صاحب سلام علی خاں سے پھر تعلیم حاصل کرنے لگی۔

ایک برس تک وہ دونوں تعلیم حاصل کرتے رہے۔محمود مصوری سیکھتا رہا اور جمیلہ موسیقی۔اِس کے بعد سارا اثاثہ ختم ہو گیا اور نوبت فاقوں پر آ گئی۔لیکن دونوں آرٹ شیدائی تھے۔ وہ سمجھتے تھے کہ فاقے کرنے والے ہی صحیح طور پر اپنے آرٹ کی معراج تک پہنچ سکتے ہیں۔ اِس لیے وہ اپنی اُس مفلسی کے زمانے میں بھی خوش تھے۔

ایک دن جمیلہ نے اپنے شوہر کو یہ مژدہ سنایا کہ اسے ایک امیر گھرانے میں موسیقی سکھانے کی ٹیوشن مل رہی ہے۔محمود نے یہ سن کر اس سے کہا، ''نہیں نہیں ٹیوشن ویوشن بکواس ہے۔۔۔ہم لوگ آرٹسٹ ہیں۔''اُس کی بیوی نے بڑے پیار کے ساتھ کہا، ''لیکن میری جان گزارہ کیسے ہو گا؟''محمود نے اپنے پھسڑے نکلے ہوئے کوٹ کا کالر بڑے امیرانہ انداز میں درست کرتے ہوئے جواب دیا، ''آرٹسٹ کو اِن فضول باتوں کا خیال نہیں رکھنا چاہیے۔ہم آرٹ کے لیے زندہ رہتے ہیں۔۔۔آرٹ ہمارے لیے زندہ نہیں رہتا۔''جمیلہ یہ سن کر خوش ہوئی، ''لیکن میری جان آپ مصوری سیکھ رہے ہیں۔۔۔آپ کو ہر مہینے فیس ادا کرنی پڑتی ہے۔اِس کا بندوبست بھی تو کچھ ہونا چاہیے۔۔۔پھر کھانا پینا ہے۔اِس کا خرچ علیحدہ ہے۔''

''میں نے فی الحال مصوری کی تعلیم لینا چھوڑ دی ہے۔۔۔جب حالات موافق ہوں گے تو دیکھا جائے گا۔''

دوسرے دن جمیلہ گھر آئی تو اُس کے پرس میں پندرہ روپے تھے جو اُس نے اپنے خاوند کے حوالے کر دیئے اور کہا، ''میں نے آج سے ٹیوشن شروع کر دی ہے، یہ پندرہ روپے مجھے پیشگی ملے ہیں۔۔۔آپ مصوری کا فن سیکھنے کا کام جاری رکھیں۔''محمود کے مردانہ جذبات کو بڑی ٹھیس لگی، ''میں نہیں چاہتا کہ تم ملازمت کرو۔۔۔ملازمت مجھے کرنا چاہیے۔''جمیلہ نے خاص انداز میں کہا، ''ہائے۔۔۔میں آپ کی غیر ہوں۔میں نے اگر کہیں تھوڑی دیر کے لیے ملازمت کر لی ہے تو اِس میں حرج ہی کیا ہے۔۔۔

بہت اچھے لوگ ہیں۔ جس لڑکی کو میں موسیقی کی تعلیم دیتی ہوں، بہت پیاری اور ذہین ہے۔'' یہ سن کر محمود خاموش ہو گیا۔ اُس نے مزید گفتگو نہ کی۔

دوسرے ہفتے کے بعد وہ پچیس روپے لے کر آیا اور اپنی بیوی سے کہا، ''میں نے آج اپنی ایک تصویر بیچی ہے خریدار نے اسے بہت پسند کیا۔ لیکن خسیس تھا صرف پچیس روپے دیئے۔ اب امید ہے کہ میری تصویروں کے لیے مارکیٹ چل نکلے گی۔ جمیلہ مسکرائی، ''تو پھر کافی امیر آدمی ہو جائیں گے۔'' محمود نے اس سے کہا، ''جب میری تصویریں بکنا شروع ہو جائیں گی تو میں تمہیں ٹیوشن نہیں کرنے دوں گا۔'' جمیلہ نے اپنے خاوند کی ٹائی کی گرہ درست کی اور بڑے پیار سے کہا، ''آپ میرے مالک ہیں جو بھی حکم دیں گے مجھے تسلیم ہو گا۔

دونوں بہت خوش تھے اِس لیے کہ وہ ایک دوسرے سے محبت کرتے تھے۔ محمود نے جمیلہ سے کہا، ''اب تم کچھ فکر نہ کرو۔ میرا کام چل نکلا ہ۔۔۔ چار تصویریں کل پرسوں تک بِک جائیں گی اور اچھے دام وصول ہو جائیں گے۔ پھر تم اپنی موسیقی کی تعلیم جاری رکھ سکو گی۔'' ایک دن جمیلہ جب شام کو گھر آئی تو اس کے سر کے بالوں میں دُھنکی ہوئی روئی کا غبار اِس طرح جما تھا جیسے کسی ادھیڑ عمر آدمی کی داڑھی میں سفید بال۔ محمود نے اُس سے اِستفسار کیا، ''یہ تم نے اپنے بالوں کی کیا حالت بنا رکھی ہے۔۔ موسیقی سکھانے جاتی ہو یا کسی دھنگ فیکٹری میں کام کرتی ہو۔۔''

جمیلہ نے، جو محمود کی نئی رضائی کی پرانی روئی کو دُھنک رہی تھی مسکرا کر کہا، ''ہم آرٹسٹ لوگ ہیں۔ ہمیں کسی بات کا ہوش بھی نہیں رہتا۔''

محمود نے حُقّے کی نَے مُنہ میں لے کر اپنی بیوی کی طرف دیکھا اور کہا، ''ہوش واقعی نہیں رہتا۔۔۔'' جمیلہ نے محمود کے بالوں میں اپنی انگلیوں سے کنگھی کرنا شروع کی، ''یہ دُھنکی ہوئی روئی کا غبار آپ کے سر میں کیسے آ گیا۔۔۔؟'' محمود نے حُقّے کا ایک کَش لگایا، ''جیسا کہ تمہارے سَر میں موجود ہے۔۔۔ ہم دونوں ایک ہی دھنگ فیکٹری میں کام کرتے ہیں صرف آرٹ کی خاطر۔''

اس کا پتی

لوگ کہتے تھے کہ نتھو کا سر اس لیے گنجا ہوا ہے کہ وہ ہر وقت سوچتا رہتا ہے۔ اس بیان میں کافی صداقت ہے کیونکہ سوچتے وقت نتھو سر کھجلایا کرتا ہے۔ چونکہ اس کے بال بہت کھردرے اور خشک ہیں اور تیل نہ ملنے کے باعث بہت خستہ ہو گئے ہیں اس لیے بار بار کھجلانے سے اس کے سر کا درمیانی حصہ بالوں سے بالکل بے نیاز ہو گیا ہے۔ اگر اس کا سر ہر روز دھویا جاتا تو یہ حصہ ضرور چمکتا مگر میل کی زیادتی کے باعث اس کی حالت بالکل اس توے کی سی ہو گئی ہے جس پر ہر روز روٹیاں پکائی جائیں مگر اسے صاف نہ کیا جائے۔ نتھو بھٹے پر اینٹیں بنانے کا کام کرتا تھا۔ یہی وجہ ہے کہ وہ اکثر اپنے خیالات کو کچی اینٹیں سمجھتا تھا اور کسی پر فوراً ہی ظاہر نہیں کیا کرتا تھا۔ اس کا یہ اصول تھا کہ خیال کو اچھی طرح پکا کر باہر نکالنا چاہیے تا کہ جس عمارت میں بھی وہ استعمال ہو اس کا ایک مضبوط حصہ بن جائے۔ گاؤں والے اس کے خیالات کی قدر کرتے تھے اور مشکل بات میں اس سے مشورہ لیا کرتے تھے لیکن اس قدر حوصلہ افزائی سے نتھو اپنے آپ کو اہم نہیں سمجھنے لگا تھا۔ جس طرح گاؤں میں شمبھو کا کام ہر وقت لڑتے جھگڑتے رہنا تھا اسی طرح اس کا کام ہر وقت دوسروں کو مشورہ دیتے رہنا تھا۔ وہ سمجھتا تھا کہ ہر شخص صرف ایک کام لیے پیدا ہوتا ہے چنانچہ شمبھو کے بارے میں چوپال پر جب بھی ذکر چھڑتا تو وہ ہمیشہ یہی کہا کرتا تھا، ''کھاد کتنی بدبودار چیزوں سے بنتی ہے پر کھیتی باڑی اس کے بنا ہو ہی نہیں سکتی۔ شمبھو کے ہر سانس میں گالیوں کی باس آتی ہے، ٹھیک ہے، پر گاؤں کی چہل پہل اور رونق بھی اسی کے دم سے قائم ہے۔ ۔ ۔ ۔ اگر وہ نہ ہو تو لوگوں کو کیسے معلوم ہو کہ گالیاں کیا ہوتی ہیں۔ اچھے بول جاننے کے ساتھ ساتھ برے بول بھی معلوم ہونے چاہئیں۔''

نتھو بھٹے سے واپس آ رہا تھا اور حسبِ معمول سر کھجلاتا گاؤں کے کسی مسئلے پر غور و فکر کر رہا تھا۔ لالٹین کے

کھمبے کے پاس پہنچ کر اس نے اپنا ہاتھ سر سے علیحدہ کیا جس کی انگلیوں سے وہ بالوں کا ایک میل بھرا گچھا مروڑ رہا تھا۔ وہ اپنے جھونپڑے کے تازہ لپے ہوئے چبوترے کی طرف بڑھنے ہی والا تھا کہ سامنے سے اسے کسی نے آواز دی۔ نتھو پلٹا اور اپنے سامنے والے جھونپڑے کی طرف بڑھا جہاں مادھو اسے ہاتھ کے اشارے سے بلا رہا تھا۔

جھونپڑے کے چھجے کے نیچے چبوترے پر مادھو، اس کا لنگڑا بھائی اور چوہدری بیٹھے تھے۔ ان کے اندازِ نشست سے ایسا معلوم ہوتا تھا کہ وہ کوئی نہایت ہی اہم بات سوچ رہے ہیں۔ سب کے چہرے کچی اینٹوں کے ماند پیلے تھے۔ مادھو تو بہت دنوں کا بیمار دکھائی دیتا تھا۔ ایک کونے میں طاقچے کے نیچے روپا کی ماں بیٹھی ہوئی تھی۔ غلیظ کپڑوں میں وہ میلے کپڑوں کی ایک گٹھڑی دکھائی دے رہی تھی۔ نتھو نے دور ہی سے معاملے کی نزاکت محسوس کی اور قدم تیز کر کے ان کے پاس پہنچ گیا۔

مادھو نے اشارے سے اسے اپنے پاس بیٹھنے کو کہا۔ نتھو بیٹھ گیا اور اس کا ایک ہاتھ غیر ارادی طور پر اپنے بالوں کے اس گچھے کی طرف بڑھ گیا جس کی جڑیں کافی ہل چکی تھیں۔ اب وہ ان لوگوں کی باتیں سننے کے لیے بالکل تیار تھا۔ مادھو اس کو اپنے پاس بٹھا کر خاموش ہو گیا مگر اس کے کپکپاتے ہوئے ہونٹ صاف ظاہر کر رہے تھے کہ وہ کچھ کہنا چاہتا ہے لیکن فوراً نہیں کہہ سکتا۔ مادھو کا لنگڑا بھائی بھی خاموش تھا۔ اور بار بار اپنی کٹی ہوئی ٹانگ کے آخری ٹنڈ منڈ حصّے پر جو گوشت کا ایک بدشکل لوتھڑا سا بنا ہوا تھا، ہاتھ پھیر رہا تھا۔ روپا کی ماں طاقچے میں رکھی ہوئی مورتی کے ماند گونگی بنی ہوئی تھی۔ اور چوہدری اپنی مونچھوں کو تاؤ دینا بھول کر زمین پر لکیریں بنا رہا تھا۔

نتھو نے خود ہی بات شروع کی، ''تو۔۔۔''

مادھو بولا، ''نتھو بات یہ ہے کہ۔۔۔ بات یہ ہے کہ۔۔۔ اب میں تمہیں کیا بتاؤں کہ بات کیا ہے۔۔۔ میں کچھ کہنے کے قابل نہ رہا۔۔۔ چوہدری! تم ہی جی کڑا کر کے سارا قصّہ سنا دو۔'' نتھو نے گردن اٹھا کر چوہدری کی طرف دیکھا مگر وہ کچھ نہ بولا اور زمین پر لکیریں بناتا رہا۔ دوپہر کی اداس فضا بالکل خاموش تھی البتہ کبھی کبھی چیلوں کی چیخیں سنائی دیتی تھیں اور جھونپڑے کے دائنے ہاتھ گھورے پر جو مرغ کوڑے کو کرید رہا تھا، کبھی کبھی کسی مرغی کو دیکھ کر بول اٹھتا تھا۔ چند لمحات تک جھونپڑے کے چھجے کے نیچے سب خاموش رہے اور نتھو معاملے کی نزاکت اچھی طرح سمجھ گیا۔

روپا کی ماں نے روتی آواز میں کہا، ''میرے پھوٹے بھاگ۔۔۔! اس کو تو جو کچھ اجرنا تھا اجری، مجھ

ابھاگن کی ساری دنیا برباد ہوگئی۔۔۔کیا اب کچھ نہیں ہوسکتا؟'' مادھو نے کندھے ہلا دیئے اور نتھو سے مخاطب ہو کر کہا، ''کیا ہوسکتا ہے۔۔۔؟ بھئی میں یہ کلنک کا ٹیکہ اپنے ماتھے پر لگانا نہیں چاہتا۔۔۔میں نے جب اپنے لالو کی بات روپا سے پکی کی تھی تو مجھے یہ قصّہ معلوم نہیں تھا۔۔۔اب تم لوگ خود ہی وچار کرو کہ سب کچھ جانتے ہوئے میں اپنے بیٹے کا بیاہ روپا سے کیسے کرسکتا ہوں؟''

یہ سن کر نتھو کی گردن اٹھی۔وہ شاید یہ پوچھنا چاہتا تھا کہ لالو کا بیاہ کیا ہوگیا کہ روپا لالو کے قابل نہیں رہی۔وہ روپا اور لالو کو اچھی جانتا تھا اور رسچ پوچھو تو گاؤں میں ہر شخص ایک دوسرے کو اچھی طرح جانتا ہے۔وہ کون سی بات تھی جو اسے ان دونوں کے بارے میں معلوم نہ تھی۔روپا اس کی آنکھوں کے سامنے پھولی پھلی، بڑھی اور جوان ہوئی۔ابھی کل ہی کی بات ہے کہ اس نے اس کے گال پر ایک زور کا دھپّا بھی مارا تھا اور اس کو اتنی مجال نہ ہوئی تھی کہ چوں بھی کرے۔حالانکہ گاؤں کے سب چھوکریاں چھوکرے گستاخ تھے اور بڑوں کا بالکل ادب نہ کرتے تھے۔روپا تو بڑی بھولی بھالی لڑکی تھی۔باتیں بھی بہت کم کرتی تھی اور اس کے چہرے پر بھی کوئی ایسی علامت نہ تھی جس سے یہ پتہ چلتا کہ وہ کوئی شرارت بھی کرسکتی ہے پھر آج اس کی بابت یہ باتیں کیوں ہو رہی تھیں۔

نتھو کو گاؤں کے ہر جھونپڑے اور اس کے اندر رہنے والوں کا حال معلوم تھا۔مثال کے طور پر اسے معلوم تھا کہ چوہدری کی گائے نے صبح سویرے ایک بچھڑا دیا ہے اور مادھو کے لنگڑے بھائی کی بیساکھی ٹوٹ گئی ہے۔گاما حلوائی اپنی مونچھوں کے بال چنوار ہاتھا کہ اس کے ہاتھ سے آئینہ گر کر ٹوٹ گیا اور ایک سیر دودھ کے پیسے نائی کو بطور قیمت دینا پڑے۔۔۔اسے یہ بھی معلوم تھا کہ دو اپلوں پر، پرسرام اور گنگو کی چخ پخ ہوتے ہوتے رہ گئی تھی۔اور سالگ رام نے اپنے بچوں کو پاپڑ بھون کر کھلائے تھے حالانکہ وید جی نے منع کیا تھا کہ ان کو مرچوں والی کوئی چیز نہ دی جائے۔نتھو حیران تھا کہ ایسی کون سی بات ہے جو اسے معلوم نہیں۔

یہ تمام خیالات اس کے دماغ میں ایک دم آئے اور وہ مادھو کا کاسے اپنی حیرت دور کرنے کی خاطر کوئی سوال کرنے ہی والا تھا کہ چوہدری نے زمین پر طوطے کی شکل کرتے ہوئے کہا، ''کچھ سمجھ میں نہیں آتا۔۔تھوڑے ہی دنوں میں وہ بچے کی ماں بن جائے گی۔''

تو یہ بات تھی۔نتھو کے دل پر ایک گھونسہ سا لگا۔اسے ایسا محسوس ہوا کہ دوپہر کی دھوپ میں اڑنے والی ساری چیلیں اس کے دماغ میں گھس کر چیخنے لگی ہیں۔اس نے اپنے بال زیادہ تیزی سے مروڑنے شروع کردیئے۔ مادھو کا کا، نتھو کی طرف جھکا اور بڑے دکھ بھرے لہجے میں اس سے کہنے لگا، ''بیٹا تمہیں یہ بات تو معلوم

ہے کہ میں نے اپنے بیٹے کی بات رو پا سے پکی کی تھی۔اب میں تم سے کیا کہوں۔۔۔ذرا کان ادھر لاؤ۔''
اس نے ہولے سے نتھو کے کان میں کچھ کہا اور پھر اسی لہجے میں کہنے لگا، ''کتنی شرم کی بات ہے، میں تو
کہیں کا نہ رہا۔ یہ میرا بڑھاپا اور یہ جان لیوا دکھ، اور تو اور لالو کو بتا ؤ کتنا دکھ ہوا ہو گا۔۔۔تمہیں انصاف کرو
کہ لالو کی شادی اب اس سے ہوسکتی ہے۔۔۔لالو کی شادی تو ایک طرف رہی، کیا ایسی لڑکی ہمارے گاؤں
میں رہ سکتی ہے۔۔۔کیا اس کے لیے ہمارے یہاں کوئی جگہ ہے؟''

نتھو نے سارے گاؤں پر ایک طائرانہ نظر ڈالی اور اسے ایسی جگہ نظر نہ آئی جہاں رو پا اپنے پاپ سمیت رہ
سکتی تھی۔البتہ اس کا ایک جھونپڑا تھا جس میں وہ چاہے کسی کو بھی رکھتا۔پچھلے برس اس نے کوڑھی کو اس
میں پناہ دی تھی حالانکہ سارا گاؤں اسے روک رہا تھا اور اسے ڈرا رہا تھا کہ دیکھو یہ بیماری بڑی چھوت والی
ہوتی ہے، ایسا نہ ہو کہ تمہیں چمٹ جائے لیکن وہ اپنی مرضی کا مالک تھا۔اس نے وہی کچھ کیا جو اس کے من
نے اچھا سمجھا۔کوڑھی اس کے گھر میں پورے چھ مہینے رہ کر مر گیا لیکن اسے بیماری ویماری بالکل نہ لگی۔اگر
گاؤں میں رو پا کے لیے کوئی جگہ نہ رہے تو کیا اس کا یہ مطلب تھا کہ اسے ماری ماری پھرنے دیا جائے۔ہر
گز نہیں، نتھو اس بات کا قائل نہیں تھا کہ دکھی پر۔۔۔اور دکھ لاد دیئے جائیں۔اس کے جھونپڑے میں
ہر وقت اس کے لیے جگہ تھی۔

وہ چھ مہینے تک ایک کوڑھی کی تیمارداری کر سکتا تھا اور رو پا کوڑھی تو نہیں تھی۔۔۔کوڑھی تو نہیں تھی، یہ سوچتے
ہوئے نتھو کا دماغ ایک گہری بات سوچنے لگا۔۔۔رو پا کوڑھی نہیں تھی، اس لیے وہ ہمدردی کی زیادہ مستحق بھی
نہیں تھی۔اسے کیا روگ ہے۔۔۔؟کچھ بھی نہیں جیسا کہ یہ لوگ کہہ رہے تھے وہ تھوڑے ہی دنوں میں
بچے کی ماں بننے والی تھی، پر یہ بھی کوئی روگ ہے اور کیا ماں بننا کوئی پاپ ہے؟ہر لڑکی عورت بننا چاہتی ہے
اور عورت ماں، اس کی اپنی استری ماں بننے کے لیے تڑپ رہی تھی اور وہ خود یہ چاہتا تھا کہ وہ جلدی ماں
بن جائے۔اس لحاظ سے بھی رو پا کا ماں بننا کوئی ایسا جرم نہیں تھا جس پر اسے کوئی سزا دی جائے یا پھر اسے
رحم کا مستحق قرار دیا جائے۔وہ ایک کے بجائے دو بچے جنے۔اس سے کسی کا کیا بگڑتا تھا۔

وہ عورت ہی تو تھی۔مندر میں گڑی ہوئی دیوی تو تھی نہیں اور پھر یہ لوگ خواہ مخواہ اپنی جان ہلکان کر
رہے تھے۔مادھو کاکے کے لڑکے سے اس کی شادی ہوتی تو بھی کبھی نہ کبھی بچہ ضرور پیدا ہوتا۔اب کونسی آفت
آ گئی تھی۔یہ بچہ جو اب اس کے پیٹ میں تھا، کہیں سے اُڑ کر تو نہیں آ گیا۔شادی بیاہ ضرور ہوا ہو گا۔یہ
لوگ باہر بیٹھے آپ ہی فیصلہ کر رہے ہیں اور جس کی بابت فیصلہ ہو رہا ہے، اس سے کچھ پوچھتے ہی نہیں۔گویا

وہ بچہ نہیں بلکہ یہ خود جن رہے ہیں۔ عجیب بات تھی، اور پھر ان کو بچے کی کیا فکر پڑ گئی تھی۔ بچے کی فکر یا تو ماں کرتی ہے یا اس کا باپ۔۔۔ باپ۔۔۔؟ اور مزہ دیکھیے کہ کوئی بچے کے باپ کی بات ہی نہیں کرتا تھا۔ یہ سوچتے ہوئے نتھو کے دماغ میں ایک بات آئی اور اس نے مادھو کاکا سے کہا، '' جو کچھ تم نے کہا، اس سے مجھے بڑا دکھ ہوا، پرتم نے یہ کیسے کہہ دیا کہ روپا کے لیے یہاں کوئی جگہ نہیں۔۔۔ ہم سب اپنے جھونپڑوں کو تالے لگا دیں تو بھی اس کے لیے ایک دروازہ کھلا رہتا ہے۔'' چوہدری نے زمین پر طوطے کی آنکھ بناتے ہوئے کہا، '' توبہ کا!'' نتھو نے جواب دیا، '' ان کے لیے جو پاپی ہوں۔۔۔ روپا نے کوئی پاپ نہیں کیا۔ وہ نردوش ہے!'' چوہدری نے حیرت سے مادھو کاکا کی طرف دیکھا اور کہا، ''اس نے پوری بات نہیں سنی۔'' مادھو کا لنگڑا بھائی اپنی کٹی ہوئی ٹانگ پر ہاتھ پھیرتا رہا۔

نتھو روپا کی ماں سے مخاطب ہوا، ''ابھی سن لیتا ہوں۔۔۔ روپا کہاں ہے؟'' روپا کی ماں نے اپنی کھردری انگلیوں سے آنسو پونچھے اور کہا، ''اندر بیٹھی اپنے نصیبوں کو رو رہی ہے۔'' یہ سن کر نتھو نے اپنا ایک بار زور سے کھجلایا اور اٹھ کر کمرے کے اندر چلا گیا۔ روپا اندھیرے کوٹھری کے ایک کونے میں سر جھکائے بیٹھی تھی۔ اس کے بال بکھرے ہوئے تھے۔ میلے کچیلے کپڑوں میں اندھیرے کے اندر وہ گیلی مٹی کا ڈھیر سا دکھائی دے رہی تھی۔ جو باتیں باہر ہو رہی تھیں، ان کا ایک ایک لفظ اس نے سنا تھا حالانکہ اس کے کان اس کے اپنے دل کی باتیں سننے میں لگے ہوئے تھے جو کسی طرح ختم ہی نہ ہوتی تھیں۔ نتھو اندر آنے کے لیے اٹھا تو وہ دوڑ کر سامنے کی کھٹیا پر جا پڑی اور گدڑی میں اپنا سر منہ چھپا لیا۔

نتھو نے جب دیکھا کہ روپا چھپ گئی ہے تو اسے بڑی حیرت ہوئی۔ اس نے پوچھا، ''ارے مجھ سے کیوں چھپتی ہو؟'' روپا رونے لگی اور اپنے آپ کو کپڑے میں اور لپیٹ لیا۔ وہ بغیر آواز کے رو رہی تھی مگر نتھو کو ایسا محسوس ہو رہا تھا کہ روپا کے آنسو اس کے تپتے ہوئے دل پر گر رہے ہیں۔ اس نے گدڑی کے اس حصّہ پر ہاتھ پھیرا جس کے نیچے روپا کا سر تھا اور کہا، ''تم مجھ سے کیوں چھپتی ہو؟''

روپا نے سسکیوں میں جواب دیا، ''روپا نہیں چھپتی نتھو۔۔۔! وہ اپنے پاپ کو چھپا رہی ہے۔'' نتھو اس کے پاس بیٹھ گیا اور کہنے لگا، '' کیسا پاپ۔۔۔ تم نے کوئی پاپ نہیں کیا۔۔۔ اور اگر کیا بھی ہو تو اسے چھپانا چاہیے؟۔۔۔ یہ تو خود ایک پاپ ہے۔۔۔ میں تم سے صرف ایک بات پوچھنے آیا ہوں۔ مجھے یہ بتا دو کہ کس نے تمہاری سدا ہنستی آنکھوں میں یہ آنسو بھر دیئے ہیں۔ کس نے اس بالی عمر میں تمہیں پاپ اور پن کے جھگڑے میں پھنسا دیا ہے؟''

’’میں کیا کہوں؟‘‘، روپا یہ کہہ کر گدڑی میں اور سمٹ گئی۔ نتھو بولتا تھا اور روپا کو ایسا محسوس ہوتا تھا کہ کوئی اسے اکھاڑ رہا ہے، اسے سکیڑ رہا ہے۔

نتھو نے بڑی مشکل سے روپا کے منہ سے کپڑا ہٹایا اور اس کو اٹھا کر بٹھا دیا۔ روپا نے دونوں ہاتھوں میں اپنے منہ کو چھپا لیا اور زور زور سے رونا شروع کر دیا۔ اس سے نتھو کو بہت دکھ ہوا۔ ایک تو پہلے اسے یہ چیز ستا رہی تھی کہ ساری بات اس کے ذہن میں مکمل طور پر نہیں آتی۔ اور دوسرے روپا اس کے سامنے رو رہی تھی۔ اگر اسے ساری بات معلوم ہوتی تو وہ اس کے یہ آنسو روکنے کی کوشش کر سکتا تھا جو میلی گدڑی میں جذب ہو رہے تھے۔ مگر اس کو سوائے اس کے اور کچھ معلوم نہیں تھا کہ روپا تھوڑے ہی دنوں میں بچے کی ماں بننے والی ہے۔

اس نے پھر اس سے کہا، ’’روپا تم مجھے بتاتی کیوں نہیں ہو۔ ۔ ۔ نتھو بھیّا تم سے پوچھ رہا ہے اور وہ کوئی غیر تھوڑی ہے، جو تم یوں اپنے من کو چھپا رہی ہو۔ ۔ ۔ تم روتی کیوں ہو۔ غلطی ہو ہی جایا کرتی ہے ۔ ۔ ۔ لالو کی کسی اور سے شادی ہو جائے گی اور تم اپنی جگہ خوش رہو گی۔ ۔ ۔ تمہیں دنیا کا ڈر ہے تو میں کہوں گا کہ تم بالکل بے وقوف ہو، لوگوں کے جو جی میں آئے کہیں، تمہیں اس سے کیا۔ ۔ ۔ رونے دھونے سے کچھ نہیں ہو گا روپا، آنسو بھری آنکھوں سے نہ تم مجھے ہی ٹھیک طور سے دیکھ سکتی ہو اور نہ اپنے آپ کو۔ ۔ ۔ رونا بند کرو اور مجھے ساری بات بتاؤ۔‘‘

روپا کی سمجھ میں نہ آتا تھا کہ وہ اس سے کیا کہے، وہ دل میں سوچتی تھی کہ اب ایسی کون سی بات رہ گئی ہے جو دنیا کو معلوم نہیں۔ یہی سوچتے ہوئے اس نے نتھو سے کہا، ’’نتھو بھیّا، مجھ سے زیادہ تو دوسروں کو معلوم ہے۔ میں تو صرف اتنا جانتی ہوں کہ جو کچھ میں سوچتی تھی ایک سپنا تھا، یوں تو ہر چیز سپنا ہوتی تھی پر یہ سپنا بڑا ہی عجیب ہے

۔ کیسے شروع ہوا، کیونکر ختم ہوا۔ اس کا کچھ پتہ ہی نہیں چلتا۔ بس ایسا معلوم ہوتا ہے کہ وہ تمام دن جو میں کبھی خوشی سے گزارتی تھی، آنکھوں میں آنسو بن کر شروع ہو گئے ہیں۔ ۔ ۔ میں گھڑا لے کر اچھلتی کودتی، گاتی کنویں پر پانی بھرنے گئی۔ پانی بھر کر جب واپس آنے لگی تو ٹھوکر لگی اور گھڑا چکنا چور ہو گیا۔ مجھے بڑا دکھ ہوا۔ میں نے چاہا کہ اس ٹوٹے ہوئے گھڑے کے ٹکڑے اٹھا کر جھولی میں بھر لوں پر لوگوں نے شور مچانا شروع کر دیا، نقصان میرا ہوا۔ چاہیے تو یہ تھا کہ وہ مجھ سے ہمدردی کرتے، پر انہوں نے الٹا مجھے ہی ڈانٹنا شروع کر دیا۔ گویا گھڑا ان کا تھا اور توڑنے والی میں تھی اور اس روڑے کا کوئی قصور ہی نہ تھا جو راستے میں

پڑا تھا۔اور جس سے دوسرے بھی ٹھوکر کھا سکتے تھے۔۔۔ تم مجھ سے کچھ نہ پوچھو مجھے کچھ یاد نہیں رہا۔''

نتھو کی انگلیاں زیادہ تیزی سے بالوں کا گچھا مروڑنے لگیں۔اس نے بڑے اضطراب سے کہا، ''میں صرف پوچھتا ہوں کہ وہ ہے کون؟''

''کون؟''

''وہی۔۔وہی۔۔''روپا اس سے آگے کچھ نہ کہہ سکی۔

روپا کے سینے سے ایک بے اختیار آہ نکل گئی، ''وہ پہلے جتنا نزدیک تھا اب اتنا ہی دور ہے!''

''میں اس کا نام پوچھتا ہوں۔۔۔اور جانتی ہو میں تم سے اس کا نام کیوں پوچھتا ہوں۔۔۔؟ اس لیے کہ وہ تمہارا پتی ہے۔۔۔اور تم اس کی پتنی ہو۔۔تم اس کی ہو اور وہ تمہارا۔۔۔یہ۔۔۔''

نتھو اس کے آگے کچھ کہنے ہی والا ہے کہ روپا نے دیوانہ وار اس کے منہ پر ہاتھ رکھ دیا اور پھٹے ہوئے لہجہ میں کہا، ''ہولے ہولے بولو نتھو۔۔۔ہولے ہولے بولو، کہیں وہ۔۔۔جو میرے پردے میں نیا جیو ہے، نہ سن لے کہ اس کی ماں پاپن ہے۔۔۔نتھو اسی ڈر کے مارے تو میں زیادہ سوچتی نہیں، زیادہ غم نہیں کرتی کہ اس کو کچھ معلوم نہ ہو۔۔۔پر بیٹھے بیٹھے کبھی میرے من میں آتا ہے کہ ڈوب مروں، اپنا گلا گھونٹ لوں، یا پھر زہر کھا کے مر جاؤں۔۔۔''

نتھو نے اٹھ کر ٹہلنا شروع کر دیا۔وہ سوچ رہا تھا۔ایک دو سیکنڈ غور کرنے کے بعد اس نے کہا، ''کبھی نہیں، میں تمہیں کبھی مرنے نہ دوں گا۔تم کیوں مرو۔یوں تو موت سے چھٹکارا نہیں، سب کو ایک دن مرنا ہے۔پر اسی لیے تو جینا بھی ضروری ہے۔۔۔میں کچھ پڑھا نہیں، میں کوئی پنڈت نہیں، پر جو کچھ میں نے کہا ہے ٹھیک ہے، تم مجھے اس کا نام بتا دو۔میں تمہیں اس کے پاس لے چلوں گا۔اور اسے مجبور کروں گا کہ وہ تمہارے ساتھ بیاہ کر لے اور تمہیں اپنے پاس رکھے۔۔۔وہی تمہارا پتی ہے!''

نتھو پھر روپا کے پاس بیٹھ گیا اور کہنے لگا، ''لو میرے کان میں کہہ دو۔۔۔وہ کون ہے ۔۔۔؟روپا کیا تمہیں مجھ پر اعتبار نہیں، کیا تمہیں یقین نہیں آتا کہ میں تمہارے لیے کچھ کر سکوں گا۔''روپا نے جواب دیا، ''تم میرے لیے سب کچھ کر سکتے ہو نتھو، پر جس آدمی کے پاس تم مجھے لے جانا چاہتے ہو، کیا وہ بھی کچھ کرے گا۔۔۔؟ وہ مجھے بھول بھی چکا ہو گا۔''نتھو نے کہا، ''تمہیں دیکھتے ہی اسے سب کچھ یاد آجائے گا۔۔۔باقی چیزوں کی یاد اسے میں دلا دوں گا۔۔۔تم مجھے اس کا نام تو بتاؤ۔۔۔یہ ٹھیک ہے کہ استری اپنے پتی کا نام نہیں لیتی۔پر ایسے موقع پر تمہیں کوئی لاج نہ آنی چاہیے۔''

روپا خاموش رہی، اس پر نتھو اور زیادہ مضطرب ہوگیا، ''میں تمہیں ایک سیدھی سادی بات سمجھاتا ہوں اور تم سمجھتی ہی نہیں ہو، پگلی، جو تمہارے بچے کا باپ ہے وہی تمہارا پتی ہے ہے ۔۔۔ اب میں تمہیں کیسے سمجھاؤں تم تو بس آنسو بہائے جاتی ہو، کچھ سنتی ہی نہیں ہو۔۔۔ میں پوچھتا ہوں، اس کا نام بتانے میں ہرج ہی کیا ہے ۔۔۔ لو، تم نے اور رونا شروع کر دیا۔ اچھا بھئی میں زیادہ باتیں نہیں کرتا۔ تم یہ بتا دو کہ وہ ہے کون ۔۔۔ تم مان لو۔ میں اس کا کان پکڑ کر سیدھے راستے پر لے آؤں گا۔''

روپا نے سسکیوں میں کہا، ''تم بار بار پتی نہ کہو نتھو ۔۔۔ میری جوانی میری آشا، میری دنیا، کبھی کی و دھوا ہو چکی ہے ۔۔۔ تم میری مانگ میں سیندور بھرنا چاہتے ہو اور میں چاہتی ہوں کہ سارے بال ہی نوچ ڈالوں ۔ نتھو اب کچھ نہیں ہو سکے گا۔۔۔ میری جھولی کے بیر زمین پر گر گر کر ۔۔۔ سب کے سب موری میں جا پڑے ہیں۔ اب انہیں باہر نکالنے سے کیا فائدہ ۔۔۔ اس کا نام پوچھ کر تم کیا کرو گے ۔۔۔ لوگ تو میرا نام بھول جانا چاہتے ہیں۔''

نتھو تنگ آ گیا اور تیز لہجے میں کہنے لگا، ''تم ۔۔۔ تم بے وقوف ہو ۔۔۔ میں تم سے کچھ نہیں پوچھوں گا۔'' وہ اٹھ کر جانے لگا تو روپا نے ہاتھ کے اشارے سے اسے روکا۔ ایسا کرتے ہوئے اُس کا رنگ زرد پڑ گیا۔ نتھو نے اس کی گیلی آنکھوں کی طرف دیکھا، ''بولو؟'' روپا بولی، ''نتھو بھیا، مجھے مارو، خوب پیٹو ۔ شاید اس طرح میں اس کا نام بتا دوں ۔۔۔ تمہیں یاد ہوگا، ایک بار میں نے بچپن میں مندر کے ایک پیڑ سے کچے آم توڑے تھے ۔ اور تم نے ایک ہی چانٹا مار کر مجھ سے سچی بات کہلوائی تھی ۔۔۔ آؤ مجھے مارو ۔۔۔ یہ چور جسے میں نے اپنے من میں پناہ دے رکھی ہے بغیر مار کے باہر نہیں نکلے گا۔''

نتھو خاموش رہا۔ ایک لحظے کے لیے اس نے کچھ سوچا پھر ایکا ایکی اس نے روپا کے پیلے گال پر اس زور سے تھپڑ مارا کہ چھت کے چند سوکھے اور گرد سے اٹے تنکے دھمک کے مارے نیچے گر پڑے۔ نتھو کی سخت انگلیوں نے روپا کے گال پر کئی نہریں کھود دیں۔ نتھو نے گرج کر پوچھا، ''بتاؤ وہ کون ہے؟''

جھونپڑے کے باہر مادھو کے لنگڑے بھائی کی آدھی ٹانگ کانپی۔ چودھری جس تنکے سے زمین پر ایک اور طوطے کی شکل بنا رہا تھا۔ ہاتھ کانپنے کے باعث دُہرا ہوگیا۔ مادھو کا کا نے کُلنگ کی طرح اپنی گردن اونچی کر کے جھونپڑے کے اندر دیکھا۔ اندر سے نتھو کی خشم آلود آواز آ رہی تھی مگر یہ پتہ نہیں چلتا تھا کہ وہ کیا کہہ رہا ہے ۔ آنکھوں ہی آنکھوں میں مادھو کا کا، چودھری اور لنگڑے کیشو نے آپس میں کئی باتیں کیں۔ آخر میں مادھو کا کا بھائی بیساکھی ٹیک کر اٹھا۔ وہ جھونپڑے میں جانے ہی والا تھا کہ نتھو باہر نکلا۔

کیشو ایک طرف ہٹ گیا۔ نتھو نے پلٹ کر اپنے پیچھے دیکھا اور کہا، ''آؤ روپا، پھر اس نے روپا کی ماں سے کہا، ''ماں تم بالکل چنتا نہ کرو۔ سب ٹھیک ہو جائے گا۔ ہم شام تک لوٹ آئیں گے۔''

کسی نے نتھو سے یہ نہ پوچھا کہ وہ روپا کو لے کر کدھر جا رہا ہے۔ مادھو کا کچھ پوچھنے ہی والا تھا کہ نتھو اور روپا دونوں چبوترے پر سے اتر کر موری کے اس پار جا چکے تھے۔ چنانچہ وہ اپنی مونچھ کے سفید بال نوچنے میں مصروف ہو گیا اور چودھری نے کُبڑے تنکے کو بڑے تنکے کو سیدھا کرنا شروع کر دیا۔

بھٹے کے مالک لالہ گنیش داس کا لڑکا سَتیش جسے بھٹے کے مزدور چھوٹے لالہ جی کہا کرتے تھے، اپنے کمرے میں اکیلا چائے پی رہا تھا۔ پاس ہی تپائی پر ایک کھلی ہوئی کتاب رکھی تھی جسے غالباً وہ پڑھ رہا تھا۔ کتاب کی جلد کی طرح اس کا چہرہ بھی جذبات سے خالی تھا۔ ایسا معلوم ہوتا تھا کہ اس نے اپنے چہرے پر غلاف چڑھا رکھا ہے، وہ ہر روز اپنے اندر ایک نیا سَتیش پاتا تھا۔ وہ جاڑے اور گرمیوں کے درمیانی موسم کی طرح متغیر تھا۔ وہ گرم اور سرد لہروں کا ایک مجموعہ تھا۔ دوسرے دماغ سے سوچتے تھے لیکن وہ ہاتھوں اور پیروں سے سوچتا تھا۔ جہاں ہر شے کھیل نظر آتی ہے۔ یہی وجہ ہے کہ اپنی زندگی کو گیند کی مانند اچھال رہا تھا۔ وہ سمجھتا تھا کہ اچھل کود ہی زندگی کا اصل مقصد ہے، اس کو مسلنے میں بہت زیادہ مزا آتا ہے۔ ہر شے کو وہ مسل کر دیکھتا تھا۔

عورتوں کے متعلق اس کا نظریہ یہ تھا کہ مرد خواہ کتنا ہی بوڑھا ہو جائے مگر اس کو عورت جوان ملنی چاہیے۔ عورت میں جوانی کو وہ اتنا ہی ضروری خیال کرتا تھا جتنا اپنے ٹینس کھیلنے والے ریکٹ میں بنے ہوئے جال کے اندر تناؤ کو۔ دوستوں کو کہا کرتا تھا، ''زندگی کے ساز کا ہر تار ہر وقت تنا ہونا چاہیے۔ تا کہ ذرا سی جنبش پر بھی وہ لرزنا شروع کر دے۔'' یہ لرزش، یہ کپکپاہٹ جس سے سَتیش کو اس قدر پیار تھا، دراصل اس کے گندے خون کے کھولاؤ کا نتیجہ تھی۔ جنسی خواہشات اس کے اندر اس قدر زیادہ ہو گئی تھیں کہ جوان حیوانوں کو دیکھ کر بھی اسے لذت محسوس ہوتی تھی۔ وہ جب اپنی گھوڑی کے جوان بچے کے کپکپاتے ہوئے بدن کو دیکھتا تھا تو اسے ناقابلِ بیان مسرت حاصل ہوتی تھی۔ اس کو دیکھ کر کئی بار اس کے دل میں یہ خواہش پیدا ہوئی تھی کہ وہ اپنا بدن اس کے ترو تازہ بدن کے ساتھ گھسے۔

سَتیش چائے پی رہا تھا اور دل ہی دل میں چائے دانی کی تعریف کر رہا تھا جو بے داغ سفید چینی کی بنی ہوئی تھی۔ سَتیش کو داغ پسند نہیں تھے۔ وہ ہر شے میں ہمواری پسند کرتا تھا۔ صاف بدن عورتوں کو دیکھ کر وہ اکثر کہا کرتا تھا، ''میری نگاہیں اس عورت پر کئی گھنٹے تیرتی رہیں۔ ۔ ۔ وہ کس قدر ہموار تھی۔ ایسا

معلوم ہوتا تھا کہ شفاف پانی کی چھوٹی سی جھیل ہے۔

یہ کمرہ جس میں اس وقت سَتیش بیٹھا ہوا تھا، خاص طور پر اس کے لیے بنوایا گیا تھا۔ کمرے کے سامنے ٹینس کورٹ تھا۔ یہاں وہ اپنے دوستوں کے ساتھ ہر روز شام کو ٹینس کھیلتا تھا۔ آج اس نے اپنے دوستوں سے کہہ دیا تھا کہ وہ ٹینس کھیلنے نہیں آئے گا کیونکہ اسے آج ایک دلچسپ کھیل کھیلنا تھا۔ بھنگی کی نوجوان لڑکی جس کے متعلق اس نے ایک روز اپنے دوست سے یہ کہا تھا، ''تم اسے دیکھو ۔۔ سچ کہتا ہوں تمہاری نگاہیں اس کے چہرے پر سے پھسل پھسل جائیں گی۔ میری نگاہیں اس کو دیکھنے سے پہلے، اس کے کھردرے بالوں کو تھام لیتی ہیں تا کہ پھسل نہ جائیں۔۔۔ '' آج ایک مدت کے بعد ٹینس کورٹ میں اس سے خفیہ ملاقات کرنے کے لیے آ رہی تھی۔ وہ چائے پی رہا تھا اور اس کو ایسا معلوم ہوتا تھا کہ چائے میں اس جوان لڑکی کے سانولے رنگ کا عکس پڑ رہا تھا۔

اس کے آنے کا وقت ہو گیا تھا۔ باہر سوکھے پتے کھڑکے تو سَتیش نے پیالی میں سے چائے کا آخری گھونٹ پیا اور اس کی آمد کا انتظار کرنے لگا۔۔۔ !

ایک لمبا سا سایہ سا ٹینس کورٹ کے جھاڑو دیئے ہوئے سینے پر متحرک ہوا اور لڑکی کی بجائے نتھو نمودار ہوا۔ سَتیش نے غور سے اس کی طرف دیکھا کہ آنے والا بھٹے کا ایک مزدور ہے۔ نتھو اپنے بالوں کا ایک گچھا انگلیوں سے مروڑ رہا تھا اور ٹینس کورٹ کی طرف بڑھ رہا تھا۔ سَتیش کی کرسی برآمدے میں بچھی تھی۔ پاس پہنچ کر نتھو کھڑا ہو گیا اور سَتیش کی طرف یوں دیکھنے لگا گویا چھوٹے لالہ جی کو اس کی آمد کی غرض و غایت اچھی طرح معلوم ہے۔

سَتیش نے پوچھا، '' کیا ہے؟''

نتھو خاموشی سے برآمدے کی سیڑھیوں پر بیٹھ گیا اور کہنے لگا، '' چھوٹے لالہ جی! میں اسے لے کر آیا ہوں۔ اب آپ اُسے اپنے پاس رکھ لیجیے، گاؤں والے اُسے بہت تنگ کر رہے ہیں۔'' سَتیش حیران ہو گیا۔ اس کی سمجھ میں نہیں آیا کہ نتھو کیا کہہ رہا ہے۔ اس نے پوچھا، '' کسے ۔۔۔؟ کسے تنگ کر رہے ہیں۔'' نتھو نے جواب دیا، '' آپ ۔۔۔ آپ ۔۔۔ روپا کو ۔۔۔ آپ کی پتنی کو۔''

'' میری پتنی؟''، سَتیش چکرا گیا۔ '' میری پتنی ۔۔۔ تیرا دماغ تو نہیں بہک گیا ۔۔۔ یہ کیا بک رہا ہے ۔۔۔ ''، یہ کہتے ہی اس کے اندر ۔۔۔ بہت اندر روپا کا خیال پیدا ہوا اور اسے یاد آیا کہ پچھلے ساون میں وہ ایک موٹی موٹی آنکھوں اور گدرائے ہوئے جسم والی ایک لڑکی سے کچھ دنوں کھیلتا تھا۔ وہ دودھ لے کر

شہر میں جایا کرتی تھی۔ ایک بار اس نے دودھ کی بوندیں اس کے ابھرتے ہوئے سینے پر ٹپکتی دیکھی تھیں اور ۔۔۔ ہاں ہاں یہ روپا وہی لڑکی تھی جس کے بارے میں اس نے ایک بار یہ خیال کیا تھا کہ وہ دودھ سے زیادہ ملائم ہے۔ اس کو حیرت بھی ہوتی تھی کہ یہ اینٹیں بنانے والے ایسی نرم و ناز ک لڑکیاں کیسے پیدا کر لیتے ہیں۔ وہ بھنگی کی لڑکی کو بھول سکتا تھا، سوشیلا کو فراموش کر سکتا تھا، جو ہر روز اُس کے ساتھ ٹینس کھیلتی تھی۔ وہ ہسپتال کی نرس کو بھول سکتا تھا جس کے سفید کپڑوں کا وہ معترف تھا۔ وہ اس ۔۔۔ لیکن روپا کو نہیں بھول سکتا تھا۔ اسے اچھی طرح یاد ہے کہ دوسری یا تیسری ملاقات پر جب کہ روپا نے اپنا آپ اس کے حوالے کر دیا تھا۔ تو اس کی ایک بات پر اسے بہت ہنسی آئی تھی۔ روپا نے اس سے کہا تھا، ''چھوٹے لالہ جی! کل سُندری چمارن کہہ رہی تھی، جلدی جلدی بیاہ کر لے لری۔ بڑا مزا آتا ہے ۔۔۔ اسے کیا پتہ کہ میں بیاہ کر بھی چکی ہوں۔۔۔''، مگر روپا تھی کہاں؟ سَتیش کی حیوانی جس اس کا نام سنتے ہی بیدار ہو چکی تھی۔ گو سَتیش کا دماغ معاملہ کی نزاکت کو سمجھ گیا تھا۔ مگر اس کا جسم صرف اپنی دلچسپی کی طرف متوجہ تھا۔

سَتیش نے پوچھا، ''کہاں ہے رُوپا؟''

نتھو اٹھ کھڑا ہوا، ''باہر کھڑی ہے ۔۔۔ میں ابھی اسے لاتا ہوں۔'' سَتیش نے فوراً رعب دار لہجے میں کہا، ''خبردار جو اسے تو یہاں لایا ۔۔۔ جا بھاگ جا یہاں سے۔''

''پر ۔۔۔ پر ۔۔۔ چھوٹے لالہ جی وہ ۔۔۔ وہ آپ کی پتنی ہو چکی ہے ۔۔۔ بچی کی ماں بننے والی ہے اور بچہ آپ ہی کا تو ہو گا ۔۔۔ آپ ہی کا تو ہو گا۔'' نتھو نے تلملاتے ہوئے کہا۔

تو روپا حاملہ ہو چکی تھی ۔۔۔ سَتیش کو قدرت کی یہ ستم ظریفی سخت ناپسند تھی اس کی سمجھ میں نہیں آتا تھا کہ عورت اور مرد کے تعلقات کے ساتھ ساتھ یہ حمل کا سلسلہ کیوں جوڑ دیا ہے۔ مرد جب کسی عورت کی خاص خوبی کا معترف ہوتا ہے تو اس کی سزا اسے بچے کی شکل میں کیوں طرفین کو بھگتنا پڑتی ہے ۔۔۔ روپا بچے کے بغیر کتنی اچھی تھی۔ اور وہ خود اس بچے کے بغیر کتنے اچھے طریقے پر، روپا کے ساتھ تعلقات قائم رکھ سکتا تھا۔ اس سلسلہ تولید کی وجہ سے کئی بار اس کے دل میں یہ خیال پیدا ہوا کہ عورت ایک بے کار شے ہے یعنی اس کو ہاتھ لگاؤ اور یہ بچہ پیدا ہو جاتا ہے۔ یہ بھی کوئی بات ہے۔ اب اس کی سمجھ میں نہیں آتا تھا کہ وہ اس بچے کا کیا کرے جو پیدا ہو رہا تھا۔ تھوڑی دیر غور کر کے اس نے نتھو کو اپنے پاس بٹھایا اور بڑے آرام سے کہا۔ ''تم روپا کے کیا لگتے ہو ۔۔۔ خیر چھوڑو اس قصے کو ۔۔۔ دیکھو، یہ بچے وچے کی بات مجھے پسند نہیں، مفت میں ہم دونوں بدنام ہو جائیں گے، تم ایسا کرو، روپا کو یہاں چھوڑ جاؤ ۔۔۔ میں اسے آج ہی کسی ایسی

جگہ بھجوا دوں گا جہاں یہ بچہ ضائع کر دیا جائے ۔ ۔ ۔اور روپا کو میں کچھ روپے دے دوں گا، وہ خوش ہو جائے گی۔ ۔ ۔تمہارا انعام بھی تمہیں مل جائے گا۔ ۔ ۔ٹھہرو۔ ،،

یہ کہہ کر سَتیش نے اپنی جیب سے بٹوا نکالا اور دس روپے کا نوٹ نتھو کے ہاتھ میں دے کر کہا، ''یہ رہا تمہارا انعام۔ ۔ ۔جاؤ عیش کرو۔ ،، نتھو چپکے سے اٹھا۔ دس روپے کا نوٹ اس نے اچھی طرح مٹھی میں دبا لیا اور وہاں سے چل دیا۔ سَتیش نے اطمینان کا سانس لیا کہ چلو چھٹی ہوئی۔ اب وہ بھنگی کی لڑکی کی بابت سوچنے لگا کہ اگر اسے بھی۔ ۔ ۔مگر یہ کیا، نتھو روپا کے ساتھ واپس آ رہا تھا۔ روپا کی نظریں جھکی ہوئی تھیں۔ اور وہ یوں چل رہی تھی جیسے اسے بہت تکلیف ہو رہی تھی۔ سَتیش نے سوچا، ''یہ بچہ پیدا کرنا بھی ایک اچھی خاصی مصیبت معلوم ہوتی ہے۔ ،،

نتھو اور روپا دونوں برآمدے کی سیڑھیوں کے پاس کھڑے ہو گئے۔ سَتیش نے روپا کی طرف دیکھے بغیر کہا، ''دیکھو روپا، میں نے۔ ۔ ۔اس کو سب کچھ سمجھا دیا ہے۔ تم فکر نہ کرو، سب ٹھیک ہو جائے گا۔ ۔ سمجھیں۔ ۔ ۔کیوں بھئی تم نے سب کچھ بتا دیا نا؟ ،،

نتھو نے دس روپے کا نوٹ خاموشی سے سَتیش کی طرف بڑھایا اور کہا، ''چھوٹے لالہ جی! کاغذ کے اس ٹکڑے سے آپ مجھے خریدنا چاہتے ہیں۔ میں تو ایک بہت بڑا سودا کرنے آیا تھا۔ ،، سَتیش نے سمجھا کہ نتھو شاید دس روپے سے زیادہ مانگتا ہے، ''کتنے چاہئیں تجھے۔ ۔ ۔میرے پاس اس وقت پچاس ہیں لینا ہو تو لے جاؤ۔ ،،

نتھو نے روپا کی طرف دیکھا۔ روپا کی آنکھوں سے آنسو نکل کر سیمنٹ سے لپی ہوئی سیڑھیوں پر ٹپک رہے تھے۔ اس کے دل پر یہ قطرے پگھلے ہوئے سیسے کی طرح گر رہے تھے۔ سَتیش کی طرف اس نے مڑ کر کہا، ''چھوٹے لالہ جی، یہ آپ کی پتی ہے، آپ اس کے بچے کے باپ ہیں۔ ۔ ۔جیسے بڑے لالہ جی آپ کے پتا ہیں۔ ۔ ۔روپا کے لیے اور کوئی جگہ نہیں ہے، وہ آپ کے پاس رہے گی اور آپ اسے پتنی بنا کر رکھیں گے۔ ۔ ۔سب گاؤں والے اسے دھتکار رہے ہیں، کس لیے۔ ۔ ۔اس لیے کہ وہ آپ کا بچہ اپنے پیٹ میں لیے پھرتی ہے۔ ۔ ۔آپ کو تھامنا پڑے گا اِس لڑکی کا ہاتھ جس نے آپ کو اپنا سب کچھ دے دیا۔ ۔ ۔آپ کا دل پتھر کا نہیں ہے چھوٹے لالہ جی! اور اس چھوکری کا دل بھی پتھر نہیں ہے ۔ ۔ آپ نے اس کو سہارا نہ دیا تو اور کون دے گا، یہ آتی نہیں تھی۔ روپ کے اپنی جان ہلکان کر رہی تھی۔ میں نے اسے سمجھایا اور کہا، پگلی تو کیوں روتی ہے، تیرا پتی حیا ہے، چل میں تجھے اس کے پاس لے چلوں۔

سَتیش کو پتی پتنی کا مطلب ہی سمجھ میں نہیں آتا تھا، ''دیکھو بھائی! زیادہ بکواس نہ کرو، تم یوں ڈرا دھمکا کر مجھ سے زیادہ روپیہ وصول نہیں کر سکتے۔ میں ایک سو روپیہ دینے پر راضی ہوں۔ مگر شرط یہ ہے کہ بچہ ضائع کر دیا جائے۔ اور تم جو مجھ سے یہ کہتے ہو کہ میں اسے اپنے گھر میں بسالوں تو یہ ناممکن ہے ۔ ۔ میں اس کا پتی خواب میں بھی نہیں بنا اور نہ یہ میری کبھی پتنی بنی ہے ۔ ۔ ۔ سمجھے؟ سو روپیہ لینا ہو تو کل آ کے یہاں سے لے جانا، اب یہاں سے نو دو گیارہ ہو جاؤ۔''

نتھو بِھنّا گیا، ''اور ۔ ۔ ۔ اور ۔ ۔ ۔ یہ بچہ کیا آسمان سے گرا ہے؟ اس کی آنکھوں میں آنسو بھوت پریتوں نے بھر دیئے ہیں۔ میرا دل ۔ ۔ میرا دل کون مسل رہا ہے ۔ ۔ ۔ یہ روپے ۔ ۔ ۔ یہ سو روپے کیا آپ خیرات کے طور پر دے رہے ہیں ۔ ۔ ۔ کچھ ہوا ہے تو یہ سب کچھ ہو رہا ہے ۔ ۔ ۔ کوئی بات ہے تو یہ ہلچل مچ رہی ہے ۔ ۔ ۔ آپ اس بچے کے باپ ہیں تو کیا اس کے پتی نہیں؟ میری عقل کو کچھ ہو گیا ہے یا آپ کی سمجھ کو ۔ ۔ ۔۔''

سَتیش یہ تقریر برداشت نہ کر سکا، ''الو کے پٹھے! تو جاتا ہے کہ نہیں یہاں سے، کھڑا اپنی منطق چھانٹ رہا ہے۔ جا، جو کرنا ہے کر لے ۔ ۔ ۔ دیکھوں تو میرا کیا بگاڑ لے گا۔'' نتھو نے ہولے سے کہا، ''میں تو سنوار نے آیا تھا چھوٹے لالہ جی ۔ ۔ ۔ آپ ناحق کیوں بگڑ رہے ہیں، آپ کیوں نہیں اس کا ہاتھ تھام لیتے یہ آپ کی پتنی ہے۔''

''پتنی کے بچے! اب تو اپنی بکواس بند کرے گا یا نہیں ۔ ۔ ۔ بچہ بچہ کیا بک رہا ہے ۔ ۔ ۔ جا لے جا اپنی اس کچھ لگتی کو، ورنہ یاد رکھ، کھال ادھیڑ دوں گا۔''

نتھو کے سب پٹھے اکڑ گئے، ''بھگوان کی قسم! مجھ میں اتنی شکتی ہے کہ یوں ہاتھوں میں دبا کر تیرا سارا لہو نچوڑ دوں ۔ ۔ ۔ میری کھال تیرے ان نازک ہاتھوں سے نہیں ادھڑے گی ۔ ۔ ۔ میں تیری بوٹی بوٹی نوچ سکتا ہوں ۔ ۔ ۔ پر میں کچھ نہیں کر سکتا۔ میں تجھے ہاتھ تک نہیں لگانا چاہتا ۔ ۔ ۔ تو رو پا کے بچے کا باپ ہے، تو رو پا کا پتی ہے ۔ اگر میں نے تجھ پر ہاتھ اٹھایا تو مجھے ڈر ہے کہ رو پا کے دل کو دھکا لگے گا ۔ ۔ ۔ تو عورتوں سے ملتا جلتا ہے پر تو عورت کا دل نہیں رکھتا۔''

سَتیش آپے سے باہر ہو گیا۔ اور چیخنے لگا، ''تیری اور تیری رو پا کی ایسی تیسی ۔ ۔ نکل یہاں سے باہر۔'' نتھو بڑھ کر رو پا کے آگے کھڑا ہو گیا اور سَتیش کے پاس ۔ ۔ ۔ بالکل پاس جا کر کہنے لگا، ''چھوٹے لالہ جی مجھے معاف کر دیجیے گا۔ میں نے ایسی باتیں کہہ دی ہیں جو مجھے کہنی نہیں چاہیے تھیں ۔ ۔ ۔ مجھے معاف

کر دیجیے مگر روپا کا ہاتھ تھام لیجیے۔۔۔ آپ اس کے پتی ہیں، اس کے بھاگ میں آپ کے بنا اور کوئی مرد نہیں لکھا گیا۔ یہ آپ کی ہے۔۔۔ اب آپ اسے اپنا بنا لیں۔۔۔ یہ دیکھیے میں آپ کے سامنے ہاتھ جوڑتا ہوں۔''

''کیسے واہیات آدمی سے واسطہ پڑا ہے،'' سَتیش نے کمرے کے اندر جاتے ہوئے کہا، ''کہتا ہوں میں روپا و روپا کو نہیں جانتا۔ مگر یہ خواہ مخواہ اسے میرے پلے باندھ رہا ہے۔۔۔ جاؤ جاؤ ہوش کی دوا کرو۔''

کمرے کا صرف ایک دروازہ کھلا تھا جس سے سَتیش اندر داخل ہوا تھا۔ اندر داخل ہو کر اس نے یہ دروازہ بند کر دیا۔ تھو نے دروازے کی لکڑی کی طرف دیکھا تو اسے سَتیش کے چہرے اور اس میں کوئی فرق نظر نہ آیا۔ تھو نے اپنے سر کے بال مروڑنے شروع کر دیئے اور جب پلٹ کر اس نے روپا سے کچھ کہنا چاہا تو وہ جا چکی تھی۔۔۔ اور وہ اس کا پیچھا کرنے کے لیے بھاگا۔ مگر وہ جا چکی تھی۔ باہر نکل کر اُس نے روپا کو بہت دور درختوں کے جھنڈ میں غائب ہوتے دیکھا۔ وہ اس کے پیچھے یہ کہتا ہوا بھاگا، ''روپا۔۔۔ روپا، ٹھہر جا۔۔۔ میں ایک بار پھر اسے سمجھاؤں گا۔۔۔ وہ ہی تیرا پتی ہے۔۔۔ اس کا گھر ہی تیری اصل جگہ ہے۔'' وہ بہت دیر تک بھاگتا رہا۔ مگر روپا بہت دور نکل گئی تھی۔۔۔ اس روز سے آج تک نتھو، روپا کی تلاش میں سرگرداں ہے مگر وہ اسے نہیں ملتی۔ وہ لوگوں سے کہتا ہے، ''میں روپا کے پتی کو جانتا ہوں۔۔۔ تم اسے ڈھونڈ کر لاؤ، میں اسے اس کے پتی سے ملا دوں گا۔''

لوگ یہ سن کر ہنس دیتے ہیں۔۔۔ بچے جب بھی نتھو کو دیکھتے ہیں تو اس سے پوچھتے ہیں، ''اس کا پتی کون ہے نتھو بھیّا؟'' تو نتھو ان کو مارنے کے لیے دوڑتا ہے۔

اصلی جن

لکھنؤ کے پہلے دنوں کی یاد نواب نوازش علی، اللہ کو پیارے ہوئے توان کی اکلوتی لڑکی کی عمر زیادہ سے زیادہ آٹھ برس تھی۔ اکہرے جسم کی، بڑی دبلی پتلی، نازک، پتلے پتلے نقشوں والی، گڑیا سی۔ نام اس کا فرخندہ تھا۔ اس کو اپنے والد کی موت کا دکھ ہوا۔ مگر عمر ایسی تھی کہ بہت جلد بھول گئی۔ لیکن اس کو اپنے دکھ کا شدید احساس اس وقت ہوا جب اس کو میٹھا برس لگا اور اس کی ماں نے اس کا باہر آنا جانا قطعی طور پر بند کر دیا اور اس پر کڑے پردے کی پابندی عائد کر دی۔ اس کو اب ہر وقت گھر کی چار دیواری میں رہنا پڑتا۔ اس کا کوئی بھائی تھا نہ بہن۔ اکثر تنہائی میں روتی اور خدا سے یہ گلہ کرتی کہ اس نے بھائی سے اسے کیوں محروم رکھا اور پھر اس کا ابا میاں اس سے کیوں چھین لیا۔

ماں سے اس کو محبت تھی، مگر ہر وقت اس کے پاس بیٹھی وہ کوئی تسکین محسوس نہیں کرتی تھی۔ وہ چاہتی تھی کوئی اور ہو جس کے وجود سے اس کی زندگی کی ایک آہنگی دور ہو سکے۔ وہ ہر وقت اکتائی اکتائی سی رہتی۔

اب اس کو اٹھارواں برس لگ رہا تھا۔ سالگرہ میں دس بارہ روز باقی تھے کہ پڑوس کا مکان جو کچھ دیر سے خالی پڑا تھا، پنجابیوں کے ایک خاندان نے کرائے پر اٹھا لیا۔ ان کے آٹھ لڑکے تھے اور ایک لڑکی۔ آٹھ لڑکوں میں سے دو بیاہے جا چکے تھے۔ باقی اسکول اور کالج میں پڑھتے تھے۔ لڑکی ان چھیوں سے ایک برس بڑی تھی۔ بڑی تنومند، ہٹی کٹی، اپنی عمر سے دو اڑھائی برس زیادہ ہی دکھائی دیتی تھی۔ انٹرنس پاس کر چکی تھی، اس کے بعد اس کے والدین نے یہ مناسب نہ سمجھا تھا کہ اسے مزید تعلیم دی جائے۔ معلوم نہیں کیوں؟ اس لڑکی کا نام نسیمہ تھا۔ لیکن اپنے نام کی رعایت سے وہ نرم و نازک اور سست رفتار نہیں تھی۔ اس میں بلا کی پھرتی اور گرمی تھی۔۔۔ فرخندہ کو اس مہین مہین مونچھوں والی لڑکی نے کوٹھے پر سے دیکھا، جب کہ وہ بے

حد اکتا کر کوئی ناول پڑھنے کی کوشش کرنا چاہتی تھی۔

دونوں کوٹھے ساتھ ساتھ تھے ۔۔۔ چنانچہ چند جملوں ہی میں دونوں متعارف ہوگئیں۔

فرخندہ کو اس کی شکل و صورت پہلی نظر میں قطعاً پرکشش معلوم نہ ہوئی لیکن جب اس سے تھوڑی دیر گفتگو ہوئی تو اسے اس کا ہر خد و خال پسند آیا۔ موٹے موٹے نقشوں والی تھی، جیسے کوئی جوان لڑکا ہے جس کی مسیں بھیگ رہی ہیں۔ بڑی صحت مند، بھرے بھرے ہاتھ پاؤں، کشادہ سینہ مگر ابھاروں سے بہت حد تک خالی۔ فرخندہ کو اس کے بالائی لب پر مہین مہین بالوں کا غبار خاص طور پر بہت پسند آیا۔ چنانچہ ان میں فوراً دوستی ہوگئی۔

نسیمہ نے اس کے ہاتھ میں کتاب دیکھی تو پوچھا، ''یہ ناول کیسا ہے؟''

فرخندہ نے کہا، ''بڑا ذلیل قسم کا ہے ۔۔۔ ایسے ہی مل گیا تھا۔ میں تنہائی سے گھبرا گئی تھی، سوچا کہ چند صفحے پڑھ لوں۔''

نسیمہ نے یہ ناول فرخندہ سے لیا، واقعی بڑا گھٹیا ساتھا۔ مگر اس نے رات کو بہت دیر جاگ کر پڑھا۔ صبح نوکر کے ہاتھ فرخندہ کو واپس بھیج دیا۔ وہ ابھی تک تنہائی محسوس کر رہی تھی اور کوئی کام نہیں تھا۔ اس لیے اس نے سوچا کہ چلو چند اوراق دیکھ لوں۔ کتاب کھولی تو اس میں سے ایک رقعہ نکلا جو اس کے نام تھا۔ یہ نسیمہ کا لکھا ہوا تھا۔

اسے پڑھتے ہوئے فرخندہ کے تن بدن میں کپکپیاں دوڑتی رہیں۔ فوراً کوٹھے پر گئی۔ نسیمہ نے اس سے کہا تھا کہ اگر وہ اسے بلانا چاہے تو وہ اینٹ جو منڈیر سے اکھڑی ہوئی تھی زور زور سے کسی اور اینٹ کے ساتھ بجا دیا کرے۔ وہ فوراً آ جائے گی۔

فرخندہ نے اینٹ بجائی تو نسیمہ سچ مچ ایک منٹ میں کوٹھے پر آ گئی۔ شاید وہ اپنے رقعے کے جواب کا انتظار کر رہی تھی۔ آتے ہی وہ چار ساڑھے چار فٹ کی منڈیر پر مردانہ انداز میں چڑھی اور دوسری طرف کو دیکھ کر فرخندہ سے لپٹ گئی اور چٹ سے اس کے ہونٹوں کا طویل بوسہ لے لیا۔

فرخندہ بہت خوش ہوئی۔ دیر تک دونوں گھل مل کے باتیں کرتی رہیں۔ نسیمہ اب اسے اور زیادہ خوبصورت دکھائی دی۔ اس کی ہر ادا جو مردانہ طرز کی تھی، اسے بے حد پسند آئی اور وہیں فیصلہ ہو گیا کہ وہ تا دم آخر سہیلیاں بنی رہیں گی۔

سالگرہ کا دن آیا تو فرخندہ نے اپنی ماں سے اجازت طلب کی کہ وہ اپنی ہمسائی کو جو اس کی سہیلی بن چکی ہے

بلا سکتی ہے۔اس نے اپنے ٹھیٹ لکھنوی انداز میں کہا، ''کوئی مضائقہ نہیں، بلالو، بلالو۔۔۔لیکن وہ مجھے پسند نہیں۔ میں نے دیکھا ہے لونڈوں کی طرح کد کڑے لگاتی رہتی ہے۔''

فرخندہ نے وکالت کی، ''نہیں امی جان۔۔۔وہ تو بہت اچھی ہے۔ جب ملتی ہے بڑے اخلاق سے پیش آتی ہے۔''

نواب صاحب کی بیگم نے کہا، ''ہوگا، مگر بھئی مجھے تو ایسا معلوم ہوتا ہے کہ اس میں لڑکیوں کی کوئی نزاکت نہیں۔ لیکن تم اصرار کرتی ہو تو بلالو۔ لیکن اس سے زیادہ ربط نہیں ہونا چاہیے۔''

فرخندہ اپنی ماں کے پاس تخت پر بیٹھ گئی اور اس کے ہاتھ سے سروتا لے کر چھالیا کاٹنے لگی، ''لیکن امی جان! ہم دونوں تو قسم کھا چکی ہیں کہ ساری عمر سہیلیاں رہیں گی۔۔۔انسان کو اپنے وعدے سے کبھی پھرنا نہیں چاہیے۔''

بیگم صاحبہ اصول کی پکی تھیں اس لیے انہوں نے کوئی اعتراض نہ کیا اور صرف یہ کہہ کر خاموش ہو گئیں، ''تم جانو۔۔۔مجھے کچھ معلوم نہیں۔''

سالگرہ کے دن نسیمہ آئی۔اس کی قمیض دھاری دار پوپلین کی تھی۔ چست پائجامہ جس میں سے اس کی مضبوط پنڈلیاں اپنی تمام مضبوطی دکھا رہی تھیں۔ فرخندہ کو وہ اس لباس میں بہت پیاری لگی۔ چنانچہ اس نے اپنی تمام نسوانی نزاکتوں کے ساتھ اس کا استقبال کیا اور اس سے چند ناز نخرے بھی کیے۔ مثال کے طور پر جب میز پر چائے آئی تو اس نے خود بنا کر نسیمہ کو پیش کی۔اس نے کہا، ''میں نہیں پیتی'' تو فرخندہ رونے لگی۔ بسکٹ اپنے دانتوں سے توڑا تو اس کو مجبور کیا کہ وہ اس کا بقایا حصہ کھائے۔سموسہ منہ میں رکھا تو اس سے کہا کہ وہ آدھا اس کے منہ کے ساتھ منہ لگا کر کھائے۔

ایک آدھ مرتبہ معمولی معمولی باتوں پر لڑائی ہوتے ہوتے رہ گئی، مگر فرخندہ خوش تھی۔ وہ چاہتی تھی کہ نسیمہ ہر روز آئے۔ وہ اس سے چہل کرے اور ایسی نرم و نازک لڑائیاں ہوتی رہیں جن سے اس کی ٹھہرے پانی ایسی زندگی میں چند لہریں پیدا ہوتی رہیں۔ لہریں پیدا ہونا شروع ہو گئیں۔اور ان میں فرخندہ اور نسیمہ دونوں لہرانے لگیں۔ اب فرخندہ نے بھی اپنی امی سے اجازت لے کر نسیمہ کے گھر جانا شروع کر دیا۔ دونوں اس کمرے میں جو نسیمہ کا تھا دروازے بند کر کے گھنٹوں بیٹھی رہتیں۔ جانے کیا باتیں کرتی تھیں؟ ان کی محبت اتنی شدت اختیار کر گئی کہ فرخندہ جب کوئی چیز خریدتی تو نسیمہ کا ضرور خیال رکھتی۔اس کی امی اس کے خلاف تھی۔

چونکہ اکلوتی تھی، اس لیے وہ اسے رنجیدہ نہیں کرنا چاہتی تھی۔ دولت کافی تھی اس لیے کیا فرق پڑتا تھا کہ ایک کے بجائے دو قمیضوں کے لیے کپڑا خرید لیا جائے۔ فرخندہ کی دس شلواروں کے لیے سفید ساٹن لی تو نسیمہ کے لیے پانچ شلواروں کے لیے لٹھے لیا لیا جائے۔

نسیمہ کو ریشمی ملبوس پسند نہیں تھے۔ اس کو سوتی کپڑے پہننے کی عادت تھی۔ وہ فرخندہ سے یہ تمام چیزیں لیتی مگر شکریہ ادا کرنے کی ضرورت محسوس نہ کرتی، صرف مسکرا دیتی اور یہ تحفے تحائف وصول کر کے فرخندہ کو اپنی بانہوں کی مضبوط گرفت میں بھینچ لیتی اور اس سے کہتی، ''میرے ماں باپ غریب ہیں۔ اگر نہ ہوتے تو میں تمھارے خوبصورت بالوں میں ہر روز اپنے ہاتھوں سے سونے کی کنگھی کرتی، تمھاری سینڈلیں چاندی کی ہوتیں، تمھارے غسل کے لیے معطر پانی ہوتا، تمھاری بانہوں میں میری بانہیں ہوتیں اور ہم جنت کی تمام منزلیں طے کر کے دوزخ کے دہانے تک پہنچ جاتے۔''

معلوم نہیں وہ جنت سے جہنم تک کیوں پہنچنا چاہتی تھی۔ وہ جب بھی فردوس کا ذکر کرتی تو دوزخ کا ذکر ضرور آتا۔ فرخندہ کو شروع شروع میں تھوڑی سی حیرت اس کے متعلق ضرور ہوئی مگر بعد میں جب وہ نسیمہ سے گھل مل گئی تو اس نے محسوس کیا کہ ان دونوں میں کوئی زیادہ فرق نہیں۔ سردی سے نکل اگر آدمی گرمی میں جائے تو اسے ہر لحاظ سے راحت ملتی ہے اور فرخندہ کو یہ حاصل ہوتی تھی۔ ان کی دوستی دن بدن زیادہ استوار ہوتی گئی بلکہ یوں کہیے کہ بڑی شدت اختیار کر گئی جو نواب نوازش علی مرحوم کی بیگم کو بہت کھلتی تھی۔ بعض اوقات وہ یہ محسوس کرتی کہ نسیمہ اس کی موت ہے۔ لیکن یہ احساس اس کو باوقار معلوم نہ ہوتا۔

فرخندہ اب زیادہ تر نسیمہ ہی کے پاس رہتی۔ صبح اٹھ کر کوٹھے پر جاتی نسیمہ اسے اٹھا کر منڈیر کے اس طرف لے جاتی اور دونوں کمرے میں بند گھنٹوں جانے کن باتوں میں مشغول رہتیں۔

فرخندہ کی دو سہیلیاں اور بھی تھیں، بڑی مردار قسم کی، یو پی کی رہنے والی تھیں، جسم چھچھڑا سا، دو پلی ٹوپیاں سی معلوم ہوتی تھیں۔ پھونک مارو تو اڑ جائیں۔

نسیمہ سے تعارف ہونے سے پہلے یہ دونوں اس کی جان و جگر تھیں مگر اب فرخندہ کو ان سے کوئی لگاؤ نہیں رہا تھا۔ بلکہ چاہتی تھی کہ وہ نہ آیا کریں اس لیے کہ ان میں کوئی جان نہیں تھی۔ نسیمہ کے مقابلے میں وہ ننھی ننھی چوہیاں تھیں جو کترنا بھی نہیں جانتیں۔

ایک بار اسے مجبوراً اپنی ماں کے ساتھ کراچی جانا پڑا، وہ بھی فوری طور پر۔ نسیمہ گھر میں موجود نہیں تھی، اس کا فرخندہ کو بہت افسوس ہوا۔ چنانچہ کراچی پہنچتے ہی اس نے اس کو ایک طویل معذرت نامہ لکھا۔ اس

سے پہلے وہ تار بھیج چکی تھی۔ اس نے خط میں سارے حالات درج کر دیئے اور لکھا کہ تمہارے بغیر میری زندگی یہاں بے کیف ہے۔ کاش تم بھی میرے ساتھ آتیں۔

اس کی والدہ کو کراچی میں بہت کام تھے۔ مگر اس نے اسے کچھ بھی نہ کرنے دیا۔ دن میں کم از کم سو مرتبہ کہتی، ''میں اداس ہو گئی ہوں۔ یہ بھی کوئی شہروں میں شہر ہے۔ یہاں کا پانی پی کر میرا ہاضمہ خراب ہو گیا ہے۔۔۔ اپنا کام جلدی ختم کیجیے اور چلیے لاہور۔''

نواب نوازش علی کی بیگم نے سارے کام ادھورے چھوڑے اور واپس چلنے پر رضا مند ہو گئی۔ مگر اب فرخندہ نے کہا، ''جانا ہے تو ذرا شاپنگ کر لیں۔۔۔ یہاں کپڑا اور دوسری چیزیں سستی اور اچھی ملتی ہیں۔'' شاپنگ ہوئی۔ فرخندہ نے اپنی سہیلی نسیمہ کے دس سلیکس کے لیے بہترین ڈیزائن کا کپڑا خریدا، واکنگ شو لیے، ایک گھڑی خریدی، جو نسیمہ کی چوڑی کلائی کے لیے مناسب و موزوں تھی۔۔۔ ماں خاموش رہی کہ وہ ناراض نہ ہو جائے۔

کراچی سے لاہور پہنچی تو سفر کی تکان کے باوجود فوراً نسیمہ سے ملی مگر اس کا منہ سوجا ہوا تھا۔ سخت ناراض تھی کہ وہ اس سے ملے بغیر چلی گئی۔ فرخندہ نے بڑی معافیاں مانگیں۔ ہر سطح سے اس کی دلجوئی کی مگر وہ راضی نہ ہوئی۔ اس پر فرخندہ نے زار و قطار رونا شروع کر دیا اور نسیمہ سے کہا کہ اگر وہ اسی طرح ناراض رہی تو وہ کچھ کھا کر مر جائے گی۔ اس کا فوری اثر ہوا اور نسیمہ نے اس کو اپنے مضبوط بازوؤں میں سمیٹ لیا اور اس کو چومنے پچکارنے لگی۔

دیر تک دونوں سہیلیاں کمرہ بند کر کے بیٹھی پیار محبت کی باتیں کرتی رہیں۔ اس دن ان کی دوستی اور زیادہ مضبوط ہو گئی۔ مگر فرخندہ کی ماں نے محسوس کیا کہ اس کی اکلوتی بیٹی کی صحت دن بدن خراب ہو رہی ہے۔ چنانچہ اس نے اس کا گھر سے نکلنا بند کر دیا۔ اس کا نتیجہ یہ ہوا کہ فرخندہ پر ہسٹیریا ایسے دورے پڑنے لگے۔

بیگم صاحبہ نے اپنی جان پہچان والی عورتوں سے مشورہ کیا تو انہوں نے یہ اندیشہ ظاہر کیا کہ لڑکی کو آسیب ہو گیا ہے۔ دوسرے لفظوں میں کوئی جِن اس پر عاشق ہے جو اس کو نہیں چھوڑتا۔ چنانچہ فوراً ٹونے ٹوٹکے کیے گئے۔ جھاڑ پھونک کرنے والے بلائے گئے۔ تعویز گنڈے ہوئے مگر بے سود۔

فرخندہ کی حالت دن بدن غیر ہوتی گئی۔ کچھ سمجھ میں نہیں آتا تھا کہ عارضہ کیا ہے۔ دن بدن دبلی ہو رہی تھی۔ کبھی گھنٹوں خاموش رہتی۔ کبھی زور زور سے چلانا شروع کر دیتی اور اپنی سہیلی نسیمہ کو یاد کر کے پہروں

آنسو بہاتی۔اس کی ماں جو زیادہ ضعیف الاعتقاد نہیں تھی، اپنی جان پہچان کی عورتوں کی اس بات پر یقین نہیں ہوا کہ لڑکی پر کوئی جن عاشق ہے۔اس لیے کہ فرخندہ عشق و محبت کی بہت زیادہ باتیں کرتی تھی اور بڑے بڑے ٹھنڈے ٹھنڈے سانس بھرتی تھی۔

ایک مرتبہ پھر کوشش کی گئی۔ بڑی دور دور سے جھاڑنے والے بلائے گئے۔ دوا دارو بھی کیا مگر کوئی فائدہ نہ ہوا۔ فرخندہ بار بار التجا کرتی کہ اس کی سہیلی نسیمہ کو بلایا جائے مگر اس کی ماں ٹالتی رہی۔

آخر ایک روز فرخندہ کی حالت بہت بگڑ گئی۔ گھر میں کوئی بھی نہیں تھا۔اس کی والدہ جو کبھی باہر نہیں نکلی تھی برقعہ اوڑھ کر ایک ہمسائی کے ہاں گئی اور اس سے کہا کہ کچھ کرے۔ دونوں بھاگم بھاگ فرخندہ کے کمرے میں پہنچیں مگر وہ موجود نہیں تھی۔

نواب نوازش علی مرحوم کی بیگم نے چیخنا چلانا اور دیوانہ وار '' فرخندہ بیٹی، فرخندہ بیٹی'' کہہ کر پکارنا شروع کر دیا۔سارا گھر چھان مارا مگر وہ نہ ملی، اس پر وہ اپنے بال نوچنے لگی۔ ہمسائی نے اس کے ہاتھ پکڑ لیے مگر وہ برابر واویلا کرتی رہی۔

فرخندہ نیم دیوانگی کے عالم میں اوپر کوٹھے پر کھڑی تھی۔اس نے منڈیر کی اکھڑی ہوئی اینٹ اٹھائی اور زور سے اسے دوسری اینٹ کے ساتھ بجایا۔

کوئی نہ آیا۔

اس نے پھر اینٹ کو دوسری اینٹ کے ساتھ ٹکرایا۔ چند لمحات کے بعد ایک خوبصورت نوجوان جو نسیمہ کے چھ کنوارے بھائیوں میں سے سب سے بڑا تھا اور برساتی میں بیٹھا بی اے کے امتحان کی تیاری کر رہا تھا، باہر نکلا۔اس نے دیکھا منڈیر کے اس طرف ایک دبلی پتلی نازک اندام لڑکی کھڑی ہے۔ بڑی پریشان حال، بال کھلے ہیں۔ ہونٹوں پر پپڑیاں جمی ہیں، آنکھوں میں سینکڑوں زخمی آنکھیں سمٹی ہیں۔ قریب آ کر اس نے فرخندہ سے پوچھا، '' کسے بلا رہی ہیں آپ؟''

فرخندہ نے اس نوجوان کو بڑے گہرے اور دلچسپ غور سے دیکھا، '' میں نسیمہ کو بلا رہی تھی۔''

نوجوان نے صرف اتنا کہا، '' وہ چلو آؤ!'' اور یہ کہہ کر منڈیر کے اس طرف سے ہلکی پھلکی فرخندہ کو اٹھایا اور برساتی میں لے گیا جہاں وہ امتحان کی تیاری کر رہا تھا۔ دوسرے دن جن غائب ہو گیا۔ فرخندہ بالکل ٹھیک تھی۔ اگلے مہینے اس کی شادی نسیمہ کے اس بھائی سے ہو گئی جس میں نسیمہ شریک نہ ہوئی۔

افشائے راز

''میری لگدی کسے نہ ویکھی، تے ٹٹدی نوں جگ جاندا''

''یہ آپ نے گانا کیوں شروع کر دیا ہے؟''

''ہر آدمی گاتا اور روتا ہے۔۔۔کونسا گناہ کیا ہے؟''

''کل آپ غسل خانے میں بھی یہی گیت گا رہے تھے۔''

''غسل خانے میں تو ہر شریف آدمی اپنی استطاعت کے مطابق گاتا ہے۔۔۔اس لیے کہ وہاں کوئی سننے والا نہیں ہوتا۔۔۔میرا خیال ہے، تمہیں میری آواز پسند نہیں آتی۔''

''آپ کی آواز تو ماشاءاللہ بڑی اچھی ہے۔''

''مجھے بنا رہی ہو۔۔۔مجھے اس کا علم ہے کہ میں کن سُراہوں، میری آواز میں کوئی کشش نہیں۔۔۔کوئی بھی اسے پھٹے بانس کی آواز کہہ سکتا ہے۔''

''مجھے تو آپ کی آواز بڑی سریلی معلوم ہوتی ہے، باقی اللہ بہتر جانتا ہے۔۔۔لیکن میں پوچھتی ہوں، ہر وقت یہ پنجابی بولی وِرد زبان کیوں رہتی ہے؟''

''مجھے اچھی لگتی ہے۔۔۔بیگم تم کو اگر ادب اور شعر سے ذرا سا بھی شغف ہو۔۔۔''

''یہ شغف کیا بلا ہے۔۔۔آپ ہمیشہ ایسے الفاظ میں گفتگو کرتے ہیں جسے کوئی سمجھ ہی نہیں سکتا۔''

''شغف کا مطلب۔۔۔بس تم یہ سمجھ لو۔۔۔کہ اس کا مطلب لگاؤ ہے۔''

''مجھے شاعری سے لگاؤ کیوں ہو۔۔۔ایسی واہیات چیز ہے۔''

''یعنی شاعری بھی ایک چیز ہو گئی۔۔۔یہ تمہاری بڑی زیادتی ہے۔۔۔فرصت کے لحات میں اپنے اندر

ذوق پیدا کیا کرو۔''

''چھ بچے پیدا کر چکی ہوں۔۔۔اب میں اور کوئی چیز پیدا نہیں کر سکتی۔''

''میں نے تم سے کئی مرتبہ کہا کہ معاملہ ختم ہونا چاہیے، پر تم ہی نہیں مانیں۔۔۔چھ بچے پیدا کرکے تم تھک گئی ہو، تمہارے پڑوس میں مسز قیوم رہتی ہے اس کے گیارہ بچے ہیں۔''

''اس کا مطلب ہے کہ میں بھی گیارہ ہی پیدا کروں؟''

''میں نے یہ کب کہا ہے۔۔۔میں تو ایک کا بھی قائل نہیں تھا۔''

''میں اچھی طرح جانتی ہوں۔۔۔جب میرے بچہ نہ ہوتا تو آپ اسی بہانے سے دوسری شادی کر لیتے۔''

''میں تو ایک ہی شادی سے بھر پایا ہوں۔۔۔تم ساری زندگی کے لیے کافی ہو۔۔۔میں دوسری شادی کے متعلق سوچ ہی نہیں سکتا۔''

''اور یہ پنجابی بولی کس لیے گائی جا رہی تھی؟''

''بھئی، میں کہہ چکا ہوں کہ مجھے یہ پسند ہے۔۔۔تمہیں ناپسند ہو تو میں کیا کہہ سکتا ہوں۔۔۔میری لگدی کسے نہ ویکھی۔۔۔تے ٹٹدی نوں جگ جاندا۔''

''اس بولی میں آپ کو کیا لذت محسوس ہوتی ہے؟''

''میں اس کے متعلق وثوق سے کچھ نہیں کہہ سکتا۔''

''آپ نے اب تک کوئی بات وثوق سے نہیں کہی۔''

''وثوق نہیں۔۔۔وثوق۔۔۔یعنی یقین کے ساتھ۔''

''آپ نے ابھی تک کوئی بات ایسی نہیں کی جس میں یقین پایا جاتا ہو۔''

''لو، آج یہ نئی بات سنی۔۔۔میری باتوں پر آپ کو یقین کیوں نہیں آتا۔''

''مردوں کی باتوں کا اعتبار ہی کیا ہے؟''

''عورتوں کی باتوں کا اعتبار ہی کیا۔۔۔گھڑی میں تولہ گھڑی میں ماشہ۔۔۔آپ ہی پھاڑتی ہیں، آپ ہی رفو کرتی ہیں، سمجھ میں نہیں آتا یہ آج کی برہمی کس بات پر ہے۔''

''آپ ایسے واہیات گیت گاتے رہیں اور میں چپ رہوں۔۔۔اب سے دور قرآن درمیان، آپ نے ہمیشہ مجھ سے بے اعتنائی کی۔۔۔میری سمجھ میں نہیں آتا کہ آپ کو غزلوں اور گیتوں سے اتنی دلچسپی کیوں ہے۔۔۔ابھی پچھلے دنوں آپ مسلسل یہ شعر گنگناتے رہے :

سنا ہے مہ جبینوں کو بھی کچھ کچھ

مروت کے قرینے آ رہے ہیں

مجھے اس پر سخت اعتراض ہے۔۔۔ کوئی شریف آدمی ایسے شعر نہیں گاتا۔۔۔ آپ:

تیری ذات ہے اکبری سروری

میری بار کیوں دیر اتنی کری

کیوں نہیں گاتے۔''

''لاحول ولا۔۔ تم بھی کیسی اوٹ پٹانگ باتیں کرتی ہو۔''

''یہ باتیں گویا آپ کے نزدیک اوٹ پٹانگ ہیں۔۔۔؟ اس لیے کہ پاکیزہ ہیں؟''

''دنیا میں ہر چیز پاکیزہ ہے۔''

''آپ بھی؟''

''میں تو ہمیشہ صاف ستھرا رہتا ہوں، تم نے کئی مرتبہ اس کی تعریف کی ہے، دن میں دو مرتبہ کپڑے بدلتا ہوں، سخت سردی بھی ہو، غسل کرتا ہوں، تم تو تین چار دن چھوڑ کے نہاتی ہو، تمہیں پانی سے نفرت ہے۔''

''اجی واہ۔۔۔ میں تو ہر ہفتے باقاعدہ نہاتی ہوں۔''

ہر ہفتے کا نہانا تو سفید جھوٹ ہے۔۔۔ قرآن کی قسم کھا کے بتاؤ، تمہیں نہائے ہوئے کتنے دن ہو گئے ہیں۔''

''میں قرآن کی قسم کھانے کے لیے تیار نہیں۔۔۔ آپ بتائیے کب غسل کیا تھا۔''

''آج صبح۔''

''جھوٹ۔۔۔ آپ کا اول جھوٹ، آخر جھوٹ۔۔۔ آج صبح تو نل میں پانی ہی نہیں تھا۔۔۔ میں نے ساڑھے نو بجے کے قریب دو مشکیں منگوائی تھیں۔''

''میں بھول گیا۔۔۔ واقعی آج میں نے غسل نہیں کیا۔''

''آپ کو بھول جانے کا مرض ہے۔''

''بھولنا انسان کی فطرت ہے۔۔۔ اس پر تمہیں اعتراض کرنے کا کوئی حق نہیں۔۔۔ چند روز ہوئے تم دس کا نوٹ کہیں رکھ کے بھول گئی تھیں اور مجھ پر الزام لگایا کہ میں نے چوری کر لیا ہے۔۔۔ یہ کتنی بڑی زیادتی تھی۔''

''جیسے آپ نے میرے روپے کبھی نہیں چرائے۔۔۔ پچھلے مہینے میری الماری سے آپ نے سو روپے

نکالے اور غائب کر گئے۔،،

،،ہو سکتا ہے وہ کسی اور نے چرائے ہوں۔۔اگر تمہیں مجھ پر شک تھا تو بتا دیا ہوتا۔۔۔یہ بھی ممکن ہے کہ تم نے وہ سو روپے کا نوٹ کسی محفوظ جگہ رکھا ہو اور بعد میں بھول گئی ہو۔۔کئی مرتبہ ایسا ہوا ہے۔،،

،،کب؟،،۔۔،،پچھلے سال اسی مہینے تم نے پانچ سو روپے کے نوٹ اپنے پلنگ کے بستر کے نیچے چھپا رکھے تھے اور تم ان کے متعلق بالکل بھول گئی تھیں۔۔۔مجھ پر یہ الزام لگایا گیا تھا کہ میں نے چرائے ہیں۔۔۔آخر میں نے ہی تلاش کر کے نکالے اور تمہارے حوالے کر دیئے۔،،

،،کیا پتا ہے کہ آپ نے چرائے ہوں اور بعد میں میرے شور مچانے پر اپنی جیب سے نکال کر بستر کے نیچے رکھ دیئے ہوں۔،،

،،میری سمجھ میں تمہاری یہ منطق نہیں آتی۔،،۔۔،،آپ کی سمجھ میں تو کوئی چیز بھی نہیں آتی۔۔۔کل میں نے آپ سے کہا تھا کہ دہی کھانا آپ کے لیے مفید ہے، لیکن آپ نے مجھے ایک لکچر پلا دیا کہ دہی فضول چیز ہے۔،،

،،دہی تو میں ہر روز کھاتا ہوں۔،،۔۔،،کتنا کھاتے ہیں؟،،

،،یہی، کوئی آدھ سیر۔،،۔۔،،میں ہر روز سیر منگواتی ہوں۔۔۔باقی پڑا جھک مارتا رہتا ہے۔،،

،،دہی کو جھک مارنے کی کیا ضرورت ہے۔۔۔جو بچ جاتا ہے اس کی تم کڑھی بنا لیتی ہو۔،،

،،میں دہی کے بارے میں کوئی بات نہیں کرنا چاہتی۔۔۔کڑھی بناتی ہوں تو یہ اس بات کا ثبوت ہے کہ میں سلیقہ شعار عورت ہوں۔۔۔میں نے آپ سے صرف اتنا پوچھا تھا کہ آپ آج کل ایک خاص پنجابی بولی کیوں ہر وقت گاتے رہتے ہیں۔،،

،،اس لیے کہ مجھے پسند ہے۔،،۔۔،،کیوں پسند ہے۔۔۔؟اس کی وجہ بھی تو ہونی چاہیے۔،،

،،تمہیں کالا رنگ کیوں پسند ہے۔۔اس کی وجہ بتاؤ؟تمہیں بھنڈیاں مرغوب ہیں۔۔۔کیوں؟تمہیں سینما دیکھنے کا شوق ہے۔اس کا جواز پیش کرو۔۔تم لٹھے کی بجائے ریشم کی شلواریں پہنتی ہو۔۔۔اس کی کیا وجہ ہے؟،،

،،آپ کو کوئی حق حاصل نہیں کہ مجھ سے اس قسم کے سوال کریں۔۔میں اپنی مرضی کی مالک ہوں۔،،

،،اپنی مرضی کا مالک میں بھی ہوں۔۔۔کیا مجھے یہ حق حاصل نہیں کہ جو شعر بھی مجھے پسند ہو، اپنی بھونڈی آواز میں دن رات گاتا رہوں۔،،

’’مجھے اس پر کوئی اعتراض نہیں۔۔۔لیکن میں سمجھتی ہوں۔۔۔‘‘

’’رک کیوں گئیں؟‘‘

’’دیکھیے، آپ میری زبان نہ کھلوائیے۔۔۔میں نے آج تک آپ سے کچھ نہیں کہا، حالانکہ میں سب کچھ جانتی ہوں۔‘‘

’’تم میرے متعلق کیا جانتی ہو؟‘‘

’’سب کچھ۔‘‘

’’کچھ مجھے بھی بتادو، تا کہ میں اپنے متعلق کچھ جان سکوں۔۔۔میں تو سالہا سال کے غور و فکر کے بعد بھی اپنے متعلق کچھ جان نہ سکا۔‘‘

’’آپ اس پنجابی بولی میں جو آپ مسلسل گنگناتے رہتے ہیں۔۔۔سب کچھ جان سکتے ہیں۔‘‘

’’تم اس قدر شاکی کیوں ہو؟‘‘

’’ہر مرد بے وفا ہوتا ہے۔‘‘

میں نے تم سے کیا بے وفائی کی ہے۔۔۔اصل میں عورتیں جا و بے جا اپنے شوہروں پر شک کرتی رہتی ہیں۔‘‘

ٹھہریے۔۔۔دروازے پر دستک ہوئی ہے۔۔۔میرا خیال ہے، ڈاکیا ہے۔‘‘

’’یہ خط میرا ہے۔۔۔لاؤ اِدھر۔‘‘

’’میں کھولتی ہوں۔۔۔پڑھ کے آپ کے حوالے کر دوں گی۔‘‘

’’تمہیں میرے خط پڑھنے کا کوئی حق حاصل نہیں۔‘‘

’’میں ہمیشہ آپ کے خط پڑھتی رہی ہوں۔۔۔یہ حق آپ نے کب سے چھین لیا؟‘‘

’’اچھا یہ بتادو کہ خط کس کا ہے؟‘‘ ۔۔۔ ’’آپ ہی کا ہے؟‘‘ ۔۔۔ ’’کس نے لکھا ہے؟‘‘

’’آپ کی کسی سہیلی نے۔۔۔جس کا نام عذرا ہے۔۔۔وہ پنجابی بولی جو آپ گاتے پھرتے ہیں اس کاغذ کی پیشانی پر لکھی ہے

میری لگدی کسے نہ دیکھی وے۔۔۔تے ٹٹدی نوں جگ جاندا۔ یہ ٹوٹ ہی جائے تو بہتر ہے۔‘‘

اللہ دتا

دو بھائی تھے۔ اللہ رکھا اور اللہ دتا۔ دونوں ریاست پٹیالہ کے باشندے تھے۔ ان کے آباء و اجداد البتہ لاہور کے تھے مگر جب ان دو بھائیوں کا دادا ملازمت کی تلاش میں پٹیالہ آیا تو وہیں کا ہو رہا۔ اللہ رکھا اور اللہ دتا دونوں سرکاری ملازم تھے۔ ایک چیف سیکریٹری صاحب بہادر کا اردلی تھا، دوسرا کنٹرولر آف سٹورز کے دفتر کا چپراسی۔

دونوں بھائی ایک ساتھ رہتے تھے تا کہ خرچ کم ہو۔ بڑی اچھی گزر رہی تھی۔ ایک صرف اللہ رکھا کو جو بڑا تھا، اپنے چھوٹے بھائی کے چال چلن کے متعلق شکایت تھی۔ وہ شراب پیتا تھا۔ رشوت لیتا تھا اور کبھی کبھی کسی غریب اور نادار عورت کو پھانس بھی لیا کرتا تھا۔ مگر اللہ رکھا نے ہمیشہ چشم پوشی سے کام لیا تھا کہ گھر کا امن و سکون درہم برہم نہ ہو۔ دونوں شادی شدہ تھے۔ اللہ رکھا کی دو لڑکیاں تھیں۔ ایک بیاہی جا چکی تھی اور اپنے گھر میں خوش تھی۔ دوسری جس کا نام صغریٰ تھا، تیرہ برس کی تھی اور پرائمری اسکول میں پڑھتی تھی۔ اللہ دتا کی ایک لڑکی تھی، زینب۔۔۔۔۔۔ اس کی شادی ہو چکی تھی مگر اپنے گھر میں اتنی خوش نہیں تھی۔ اس لیے کہ اس کا خاوند اوباش تھا۔ پھر بھی وہ جوں توں نبھائے جا رہی تھی۔ زینب اپنے بھائی طفیل سے تین سال بڑی تھی۔ اس حساب سے طفیل کی عمر اٹھارہ انیس برس کے قریب ہوتی تھی۔ وہ لوہے کے ایک چھوٹے سے کارخانے میں کام سیکھ رہا تھا۔ لڑکا ذہین تھا، چنانچہ کام سیکھنے کے دوران میں بھی پندرہ روپے ماہوار اسے مل جاتے تھے۔

دونوں بھائیوں کی بیویاں بڑی اطاعت شعار، محنتی اور عبادت گزار عورتیں تھیں۔ انہوں نے اپنے شوہروں کو کبھی شکایت کا موقع نہیں دیا تھا۔ زندگی بڑی ہموار گزر رہی تھی کہ ایکا ایکی ہندو مسلم فسادات شروع ہو گئے۔

دونوں بھائیوں کے وہم و گمان میں بھی نہیں تھا کہ ان کے مال و جان اور عزت و آبرو پر حملہ ہوگا اور انہیں افراتفری اور کسمپرسی کے عالم میں ریاست پٹیالہ چھوڑنا پڑے گی۔۔۔ مگر ایسا ہوا۔

دونوں بھائیوں کو قطعاً معلوم نہیں کہ اس خونیں طوفان میں کون سا درخت گرا، کون سے درخت سے کون سی ٹہنی ٹوٹی۔۔۔۔ جب ہوش و حواس کسی قدر درست ہوئے تو چند حقیقتیں سامنے آئیں اور وہ لرز گئے۔ اللہ رکھا کی لڑکی کا شوہر شہید کر دیا گیا تھا اور اس کی بیوی کو بلوائیوں نے بڑی بے دردی سے ہلاک کر دیا تھا۔ اللہ دتا کی بیوی کو بھی سکھوں نے کرپانوں سے کاٹ ڈالا تھا۔ اس کی لڑکی زینب کا بدچلن شوہر بھی موت کے گھاٹ اتار دیا گیا تھا۔

رونا دھونا بے کار تھا۔ صبر شکر کر کے بیٹھ رہے۔ پہلے تو کیمپوں میں گلتے سڑتے رہے۔ پھر گلی کوچوں میں بھیک مانگا کیے۔ آخر خدا نے سنی۔ اللہ دتا کو گوجرانوالہ میں ایک چھوٹا سا شکستہ مکان سر چھپانے کو مل گیا۔ طفیل نے دوڑ دھوپ کی تو اسے کام مل گیا۔

اللہ رکھا لاہور ہی میں دیر تک دربدر پھرتا رہا۔ جوان لڑکی کا ساتھ تھی۔ گویا ایک پہاڑ کا پہاڑ اس کے سر پر تھا۔ یہ اللہ ہی جانتا ہے کہ اس غریب نے کس طرح ڈیڑھ برس گزارا۔ بیوی اور بڑی لڑکی کا غم وہ بالکل بھول چکا تھا۔ قریب تھا کہ وہ کوئی خطرناک قدم اٹھائے کہ اسے ریاست پٹیالہ کے ایک بڑے افسر مل گئے جو اس کے بڑے مہربان تھے۔ اس نے ان کو اپنی حالت زار الف سے لے کر ی تک کہہ سنائی۔ آدمی رحم دل تھا۔ اس کو بڑی دقّتوں کے بعد لاہور کے ایک عارضی دفتر میں اچھی ملازمت مل گئی تھی، چنانچہ انہوں نے دوسرے روز ہی اس کو چالیس روپیہ ماہوار پر ملازم رکھ لیا اور ایک چھوٹا سا کوارٹر بھی رہائش کے لیے دلوا دیا۔

اللہ رکھا نے خدا کا شکر ادا کیا جس نے اس کی مشکلات دور کیں۔ اب وہ آرام سے سانس لے سکتا تھا اور مستقبل کے متعلق اطمینان سے سوچ سکتا تھا۔ صغریٰ بڑے سلیقے والی سگھڑ لڑکی تھی، سارا دن گھر کے کام کاج میں مصروف رہتی۔ اِدھر اُدھر سے لکڑیاں چن کے لاتی۔ چولہا سلگاتی اور مٹی کی ہنڈیا میں ہر روز اتنا سالن پکاتی جو دو وقت کے لیے پورا ہو جائے۔ آٹا گوندھتی۔ پاس ہی تنور تھا، وہاں جا کر روٹیاں لگوا لیتی۔ تنہائی میں آدمی کیا کچھ نہیں سوچتا طرح طرح کے خیالات آتے ہیں۔ صغریٰ عام طور پر دن میں تنہا ہوتی تھی اور اپنی بہن اور ماں کو یاد کر کے آنسو بہاتی رہتی تھی، پر جب باپ آتا تو وہ اپنی آنکھوں میں سارے آنسو خشک کر لیتی تھی تا کہ اس کے زخم ہرے نہ ہوں۔ لیکن وہ اتنا جانتی تھی کہ اس کا باپ اندر ہی اندر

گُھلا جا رہا ہے۔ اس کا دل ہر وقت روتا رہتا ہے مگر وہ کسی سے کہتا نہیں۔ صغریٰ سے بھی اس نے کبھی اس کی ماں اور بہن کا ذکر نہیں کیا تھا۔

زندگی اُفتاں و خیزاں گزر رہی تھی۔ اُدھر گوجرانوالہ میں اللہ دتا اپنے بھائی کے مقابلے میں کسی قدر خوش حال تھا، کیونکہ اسے بھی ملازمت مل گئی تھی اور زینب بھی تھوڑا بہت سلائی کا کام کر لیتی تھی۔ مل ملا کے کوئی ایک سو روپے ماہوار ہو جاتے تھے جو تینوں کے لیے بہت کافی تھے۔

مکان چھوٹا تھا، مگر ٹھیک تھا۔ اوپر کی منزل میں طفیل رہتا تھا، نچلی منزل میں زینب اور اس کا باپ۔ دونوں ایک دوسرے کا بہت خیال رکھتے تھے۔ اللہ دتا اسے زیادہ کام نہیں کرنے دیتا تھا۔ چنانچہ منہ اندھیرے اٹھ کر وہ صحن میں جھاڑو دے کر چولہا سُلگا دیتا تھا کہ زینب کا کام کچھ ہلکا ہو جائے۔ وقت ملتا تو دو تین گھڑے بھر کر گھڑونچی پر رکھ دیتا تھا۔ زینب نے اپنے شہید خاوند کو کبھی یاد نہیں کیا تھا۔ ایسا معلوم ہوتا تھا جیسے وہ اس کی زندگی میں کبھی تھا ہی نہیں۔ وہ خوش تھی۔ اپنے باپ کے ساتھ بہت خوش تھی۔ بعض اوقات وہ اس سے لپٹ جاتی تھی۔۔۔ طفیل کے سامنے بھی وہ اس کو خوب چومتی تھی۔

صغریٰ اپنے باپ سے ایسے چھل نہیں کرتی تھی۔۔۔ اگر ممکن ہوتا تو وہ اس سے پردہ کرتی۔ اس لیے نہیں کہ وہ کوئی نامحرم تھا۔ نہیں۔۔۔ صرف احترام کے لیے۔۔۔ اس کے دل سے کئی دفعہ یہ دعا اٹھتی تھی، ''یا پروردگار۔۔۔ میرا باپ میرا جنازہ اٹھائے۔''

بعض اوقات کئی دعائیں الٹی ثابت ہوتی ہیں۔ جو خدا کو منظور تھا، وہی ہونا تھا۔ غریب صغریٰ کے سر پر غم و اندوہ کا ایک اور پہاڑ ٹوٹنا تھا۔ جون کے مہینے دو پہر کو دفتر کے کسی کام پر جاتے ہوئے تپتی ہوئی سڑک پر اللہ رکھا کو ایسی لُو لگی کہ بے ہوش ہو کر گر پڑا۔ لوگوں نے اٹھایا۔ ہسپتال پہنچایا مگر دوا دارو نے کوئی کام نہ کیا۔ صغریٰ باپ کی موت کے صدمے سے نیم پاگل ہو گئی۔ اس نے قریب قریب آدھے بال نوچ ڈالے۔ ہمسایوں نے بہت دم دلاسا دیا مگر یہ کارگر کیسے ہوتا۔۔۔ وہ تو ایسی کشتی کے مانند تھی جس کا بادبان ہو نہ کوئی پتوار اور بیچ منجدھار کے آن پھنسی ہو۔

پٹیالہ کے وہ افسر جنہوں نے مرحوم اللہ رکھا کو ملازمت دلوائی تھی، فرشتہ رحمت ثابت ہوئے۔ ان کو جب اطلاع ملی تو دوڑے آئے۔ سب سے پہلے انہوں نے یہ کام کیا کہ صغریٰ کو موٹر میں بٹھا کر گھر چھوڑ آئے اور بیوی سے کہا کہ وہ اس کا خیال رکھے۔ پھر ہسپتال میں جا کر انہوں نے اللہ رکھا کے غسل وغیرہ کا ویس انتظام کیا اور دفتر والوں سے کہا کہ وہ اس کو دفنا آئیں۔

الله دتا کو اپنے بھائی کے انتقال کی خبر بڑی دیر کے بعد ملی۔ بہر حال وہ لاہور آیا اور پوچھتا پاچھتا وہاں پہنچ گیا جہاں صُغریٰ تھی۔ اس نے اپنی بھتیجی کو بہت دم دلاسا دیا، بہلایا، سینے کے ساتھ لگایا، پیار کیا، دنیا کی بے ثباتی کا ذکر کیا۔ بہادر بننے کو کہا، مگر صُغریٰ کے چھٹے ہوئے دل پر ان تمام باتوں کا کیا اثر ہوتا۔ غریب خاموش اپنے آنسو دوپٹے میں خشک کرتی رہی۔

الله دتا نے افسر صاحب سے آخر میں کہا، ''میں آپ کا بہت شکر گزار ہوں۔ میری گردن آپ کے احسانوں تلے ہمیشہ دبی رہے گی۔ مرحوم کی تجہیز و تکفین کا آپ نے بندوبست کیا۔ پھر یہ بچی جو بالکل بے آسرا رہ گئی تھی، اس کو آپ نے اپنے گھر میں جگہ دی۔۔۔ خدا آپ کو اس کا اجر دے۔۔۔ اب میں اسے اپنے ساتھ لیے جاتا ہوں۔ میرے بھائی کی بڑی قیمتی نشانی ہے۔''

افسر صاحب نے کہا، ''ٹھیک ہے۔۔۔ لیکن تم ابھی اسے کچھ دیر اور یہاں رہنے دو۔۔۔ طبیعت سنبھل جائے تو لے جانا۔''

الله دتا نے کہا، ''حضور! میں نے ارادہ کیا ہے کہ اس کی شادی اپنے لڑکے سے کروں گا اور بہت جلد!'' افسر صاحب بہت خوش ہوئے، ''بڑا نیک ارادہ ہے۔۔۔ لیکن اس صورت میں جب کہ تم اس کی شادی اپنے لڑکے سے کرنے والے ہو، اس کا اس گھر میں رہنا مناسب نہیں، تم شادی کا بندوبست کرو۔ مجھے تاریخ سے مطلع کر دینا۔ خدا کے فضل و کرم سے سب ٹھیک ہو جائے گا۔''

بات درست تھی۔ الله دتا واپس گوجرانوالہ چلا گیا۔ زینب اس کی غیر موجودگی میں بڑی اداس ہوئی تھی۔ جب وہ گھر میں داخل ہوا تو وہ اس سے لپٹ گئی اور کہنے لگی کہ اس نے اتنی دیر کیوں لگائی؟

الله دتا نے پیار سے اسے ایک طرف ہٹایا، ''ارے بابا، آنا جانا کیا ہے۔۔۔ قبر پر فاتحہ پڑھنی تھی۔ صُغریٰ سے ملنا تھا، اسے یہاں لانا تھا۔''

زینب نہ معلوم کیا سوچنے لگی۔ ''صُغریٰ کو یہاں لانا تھا۔'' ایک دم چونک کر۔ ''ہاں۔۔۔ صُغریٰ کو یہاں لانا تھا۔ پر وہ کہاں ہے؟''

''وہیں ہے۔۔۔ پٹیالے کے ایک بڑے نیک دل افسر ہیں، ان کے پاس ہے۔ انہوں نے کہا تم اس کی شادی کا بندوبست کر لو گے تو لے جانا۔'' یہ کہتے ہوئے اس نے بیڑی سلگائی۔ زینب نے بڑی دلچسپی لیتے ہوئے پوچھا، ''اس کی شادی کا بندوبست کر رہے ہو۔۔۔ کوئی لڑکا ہے تمہاری نظر میں؟''

الله دتا نے زور کا کش لگایا، ''ارے بھی، اپنا طفیل۔۔۔میرے بڑے بھائی کی صرف ایک ہی نشانی تو ہے۔۔۔میں اسے کیا غیروں کے حوالے کر دوں گا؟''

زینب نے ٹھنڈی سانس بھری، ''تو صُغریٰ کی شادی تم طفیل سے کرو گے؟''

الله دتا نے جواب دیا، ''ہاں۔۔۔کیا تمہیں کوئی اعتراض ہے؟''

زینب نے بڑے مضبوط لہجے میں کہا، ''ہاں۔۔۔اور تم جانتے ہو کیوں ہے۔۔۔یہ شادی ہرگز نہیں ہو گی!''

الله دتا مسکرایا۔ زینب کی ٹھوڑی پکڑ کر اس نے اس کا منہ چوما، ''پگلی۔۔۔ہر بات پر شک کرتی ہے۔۔۔ اور باتوں کو چھوڑ، آخر میں تمہارا باپ ہوں۔''

زینب نے بڑے زور سے ہونہہ کی، ''باپ!'' اور اندر کمرے میں جا کر رونے لگی۔

الله دتا اس کے پیچھے گیا اور اس کو پچکارنے لگا۔

دن گزرتے گئے۔ طفیل فرمانبردار لڑکا تھا۔ جب اس کے باپ نے صُغریٰ کی بات کی تو وہ فوراً مان گیا۔ آخر تین چار مہینے کے بعد تاریخ مقرر ہو گئی۔ افسر صاحب نے فوراً صُغریٰ کے لیے ایک بہت اچھا جوڑا سلوایا جو اسے شادی کے دن پہننا تھا۔ ایک انگوٹھی بھی لے لی۔ پھر اس نے محلے والوں سے اپیل کی کہ وہ ایک یتیم لڑکی کی شادی کے لیے جو بالکل بے سہارا ہے، حسب توفیق کچھ دیں۔ صُغریٰ کو قریب قریب سبھی جانتے تھے اور اس کے حالات سے واقف تھے، چنانچہ انہوں نے مِل مِلا کر اس کے لیے بڑا اچھا جہیز تیار کر دیا۔

صُغریٰ دلہن بنی تو اسے ایسا محسوس ہوا کہ تمام دکھ جمع ہو گئے ہیں اور اس کو پِیس رہے ہیں۔ بہرحال، وہ اپنے سسرال پہنچی جہاں اس کا استقبال زینب نے کیا، کچھ اس طرح کہ صُغریٰ کو اسی وقت معلوم ہو گیا کہ وہ اس کے ساتھ بہنوں کا سا سلوک نہیں کرے گی بلکہ ساس کی طرح پیش آئے گی۔ صُغریٰ کا اندیشہ درست تھا۔ اس کے ہاتھوں کی مہندی ابھی اچھی طرح اترنے بھی نہ پائی تھی کہ زینب نے اس سے نوکروں کے کام لینے شروع کر دیئے۔ جھاڑو وہ دیتی، برتن وہ مانجھتی، چولھا وہ جھونکتی، پانی وہ بھرتی۔ یہ سب کام وہ بڑی پھرتی اور بڑے سلیقے سے کرتی لیکن پھر بھی زینب خوش نہ ہوتی۔ بات بات پر اس کو ڈانٹتی ڈپٹتی، جھڑکتی رہتی۔

صُغریٰ نے دل میں تہیہ کر لیا تھا، وہ یہ سب کچھ برداشت کرے گی اور کبھی حرف شکایت زبان پر نہ لائے

گی، کیونکہ اگر اسے یہاں سے دھکّا مل گیا تو اس کے لیے اور کوئی ٹھکانہ نہیں تھا۔

اللہ دتا کا سلوک البتہ اس سے برا نہیں تھا۔ زینب کی نظر بچا کر کبھی کبھار وہ اس کو پیار کر لیتا تھا اور کہتا تھا کہ وہ کچھ فکر نہ کرے، سب ٹھیک ہو جائے گا۔ صغرٰی کو اس سے بہت ڈھارس ہوتی۔ زینب جب بھی اپنی کسی سہیلی کے ہاں جاتی اور اللہ دتا اتفاق سے گھر پر ہوتا تو وہ اس سے دل کھول کر پیار کرتا، اس سے بڑی میٹھی میٹھی باتیں کرتا، کام میں اس کا ہاتھ بٹاتا۔ اس کے واسطے اس نے جو چیزیں چھپا کر رکھی ہوتی تھیں، دیتا اور سینے کے ساتھ لگا کر اس سے کہتا، ‘‘صغرٰی، تم بڑی پیاری ہو!’’

صغرٰی جھینپ جاتی۔ دراصل وہ اتنے پرجوش پیار کی عادی نہیں تھی۔ اس کا مرحوم باپ اگر کبھی اسے پیار کرنا چاہتا تھا تو صرف اس کے سر پر ہاتھ پھیر دیا کرتا تھا یا اس کے کندھے پر ہاتھ رکھ کر یہ دعا دیا کرتا تھا، ‘‘خدا میری بیٹی کے نصیب اچھے کرے۔’’

صغرٰی طفیل سے بہت خوش تھی۔ وہ بڑا اچھا خاوند تھا۔ جو کماتا تھا، اس کے حوالے کر دیتا تھا، مگر صغرٰی زینب کو دے دیتی تھی، اس لیے کہ وہ اس کے قہر و غضب سے ڈرتی تھی۔ طفیل سے صغرٰی نے زینب کی بدسلوکی اور اس کے ساس ایسے برتاؤ کا کبھی ذکر نہیں کیا تھا۔ وہ صلح کل تھی۔ وہ نہیں چاہتی تھی کہ اس کے باعث گھر میں کسی قسم کی بدمزگی پیدا ہو۔ اور بھی کئی باتیں تھیں جو وہ طفیل سے کہنا چاہتی تو کہہ دیتی مگر اسے ڈر تھا کہ طوفان برپا ہو جائے گا۔ اور تو اس میں سے بچ کر نکل جائیں گے مگر وہ اکیلی اس میں پھنس جائے گی، اور اس کی تاب نہ لا سکے گی۔

یہ خاص باتیں اسے چند روز ہوئے معلوم ہوئی تھیں اور وہ کانپ گئی تھی۔ اب اللہ دتا اسے پیار کرنا چاہتا تو وہ الگ ہٹ جاتی، یا دوڑ کر اوپر چلی جاتی، جہاں وہ اور طفیل رہتے تھے۔

طفیل کو جمعہ کی چھٹی ہوتی تھی۔ اللہ دتا کو اتوار کی۔ اگر زینب گھر پر ہوتی تو وہ جلدی جلدی کام کاج ختم کر کے اوپر چلی جاتی۔ اگر اتفاق سے اتوار کو زینب کہیں باہر گئی ہوتی تو صغرٰی کی جان پر بنی رہتی۔ ڈر کے مارے اس سے کام نہ ہوتا، لیکن زینب کا خیال آتا تو اسے مجبوراً کانپتے ہاتھوں سے دھڑکتے دل سے طوعاً و کرہاً سب کچھ کرنا پڑتا۔ اگر وہ کھانا وقت پر نہ پکائے تو اس کا خاوند بھو کار ہے کیونکہ وہ ٹھیک بارہ بجے اپنا شاگرد روٹی کے لیے بھیج دیتا تھا۔

ایک دن اتوار کو جب کہ زینب گھر پر نہیں تھی، اور وہ آٹا گوندھ رہی تھی، اللہ دتا پیچھے سے دبے پاؤں آیا اور کھلنڈرے انداز میں اس کی آنکھوں پر ہاتھ رکھ دیے۔ وہ تڑپ کر اٹھی، مگر اللہ دتا نے اسے اپنی مضبوط

گرفت میں لے لیا۔ صغریٰ نے چیخنا شروع کر دیا مگر وہاں سننے والا کون تھا۔ اللہ دتا نے کہا، ''شور مت مچاؤ۔ یہ سب بے فائدہ ہے۔۔۔ چلو آؤ!''

وہ چاہتا تھا کہ صغریٰ کو اٹھا کر اندر لے جائے۔ کمزور تھی مگر خدا جانے اس میں کہاں سے اتنی طاقت آ گئی کہ اللہ دتا کی گرفت سے نکل گئی اور ہانپتی کانپتی اوپر پہنچ گئی۔ کمرے میں داخل ہو کر اس نے اندر سے کنڈی چڑھا دی۔

تھوڑی دیر کے بعد زینب آ گئی۔ اللہ دتا کی طبیعت خراب ہو گئی تھی۔ اندر کمرے میں لیٹ کر اس نے زینب کو پکارا۔ وہ آئی تو اس سے کہا، ''ادھر آؤ، میری ٹانگیں دباؤ۔۔۔ زینب اچک کر پلنگ پر بیٹھ گئی اور اپنے باپ کی ٹانگیں دبانے لگی۔ تھوڑی دیر کے بعد دونوں کے سانس تیز تیز چلنے لگے۔

زینب نے اللہ دتا سے پوچھا۔ ''کیا بات ہے؟ آج تم اپنے آپ میں نہیں ہو؟''

اللہ دتا نے سوچا کہ زینب سے چھپانا فضول ہے، چنانچہ اس نے سارا ماجرا بیان کر دیا۔ زینب آگ بگولا ہو گئی، ''کیا ایک کافی نہیں تھی۔۔۔ تمہیں تو شرم نہ آئی، پر اب تو آنی چاہیے تھی۔۔۔ مجھے معلوم تھا کہ ایسا ہو گا، اسی لیے میں شادی کے خلاف تھی۔۔۔ اب سن لو کہ صغریٰ اس گھر میں نہیں رہے گی!''

اللہ دتا نے بڑے مسکین لہجے میں پوچھا، ''کیوں؟''

زینب نے کھلے طور پر کہا، ''میں اس گھر میں اپنی سوت دیکھنا نہیں چاہتی!''

اللہ دتا کا حلق خشک ہو گیا۔ اس کے منہ سے کوئی بات نہ نکل سکی۔

زینب باہر نکلی تو اس نے دیکھا کہ صغریٰ صحن میں جھاڑو دے رہی ہے۔ چاہتی تھی کہ اس سے کچھ کہے مگر خاموش رہی۔

اس واقعے کو دو مہینے گزر گئے۔۔۔ صغریٰ نے محسوس کیا کہ طفیل اس سے کھچا کھچا رہتا تھا۔ ذرا ذرا سی بات پر اس کو شک کی نگاہوں سے دیکھتا تھا۔ آخر ایک دن آیا کہ اس نے طلاق نامہ اس کے ہاتھ میں دیا اور گھر سے باہر نکال دیا۔

اُلو کا پٹھا

قاسم صبح سات بجے لحاف سے باہر نکلا اور غسل خانے کی طرف چلا۔ راستے میں، یہ اس کو ٹھیک طور پر معلوم نہیں، سونے والے کمرے میں، صحن میں یا غسل خانے کے اندر اس کے دل میں یہ خواہش پیدا ہوئی کہ وہ کسی کو الو کا پٹھا کہے۔ بس صرف ایک بار غصے میں یا طنز یہ انداز میں کسی کو الو کا پٹھا کہہ دے۔

قاسم کے دل میں اس سے پہلے کئی بار بڑی بڑی انوکھی خواہشیں پیدا ہو چکی تھیں مگر یہ خواہش سب سے نرالی تھی۔ وہ بہت خوش تھا۔ رات اس کو بڑی پیاری نیند آئی تھی۔ وہ خود کو بہت تروتازہ محسوس کر رہا تھا۔ لیکن پھر یہ خواہش کیسے اس کے دل میں داخل ہو گئی۔ دانت صاف کرتے وقت اس نے ضرورت سے زیادہ وقت صرف کیا جس کے باعث اس کے مسوڑھے چھل گئے۔ دراصل وہ سوچتا رہا کہ یہ عجیب و غریب خواہش کیوں پیدا ہوئی مگر وہ کسی نتیجے پر نہ پہنچ سکا۔

بیوی سے وہ بہت خوش تھا۔ ان میں کبھی لڑائی نہ ہوئی تھی، نوکروں پر بھی وہ ناراض نہیں تھا۔ اس لیے کہ غلام محمد اور نبی بخش دونوں خاموشی سے کام کرنے والے مستعد نوکر تھے، موسم بھی نہایت خوشگوار تھا، فروری کے سہانے دن تھے جن میں کنوار پنے کی تازگی تھی، ہوا خنک اور ہلکی، دن چھوٹے نہ راتیں لمبی، نیچر کا توازن بالکل ٹھیک تھا اور قاسم کی صحت بھی خوب تھی۔ سمجھ میں نہیں آتا تھا کہ کسی کو بغیر وجہ کے الو کا پٹھا کہنے کی خواہش اس کے دل میں کیوں کر پیدا ہو گئی۔

قاسم نے اپنی زندگی کے اٹھائیس برسوں میں متعدد لوگوں کو الو کا پٹھا کہا ہو گا اور بہت ممکن ہے کہ اس سے بھی کڑے لفظ اس نے بعض موقعوں پر استعمال کیے ہوں اور گندی گالیاں بھی دی ہوں مگر اسے اچھی طرح یاد تھا کہ ایسے موقعوں پر خواہش بہت پہلے اس کے دل میں پیدا نہیں ہوئی تھی مگر اب اچانک طور

پر اس نے محسوس کیا تھا کہ وہ کسی کو اُلو کا پٹھا کہنا چاہتا ہے اور یہ خواہش لمحہ بہ لمحہ شدت اختیار کرتی چلی گئی جیسے اس نے اگر کسی کو اُلو کا پٹھا نہ کہا تو بہت بڑا ہرج ہو جائے گا۔

دانت صاف کرنے کے بعد اس نے چھلے ہوئے مسوڑھوں کو اپنے کمرے میں جا کر آئینے میں دیکھا۔ مگر دیر تک ان کو دیکھتے رہنے سے بھی وہ خواہش نہ دبی جو ایکا ایکی اس کے دل میں پیدا ہو گئی تھی۔ قاسم منطقی قسم کا آدمی تھا۔ وہ بات کے تمام پہلوؤں پر غور کرنے کا عادی تھا۔ آئینہ میز پر رکھ کر وہ آرام کرسی پر بیٹھ گیا اور ٹھنڈے دماغ سے سوچنے لگا۔

''مان لیا کہ میرا کسی کو اُلو کا پٹھا کہنے کو جی چاہتا ہے۔۔۔ مگر یہ کوئی بات تو نہ ہوئی۔۔۔ میں کسی کو اُلو کا پٹھا کیوں کہوں؟ میں کسی سے ناراض بھی تو نہیں ہوں۔۔۔'' یہ سوچتے سوچتے اس کی نظر سامنے دروازے کے نیچے میں رکھے ہوئے حقے پر پڑی۔ ایک دم اس کے دل میں یہ باتیں پیدا ہوئیں، عجیب و اہیات نو کر ہے۔ دروازے کے عین بیچ میں یہ حقہ ٹِکا دیا ہے۔ میں ابھی اس دروازے سے اندر آیا ہوں، اگر ٹھوکر سے بھری ہوئی چلم گر پڑتی تو پا انداز جو کہ موبخ کا بنا ہوا ہے جلنا شروع ہو جاتا اور رساتھ ہی قالین بھی۔۔۔ اس کے جی میں آئی کہ غلام محمد کو آواز دے۔ جب وہ بھاگا ہوا اس کے سامنے آ جائے تو وہ بھرے ہوئے حقے کی طرف اشارہ کر کے اس سے صرف اتنا کہے، ''تم نرے اُلو کے پٹھے ہو۔'' مگر اس نے تامل کیا اور رسو چایوں بگڑنا اچھا معلوم نہیں ہوتا۔ اگر غلام محمد کو اب بلا کر اُلو کا پٹھا کہہ بھی دیا تو وہ بات پیدا نہ ہو گی اور پھر۔۔۔ اور پھر اس بے چارے کا کوئی قصور بھی تو نہیں ہے۔ میں دروازے کے پاس بیٹھ کر ہی تو ہر روز حقّہ پیتا ہوں۔

چنانچہ وہ خوشی جو ایک لمحہ کے لیے قاسم کے دل میں پیدا ہوئی تھی کہ اس نے اُلو کا پٹھا کہنے کے لیے ایک اچھا موقع تلاش کر لیا، غائب ہو گئی۔

دفتر کے وقت میں ابھی کافی دیر تھی۔ پورے دو گھنٹے پڑے تھے، دروازے کے پاس کرسی رکھ کر قاسم اپنے معمول کے مطابق بیٹھ گیا اور حقّہ نوشی میں مصروف ہو گیا۔

کچھ دیر تک وہ سوچ بچار کیے بغیر حقے کا دھواں پیتا رہا اور دھوئیں کے انتشار کو دیکھتا رہا۔ لیکن جونہی وہ حقے کو چھوڑ کر کپڑے تبدیل کرنے کے لیے ساتھ والے کمرے میں گیا تو اس کے دل میں وہی خواہش نئی تازگی کے ساتھ پیدا ہوئی۔ قاسم گھبرا گیا۔ بھئی حد ہو گئی۔۔۔ اُلو کا پٹھا۔۔۔ میں کسی کو اُلو کا پٹھا کیوں کہوں اور بفرضِ محال میں نے کسی کو اُلو کا پٹھا کہہ بھی دیا تو کیا ہو گا۔۔۔ قاسم دل ہی دل میں ہنسا۔

وہ صحیح الدماغ آدمی تھا۔ اسے اچھی طرح معلوم تھا کہ یہ خواہش جو اس کے دل میں پیدا ہوئی ہے بالکل بے ہودہ اور بے سروپا ہے لیکن اس کا کیا علاج تھا کہ دبانے پر وہ اور بھی زیادہ ابھر آتی تھی۔ قاسم اچھی طرح جانتا تھا کہ وہ بغیر کسی وجہ کے الو کا پٹھا نہ کہے گا۔ خواہ یہ خواہش صدیوں تک اس کے دل میں تلملاتی رہے، شاید اسی احساس کے باعث یہ خواہش جو بھٹکی ہوئی چمگادڑ کی طرح اس کے روشن دل میں چلی آئی تھی، اس قدر تڑپ رہی تھی۔

پتلون کے بٹن بند کرتے وقت جب اس نے دماغی پریشانی کے باعث اوپر کا بٹن نچلے کاج میں داخل کر دیا تو وہ جھلا اٹھا۔ بھئی یہ کیا بیہودگی ہو گا۔۔۔ یہ کیا بیہودگی ہے ۔۔۔ دیوانہ پن نہیں تو اور کیا ہے ۔۔۔ الو کا پٹھا کہو ۔۔۔ الو کا پٹھا کہو اور یہ پتلون کے سارے بٹن مجھے پھر سے بند کرنے پڑیں گے۔ لباس پہن کر وہ میز پر آ بیٹھا۔ اس کی بیوی نے چائے بنا کر پیالی اس کے سامنے رکھ دی اور توس پر مکھن لگانا شروع کر دیا۔ روزانہ معمول کی طرح ہر چیز ٹھیک ٹھاک تھی، توس اتنے اچھے سنکے ہوئے تھے کہ بسکٹ کی طرح کر کرے تھے اور ڈبل روٹی بھی اعلیٰ قسم کی تھی، خمیر میں سے خوشبو آ رہی تھی، مکھن بھی صاف تھا، چائے کی کیتلی بے داغ تھی۔ اس کی ہتھی کے ایک کونے پر قاسم ہر روز میل دیکھا کرتا تھا۔ مگر آج وہ دھبہ بھی نہیں تھا۔

اس نے چائے کا ایک گھونٹ پیا۔ اس کی طبیعت خوش ہو گئی۔ خالص دار جلنگ کی چائے تھی، جس کی مہک پانی میں بھی برقرار تھی۔ دودھ کی مقدار بھی صحیح تھی۔

قاسم نے خوش ہو کر اپنی بیوی سے کہا، ''آج چائے کا رنگ بہت ہی پیارا ہے اور بڑے سلیقے سے بنائی گئی ہے۔'' بیوی تعریف سن کر خوش ہوئی۔ مگر اس نے منہ بنا کر ایک ادا سے کہا، ''جی ہاں، بس آج اتفاق سے اچھی بن گئی ہے ورنہ ہر روز تو آپ کو نیم گھول کے پلائی جاتی ہے ۔۔۔ مجھے سلیقہ کہاں آتا ہے ۔۔۔ سلیقے والیاں تو وہ موئی ہوٹل کی چھوکریاں ہیں جن کے آپ ہر وقت گن گایا کرتے ہیں۔''

یہ تقریر سن کر قاسم کی طبیعت مکدر ہو گئی۔ ایک لمحے کے لیے اس کے جی میں آئی کہ چائے کی پیالی میز پر الٹ دے اور وہ نیم جو اس نے اپنے بچے کی پھنسیاں دھونے کے لیے غلام محمد سے منگوائی تھی اور سامنے بڑے طلاقچے میں پڑی تھی گھول کر پی لے مگر اس نے بُردباری سے کام لیا ''یہ عورت میری بیوی ہے۔ اس میں کوئی شک نہیں کہ اس کی بات بہت ہی بھونڈی ہے مگر ہندوستان میں سب لڑکیاں بیوی بن کر ایسی ہی بھونڈی باتیں کرتی ہیں۔ اور بیوی بننے سے پہلے اپنے گھروں میں وہ اپنی ماؤں سے کیسی باتیں سنتی ہیں؟ بالکل ایسی ادنیٰ قسم کی باتیں اور اس کی وجہ صرف یہ ہے کہ عورتوں کو عمومی زندگی میں اپنی حیثیت کی

خبر ہی نہیں۔۔۔میری بیوی تو پھر بھی غنیمت ہے یعنی صرف ایک ادا کے طور پر ایسی بھونڈی بات کہہ دیتی ہے، اس کی نیت نیک ہوتی ہے۔بعض عورتوں کا تو یہ شعار ہوتا ہے کہ ہر وقت بکواس کرتی رہتی ہیں۔

یہ سوچ کر قاسم نے اپنی نگاہیں اس طاقچے پر سے ہٹالیں جس میں نیم کے پتے دھوپ میں سوکھ رہے تھے اور بات کا رخ بدل کر اس نے مسکراتے ہوئے کہا، ''دیکھو، آج نیم کے پانی سے بچے کی ٹانگیں ضرور دھو دینا، نیم زخموں کے لیے بڑی اچھی ہوتی ہے۔۔۔اور دیکھو، تم موسمیوں کا رس ضرور پیا کرو۔۔۔میں دفتر سے لوٹتے ہوئے ایک درجن اور لے آؤں گا۔ یہ رس تمہاری صحت کے لیے بہت ضروری ہے۔''

بیوی مسکرا دی، ''آپ کو تو بس ہر وقت میری ہی صحت کا خیال رہتا ہے۔ اچھی بھلی تو ہوں، کھاتی ہوں، پیتی ہوں، دوڑتی ہوں، بھاگتی ہوں۔۔۔میں نے جو آپ کے لیے بادام منگوا کے رکھے ہیں۔۔۔بھئی آج دس بیس آپ کی جیب میں ڈالے بغیر نہ رہوں گی۔۔۔لیکن دفتر میں کہیں بانٹ نہ دیجیے گا۔''

قاسم خوش ہو گیا کہ چلو موسمیوں کے رس اور باداموں نے اس کی بیوی کے مصنوعی غصے کو دور کر دیا اور یہ مرحلہ آسانی سے طے ہو گیا۔ دراصل قاسم ایسے مرحلوں کو آسانی کے ساتھ ان طریقوں ہی سے طے کیا کرتا تھا۔ جو اس نے پڑوس کے پرانے شوہروں سے سیکھے تھے اور اپنے گھر کے ماحول کے مطابق ان میں تھوڑا بہت رد و بدل کر لیا تھا۔

چائے سے فارغ ہو کر اس نے جیب سے سگریٹ نکال کر سلگایا اور اٹھ کر دفتر جانے کی تیاری کرنے ہی والا تھا کہ پھر وہی خواہش نمودار ہو گئی۔ اس مرتبہ اس نے سوچا اگر میں کسی کو الو کا پٹھا کہہ دوں تو کیا ہرج ہے۔ زیرِ لب بالکل ہولے سے کہہ دوں، الو۔۔۔کا۔۔۔پٹھا۔۔۔تو میرا خیال ہے کہ مجھے دلی تسکین ہو جائے گی۔ یہ خواہش میرے سینے میں بوجھ بن کر بیٹھ گئی ہے کیوں نہ اس کو ہلکا کر دوں۔۔۔دفتر میں۔ اس کو صحن میں بچے کا کموڈ نظر آیا۔ یوں صحن میں کموڈ رکھنا سخت بدتمیزی تھی اور خصوصاً اس وقت جب کہ وہ ناشتا کر چکا تھا اور خوشبو دار کرکرے توس اور تلے ہوئے انڈوں کا ذائقہ ابھی تک اس کے منہ میں تھا۔۔۔اس نے زور سے آواز دی، ''غلام محمد!''

قاسم کی بیوی جو ابھی تک ناشتا کر رہی تھی بولی، ''غلام محمد باہر گوشت لینے گیا ہے۔۔۔کوئی کام تھا آپ کو اس سے؟'' ایک سیکنڈ کے اندر اندر قاسم کے دماغ میں بہت سی باتیں آئیں کہہ دوں، یہ غلام محمد الو کا پٹھا ہے۔۔۔اور یہ کہہ کر جلدی سے باہر نکل جاؤں۔۔۔نہیں۔۔۔وہ خود تو موجود ہی نہیں، پھر۔۔۔بالکل بے کار ہے۔۔۔لیکن سوال یہ ہے کہ بے چارے غلام محمد ہی کو کیوں نشانہ بنایا جائے۔ اس کو تو میں ہر

وقت اُلو کا پٹھا کہہ سکتا ہوں۔ قاسم نے اَدھ جلا سگریٹ گرا دیا اور بیوی سے کہا، ''کچھ نہیں، میں اس سے یہ کہنا چاہتا تھا کہ دفتر میں میرا کھانا بے شک ڈیڑھ بجے لے آیا کرے۔۔۔ تمہیں کھانا جلدی بھیجنے میں بہت تکلیف کرنا پڑتی ہے۔'' یہ کہتے ہوئے اس نے بیوی کی طرف دیکھا جو فرش پر اس کے گرائے ہوئے سگریٹ کو دیکھ رہی تھی۔ قاسم کو فوراً اپنی غلطی کا احساس ہوا۔ سگریٹ اگر بجھ گیا اور یہاں پڑا رہا تو اس کا بچہ رینگتا رینگتا آئے گا اور اسے اٹھا کر منہ میں ڈال لے گا جس کا نتیجہ یہ ہو گا کہ اس کے پیٹ میں بڑی مرچ چلی جائے گی۔ قاسم نے سگریٹ کا ٹکڑا اٹھا کر غسل خانے کی موری میں پھینک دیا۔ یہ بھی اچھا ہوا کہ میں نے جذبات سے مغلوب ہو کر غلام محمد کو اُلو کا پٹھا نہیں کہہ دیا۔ اس سے اگر ایک غلطی ہوئی ہے تو ابھی ابھی مجھ سے بھی تو ہوئی تھی اور میں سمجھتا ہوں کہ میری غلطی زیادہ شدید تھی۔

قاسم بڑا صحیح الدماغ آدمی تھا۔ اسے اس بات کا احساس تھا کہ وہ صحیح خطوط پر غور و فکر کرنے والا انسان ہے مگر اس احساس نے اس کے اندر برتری کا خیال کبھی پیدا نہیں کیا تھا۔ یہاں پر پھر اس کی صحیح الدماغی کو دخل تھا کہ وہ احساسِ برتری کو اپنے اندر دبا دیا کرتا تھا۔

موری میں سگریٹ کا ٹکڑا پھینکنے کے بعد اس نے بلا ضرورت صحن میں ٹہلنا شروع کر دیا۔ وہ دراصل کچھ دیر کے لیے بالکل خالی الذہن ہو گیا تھا۔

اس کی بیوی ناشتا کا آخری توس کھا چکی تھی۔ قاسم کو یوں ٹہلتے دیکھ کر وہ اس کے پاس آئی اور کہنے لگی، ''کیا سوچ رہے ہیں آپ۔'' قاسم چونک پڑا۔ ''کچھ نہیں۔۔۔ کچھ نہیں۔۔۔ دفتر کا وقت ہو گیا کیا؟'' یہ لفظ اس کی زبان سے نکلے اور دماغ میں وہی اُلو کا پٹھا کہنے کی خواہش تڑپنے لگی۔

اس کے جی میں آئی کہ بیوی سے صاف صاف کہہ دے کہ یہ عجیب و غریب خواہش اس کے دل میں پیدا ہو گئی ہے جس کا سر ہے نہ پیر، بیوی ضرور ہنسے گی اور یہ بھی ظاہر ہے کہ اس کو بیوی کا ساتھ دینا پڑے گا، چنانچہ یوں ہنسی ہنسی میں اُلو کا پٹھا کہنے کی خواہش اس کے دماغ سے نکل جائے گی۔ مگر اس نے غور کیا، اس میں کوئی شک نہیں کہ بیوی ہنسے گی اور میں خود بھی ہنسوں گا لیکن ایسا نہ ہو کہ یہ بات مستقل مذاق بن جائے ۔۔۔ ایسا ہو سکتا ہے ۔۔۔ ہو سکتا ہے کیا، ضرور ہو جائے گا اور بہت ممکن ہے کہ انجام کار ناخوشگواری پیدا ہو، چنانچہ اس نے اپنی بیوی سے کچھ نہ کہا اور ایک لمحہ تک اس کی طرف یونہی دیکھتا رہا۔

بیوی نے بچے کا کموڈ اٹھا کر کونے میں رکھ دیا اور کہا، ''آج صبح آپ کے برخوردار نے وہ ستایا ہے کہ اللہ کی پناہ ۔۔۔ بڑی مشکلوں کے بعد میں نے اسے کموڈ پر بٹھایا۔ اس کی مرضی یہ تھی کہ بستر ہی کو خراب کرے

۔۔۔ آخر لڑکا کس کا ہے؟'' قاسم کو اس قسم کی چبح پسند تھی۔ ایسی باتوں میں وہ تیکھے مزاح کی جھلک دیکھتا تھا۔ مسکرا کر اس نے بیوی سے کہا، ''لڑکا میرا ہی ہے مگر ۔۔۔ میں نے تو آج تک کبھی بستر خراب نہیں کیا۔ یہ عادت اس کی اپنی ہو گی۔'' بیوی نے اس کی بات کا مطلب نہ سمجھا۔ قاسم کو مطلقاً افسوس نہ ہوا، اس لیے کہ ایسی باتیں وہ صرف اپنے منہ کا ذائقہ درست رکھنے کے لیے کیا کرتا تھا۔ وہ اور بھی خوش ہوا جب اس کی بیوی نے جواب نہ دیا اور خاموش ہو گئی۔ ''اچھا، بھئی میں اب چلتا ہوں۔ خدا حافظ!''

یہ لفظ جو ہر روز اس کے منہ سے نکلتے تھے آج بھی اپنی پرانی آسانی کے ساتھ نکلے اور قاسم دروازہ کھول کر باہر چل دیا۔

کشمیری گیٹ سے نکل کر جب وہ نکلسن پارک کے پاس سے گزر رہا تھا تو اسے ایک داڑھی والا آدمی نظر آیا۔ ایک ہاتھ میں کھلی ہوئی شلوار تھامے وہ دوسرے ہاتھ سے استنجا کر رہا تھا۔ اس کو دیکھ کر قاسم کے دل میں پھر الو کا پٹھا کہنے کی خواہش پیدا ہوئی۔ لو بھئی، یہ آدمی ہے جس کو الو کا پٹھا کہہ دینا چاہیے یعنی جو صحیح معنوں میں الو کا پٹھا ہے ۔۔۔ ذرا انداز ملاحظہ ہو ۔۔۔ کس انہماک سے ڈرائی کلین کیے جا رہا ہے ۔۔۔ جیسے کوئی بہت اہم کام سر انجام پا رہا ہے ۔۔۔ لعنت ہے ۔

لیکن قاسم صحیح الدماغ آدمی تھا۔ اس نے تعجیل سے کام نہ لیا اور تھوڑی دیر غور کیا۔ میں اس فٹ پاتھ پر جا رہا ہوں اور وہ دوسرے فٹ پاتھ پر، اگر میں نے بلند آواز میں بھی اس کو الو کا پٹھا کہا تو وہ چونکے گا نہیں۔ اس لیے کہ کم بخت اپنے کام میں بہت بری طرح مصروف ہے۔ چاہیے تو یہ کہ اس کے کان کے پاس زور سے نعرہ بلند کیا جائے اور جب وہ چونک اٹھے تو اسے بڑے شریفانہ طور پر سمجھایا جائے، قبلہ آپ الو کے پٹھے ہیں ۔۔۔ لیکن اس طرح بھی خاطر خواہ نتیجہ برآمد نہ ہو گا۔ چنانچہ قاسم نے اپنا ارادہ ترک کر دیا۔

اسی اثنا میں اس کے پیچھے سے ایک سائیکل نمودار ہوئی۔ کالج کی ایک لڑکی اس پر سوار تھی۔ اس لیے کہ پیچھے بستہ بندھا تھا۔ آنا فاناً اس لڑکی کی ساڑھی فری وہیل کے دانتوں میں پھنسی، لڑکی نے گھبرا کر اگلے پہیے کا بریک دبایا۔ ایک دم سائیکل بے قابو ہوئی اور ایک جھٹکے کے ساتھ لڑکی سائیکل سمیت سڑک پر گر پڑی۔

قاسم نے آگے بڑھ کر لڑکی کو اٹھانے میں عجلت سے کام نہ لیا۔ اس لیے کہ اس نے اس حادثہ کے رد عمل پر غور کرنا شروع کر دیا تھا مگر جب اس نے دیکھا کہ لڑکی کی ساڑی فری وہیل کے دانتوں نے چبا ڈالی ہے اور اس کا بورڈر بہت بری طرح ان میں الجھ گیا ہے تو وہ تیزی سے آگے بڑھا۔ لڑکی کی طرف دیکھے بغیر اس نے سائیکل کا پچھلا پہیہ ذرا اونچا اٹھایا تا کہ اسے گھما کر ساڑی کو وہیل کے دانتوں میں سے نکال لے۔ اتفاق

ایسا ہوا کہ پہیہ گھمانے سے ساڑھی کچھ اس طرح تاروں کی لپیٹ میں آئی کہ ادھر پیٹی کوٹ کی گرفت سے باہر نکل آئی۔ قاسم بوکھلا گیا۔ اس کی اس بوکھلاہٹ نے لڑکی کو بہت زیادہ پریشان کر دیا۔ زور سے اس نے ساڑی کو اپنی طرف کھینچا۔ فری وہیل کے دانتوں میں ایک ٹکڑا اڑ ارا گیا اور ساڑی باہر نکل آئی۔ لڑکی کا رنگ لال ہو گیا۔ قاسم کی طرف اس نے غضبناک نگاہوں سے دیکھا اور بھنچے ہوئے لہجہ میں کہا،

''اُلو کا پٹھا۔''

ممکن ہے کچھ دیر لگی ہو مگر قاسم نے ایسا محسوس کیا کہ لڑکی نے جھٹ پٹ نہ جانے اپنی ساڑی کو کیا کیا۔ اور ایک دم سائیکل پر سوار ہو کر یہ جا وہ جا، نظروں سے غائب ہو گئی۔ قاسم کو لڑکی کی گالی سن کر بہت دکھ ہوا۔ خاص کر اس لیے کہ وہ یہی گالی خود کسی کو دینا چاہتا تھا۔ مگر وہ بہت صحیح الدماغ آدمی تھا۔ ٹھنڈے دل سے اس نے حادثہ پر غور کیا اور اس لڑکی کو معاف کر دیا۔ ''اس کو معاف ہی کرنا پڑے گا۔ اس لیے کہ اس کے سوا اور کوئی چارہ ہی نہیں۔ عورتوں کو سمجھنا بہت مشکل کام ہے اور ان عورتوں کو سمجھنا تو اور بھی مشکل ہو جاتا ہے جو سائیکل پر سے گری ہوئی ہوں۔ لیکن میری سمجھ میں یہ نہیں آتا کہ اس نے اپنی لمبی جراب میں اور پر ران کے پاس تین چار کاغذ کیوں اڑس رکھے تھے؟''

آم

خزانے کے تمام کلرک جانتے تھے کہ مُنشی کریم بخش کی رَسائی بڑے صاحب تک بھی ہے۔ چنانچہ وہ سب اُس کی عزت کرتے تھے۔ ہر مہینے پَینشن کے کاغذ بھرنے اور رُوپیہ لینے کے لیے جب وہ خزانے میں آتا تو اُس کا کام اِسی وجہ سے جلد جلد کر دیا جاتا تھا۔ پچاس رُوپے اُس کو اپنی تیس سالہ خدمات کے عِوَض ہر مہینے سرکار کی طرف سے ملتے تھے۔ ہر مہینے دس دس کے پانچ نوٹ وہ اپنے خفیف طور پر کانپتے ہوئے ہاتھوں سے پکڑتا اور اپنے پرانے وضع کے لمبے کوٹ کی اندرونی جیب میں رکھ لیتا۔ چشمے میں خزانچی کی طرف تشکُّر بھری نظروں سے دیکھتا اور یہ کہہ کر ’’ اگر زندگی ہوئی تو اگلے مہینے پھر سلام کرنے کے لیے حاضر ہوں گا،، بڑے صاحب کے کمرے کی طرف چلا جاتا۔

آٹھ برس سے اُس کا یہی دستور تھا۔ خزانے کے قریب قریب ہر کلرک کو معلوم تھا کہ مُنشی کریم بخش جو، مُطالباتِ خُفیہ کی کچہری میں کبھی محافظِ دفتر ہوا کرتا تھا، بے حد وضع دار، شَریف اُلطَّبع اور حلیم آدمی ہے۔ مُنشی کریم بخش واقعی اِن صفات کا مالک تھا۔ کچہری میں اپنی طویل ملازمت کے دوران میں افسرانِ بالا نے ہمیشہ اُس کی تعریف کی ہے۔ بعض مُنصِفوں کو تو مُنشی کریم بخش سے محبت ہو گئی تھی۔ اُس کے خلوص کا ہر شخص قائل تھا۔ اِس وقت مُنشی کریم بخش کی عمر پَینسٹھ سے کچھ اوپر تھی۔ بڑھاپے میں آدمی عموماً کم گو اور حلیم ہو جاتا ہے مگر وہ جوانی میں بھی ایسی ہی طبیعت کا مالک تھا۔ دوسروں کی خدمت کرنے کا شوق اِس عمر میں بھی ویسے کا ویسا ہی قائم تھا۔

خزانے کا بڑا افسر مُنشی کریم بخش کے ایک مُربّی اور مہربان جج کا لڑکا تھا۔ جج صاحب کی وفات پر اُسے بہت صدمہ ہوا تھا۔ اب وہ ہر مہینے اُن کے لڑکے کو سلام کرنے کی غرض سے ضرور ملتا تھا۔ اِس سے

اُسے بہت تسکین ہوتی تھی۔ مُنشی کریم بخش اُنہیں چھوٹے جج صاحب کہا کرتا تھا۔

پینشن کے پچاس روپے جیب میں ڈال کر وہ برآمدہ طے کرتا اور چِق لگے کمرے کے پاس جا کر اپنی آمد کی اطلاع کراتا۔ چھوٹے جج صاحب اُس کو زیادہ دیر تک باہر کھڑا نہ رکھتے، فوراً اندر بلا لیتے اور رب سب کام چھوڑ کر اُس سے باتیں شروع کر دیتے۔

'' تشریف رکھیے مُنشی صاحب۔۔۔ فرمایئے مزاج کیسا ہے؟ ''

'' اللہ کا لا کھ لا کھ شکر ہے۔۔۔ آپ کی دعا سے بڑے مزے میں گزر رہی ہے، میرے لائق کوئی خدمت؟ ''

'' آپ مجھے کیوں شرمندہ کرتے ہیں۔ میرے لائق کوئی خدمت ہو تو فرمایئے۔ خدمت گزاری تو بندے کا کام ہے۔ '' ۔۔ '' آپ کی بڑی نوازش ہے۔ ''

اس قسم کی رسمی گفتگو کے بعد مُنشی کریم، جج صاحب کی مہربانیوں کا ذکر چھیڑ دیتا۔ اُن کے بلند کردار کی وضاحت بڑے فِدویانہ انداز میں کرتا اور بار بار کہتا، '' اللہ بخشے مرحوم فرشتہ خصلَت انسان تھے۔ خدا ان کو کروٹ کروٹ جنت نصیب کرے۔ ''

مُنشی کریم بخش کے لہجے میں خوشامد وغیرہ کی ذرہ بھر ملاوٹ نہیں ہوتی تھی۔ وہ جو کچھ کہتا، محسوس کر کے کہتا تھا۔ اُس کے متعلق جج صاحب کے لڑکے کو جو اب خزانے کے بڑے افسر تھے، اچھی طرح معلوم تھا۔ یہی وجہ ہے کہ وہ اُس کو عزت کے ساتھ اپنے پاس بٹھاتے تھے اور دیر تک اِدھر اُدھر کی باتیں کرتے رہتے تھے۔

ہر مہینے دوسری باتوں کے علاوہ مُنشی کریم بخش کے آم کے باغوں کا ذکر بھی آتا تھا۔ موسم آنے پر جج صاحب کے لڑکے کی کوٹھی پر آموں کا ایک ٹوکرا پہنچ جاتا تھا۔ مُنشی کریم بخش کو خوش کرنے کے لیے وہ ہر مہینے اس کو یاد دہانی کرا دیتے تھے، '' مُنشی صاحب! دیکھیے، اس موسم پر آموں کا ٹوکرا بھیجنا نہ بھولیے گا۔ پچھلی بار آپ نے جو آم بھیجے تھے اس میں تو صرف دو میرے حصے میں آئے تھے۔ ''

کبھی یہ تین ہو جاتے تھے، کبھی چار اور کبھی صرف ایک ہی رہ جاتا تھا۔

مُنشی کریم بخش یہ سن کر بہت خوش ہوتا تھا، '' حضور ایسا کبھی ہو سکتا ہے۔۔۔ جونہی فصل تیار ہوئی میں فوراً ہی آپ کی خدمت میں ٹوکرا لے کر حاضر ہو جاؤں گا۔۔۔ دو کہیے دو حاضر کر دوں۔ یہ باغ کس کے ہیں۔۔۔ آپ ہی کے تو ہیں۔ ''

کبھی کبھی چھوٹے جج صاحب پوچھ لیا کرتے تھے، ''منشی جی آپ کے باغ کہاں ہیں؟''

دِینا نگر میں حضور۔۔۔زیادہ نہیں ہیں صرف دو ہیں۔ اُس میں سے ایک تو مَیں نے اپنے چھوٹے بھائی کو دے رکھا ہے جو اُن دونوں کا انتظام وغیرہ کرتا ہے۔

مئی کی پنشن لینے کے لیے منشی کریم بخش جون کی دوسری تاریخ کو خزانے گیا۔ دس دس کے پانچ نوٹ اپنے خفیف طور پر کانپتے ہوئے ہاتھوں سے کوٹ کی اندرونی جیب میں رکھ کر اس نے چھوٹے جج صاحب کے کمرے کا رخ کیا حسبِ معمول اُن دونوں میں وہی رسمی باتیں ہوئیں۔ آخر میں آموں کا ذکر بھی آیا جس پر منشی کریم بخش نے کہا، ''دِینا نگر سے چٹھی آئی ہے کہ ابھی آموں کے مُنہ پر چھپ نہیں آیا۔ جونہی چھپ آ گیا اور فصل پک کر تیار ہو گئی، مَیں فوراً پہلا ٹوکرا لے کر آپ کی خدمت میں حاضر ہو جاؤں گا۔۔۔چھوٹے جج صاحب! اِس دفعہ ایسے تحفے آم ہوں گے کہ آپ کی طبیعت خوش ہو جائے گی۔ ملائی اور شہد کے گھونٹ نہ ہوئے تو میرا ذمہ۔ مَیں نے لکھ دیا ہے کہ چھوٹے جج صاحب کے لیے ایک ٹوکرا خاص طور پر بھروا دیا جائے اور سواری گاڑی سے بھیجا جائے تا کہ جلدی اور احتیاط سے پہنچے۔ دس پندرہ روز آپ کو اور انتظار کرنا پڑے گا۔''

چھوٹے جج صاحب نے شکریہ ادا کیا۔ منشی کریم بخش نے اپنی چھتری اٹھائی اور خوش خوش گھر واپس آ گیا۔ گھر میں اُس کی بیوی اور بڑی لڑکی تھی۔ بیاہ کے دوسرے سال جس کا خاوند مَر گیا تھا۔ منشی کریم بخش کی اور کوئی اولاد نہیں تھی مگر اُس مختصر سے کُنبے کے باوجود پچاس روپوں میں اُس کا گزر بہت ہی مشکل سے ہوتا تھا۔ اِسی تنگی کے باعث اُس کی بیوی کے تمام زیور اِن آٹھ برسوں میں آہستہ آہستہ بِک گئے تھے۔ منشی کریم بخش فضول خرچ نہیں تھا۔ اُس کی بیوی اور وہ بڑے کفایت شِعار تھے مگر اُس کفایت شِعاری کے باوصف تنخواہ میں سے ایک پیسہ بھی اُن کے پاس نہ بچتا تھا۔ اِس کی وجہ صرف یہ تھی کہ منشی کریم بخش چند آدمیوں کی خدمت کرنے میں بے حد مَسرّت محسوس کرتا تھا اُن چند خاص الخاص آدمیوں کی خدمت گزاری میں جن سے اُسے دلی عقیدت تھی۔

اُن خاص آدمیوں میں سے ایک تو جج صاحب کے لڑکے تھے۔ دوسرے ایک اور افسر تھے جو ریٹائر ہو کر اپنی زندگی کا بقایا حصہ ایک بہت بڑی کوٹھی میں گزار رہے تھے۔ اُن سے منشی کریم بخش کی ملاقات ہر روز صبح سویرے کمپنی باغ میں ہوتی تھی۔

باغ کی سیر کے دوران میں منشی کریم بخش اُن سے ہر روز پچھلے دن کی خبریں سنتا تھا۔ کبھی کبھی جب

وہ بیتے ہوئے دنوں کے تار چھیڑ دیتا تو ڈپٹی سپرینٹنڈنٹ صاحب اپنی بہادری کے قصّے سنانا شروع کر دیتے تھے کہ کس طرح انہوں نے لائل پور کے جنگلی علاقے میں ایک خونخوار قاتل کو پستول، خنجر دکھائے بغیر گرفتار کیا اور کس طرح اُن کے رعب سے ایک ڈاکو سارا مال چھوڑ کر بھاگ گیا۔

کبھی کبھی مُنشی کریم بخش کے آم کے باغوں کا بھی ذکر آ جاتا تھا، ''مُنشی صاحب! کہیے، اب کی دفعہ فصل کیسی رہے گی۔''، پھر چلتے چلتے ڈپٹی سپرینٹنڈنٹ صاحب یہ بھی کہتے، ''پچھلے سال آپ نے جو آم بھجوائے تھے بہت ہی اچھے تھے، بے حد لذیذ تھے۔''

''ان شاء اللہ خدا کے حکم سے اب کی دفعہ بھی ایسے ہی آم حاضر کروں گا۔ ایک ہی بوٹے کے ہوں گے۔ ویسے ہی لذیذ، بلکہ پہلے سے کچھ بڑھ چڑھ کر ہی ہوں گے۔''

اس آدمی کو بھی مُنشی کریم بخش ہر سال موسم پر ایک ٹوکرا بھیجتا تھا۔ کوٹھی میں ٹوکرا نوکروں کے حوالے کر کے جب وہ ڈپٹی صاحب سے ملتا اور وہ اس کا شکریہ ادا کرتے تو مُنشی کریم بخش نہایت اِنکسار سے کام لیتے ہوئے کہتا، ''ڈپٹی صاحب آپ کیوں مجھے شرمندہ کرتے ہیں۔۔۔ اپنے باغ ہیں۔ اگر ایک ٹوکرا یہاں لے آیا تو کیا ہو گیا۔ بازار سے آپ ایک چھوڑ کئی ٹوکرے منگوا سکتے ہیں۔۔۔ یہ آم چونکہ اپنے باغ کے ہیں اور باغ میں صرف ایک بوٹا ہے جس کے سب دانے گھلاوٹ، خوشبو اور مٹھاس میں ایک جیسے ہیں، اس لیے یہ چند تحفے کے طور پر لے آیا۔''

آم دینے کے بعد جب وہ کوٹھی سے باہر نکلتا تو اس کے چہرے پر تمتماہٹ ہوتی تھی۔ ایک عجیب قسم کی روحانی تسکین اُسے محسوس ہوتی تھی جو کئی دنوں تک اُس کو مَسرُور رکھتی تھی۔

مُنشی کریم بخش اِکہرے جسم کا آدمی تھا۔ بڑھاپے نے اُس کے بدن کو ڈھیلا کر دیا تھا۔ مگر یہ ڈھیلا پن بدصورت معلوم نہیں ہوتا تھا۔ اُس کے پتلے پتلے ہاتھوں کی پھولی ہوئی رگیں، سر کا خفیف سا ارتعاش اور چہرے کی گہری لکیریں اُس کی متانت و سنجیدگی میں اضافہ کرتی تھیں۔ ایسا معلوم ہوتا تھا کہ بڑھاپے نے اُس کو نکھار دیا ہے۔ کپڑے بھی وہ صاف ستھرے پہنتا تھا جس سے یہ نکھار ابھر آتا تھا۔

اُس کے چہرے کا رنگ سفیدی مائل زرد تھا۔ پتلے پتلے ہونٹ جو دانت نکل جانے کے بعد اندر کی طرف سمٹے رہتے تھے، ہلکے سرخ تھے، خون کی اس کمی کے باعث اُس کے چہرے پر ایسی صفائی پیدا ہو گئی تھی جو اچھی طرح مُنہ دھونے کے بعد تھوڑی دیر تک قائم رہا کرتی ہے۔

وہ کمزور ضرور تھا، پینسٹھ برس کی عمر میں کون کمزور نہیں ہو جاتا مگر اِس کمزوری کے باوجود اُس میں کئی

کئی میل پیدل چلنے کی ہمت تھی۔ خاص طور پر جب آموں کا موسم آتا تو وہ ڈپٹی صاحب اور چھوٹے جج صاحب کو آموں کے ٹوکرے بھیجنے کے لیے اتنی دوڑ دھوپ کرتا تھا کہ بیس پچیس برس کے جوان آدمی بھی کیا کریں گے۔ بڑے اہتمام سے ٹوکرے کھولے جاتے تھے۔ اِن کا گھاس پھوس الگ کیا جاتا تھا۔ داغی یا گلے سڑے دانے الگ کیے جاتے تھے۔ اور صاف ستھرے آم نئے ٹوکروں میں گِن کر ڈالے جاتے تھے۔ مُنشی کریم بخش ایک بار پھر اطمینان کرنے کی خاطر اُن کو گِن لیتا تھا تاکہ بعد میں شرمندگی نہ اٹھانی پڑے۔

آم نکالتے اور ٹوکروں میں ڈالتے وقت مُنشی کریم بخش کی بہن اور اس کی بیوی کے مُنہ میں پانی بھر آتا۔ مگر وہ دونوں خاموش رہتیں۔ بڑے بڑے رس بھرے خوبصورت آموں کا ڈھیر دیکھ کر جب اُن میں سے کوئی یہ کہے بغیر نہ رہ سکتی، ''کیا ہرج ہے اگر اس ٹوکرے میں سے دو آم نکال لیے جائیں۔'' تو مُنشی کریم بخش سے یہ جواب ملتا، ''اور آ جائیں گے اتنا بے تاب ہونے کی کیا ضرورت ہے۔'' یہ سُن کر وہ دونوں چپ ہو جاتیں اور اپنا کام کرتی رہتیں۔

جب مُنشی کریم بخش کے گھر میں آموں کے ٹوکرے آتے تھے تو گلی کے سارے آدمیوں کو اِس کی خبر لگ جاتی تھی۔ عبداللہ نیچہ بند کا لڑکا جو کبوتر پالنے کا شوقین تھا، دوسرے روز ہی آ دھمکتا تھا اور مُنشی کریم بخش کی بیوی سے کہتا تھا، ''خالہ میں گھاس لینے کے لیے آیا ہوں۔ کل خالو جان آموں کے دو ٹوکرے لائے تھے اُن میں سے جتنی گھاس نکلی ہو مجھے دے دیجیے۔'' ہمسائی نُوراں جس نے کئی مرغیاں پال رکھی تھیں، اُسی روز شام کو ملنے آ جاتی تھی اور اِدھر اُدھر کی باتیں کرنے کے بعد کہا کرتی تھی، ''پچھلے برس جو تم نے مجھے ایک ٹوکرا دیا تھا، بالکل ٹوٹ گیا ہے۔ اب کے بھی ایک ٹوکرا دے دو تو بڑی مہربانی ہو گی۔''

دونوں ٹوکرے اور اُن کی گھاس یوں چلی جاتی۔

حسبِ معمول اس دفعہ بھی آموں کے دو ٹوکرے آئے۔ گلے سڑے دانے الگ کیے، جو اچھے تھے اُن کو مُنشی کریم بخش نے اپنی نگرانی میں گِنوا کر نئے ٹوکروں میں رکھوایا۔ بارہ بجے سے پہلے یہ کام ختم ہو گیا۔ چنانچہ دونوں ٹوکرے غسل خانے میں ٹھنڈی جگہ رکھ دیے گئے تاکہ آم خراب نہ ہو جائیں۔ اِدھر سے مطمئن ہو کر دو پہر کا کھانا کھانے کے بعد مُنشی کریم بخش کمرے میں چارپائی پر لیٹ گیا۔ جون کے آخری دن تھے۔ اِس قدر گرمی تھی کہ دیواریں توے کی طرح تپ رہی تھیں۔ وہ گرمیوں میں

 آم

عام طور پر غسل خانے کے اندر ٹھنڈے فرش پر چٹائی بچھا کر لیٹا کرتا تھا۔ یہاں موری کے رستے ٹھنڈی ٹھنڈی ہوا بھی آ جاتی تھی لیکن اب کے اُس میں دو بڑے بڑے ٹوکرے پڑے تھے۔ اُس کو گرم کمرے ہی میں، جو بالکل تنّور بنا ہوا تھا، چھ بجے تک وقت گزارنا تھا۔

ہر سال گرمیوں کے موسم میں جب آموں کے یہ ٹوکرے آتے، اُسے ایک دن آگ کے بستر پر گزارنا پڑتا تھا۔ مگر وہ اِس تکلیف کو خندہ پیشانی سے برداشت کر لیتا تھا۔ قریباً پانچ گھنٹے تک چھوٹا سا پنکھا بار بار پانی میں تر کر کے جھلتا رہتا۔ انتہائی کوشش کرتا کہ نیند آ جائے مگر ایک پل کے لیے بھی اُسے آرام نصیب نہ ہوتا۔ جون کی گرمی اور ضِدّی قسم کی مکھیاں کسے سونے دیتی ہیں۔

آموں کے ٹوکرے غسل خانے میں رکھوا کر جب وہ گرم کمرے میں لیٹا تو پنکھا جھلتے جھلتے ایک دم اُس کا سر چکرایا۔ آنکھوں کے سامنے اندھیرا سا چھانے لگا۔ پھر اُسے ایسا محسوس ہوا کہ اُس کا سانس اُکھڑ رہا ہے اور وہ سارے کا سارا گہرائیوں میں اُتر رہا ہے۔

اِس قسم کے دورے اُسے کئی بار پڑ چکے تھے، اِس لیے کہ اُس کا دل کمزور تھا مگر ایسا زبردست دورہ پہلے کبھی نہیں پڑا تھا۔ سانس لینے میں اُس کو بڑی دِقّت محسوس ہونے لگی، سر بہت زور سے چکرانے لگا۔ گھبرا کر اُس نے آواز دی اور اپنی بیوی کو بلایا۔

یہ آواز سن کر اُس کی بیوی اور بہن دونوں دوڑی دوڑی اندر آئیں۔ دونوں جانتی تھیں کہ اُسے اس قسم کے دورے کیوں پڑتے ہیں۔ فوراً ہی اُس کی بہن نے عبداللہ نیچہ بند کے لڑکے کو بلایا اور اُس سے کہا کہ ڈاکٹر کو بلا لائے تا کہ وہ طاقت کی سوئی لگا دے۔ لیکن چند منٹوں ہی میں منشی کریم بخش کی حالت بہت زیادہ بگڑ گئی۔ اُس کا دل بیٹھنے لگا۔ بے قراری اِس قدر بڑھ گئی کہ وہ چارپائی پر مچھلی کی طرح تڑپنے لگا۔ اُس کی بیوی اور بہن نے یہ دیکھ کر شور برپا کر دیا جس کے باعث اُس کے پاس کئی آدمی جمع ہو گئے۔ بہت کوشش کی گئی، اُس کی حالت ٹھیک ہو جائے، لیکن کامیابی نصیب نہ ہوئی۔

ڈاکٹر بلانے کے لیے تین چار آدمی دوڑائے گئے تھے لیکن اِس سے پہلے کہ اُن میں سے کوئی واپس آئے، منشی کریم بخش زندگی کے آخری سانس لینے لگا۔ بڑی مشکل سے کروٹ بدل کر اُس نے عبداللہ نیچہ بند کو جو اُس کے پاس ہی بیٹھا تھا اپنی طرف متوجہ کیا اور ڈوبتی ہوئی آواز میں کہا، ''تم سب لوگ باہر چلے جاؤ۔ مَیں اپنی بیوی سے کچھ کہنا چاہتا ہوں۔''

سب لوگ باہر چلے گئے۔ اُس کی بیوی اور لڑکی دونوں اندر داخل ہوئیں، رو رو کر اُن کا برا حال ہو رہا تھا۔

مُنشی کریم بخش نے اشارے سے اپنی بیوی کو پاس بلایا اور کہا، ''دونوں ٹوکرے آج شام ہی ڈپٹی صاحب اور چھوٹے جج صاحب کی کوٹھی پر ضرور پہنچ جانے چاہئیں۔ پڑے پڑے خراب ہو جائیں گے۔''

اِدھر اُدھر دیکھ کر اُس نے بڑے دھیمے لہجے میں کہا، ''دیکھو، تمہیں میری قسم ہے، میری موت کے بعد بھی کسی کو آموں کا راز معلوم نہ ہو۔ کسی سے نہ کہنا کہ یہ آم ہم بازار سے خرید کر لوگوں کو بھیجتے تھے۔ کوئی پوچھے تو یہی کہنا کہ دِینا نگر میں ہمارے باغ ہیں۔۔۔ بس۔۔۔ اور دیکھو جب میں مَر جاؤں تو چھوٹے جج صاحب اور ڈپٹی صاحب کو ضرور اطلاع بھیج دینا۔''

چند لمحات کے بعد مُنشی کریم بخش مر گیا، اُس کی موت سے ڈپٹی صاحب اور چھوٹے صاحب کو لوگوں نے مطلع کر دیا۔ مگر دونوں چند ناگزیر مجبوریوں کے باعث جنازے میں شامل نہ ہو سکے

آمنہ

دور تک دھان کے سنہرے کھیت پھیلے ہوئے تھے جُمّے کا نوجوان لڑکا بُندو کٹے ہوئے دھان کے پولے اٹھا رہا تھا اور ساتھ ہی ساتھ گا بھی رہا تھا،

دھان کے پولے دَھر دَھر کاندھے

بھر بھر لائے

کھیت سنہرا، دھن دولت رے

بُندو کا باپ جُمّا گاؤں میں بہت مقبول تھا۔ ہر شخص کو معلوم تھا کہ اُس کو اپنی بیوی سے بہت پیار ہے، اُن دونوں کا عشق گاؤں کے ہر شخص کو معلوم تھا، اُن کے دو بچے تھے، ایک بُندو، جس کی عمر تیرہ برس کے قریب تھی۔۔۔ دوسرا چَندُو۔ سب خوش و خرم تھے مگر ایک روز اچانک جُمّے کی بیوی بیمار پڑ گئی، حالت بہت نازک ہو گئی، بہت علاج کیے، ٹونے ٹوٹکے آزمائے مگر اُس کو کوئی اَفاقہ نہ ہوا۔ جب مرض مُہلِک شکل اختیار کر گیا تو اُس نے اپنے شوہر سے نَحیف لہجے میں کہا، ''تم مجھے کبوتری کہا کرتے تھے اور خود کو کبوتر۔۔۔ ہم دونوں نے دو بچے پیدا کیے۔۔۔ اب یہ تمہاری کبوتری مر رہی ہے۔۔۔ کہیں ایسا نہ ہو کہ میرے مرنے کے بعد تم کوئی اور کبوتری اپنے گھر لے آؤ۔۔۔''

تھوڑی دیر کے بعد اُس پر ہذیانی کیفیت طاری ہو گئی جُمّے کی آنکھوں سے آنسو رواں تھے اور اُس کی بیوی بولے چلی جا رہی تھی، ''تم اور کبوتری لے آؤ گے۔۔۔ وہ سوچے گی کہ جب تک میرے بچے زندہ ہیں تم اُس سے محبت نہیں کرو گے۔۔۔ چنانچہ وہ اُن کو ذبح کر کے کھا جائے گی۔'' جُمّے نے اپنی بیوی سے بڑے پیار کے ساتھ کہا، ''سکینہ! میں تم سے وعدہ کرتا ہوں کہ زندگی بھر دوسری شادی نہیں

کروں گا، مگر تمہارے دشمن مَریں تم بہت جلد ٹھیک ہو جاؤ گی۔ ''سکینہ کے ہونٹوں پر مردہ سی مسکراہٹ نمودار ہوئی، اِس کے فوراً بعد اُس کی روح قفسِ عُنصُری سے پرواز کر گئی۔ جُمّا بہت رویا۔ جب اُس نے اپنے ہاتھوں سے اُس کو دفن کیا تو اُس کو ایسا محسوس ہوا کہ اُس نے اپنی زندگی مَیوں مٹی کے نیچے گاڑ دی ہے۔

اب وہ ہر وقت مَغموم رہتا، کام کاج میں اُسے کوئی دلچسپی نہ رہی، ایک دن اُس کے ایک وفادار مزارعہ نے اُس سے کہا، ''سرکار! بہت دنوں سے مَیں آپ کی یہ حالت دیکھ رہا ہوں اور جی ہی جی میں کُڑھتا رہا ہوں۔ آج مجھ سے نہیں رہا گیا تو آپ سے یہ عرض کرنے آیا ہوں کہ آپ اپنے بچوں کا بہت خیال رکھتے ہیں، اپنی زمینوں کی طرف کوئی توجہ نہیں دیتے۔ آپ کو اِس کا علم بھی نہیں کتنا نقصان ہو رہا ہے۔ ''جُمّے نے بڑی بے توجہی سے کہا، ''ہونے دو۔۔۔ مجھے کسی چیز کا ہوش نہیں۔ ''

''سرکار۔۔۔ آپ ہوش میں آیئے۔۔۔ چاروں طرف دشمن ہی دشمن ہیں، ایسا نہ ہو وہ آپ کی غفلت سے فائدہ اٹھا کر آپ کی زمینوں پر قبضہ کر لیں، آپ سے مقدمہ بازی کیا ہو گی۔۔۔ میری تو یہی مُخلِصانہ رائے ہے کہ آپ دوسری شادی کر لیں۔۔۔ اِس سے آپ کے غم کا بوجھ ہلکا ہو جائے گا اور وہ آپ کے لڑکوں سے پیار محبت بھی کرے گی۔ ''جُمّے کو بہت غصہ آیا، ''بکواس نہ کرو رمضانی، تم سمجھتے نہیں کہ سوتیلی ماں کیا ہوتی ہے، اِس کے علاوہ تم یہ بھی تو سوچو، میری بیوی کی روح کو کتنا بڑا صدمہ پہنچے گا۔ ''

بہت دنوں کے اصرار کے بعد آخر رمضانی اپنے آقا کو دوسری شادی پر رضامند کرنے میں کام یاب ہو گیا۔ جب شادی ہو گئی تو اُس نے اپنے لڑکوں کو ایک علیحدہ مکان میں بھیج دیا۔ ہر روز وہاں کئی گھنٹے رہتا اور بُندو اور چَندُو کی دِلجُوئی کرتا رہتا۔ نئی بیوی کو یہ بات بہت ناگوار گزری، ایک بات اور بھی تھی کہ مکھن دودھ کا بیشتر حصہ اُس کے سوتیلے بیٹوں کے پاس چلا جاتا تھا۔ اِس سے وہ بہت جلتی، اِس کا تو یہ مطلب تھا کہ گھر بار کے مالک وہی ہیں۔ ایک دن جُمّا جب کھیتوں سے واپس آیا تو اس کی نئی بیوی زار و قطار رونے لگی، جُمّے نے اِس آہ و زاری کی وجہ پوچھی تو اُس نے کہا، ''تم مجھے اپنا نہیں سمجھتے۔ اسی لیے بچوں کو دوسرے مکان میں بھیج دیا۔ مَیں ان کی ماں ہوں، کوئی دشمن تو نہیں ہوں۔ مجھے بہت دکھ ہوتا ہے جب مَیں سوچتی ہوں کہ بیچارے اکیلے رہتے ہیں۔ ''

جُمّا اِن باتوں سے بہت متاثر ہوا اور دوسرے ہی دن بُندو اور چَندُو کو لے آیا اور اُن کو سوتیلی ماں کے حوالے کر دیا، جس نے اُن کو اتنے پیار محبت سے رکھا کہ آس پاس کے تمام لوگ اُس کی تعریف میں

رطب اللّسان ہو گئے۔ نئی بیوی نے جب اپنے خاوند کے دل کو پوری طرح مَوہ لیا تو ایک دن ایک مزارعہ کو بلاکر اکیلے میں اُس سے بڑے رازدارانہ لہجے میں کہا، ''میں تم سے ایک کام لینا چاہتی ہوں۔۔۔ بولو کرو گے۔''، اُس مزارعہ نے جس کا نام شبراتی تھا، ہاتھ جوڑ کر کہا، ''سرکار! آپ مائی باپ ہیں۔۔۔ جان تک حاضر ہے۔''، نئی بیوی نے کہا، ''دیکھو، کل دریا کے پاس بہت بڑا میلہ لگ رہا ہے۔۔۔ میں اپنے سوتیلے بچوں کو تمہارے ساتھ بھیجوں گی، اُن کو کشتی کی سیر کرانا اور کسی نہ کسی طرح جب کوئی اور دیکھتا نہ ہو اُنہیں گہرے پانی میں ڈبو دینا۔''

شبراتی کی ذہنیت غلامانہ تھی، اِس کے علاوہ اُس کو بہت بڑے انعام کا لالچ دیا گیا تھا۔ وہ دوسرے روز بندو اور چندُو کو اپنے ساتھ لے گیا۔ اُنہیں کشتی میں بٹھایا، اُس کو خود کھینا شروع کیا، دریا میں دور تک چلا گیا، جہاں کوئی دیکھنے والا نہیں تھا۔۔۔ اُس نے چاہا کہ اُنہیں دھکّا دے کر ڈبو دے مگر ایک دم اُس کا ضمیر جاگ اُٹھا، اُس نے سوچا اُن بچوں کا کیا قصور ہے۔۔۔ سوائے اس کے کہ اُن کی اپنی ماں مر چکی ہے اور اب یہ سوتیلی ماں کے رحم و کرم پر ہیں۔ بہتر یہی ہے کہ مَیں اِنہیں کسی شخص کے حوالے کر دوں اور سوتیلی ماں سے جاکر کہہ دوں کہ دونوں ڈوب چکے ہیں۔

دریا کے دوسرے کنارے اتر کر اُس نے بندو اور چندُو کو ایک تاجر کے حوالے کر دیا۔۔۔ جس نے اُن کو ملازم رکھ لیا۔

بڑا لڑکا بندو کھیل کود کا عادی، محنت مشقت سے بہت گھبراتا تھا۔ تاجر کے ہاں سے بھاگ نکلا اور پیدل چل کر دوسرے شہر میں پہنچا مگر وہاں اُسے ایک دولت مند آدمی کے ہاں جس کا نام قلندر بیگ تھا، پناہ لینا پڑی۔ قلندر بیگ نیک دل آدمی تھا، اُس نے چاہا کہ بندو کو اپنے ہاں نوکر رکھ لے، چنانچہ اُس نے اُس سے پوچھا، ''برخوردار! کیا تنخواہ لو گے؟''، بندو نے جواب دیا، ''جناب مَیں تنخواہ نہیں لوں گا۔'' قلندر بیگ کو کسی قدر حیرت ہوئی، لڑکا شکل و صورت کا اچھا تھا، اُس میں گنوار پن بھی نہیں تھا، اُس نے پوچھا، ''تم کس خاندان کے ہو۔۔۔ کس شہر کے باشندے ہو؟'' بندو نے اِس سوال کا کوئی جواب نہ دیا اور خاموش رہا، پھر رونے لگا۔ قلندر بیگ نے اُس سے مزید اِستفسار کرنا مناسب نہ سمجھا، جب بندو کو اُس کے یہاں رہتے ہوئے کافی عرصہ گزر گیا تو قلندر بیگ اُس کی خوش اطواری سے بہت متاثر ہوا۔ ایک دن اُس نے اپنی بیوی سے کہا، ''بندو مجھے بہت پسند ہے۔ مَیں تو سوچتا ہوں اِس سے اپنی ایک لڑکی کی بیاہ دوں۔۔۔''

بیوی کو اپنے خاوند کی یہ بات بُری لگی لیکن آخر اُس نے کہا، ''آپ اُس سے اُس کے خاندان کے متعلق تو دریافت کیجیے۔'' قلندر بیگ نے کہا، ''مَیں نے ایک مرتبہ اُس سے اُس کے خاندان کے متعلق پوچھا تو وہ زار و قطار رونے لگا۔۔۔ پھر مَیں نے اِس موضوع پر اُس سے کبھی گفتگو نہیں کی۔'' بندو کئی برس قلندر بیگ کے ہاں رہا، جب بیس برس کا ہو گیا تو قلندر بیگ نے اپنا سارا کاروبار اُس کے سُپرد کر دیا۔ کافی عرصہ گزر گیا، ایک دن بندو نے بڑے ادب سے اپنے آقا سے درخواست کی، ''دریا کے اُس پار دُور جو ایک گاؤں ہے وہاں مَیں ایک چھوٹا مکان بنوانا چاہتا ہوں۔ کیا مجھے آپ اتنا روپیہ مرحمت فرما سکتے ہیں کہ میری یہ خواہش پوری ہو جائے۔'' قلندر مسکرایا، ''تم جتنا روپیہ چاہو لے سکتے ہو بیٹا، لیکن یہ بتاؤ کہ تم دریا پار اتنی دُور مکان کیوں بنوانا چاہتے ہو۔'' بندو نے جواب دیا، ''یہ راز آپ پر عنقریب کھل جائے گا۔''

بندو اور چندو کا باپ اپنے بیٹوں کے فراق میں گھل گھل کے مر چکا تھا، مزاروں کی بڑی ابتر حالت تھی، اِس لیے کہ زمینوں کی دیکھ بھال کرنے والا کوئی بھی نہ تھا۔ بندو، بہت سارا روپیہ لے کر اپنے گاؤں پہنچا، ایک پکّا مکان بنوایا اور مزاروں کو خوشحال کر دیا۔ بندو کا بھائی چندو جس شخص کے ہاں ملازم ہوا تھا اُس نے اُس کو بیٹا بنا لیا تھا، ایک دفعہ وہ خطرناک طور پر بیمار پڑ گیا تو اُس شخص کی بیوی نے جس کا نام صمد خان تھا، اپنی بیٹی آمنہ سے کہا کہ وہ اُس کی تیمار داری کرے۔

آمنہ بڑی نازک اندام حسین لڑکی تھی، دن رات اُس نے چندو کی خدمت کی، آخر وہ صحت مند ہو گیا، تیمار داری کے اِس دور میں وہ کچھ اِس طرح گھل مل گئے کہ اُن دونوں کو ایک دوسرے سے محبت ہو گئی۔ مگر چندو سوچتا تھا کہ آمنہ ایک دولت مند کی لڑکی ہے اور وہ محض کنگلا۔ اُن کا آپس میں کیا جوڑ ہے، اُس کے والد بھلا کب اُن کی شادی پر راضی ہوں گے لیکن آمنہ کو کسی قدر یقین تھا کہ اُس کے والدین راضی ہو جائیں گے، اِس لیے کہ وہ چندو کو بڑی اچھی نگاہوں سے دیکھتے تھے۔ ایک دن چندو گائے بھینسوں کے ریوڑ کو جوہڑ پر پانی پلا رہا تھا کہ آمنہ دوڑتی ہوئی آئی، اُس کی سانس پھولی ہوئی تھی، ننھا سا سینہ دھڑک رہا تھا اُس نے خوش خوش چندو سے کہا، ''ایک اچھی خبر لائی ہوں، آج میری ماں اور باپ میری شادی کی بات کر رہے تھے۔ اُنہوں نے فیصلہ کیا کہ تم بڑے اچھے لڑکے ہو، اِس لیے تمہیں میرے ساتھ بیاہ دینا چاہیے۔''

چندو اِس قدر خوش ہوا کہ اُس نے آمنہ کو اٹھا کر ناچنا شروع کر دیا۔ اُن دونوں کی شادی ہو گئی، ایک سال کے بعد اُن کے ہاں ایک لڑکا پیدا ہوا جس کا نام جمیل رکھا گیا۔ جب بندو اپنے گاؤں میں اچھی

طرح جم گیا تو اُس نے بھائی کا پتہ لیا۔ جا کے اُس سے ملا، دونوں بہت خوش ہوئے۔ بندو نے اُس سے کہا، '' اب اللہ کا فضل ہے چلو میرے ساتھ اور دیوانی سنبھالو، مَیں چاہتا ہوں تمہاری شادی اپنی سالی سے کرا دوں، بڑی پیاری لڑکی ہے۔ '' چندو نے اُس کو بتایا کہ وہ پہلے ہی شادی شدہ ہے، سارے حالات سن کر بندو نے اُس کو سمجھایا، '' قلندر بیگ بے حد دولت مند آدمی ہے، اُس کی لڑکی سے شادی کر لو۔ ساری عمر عیش کرو گے۔ آمنہ کے باپ کے پاس کیا پڑا ہے۔ ''

چندو اپنے بھائی کی یہ باتیں سن کر لالچ میں آ گیا اور دولت مند آمنہ کو چھوڑ دیا۔ طلاق نامہ کسی کے ہاتھ بھجوا دیا اور اِس سے ملے بغیر چلا گیا۔

چند روز کے بعد ہی بندو نے اپنے بھائی کی شادی قلندر بیگ کی چھوٹی لڑکی سے کرا دی، آمنہ حیران و پریشان تھی کہ اُس کا پیارا چندو ایک دم کہاں غائب ہو گیا لیکن اُس کو یقین تھا کہ وہ مجھ سے محبت کرتا ہے۔ ایک دن ضرور واپس آ جائے گا۔ بڑی دیر اُس نے اُس کی واپسی کا انتظار کیا اور اُس کی یاد میں آنسو بہاتی رہی۔ جب وہ نہ آیا تو آمنہ کے باپ نے جمیل کو ساتھ لیا اور بندو کے گاؤں پہنچا، اُس کی ملاقات چندو سے ہوئی۔ وہ دولت کے نشے میں سب کو بھول چکا تھا۔

آمنہ کے باپ نے اُس کی بڑی منت سماجت کی اور اُس سے کہا، '' اور کچھ نہیں تو اپنے اُس کم سن بیٹے کا خیال کرو، تمہارے بغیر اُس بچے کی زندگی کیا ہے؟ '' چندو نے یہ کورا جواب دیا، '' میں اپنی دولت اور عزت اُس بچے کے لیے چھوڑ سکتا ہوں؟۔ جاؤ اِسے لے جاؤ اور میری نظروں سے دور کر دو۔ '' جب آمنہ کے باپ نے اور زیادہ منت سماجت کی تو چندو نے اس بڈھے کو دھکے دے کر باہر نکلوا دیا۔ ساتھ ہی اپنے بچے کو بھی۔

بوڑھا باپ غم و اندوہ سے چُور گھر پہنچا اور آمنہ کو ساری داستان سنا دی۔ آمنہ کو اِس قدر صدمہ پہنچا کہ پاگل ہو گئی۔ چندو پر پے در پے اتنے مصائب آئے کہ اُس کی ساری دولت اُجڑ گئی، بھائی نے بھی آنکھیں پھیر لیں۔ بیوی لڑ جھگڑ کر اپنے میکے چلی گئی۔ اب اُس کو آمنہ یاد آئی، وہ اُس سے ملنے کے لیے گیا، اُس کا بیٹا جمیل، ہڈیوں کا ڈھانچہ، اُس سے گھر کے باہر ملا، اُس نے اُس کو پیار کیا اور آمنہ کے متعلق اُس سے پوچھا۔ جمیل نے اُس سے کہا، '' آؤ تمھیں بتاتا ہوں، میری ماں آج کل کہاں رہتی ہے۔ '' وہ اُسے دور لے گیا اور ایک قبر کی طرف اشارہ کر کے '' یہاں رہتی ہے آمنہ اماں۔ ''

انار کلی

نام اُس کا سلیم تھا مگر اُس کے یار دوست اُسے شہزادہ سلیم کہتے تھے۔ غالباً اِس لیے کہ اُس کے خدو خال مُغلئی تھے۔ خوبصورت تھا۔ چال ڈھال سے رعونت ٹپکتی تھی۔ اُس کا باپ پی ڈبلیو ڈی کے دفتر میں ملازم تھا۔ تنخواہ زیادہ سے زیادہ سو روپے ہوگی مگر بڑے ٹھاٹ سے رہتا۔ ظاہر ہے کہ رشوت کھاتا تھا۔ یہی وجہ ہے کہ سلیم اچھے سے اچھا کپڑا پہنتا، جیب خرچ بھی اُس کو کافی ملتا اِس لیے کہ وہ اپنے والدین کا اکلوتا لڑکا تھا۔ جب کالج میں تھا تو کئی لڑکیاں اُس پر جان چھڑکتی تھیں۔۔۔ مگر وہ بے اِعتنائی برتتا۔ آخر اُس کی آنکھ ایک شوخ و شنگ لڑکی جس کا نام سیما تھا، لڑ گئی۔ سلیم نے اُس سے راہ و رسم پیدا کرنا چاہا۔ اُسے یقین تھا کہ وہ اُس کا اِلتفات حاصل کر لے گا۔۔۔ نہیں۔۔۔ وہ تو یہاں تک سمجھتا تھا کہ سیما اُس کے قدموں پر گر پڑے گی اور اُس کی ممنون و متشکِّر ہوگی کہ اُس نے محبت کی نگاہوں سے اُسے دیکھا۔

ایک دن کالج میں سلیم نے سیما سے پہلی بار مخاطب ہو کر کہا، ''آپ کتابوں کا اتنا بوجھ اٹھائے ہوئی ہیں۔۔۔ لائیے مجھے دے دیجیے۔۔۔ میرا تانگہ باہر موجود ہے آپ کو اور اِس بوجھ کو آپ کے گھر تک پہنچا دوں گا۔'' سیما نے اپنی بھاری بھر کم کتابیں بغل میں دابتے ہوئے بڑے خشک لہجے میں جواب دیا، ''آپ کی مدد کی مجھے کوئی ضرورت نہیں۔۔۔ بہر حال شکریہ ادا کیے دیتی ہوں۔'' شہزادہ سلیم کو اپنی زندگی کا سب سے بڑا صدمہ پہنچا۔ چند لمحات کے لیے وہ اپنی خِفَّت مٹاتا رہا۔ اِس کے بعد اُس نے سیما سے کہا، ''عورت کو مرد کے سہارے کی ضرورت ہوتی ہے۔۔۔ مجھے حیرت ہے کہ آپ نے میری پیش کش کو کیوں ٹھکرا دیا؟'' سیما کا لہجہ اور زیادہ خشک ہو گیا، ''عورتوں کو مرد کے سہارے کی ضرورت ہوگی۔۔۔ مگر

فی الحال مجھے ایسی کوئی ضرورت محسوس نہیں ہوتی۔۔۔آپ کی پیشکش کا شکریہ میں ادا کر چکی ہوں۔۔۔اِس سے زیادہ آپ اور کیا چاہتے ہیں؟''

یہ کہہ کر سیما چلی گئی۔ شہزادہ سلیم جو انار کلی کے خواب دیکھ رہا تھا، آنکھیں جھپکتا رہ گیا۔ اُس نے بہت بری طرح شکست کھائی تھی۔ اِس سے قبل اُس کی زندگی میں کئی لڑکیاں آ چکی تھیں جو اُس کے ابرو کے اِشارے پر چلتی تھیں۔۔۔مگر یہ سیما کیا سمجھتی ہے اپنے آپ کو۔۔۔اِس میں کوئی شک نہیں کہ خوبصورت ہے۔۔۔جتنی لڑکیاں میں نے اب تک دیکھی ہیں اُن میں سب سے زیادہ حسین ہے مگر مجھے ٹھکرا دینا۔۔۔یہ بہت بڑی زیادتی ہے۔۔۔میں ضرور اِس سے بدلہ لوں گا۔۔۔چاہے کچھ بھی ہو جائے۔

شہزادہ سلیم نے اُس سے بدلہ لینے کی کئی اسکیمیں بنائیں مگر بار آور ثابت نہ ہوئیں۔ اُس نے یہاں تک سوچا کہ اُس کی ناک کاٹ ڈالے۔ یہ وہ جرم کر بیٹھتا مگر اسے سیما کے چہرے پر یہ ناک بہت پسند تھی۔ کوئی بڑے سے بڑا مصور بھی ایسی ناک کا تصور نہیں کر سکتا تھا۔ سلیم تو اپنے اِرادوں میں کام یاب نہ ہوا۔ مگر تقدیر نے اُس کی مدد کی۔ اُس کی والدہ نے اُس کے لیے رشتہ ڈھونڈنا شروع کیا۔ نگاہِ انتخاب آخر سیما پر پڑی جو اُس کی سہیلی کی سہیلی کی لڑکی تھی۔ بات پکی ہو گئی، مگر سلیم نے انکار کر دیا۔ اِس پر اُس کے والدین بہت ناراض ہوئے۔ گھر میں دس بارہ روز تک ہنگامہ مچا رہا۔ سلیم کے والد ذرا سخت طبیعت کے تھے، انہوں نے اُس سے کہا، ''دیکھو تمہیں ہمارا فیصلہ قبول کرنا ہو گا۔'' سلیم ہٹ دھرم تھا۔ جواب میں یہ کہا، ''آپ کا فیصلہ کوئی ہائی کورٹ کا فیصلہ نہیں۔۔۔پھر میں نے کیا جرم کیا ہے جس کا آپ فیصلہ سنا رہے ہیں۔''

اُس کے والدین کو یہ سن کر طیش آ گیا، ''تمہارا جرم ہے کہ تم نافرمان ہو۔۔۔اپنے والدین کا کہنا نہیں مانتے۔ عدولِ حکمی کرتے ہو، میں تمہیں عاق کر دوں گا۔'' سلیم کا جوش ٹھنڈا ہو گیا، ''لیکن ابا جان، میری شادی میری مرضی کے مطابق ہونی چاہیے۔''

''بتاؤ، تمہاری مرضی کیا ہے؟''

''اگر آپ ٹھنڈے دل سے سنیں تو میں عرض کروں۔''

''میرا دل کافی ٹھنڈا ہے۔۔۔تمہیں جو کچھ کہنا ہے فوراً کہہ ڈالو۔۔۔میں زیادہ دیر انتظار نہیں کر سکتا۔''

سلیم نے رک کے کہا، ''مجھے۔۔۔مجھے ایک لڑکی سے محبت ہے۔''

اس کا باپ گرجا، ''کس لڑکی سے؟''

سلیم تھوڑی دیر ہچکچایا، ''ایک لڑکی ہے۔''

'' کون ہے وہ۔۔۔؟ کیا نام ہے اُس کا؟''

'' سیما۔۔۔میرے ساتھ کالج میں پڑھتی تھی۔''

'' میاں افتخار الدین کی لڑکی؟''

جی ہاں، ''اس کا نام سیما افتخار ہے۔۔۔میرا خیال ہے وہی ہے۔''

اس کے والد بے تحاشہ ہنسنے لگے، ''خیال کے بچے۔۔۔تمہاری شادی اسی لڑکی سے قرار پائی ہے۔۔۔کیا وہ تمہیں پسند کرتی ہے؟'' سلیم بوکھلا سا گیا۔۔۔یہ سلسلہ کیسے ہو گیا اس کی سمجھ میں نہیں آتا تھا کہیں اس کا باپ جھوٹ تو نہیں بول رہا تھا۔۔۔سلیم سے جو سوال کیا گیا تھا اُس کا جواب اُس کے والد کو نہیں ملا تھا، چنانچہ انہوں نے کرید کے پوچھا، ''سلیم مجھے بتاؤ کیا سیما تمہیں پسند کرتی ہے؟''

سلیم نے کہا، ''جی نہیں۔''۔۔۔''تم نے یہ کیسے جانا؟''

''اُس سے۔۔۔اُس سے ایک بار مَیں نے مختصر الفاظ میں۔۔۔محبت کا اظہار کیا۔۔۔لیکن اُس نے مجھے۔۔۔''

''تمہیں درخورِ اعتنا نہ سمجھا۔''۔۔۔''جی ہاں۔۔۔بڑی بے رُخی برتی۔''

سلیم کے والد نے اپنے گنجے سر کو تھوڑی دیر کے لیے کھجلایا اور کہا، ''تو پھر یہ رشتہ نہیں ہونا چاہیے۔۔۔مَیں تمہاری ماں سے کہتا ہوں کہ وہ لڑکی والوں سے کہہ دے کہ لڑکا رضا مند نہیں۔'' سلیم ایک دم جذباتی ہو گیا، ''نہیں ابا جان۔۔۔ایسا نہ کیجیے گا، شادی ہو جائے تو سب ٹھیک ہو جائے گا، مَیں اُس سے محبت کرتا ہوں۔ اور کسی کی محبت اکارت نہیں جاتی۔۔۔لیکن آپ اُن لوگوں کو۔۔۔میرا مطلب ہے سیما کو یہ پتہ نہ لگنے دیجیے کہ اُس کا بیاہ مُجھ سے ہو رہا ہے جس سے وہ بے رُخی اور بے اعتنائی کا اظہار کر چکی ہے۔'' اُس کے باپ نے اپنے گنجے سر پر ہاتھ پھیرا، ''مَیں اِس کے متعلق سوچوں گا۔'' یہ کہہ کر وہ چلے گئے۔ اُنہیں ایک ٹھیکیدار سے رشوت وصول کرنا تھی اپنے بیٹے کی شادی کے اخراجات کے سلسلے میں۔

شہزادہ سلیم جب رات کو پلنگ پر سونے کے لیے لیٹا تو اُسے انار کی کلیاں ہی کلیاں نظر آئیں ساری رات وہ ان کے خواب دیکھتا رہا۔

گھوڑے پر سوار باغ میں آیا ہے۔۔۔شاہانہ لباس پہنے۔ اَسپِ تازی سے اُتر کر باغ کی ایک رَوِش پر جا رہا ہے۔۔۔کیا دیکھتا ہے کہ سیما انار کے بوٹے کی سب سے اونچی شاخ سے ایک نَوخیز کلی توڑنے کی کوشش کر رہی ہے۔ اُس کی بھاری بھرکم کتابیں زمین پر بکھری پڑی ہیں۔۔۔زلفیں الجھی ہوئی ہیں اور

وہ اُچک اُچک کر اُس شاخ تک اپنا ہاتھ پہنچانے کی کوشش کر رہی ہے مگر ہر بار ناکام رہتی ہے۔ وہ اِس کی طرف بڑھا، انار کی جھاڑی کے پیچھے چھپ کر اُس نے اُس شاخ کو پکڑا اور جُھکا دیا۔ سیما نے وہ کلی توڑ لی جس کے لیے وہ اتنی کوشش کر رہی تھی۔۔۔ لیکن فوراً اُسے اِس بات کا احساس ہوا کہ وہ شاخ نیچے کیسے جُھک گئی۔

وہ ابھی یہ سوچ ہی رہی تھی کہ شہزادہ سلیم اُس کے پاس پہنچ گیا۔ سیما گھبرا گئی لیکن سنبھل کر اُس نے اپنی کتابیں اُٹھائیں اور بغل میں داب لیں، انار کلی اپنے جُوڑے میں اُڑس لی اور یہ خشک الفاظ کہہ کر وہاں سے چلی گئی، ''آپ کی امداد کی مجھے کوئی ضرورت نہیں۔۔۔ بہر حال شکر یہ ادا کیے دیتی ہوں۔'' تمام رات وہ اِسی قسم کے خواب دیکھتا رہا۔ سیما، اُس کی بھاری بھرکم کتابیں، انار کی کلیاں اور شادی کی دھوم دھام۔ شادی ہو گئی۔ شہزادہ سلیم اِس تقریب پر اپنی انار کلی کی ایک جھلک بھی نہیں دیکھ پایا تھا۔ وہ اُس لمحے کے لیے تڑپ رہا تھا جب سیما اُس کی آغوش میں ہو گی۔ وہ اُس کے اتنے پیار لے گا کہ وہ تنگ آ کر رونا شروع کر دے گی۔ سلیم کو رونے والی لڑکیاں بہت پسند تھیں۔ اُس کا یہ فلسفہ تھا کہ عورت جب رو رہی ہو تو بہت حَسِین ہو جاتی ہے۔ اُس کے آنسو شبنم کے قطروں کے مانند ہوتے ہیں جو مرد کے جذبات کے پھولوں پر ٹپکتے ہیں جن سے اسے ایسی راحت، ایسی فرحت ملتی ہے جو اور کسی وقت نصیب نہیں ہو سکتی۔

رات کے دس بجے دلہن کو حُجلۂ عُروسی میں داخل کر دیا گیا۔ سلیم کو بھی اجازت مل گئی کہ وہ اُس کمرے میں جا سکتا ہے۔ لڑکیوں کی چھیڑ چھاڑ اور رسم و رسوم سب ختم ہو گئی تھیں۔ وہ کمرے کے اندر داخل ہوا۔ پھولوں سے سجی ہوئی مسہری پر دلہن گھونگھٹ کاڑھے ریشم کی گٹھری سی بنی بیٹھی تھی۔ شہزادہ سلیم نے خاص اہتمام کر لیا تھا کہ پھول، انار کی کلیاں ہوں۔۔۔ وہ دھڑکتے ہوئے دل کے ساتھ مسہری کی طرف بڑھا اور دلہن کے پاس بیٹھ گیا۔ کافی دیر تک وہ اپنی بیوی سے کوئی بات نہ کر سکا۔۔۔ اُس کو ایسا محسوس ہوتا تھا کہ اُس کی بغل میں کتابیں ہوں گی جن کو وہ اٹھانے نہیں دے گی۔ آخر اُس نے بڑی جرأت سے کام لیا اور اسے کہا، ''سیما۔۔۔''

یہ نام لیتے ہی اُس کی زبان خشک ہو گئی لیکن اُس نے پھر جرأت فراہم کی اور اپنی دلہن کے چہرے سے گھونگھٹ اٹھایا اور بھونچکا رہ گیا۔۔۔ یہ سیما نہیں تھی۔۔۔ کوئی اور ہی لڑکی تھی۔۔۔ انار کی ساری کلیاں اُس کو ایسا محسوس ہوا کہ مُرجھا گئی ہیں

انجام بخیر

بٹوارے کے بعد جب فرقہ وارانہ فسادات شدت اختیار کر گئے اور جگہ جگہ ہندوؤں اور مسلمانوں کے خون سے زمین رنگی جانے لگی تو نسیم اختر جو دہلی کی نوخیز طوائف تھی اپنی بوڑھی ماں سے کہا، ''چلو ماں یہاں سے چلیں۔'' بوڑھی نائکہ نے اپنے پوپلے منہ سے پاندان سے چھالیہ کے باریک باریک ٹکڑے ڈالتے ہوئے اس سے پوچھا، ''کہاں جائیں گے بیٹا۔۔۔''

پاکستان۔ یہ کہہ کر وہ اپنے استاد خان صاحب اچھن خاں سے مخاطب ہوئی، ''خان صاحب! آپ کا کیا خیال ہے؟ یہاں رہنا اب خطرے سے خالی نہیں۔''

خان صاحب نے نسیم اختر کی ہاں میں ہاں ملائی، ''تم کہتی ہو مگر بائی جی کو منا لو تو سب چلیں گے۔'' نسیم اختر نے اپنی ماں سے بہتیرا کہا کہ چلو اب یہاں ہندوؤں کا راج ہو گا۔ کوئی مسلمان باقی نہیں چھوڑیں گے۔

بڑھیا نے کہا، ''تو کیا ہوا، ہمارا دھندہ تو ہندوؤں کی بدولت ہی چلتا ہے اور تمہارے چاہنے والے بھی سب کے سب ہندو ہی ہیں، مسلمانوں میں رکھا ہی کیا ہے۔''

''ایسا نہ کہو، ان کا مذہب اور ہمارا مذہب ایک ہے۔ قائداعظم نے اتنی محنت سے مسلمانوں کے لیے پاکستان بنایا ہے ہمیں اب وہیں رہنا چاہیے۔''

مانڈو میراثی نے افیم کے نشہ میں اپنا سر ہلایا اور غنودگی بھری آواز میں کہا، ''چھوٹی بائی، اللہ سلامت رکھے تمہیں۔۔۔ کیا بات کہی ہے۔ میں تو ابھی چلنے کے لیے تیار ہوں، میری قبر وہاں بنے تو میری روح ہمیشہ خوش رہے گی۔''

دوسرے میراثی تھے، وہ بھی تیار ہو گئے، لیکن بڑی بائی دلّی چھوڑنا نہیں چاہتی تھی۔ بالا خانے پر اسی کا حکم چلتا تھا، اس لیے سب خاموش ہو گئے۔

بڑی بائی نے سیٹھ گوبند پرکاش کی کوٹھی پر آدمی بھیجا اور اس کو بلا کر کہا، ''میری بچی آج کل بہت ڈری ہوئی ہے ۔ پاکستان جانا چاہتی تھی۔ مگر میں نے سمجھایا، وہاں کیا دھرا ہے۔ یہاں آپ ایسے مہربان سیٹھ لوگ موجود ہیں، وہاں جاکر ہم اُپلے تھاپیں گے۔ آپ ایک کرم کیجیے۔''

سیٹھ بڑی بائی کی باتیں سن رہا تھا مگر اس کا دماغ کچھ اور ہی سوچ رہا تھا۔ ایک دم چونک کر اس نے بڑی بائی سے پوچھا، ''تُو کیا چاہتی ہے؟''

''ہمارے کوٹھے کے نیچے دو تین بندوقوں والے سپاہیوں کا پہرا کھڑا کر دیجیے تا کہ بچی کا سہم دُور ہو۔'' سیٹھ گوبند پرکاش نے کہا، ''یہ کوئی مشکل نہیں۔ میں ابھی جاکر سپریٹنڈنٹ پولیس سے ملتا ہوں، شام سے پہلے پہلے سپاہی موجود ہوں گے۔''

نسیم اختر کی ماں نے سیٹھ کو بہت دعائیں دیں۔ جب وہ جانے لگا تو اس نے کہا ہم آج ہم اپنی بائی کا مجرا اس نے آئیں گے۔ بڑھیا نے اٹھ کر تعظیماً کہا، ''ہائے جم جم آئیے، آپ کا اپنا گھر ہے، بچی کو آپ اپنی قمیص سمجھیے، کھانا یہیں کھائیے گا۔''

''نہیں میں آج کل پرہیزی کھانا کھا رہا ہوں ۔ ۔ ۔''، یہ کہہ کر وہ اپنی توند پر ہاتھ پھیرتا چلا گیا۔

شام کو نسیم کی ماں نے چاندنیاں بدلوائیں، گاؤ تکیوں پر نئے غلاف چڑھوائے، زیادہ روشنی کے بلب لگوائے، اعلیٰ قسم کے سگرٹوں کا ڈبہ منگوانے بھیجا۔ تھوڑی ہی دیر کے بعد نوکر حواس باختہ ہانپتا کانپتا واپس آ گیا۔ اس کے منہ سے ایک بات نہ نکلتی تھی۔ آخر جب وہ کچھ دیر کے بعد سنبھلا تو اس نے بتایا کہ چوک میں پانچ چھ سکھوں نے ایک مسلمان خوانچہ فروش کو کرپانوں سے اس کی آنکھوں کے سامنے ٹکڑے ٹکڑے کر ڈالا ہے، جب اس نے یہ دیکھا تو سر پر پاؤں رکھ کر بھاگا اور یہاں آن کے دم لیا۔

نسیم اختر یہ خبر سن کر بے ہوش ہو گئی۔ بڑی مشکلوں سے خان صاحب اچھن خاں اسے ہوش میں لائے مگر وہ بہت دیر تک نڈھال رہی اور خاموش خلا میں دیکھتی رہی۔ آخر اس کی ماں نے کہا، ''خون خرابے ہوتے ہی رہتے ہیں، کیا اس سے پہلے قتل نہیں ہوتے تھے؟'' دم دلاسا دینے کے بعد نسیم اختر سنبھل گئی تو اس کی ماں نے اس سے بڑے دُلار اور پیار سے کہا، ''اٹھو میری بچی، جاؤ پشواز پہنو، سیٹھ آتے ہی ہوں گے۔'' نسیم نے بادل نخواستہ پشواز پہنی، سولہ سنگھار کیے اور مسند پر بیٹھ گئی۔ اس کا جی بھاری بھاری تھا۔ اس کو

ایسامحسوس ہوتا تھا کہ اس مقتول خوانچہ فروش کا سارا خون اس کے دل و دماغ میں جم گیا ہے، اس کا دل ابھی تک دھڑک رہا تھا۔ وہ چاہتی تھی کہ زرق برق پشواز کی بجائے سادہ شلوار قمیض پہن لے اور اپنی ماں سے ہاتھ جوڑ کر بلکہ اس کے پاؤں پڑ کر کہے کہ خدا کے لیے میری بات سنو اور بھاگ چلو یہاں سے۔ میرا دل گواہی دیتا ہے کہ ہم پر کوئی نہ کوئی آفت آنے والی ہے۔

بڑھیا نے جھنجھلا کر کہا، ''ہم پر کیوں آفت آنے لگی، ہم نے کسی کا کیا بگاڑا ہے؟''

نسیم نے بڑی سنجیدگی سے جواب دیا، ''اس غریب خوانچہ فروش نے کسی کا کیا بگاڑا تھا جو ظالموں نے اس کے ٹکڑے ٹکڑے کر ڈالے۔ بگاڑنے والے بچ جاتے ہیں۔ مارے جاتے ہیں جنہوں نے کسی کا کچھ نہیں بگاڑا ہوتا۔''

''تمہارا دماغ خراب ہو گیا ہے۔''

''ایسے حالات میں کس کا دماغ درست رہ سکتا ہے۔ چاروں طرف خون کی ندیاں بہہ رہی ہیں۔'' یہ کہہ کر وہ اٹھی، بالکونی میں کھڑی ہو گئی اور نیچے بازار میں دیکھنے لگی۔ اسے بجلی کے کھمبے کے پاس چار آدمی کھڑے دکھائی دیئے۔ جن کے پاس بندوقیں تھیں، اس نے خان اچھن کو بتایا اور وہ آدمی دکھائے۔ ایسا لگتا ہے کہ وہی سپاہی ہیں جن کو بھیجنے کا وعدہ سیٹھ کر گیا تھا۔

خان صاحب نے غور سے دیکھا۔

''نہیں یہ سپاہی نہیں۔ سپاہیوں کی تو وردی ہوتی ہے، مجھے تو یہ غنڈے معلوم ہوتے ہیں۔''

نسیم اختر کا کلیجا دھک سے رہ گیا، ''غنڈے!''

''اللہ بہتر جانتا ہے۔ کچھ کہا نہیں جا سکتا۔ لو یہ تمہارے کوٹھے کی طرف آرہے ہیں۔ دیکھو نسیم، کسی بہانے سے اوپر کوٹھے پر چلی جاؤ، میں تمہارے پیچھے آتا ہوں۔ مجھے دال میں کالا نظر آتا ہے۔''

نسیم اختر چپکے سے باہر نکلی اور اپنی ماں سے نظر بچا کر اوپر کی منزل پر چلی گئی۔ تھوڑی دیر کے بعد خان صاحب اچھن اپنی چندھی آنکھیں جھپکاتا اوپر آیا اور جلدی سے دروازہ بند کر کے کنڈی چڑھا دی۔

نسیم اختر جس کا دل جیسے ڈوب رہا تھا، خان صاحب سے پوچھا، ''کیا بات ہے؟''

''وہی جو میں نے سمجھا تھا۔ تمہارے متعلق پوچھ رہے تھے، کہتے تھے سیٹھ گوبند پر کاش نے کار بھیجی ہے اور بلوایا ہے۔ تمہاری ماں بڑی خوش ہوئی۔ بڑی مہربانی ہے ان کی۔ میں دیکھتی ہوں کہاں ہے شاید غسل خانے میں ہو۔ اتنی دیر میں میں تیار ہو جاؤں۔ ان غنڈوں میں سے ایک نے کہا، تمہیں کیا شہد لگا کر چاٹیں گے،

بیٹھی رہو جہاں بیٹھی ہو، خبردار! جو تم وہاں سے ہِلیں۔ ہم خود تمہاری بیٹی کو ڈھونڈ نکالیں گے۔ میں نے جب یہ باتیں سنیں اور ان غنڈوں کے بِگڑے ہوئے تیور دیکھے تو کھسکتا کھسکتا یہاں پہنچ گیا ہوں۔''

نسیم اختر حواس باختہ تھی، ''اب کیا کیا جائے؟''

خان نے اپنا سر کھجایا اور جواب دیا، ''دیکھو میں کوئی ترکیب سوچتا ہوں بس یہاں سے نکل بھاگنا چاہیے۔''

''اور ماں؟''

''اس کے متعلق میں کچھ نہیں کہہ سکتا، اس کو اللہ کے حوالے کر کے خود باہر نکلنا چاہیے۔''

اوپر چار پائی پر دو چادریں پڑی ہوئی تھیں۔ خان صاحب نے ان کو گانٹھ دے کر رسہ سا بنایا اور مضبوطی سے ایک کنڈے کے ساتھ باندھ کر دوسری طرف لٹکایا۔ نیچے لانڈری کی چھت تھی، وہاں اگر وہ پہنچ جائیں تو راستہ آگے سے وہ طویلے صاف ہے۔ لانڈری کی چھت کی سیڑھیاں دوسری طرف تھیں اس کے ذریعے سے وہ میں پہنچ جاتے اور وہاں سائیس سے جو مسلمان تھا، تانگہ لیتے اور اسٹیشن کا رخ کرتے۔ نسیم اختر نے بڑی بہادری دکھائی۔ آرام آرام سے نیچے اتر کر لانڈری کی چھت تک پہنچ گئی۔ خان صاحب اچھن خاں بھی باحفاظت تمام اتر گئے۔ اب وہ طویلے میں تھے۔ سائیس اتفاق سے تانگے میں گھوڑا جوت رہا تھا۔ دونوں اس میں بیٹھے اور اسٹیشن کا رخ کیا مگر راستے میں ان کو ملٹری کا ٹرک مل گیا، اس میں مسلح فوجی مسلمان تھے جو ہندوؤں کے خطرناک محلوں سے مسلمانوں کو نکال نکال کر محفوظ مقامات پر پہنچا رہے تھے جو پاکستان جانا چاہتے، ان کو اسپیشل ٹرینوں میں جگہ دلوا دیتے۔

تانگہ سے اتر کر نسیم اختر اور اس کا استاد ٹرک میں بیٹھے اور چند ہی منٹوں میں اسٹیشن پر پہنچ گئے۔ اسپیشل ٹرین اتفاق سے تیار تھی اس میں ان کو اچھی جگہ مل گئی اور وہ بخیریت لاہور پہنچ گئے۔ یہاں وہ قریب ایک مہینے تک والٹن کیمپ میں رہے، نہایت کسمپرسی کی حالت میں۔ اس کے بعد وہ شہر چلے آئے۔ نسیم اختر کے پاس کافی زیور تھا جو اس نے اس رات پہنا ہوا تھا جب سیٹھ گوبند پر کاش اس کا مجرا سننے آ رہا تھا۔ یہ اس نے اتار کر خان صاحب اچھن خاں کے حوالے کر دیا تھا۔ ان زیوروں میں سے کچھ بیچ کر انہوں نے ہوٹل میں رہنا شروع کر دیا لیکن مکان کی تلاش جاری رہی۔ آخر بدقّت تمام ہیرا منڈی میں ایک مکان مل گیا جو اچھا خاصا تھا۔ اب خان صاحب اچھن خاں نے نسیم اختر سے کہا، ''گدے اور چاندنیاں وغیرہ خرید لیں اور تم بسم اللہ کر کے مجرا شروع کر دو۔''

نسیم نے کہا، ''نہیں خان صاحب! میرا جی اُکتا گیا ہے میں تو اس مکان میں بھی رہنا پسند نہیں کرتی،

کسی شریف محلے میں کوئی چھوٹا سا مکان تلاش کیجیے کہ میں وہاں اٹھ جاؤں۔ میں اب خاموش زندگی بسر کرنا چاہتی ہوں۔''

خان صاحب کو یہ سن کر بڑی حیرت ہوئی، ''کیا ہو گیا ہے تمھیں؟''

''بس جی اچاٹ ہو گیا ہے۔ میں اس زندگی سے کنارہ کشی اختیار کرنا چاہتی ہوں۔ دعا کیجیے خدا مجھے ثابت قدم رکھے۔'' یہ کہتے ہوئے نسیم کی آنکھوں میں آنسو آ گئے۔

خان صاحب نے اس کو بہت ترغیب دی پر وٹس سے مس نہ ہوئی۔ ایک دن اس نے اپنے استاد سے صاف کہہ دیا کہ وہ شادی کر لینا چاہتی ہے، اگر کسی نے اسے قبول نہ کیا تو وہ کنواری رہے گی۔

خان صاحب بہت حیران تھا کہ نسیم میں یہ تبدیلی کیسے آئی۔ فسادات تو اس کا باعث نہیں ہو سکتے۔ پھر کیا وجہ تھی کہ وہ پیشہ ترک کرنے پر تلی ہوئی ہے۔

جب وہ اسے سمجھا سمجھا کر تھک گیا تو اسے ایک محلے میں جہاں شرفاء رہتے تھے، ایک چھوٹا سا مکان لے دیا اور خود ہیرا منڈی کی ایک مالدار طوائف کو تعلیم دینے لگا۔ نسیم نے تھوڑے سے برتن خریدے، ایک چارپائی اور بستر وغیرہ بھی۔ ایک چھوٹا نوکر رکھ لیا اور سکون کی زندگی بسر کرنے لگی۔ پانچوں نمازیں پڑھتی، روزے آئے تو اس نے سارے کے سارے رکھے۔ ایک دن وہ غسل خانے میں نہا رہی تھی کہ سب کچھ بھول کر اپنی سریلی آواز میں گانے لگی۔ اس کے ہاں ایک اور عورت کا آنا جانا تھا۔ نسیم اختر کو معلوم نہیں تھا کہ یہ عورت شریفوں کے محلے کی بہت بڑی پھپھا کٹنی ہے۔ شریفوں کے محلے میں کئی گھر تباہ و برباد کر چکی ہے، کئی لڑکیوں کی عصمت اونے پونے داموں بکوا چکی ہے، کئی نوجوانوں کو غلط راستے پر لگا کر اپنا الو سیدھا کرتی رہتی ہے۔

جب اس عورت نے جس کا نام جنّتے ہے، نسیم کی سریلی اور منجھی ہوئی آواز سنی تو اس کو فوراً خیال آیا کہ اس لڑکی کا آگا ہے نہ پیچھا، بڑی معرکے کی طوائف بن سکتی ہے۔ چنانچہ اس نے اس پر ڈورے ڈالنے شروع کر دیے۔ اس کو اس نے کئی سبز باغ دکھائے مگر وہ اس کے قابو میں نہ آئی۔ آخر اس نے ایک روز اس کو گلے لگایا اور چٹ پٹ اس کی بلائیں لینا شروع کر دیں۔ جیتی رہو بیٹا۔ میں تمھارا امتحان لے رہی تھی، تم اس میں سولہ آنے پوری اتری ہو۔ نسیم اختر اس کے فریب میں آ گئی۔ ایک دن اس کو یہاں تک بتا دیا کہ وہ شادی کرنا چاہتی ہے کیونکہ ایک یتیم کنواری لڑکی کا اکیلے رہنا خطرے سے خالی نہیں ہوتا۔ جنّتے کو موقع ہاتھ آیا۔ اس نے نسیم سے کہا، ''بیٹا یہ کیا مشکل ہے میں نے یہاں کئی شادیاں کرائی ہیں،

سب کی سب کام یاب رہی ہیں۔ اللہ نے چاہا تو تمہارے حسب منشا میاں مل جائے گا جو تمہارے پاؤں دھو دھو کر پئے گا۔''

حَشّے کئی فرضی رشتے لائی مگر اس نے ان کی کوئی زیادہ تعریف نہ کی۔ آخر میں وہ ایک رشتہ لائی جو اس کے کہنے کے مطابق فرشتہ سیرت اور صاحب جائداد تھا، نسیم مان گئی، تاریخ مقرر کی گئی اور اس کی شادی انجام پا گئی۔

نسیم اختر خوش تھی کہ اس کا میاں بہت اچھا ہے، اس کی ہر آسائش کا خیال رکھتا ہے لیکن اس دن اس کے ہوش و حواس گم ہو گئے جب اس کو دوسرے کمرے سے عورتوں کی آوازیں سنائی دیں۔ دروازے میں سے جھانک کر اس نے دیکھا کہ اس کا شوہر دو بوڑھی طوائفوں سے اس کے متعلق باتیں کر رہا ہے، حَشّے بھی پاس بیٹھی تھی۔ سب مل کر اس کا سودا طے کر رہے تھے۔ اس کی سمجھ میں نہ آیا کیا کرے اور کیا نہ کرے۔ بہت دیر روتی اور سوچتی رہی۔ آخر اٹھی اور اپنی پِشواز نکال کر پہنی اور باہر نکل کر سیدھی اپنے استاد اچھن خاں کے پاس پہنچی اور مجرے کے ساتھ ساتھ پیشہ بھی شروع کر دیا۔ ایک انتقامی قسم کے جذبے کے تحت وہ کھیلنے لگی۔

انقلاب پسند

میری اور سلیم کی دوستی کو پانچ سال کا عرصہ گزر چکا ہے۔ اس زمانے میں ہم نے ایک ہی اسکول سے دسویں جماعت کا امتحان پاس کیا، ایک ہی کالج میں داخل ہوئے اور ایک ہی ساتھ ایف۔ اے کے امتحان میں شامل ہو کر فیل ہوئے۔ پھر پرانا کالج چھوڑ کر ایک نئے کالج میں داخل ہوئے۔ اس سال میں تو پاس ہو گیا۔ مگر سلیم سوئے قسمت سے پھر فیل ہو گیا۔

سلیم کی دوبارہ ناکامیابی سے لوگ یہ نتیجہ اخذ کرتے ہیں کہ وہ آوارہ مزاج اور نالائق ہے۔ یہ بالکل اِفترا ہے۔ سلیم کا بغلی دوست ہونے کی حیثیت سے میں یہ وثوق سے کہہ سکتا ہوں کہ سلیم کا دماغ بہت روشن ہے۔ اگر وہ کالج کی پڑھائی کی طرف ذرا بھی توجہ دیتا تو کوئی وجہ نہ تھی کہ وہ صوبہ بھر میں اول نہ رہتا۔ اب یہاں یہ سوال پیدا ہوتا ہے کہ اس نے پڑھائی کی طرف کیوں توجہ نہ دی؟

جہاں تک میرا ذہن کام دیتا ہے مجھے اس کی تمام تر وجہ وہ خیالات معلوم ہوتے ہیں جو ایک عرصے سے اس کے دل و دماغ پر آہستہ آہستہ چھا رہے تھے۔ دسویں جماعت اور کالج میں داخل ہوتے وقت سلیم کا دماغ ان تمام الجھنوں سے آزاد تھا جس نے اسے ان دنوں پاگل خانے کی چار دیواری میں قید کر رکھا ہے۔ ایام کالج میں وہ دیگر طلبہ کی طرح کھیل کود میں حصہ لیا کرتا تھا۔ سب لڑکوں میں ہر دلعزیز تھا۔ مگر یکا یک اس کے والد کی ناگہانی موت نے اس کے متبسّم چہرے پر غم کی نقاب اوڑھا دی۔۔۔۔ اب کھیل کود کی جگہ غور و فکر نے لے لی۔

وہ کیا خیالات تھے، جو سلیم کے مضطرب دماغ میں پیدا ہوئے۔۔۔۔؟ یہ مجھے معلوم نہیں۔ سلیم کی نفسیات کا مطالعہ کرنا بہت اہم کام ہے۔ اس کے علاوہ وہ خود اپنی دلی آواز سے ناآشنا تھا۔ اس نے کئی مرتبہ گفتگو

کرتے وقت یا یونہی سیر کرتے ہوئے اچانک میرا بازو پکڑ کر کہا، ''عباس جی چاہتا ہے کہ ۔ ۔ ۔''

''ہاں۔ ہاں، کیا جی چاہتا ہے۔'' میں نے اس کی طرف تمام توجہ مبذول کر کے پوچھا ہے۔ مگر میرے اس استفسار پر اس کے چہرے کی غیر معمولی تبدیلی اور گلے میں سانس کے تصادم نے صاف طور پر ظاہر کیا ہے کہ وہ اپنے دلی مدّعا کو خود نہ پہچانتے ہوئے الفاظ میں ظاہر نہیں کر سکتا۔

وہ شخص جو اپنے احساسات کو کسی شکل میں پیش کر کے دوسرے ذہن پر منتقل کر سکتا ہے، وہ دراصل اپنے دل کا بوجھ ہلکا کرنے کی قدرت کا مالک ہے اور وہ شخص جو محسوس کرتا ہے مگر اپنے احساس کو خود آپ اچھی طرح نہیں سمجھتا اور پھر اس اضطراب کو بیان کرنے کی قدرت نہیں رکھتا، اُس شخص کے مُرادِف ہے جو اپنے حلق میں پھنسی ہوئی چیز کو باہر نکالنے کی کوشش کر رہا ہو مگر وہ گلے سے نیچے اترتی چلی جا رہی ہو۔ ۔ ۔ یہ ایک ذہنی عذاب ہے جس کی تفصیل لفظوں میں نہیں آ سکتی۔

سلیم شروع ہی سے اپنی آواز سے نا آشنا رہا ہے اور ہوتا بھی کیونکہ، جب اس کے سینے میں خیالات کا ایک ہجوم چھایا رہتا تھا۔ بعض اوقات ایسا بھی ہوا ہے کہ وہ بیٹھا بیٹھا اٹھ کھڑا ہوا ہے اور کمرے میں چکر لگا کر لمبے لمبے سانس بھرنے شروع کر دیئے۔ ۔ ۔ غالباً وہ اپنے اندرونی انتشار سے تنگ آ کر ان خیالات کو جو اس کے سینے میں بھاپ کے مانند چکر لگار ہے ہوتے، سانسوں کے ذریعے باہر نکالنے کا کوشاں ہوا کرتا تھا۔ اضطراب کے ان ہی تکلیف دہ لمحات میں اس نے اکثر اوقات مجھ سے مخاطب ہو کر کہا، ''عباس! یہ خاکی کشتی کسی روز تُند موجوں کی تاب نہ لا کر، چٹانوں سے ٹکرا کر پاش پاش ہو جائے گی۔ ۔ ۔ مجھے اندیشہ ہے کہ ۔ ۔ ۔'' وہ اپنے اندیشے کو پوری طرح بیان نہیں کر سکتا تھا۔

سلیم کسی متوقع حادثے کا منتظر ضرور تھا۔ مگر اسے یہ معلوم نہ تھا کہ وہ حادثہ کس شکل میں پردۂ ظہور پر نمودار ہو گا۔ اس کی نگاہیں ایک عرصے سے دھندلے خیالات کی صورت میں ایک موہوم سایہ دیکھ رہی تھیں جو اس کی طرف بڑھتا چلا آ رہا تھا مگر وہ یہ نہیں بتا سکتا تھا کہ اس تاریک شکل کے اس پردے میں کیا نہاں ہے۔ میں نے سلیم کی نفسیات سمجھنے کی بہت کوشش کی ہے۔ مگر مجھے اس کی منقلب عادات کے ہوتے ہوئے کبھی معلوم نہیں ہو سکا کہ وہ کن گہرائیوں میں غوطہ زن ہے اور وہ اس دنیا میں رہ کر اپنے مستقبل کے لیے کیا کرنا چاہتا ہے جب کہ اپنے والد کے انتقال کے بعد وہ ہر قسم کے سرمائے سے محروم کر دیا گیا تھا۔ میں ایک عرصے سے سلیم کو منقلب ہوتے دیکھ رہا تھا، اس کی عادات دن بدن بدل رہی تھیں۔ ۔ ۔ کل کا کھلنڈر الڑکا، میرا ہم جماعت، ایک مفکر میں تبدیل ہو رہا تھا۔ ۔ ۔ یہ تبدیلی میرے لیے سخت باعثِ حیرت تھی۔

کچھ عرصے سے سلیم کی طبیعت پر ایک غیرمعمولی سکون چھا گیا تھا۔ جب دیکھو اپنے گھر میں خاموش بیٹھا ہوا ہے اور اپنے بھاری سر کو گھٹنوں میں تھامے کچھ سوچ رہا ہے۔۔۔وہ کیا سوچ رہا ہوتا، یہ میری طرح خود اسے بھی معلوم نہ تھا۔ ان لحات میں، میں نے اسے اکثر اوقات اپنی گرم آنکھوں پر دوات کا آہنی ڈھکنا یا گلاس کا بیرونی حصّہ پھیرتے دیکھا ہے۔۔۔شاید وہ اس عمل سے اپنی آنکھوں کی حرارت کم کرنا چاہتا تھا۔

سلیم نے کالج چھوڑتے ہی غیر ملکی مصنفّوں کی بھاری بھرکم تصانیف کا مطالعہ شروع کر دیا تھا۔ شروع شروع میں مجھے اس کی میز پر ایک کتاب نظر آئی۔ پھر آہستہ آہستہ اس الماری میں جس میں وہ شطرنج، تاش اور اسی قسم کی دیگر کھیلیں رکھا کرتا تھا، کتابیں ہی کتابیں نظر آنے لگیں۔۔۔اس کے علاوہ وہ کئی کئی دنوں تک گھر سے کہیں باہر چلا جایا کرتا تھا۔

جہاں تک میرا خیال ہے، سلیم کی طبیعت کا غیرمعمولی سکون ان کتابوں کے اس تھک مطالعہ کا نتیجہ تھا جنہیں اس نے بڑے قرینے سے الماری میں سجا رکھا تھا۔ سلیم کا عزیز ترین دوست ہونے کی حیثیت میں، میں اس کی طبیعت کے غیرمعمولی سکون سے سخت پریشان تھا۔ مجھے اندیشہ تھا کہ یہ سکون کسی وحشت خیز طوفان کا پیش خیمہ ہے۔ اس کے علاوہ مجھے سلیم کی صحت کا بھی بہت خیال تھا۔ وہ پہلے ہی بہت کمزور پٹھّے کا واقع ہوا تھا۔ اس پر اس نے خواہ مخواہ اپنے آپ کو خدا معلوم کن کن الجھنوں میں پھنسا لیا تھا۔

سلیم کی عمر بمشکل بیس سال کی ہوگی۔ مگر اس کی آنکھوں کے نیچے شب بیداری کی وجہ سے سیاہ حلقے پڑ گئے تھے۔ پیشانی جو اس سے قبل بالکل ہموار تھی اب اس پر کئی شکن پڑے رہتے تھے۔۔۔جو اس کی ذہنی پریشانی کو ظاہر کرتے تھے۔ چہرہ جو کچھ عرصہ پہلے بہت شگفتہ ہوا کرتا تھا، اب اس پر ناک اور لب کے درمیان گہری لکیریں پڑ گئی تھیں، جنہوں نے سلیم کو قبل از وقت معمّر بنا دیا تھا۔۔۔اس غیرمعمولی تبدیلی کو میں نے اپنی آنکھوں کے سامنے وقوع پذیر ہوتے دیکھا ہے جو مجھے ایک شعبدے سے کم معلوم نہیں ہوتی۔۔۔یہ کیا تعجب کی بات ہے کہ میری عمر کا لڑکا میری نظروں کے سامنے بوڑھا ہو جائے۔

سلیم پاگل خانے میں ہے۔ اس میں کوئی شک نہیں۔ مگر اس کے یہ معنی نہیں ہو سکتے کہ وہ سڑی اور پاگل ہے۔ اسے غالباً اس بنا پر پاگل خانے بھیجا گیا ہے کہ وہ بازاروں میں بلند بانگ تقریریں کرتا ہے۔ راہ گزروں کو پکڑ پکڑ کر انہیں زندگی کے مشکل مسائل بتا کر جواب طلب کرتا ہے اور امراء کے حریر پوش بچوں کا لباس اتار کر ننگے بچوں کو پہنا دیتا ہے۔۔۔ممکن ہے یہ حرکات ڈاکٹروں کے نزدیک دیوانگی کی علامتیں ہوں۔ مگر میں یقین کے ساتھ کہہ سکتا ہوں کہ سلیم پاگل نہیں ہے۔ بلکہ وہ لوگ جنہوں نے اسے امنِ عامہ میں خلل ڈالنے

والاتصور کرتے ہوئے آہنی سلاخوں کے پنجرے میں قید کر دیا ہے، کسی دیوانے حیوان سے کم نہیں ہیں۔ اگر وہ اپنی غیر مربوط تقریر کے ذریعے لوگوں تک اپنا پیغام پہنچانا چاہتا ہے تو کیا ان کا فرض نہیں کہ وہ اس کے ہر لفظ کو غور سے سنیں؟ اگر وہ راہ گزروں کے ساتھ فلسفۂ حیات پر تبادلۂ خیالات کرنا چاہتا ہے تو کیا اس کے یہ معنی لیے جائیں گے کہ اس کا وجود مجلسی دائرہ کے لیے نقصان دہ ہے؟ کیا زندگی کے حقیقی معانی سے باخبر ہونا ہر انسان کا فرض نہیں ہے؟

اگر وہ متمول اشخاص کے بچوں کا لباس اتار کر غرغربا کے برہنہ بچوں کا تن ڈھانپنا چاہتا ہے تو کیا یہ عمل ان افراد کو ان کے فرائض سے آگاہ نہیں کرتا جو فلک بوس عمارتوں میں دوسرے لوگوں کے بل بوتے پر آرام کی زندگی بسر کر رہے ہیں؟ کیا ننگوں کی ستر پوشی کرنا ایسا فعل ہے کہ اسے دیوانگی پر محمول کیا جائے؟ ۔ سلیم ہرگز پاگل نہیں ہے۔ مگر مجھے یہ تسلیم ہے کہ اس کے افکار نے اسے بے خود ضرور بنا رکھا ہے۔ دراصل وہ دنیا کو کچھ پیغام دینا چاہتا ہے مگر دے نہیں سکتا۔ ایک کم سن بچے کی طرح وہ مُتلاتِلا کر اپنے قلبی احساسات بیان کرنا چاہتا ہے مگر الفاظ اس کی زبان پر آتے ہی بکھر جاتے ہیں۔

وہ اس سے قبل ہی ذہنی اذیت میں مبتلا ہے مگر اب اسے اور اذیت میں ڈال دیا گیا ہے۔ وہ پہلے ہی سے اپنے افکار کی الجھنوں میں گرفتار ہے اور اب اسے زنداں نما کوٹھری میں قید کر دیا گیا ہے ۔۔۔ کیا یہ ظلم نہیں ہے؟ میں نے آج تک سلیم کی کوئی بھی ایسی حرکت نہیں دیکھی جس سے میں یہ نتیجہ نکال سکوں کہ وہ دیوانہ ہے۔ ہاں البتہ کچھ عرصے سے میں اس کے ذہنی انقلابات کا مشاہدہ ضرور کرتا رہا ہوں۔

شروع شروع میں جب میں نے اس کے کمرے کے تمام فرنیچر کو اپنی اپنی جگہ سے ہٹا ہوا پایا تو میں نے اس تبدیلی کی طرف خاص توجہ نہ دی۔ دراصل میں نے اس وقت یہ خیال کیا کہ شاید سلیم نے فرنیچر کی موجودہ جگہ کو زیادہ موزوں خیال کیا ہے اور حقیقت تو یہ ہے کہ میری نظروں کو جو کرسیوں اور میزوں کو کئی سالوں سے ایک جگہ دیکھنے کی عادی تھیں وہ غیر متوقع تبدیلی بہت بھلی معلوم ہوئی۔

اس واقعے کے چند روز بعد جب میں کالج سے فارغ ہو کر سلیم کے کمرے میں داخل ہوا تو کیا دیکھتا ہوں کہ فلمی ممثلوں کی دو تصاویر جو ایک عرصے سے کمرے کی دیواروں پر آویزاں تھیں اور جنہیں میں نے اور سلیم نے بہت مشکل کے بعد فراہم کیا تھا، باہر ٹوکری میں پھٹی پڑی ہیں اور ان کی جگہ انہی چوکھٹوں میں مختلف مصنفوں کی تصویریں لٹک رہی ہیں، چونکہ میں خود ان تصاویر کا اتنا مشتاق نہ تھا اس لیے مجھے سلیم کا یہ انتخاب بہت پسند آیا۔ چنانچہ ہم اس روز دیر تک ان تصویروں کے متعلق گفتگو بھی کرتے رہے۔

جہاں تک مجھے یاد ہے، اس واقعے کے بعد سلیم کے کمرے میں ایک ماہ تک کوئی خاص قابلِ ذکر تبدیلی واقع نہیں ہوئی مگر اس عرصے کے بعد میں نے ایک روز اچانک کمرے میں بڑا سا تخت پڑا پایا۔۔ جس پر سلیم نے کپڑا بچھا کر کتابیں چُن رکھی تھیں۔ اور آپ قریب ہی زمین پر ایک تکیے کا سہارا لیے کچھ لکھنے میں مصروف تھا۔ میں یہ دیکھ کر سخت متعجّب ہوا اور کمرے میں داخل ہوتے ہی سلیم سے یہ سوال کیا، ''کیوں میاں! اس تخت کے کیا معنی؟''، سلیم جیسا کہ اس کی عادت تھی، مسکرایا اور کہنے لگا، ''کرسیوں پر روزانہ بیٹھتے بیٹھتے طبیعت اُکتا گئی ہے۔ اب یہ فرش والا سلسلہ ہی رہے گا۔''

بات معقول تھی۔ میں چپ رہا۔ واقعی روزانہ ایک ہی چیز کا استعمال کرتے کرتے طبیعت ضرور اچاٹ ہو جایا کرتی ہے۔ مگر جب پندرہ بیس روز کے بعد میں نے وہ تخت مع تکیے کے غائب پایا تو میرے تعجّب کی کوئی انتہا نہ رہی اور مجھے شبہ سا ہوا کہ کہیں میرا دوست واقعی خبطی تو نہیں ہو گیا ہے۔ سلیم سخت گرم مزاج واقع ہوا ہے۔ اس کے علاوہ اس کے وزنی افکار نے اسے معمول سے زیادہ چِڑچِڑا بنا رکھا تھا۔ اس لیے میں عموماً اس سے ایسے سوالات نہیں کیا کرتا جو اس کے دماغی توازن کو درہم برہم کر دیں یا جن سے وہ خواہ مخواہ کھیج جائے۔ فرنیچر کی تبدیلی، تصویروں کا انقلاب، تخت کی آمد اور پھر اس کا غائب ہو جانا، واقعی کسی حد تک تعجّب خیز ضرور ہیں اور واجب تھا کہ میں ان امور کی وجہ دریافت کرتا۔ مگر چونکہ مجھے سلیم کو آزردہ خاطر کرنا اور اس کے کام میں دخل دینا منظور نہ تھا اس لیے میں خاموش رہا۔

تھوڑے عرصے کے بعد سلیم کے کمرے میں ہر دوسرے تیسرے دن کوئی نہ کوئی تبدیلی دیکھنا میرا معمول ہو گیا۔۔ اگر آج کمرے میں تخت موجود ہے تو ہفتے کے بعد وہاں سے اٹھا دیا گیا ہے۔ اس کے دو روز بعد وہ میز جو کچھ عرصہ پہلے کمرے کے دائیں طرف پڑی تھی رات رات میں وہاں سے اٹھا کر دوسری طرف رکھ دی گئی ہے۔ انگیٹھی پر رکھی ہوئی تصاویر کے زاویے بدلے جا رہے ہیں۔ کپڑے لٹکانے کی کھونٹیاں ایک جگہ سے اکھیڑ کر دوسری جگہ پر جڑ دی گئی ہیں۔ کرسیوں کے رخ تبدیل کیے گئے ہیں۔۔۔ گویا کمرے کی ہر شے سے ایک قسم کی قواعد کرائی جاتی تھی۔

ایک روز میں جب میں نے کمرے کے تمام فرنیچر کو مخالف رخ میں مجھ سے پایا تو مجھ سے نہ رہا گیا اور میں نے سلیم سے دریافت کر ہی لیا، ''سلیم میں ایک عرصے سے اس کمرے کو گرگٹ کی طرح رنگ بدلتے دیکھ رہا ہوں۔ آخر بتاؤ تو سہی یہ تمہارا کوئی نیا فلسفہ ہے؟''

''تم جانتے نہیں ہو، میں انقلاب پسند ہوں،'' سلیم نے جواب دیا۔

یہ سن کر میں اور بھی متعجب ہوا۔ اگر سلیم نے یہ الفاظ اپنی حسبِ معمول مسکراہٹ کے ساتھ کہے ہوتے تو میں یقینی طور پر یہ خیال کرتا کہ وہ صرف مذاق کر رہا ہے۔ مگر یہ جواب دیتے وقت اس کا چہرہ اس امر کا شاہد تھا کہ وہ سنجیدہ ہے اور میرے سوال کا جواب وہ اِنہی الفاظ میں دینا چاہتا ہے۔ لیکن پھر بھی میں تذبذب کی حالت میں تھا۔ چنانچہ میں نے اس سے کہا، ''مذاق کر رہے ہو یار؟''

''تمہاری قسم بہت بڑا انقلاب پسند۔'' یہ کہتے ہوئے وہ کھل کھلا کر ہنس پڑا۔

مجھے یاد ہے کہ اس کے بعد اس نے ایسی گفتگو شروع کی تھی مگر ہم دونوں کسی اور موضوع پر اظہارِ خیالات کرنے لگ گئے تھے۔ یہ سلیم کی عادت ہے کہ وہ بہت سی باتوں کو دلچسپ گفتگو کے پردے میں چھپا لیا کرتا ہے۔ ان دنوں جب بھی میں سلیم کے جواب پر غور کرتا ہوں، مجھے معلوم ہوتا ہے کہ سلیم درحقیقت انقلاب پسند واقع ہوا ہے۔۔۔ اس کے یہ معنی نہیں کہ وہ کسی سلطنت کا تختہ الٹنے کے درپے ہے یا وہ دیگر انقلاب پسندوں کی طرح چوراہوں میں بم پھینک کر دہشت پھیلانا چاہتا ہے۔ بلکہ جہاں تک میرا خیال ہے وہ ہر چیز میں انقلاب دیکھنا چاہتا ہے۔ یہی وجہ ہے کہ اس کی نظریں اپنے کمرے میں پڑی ہوئی اشیا کو ایک ہی جگہ پر نہ دیکھ سکتی تھیں۔ ممکن ہے میرا یہ قیافہ کسی حد تک غلط ہو مگر میں یہ وثوق سے کہہ سکتا ہوں کہ اس کی جستجو کسی ایسے انقلاب کی طرف رجوع کرتی ہے جس کے آثار اس کے کمرے کی روزانہ تبدیلیوں سے ظاہر ہیں۔ بادی النظر میں کمرے کی اشیا کو روز الٹ پلٹ کرتے رہنا، دیوانگی کے مرادف ہے۔ لیکن اگر سلیم کی ان بے معنی حرکات کا عمیق مطالعہ کیا جائے تو یہ امر روشن ہو جائے گا کہ ان کے پس ایک پردہ ایک ایسی قوت کام کر رہی تھی جس سے وہ خود نا آشنا تھا۔۔۔ اسی قوت نے جسے میں ذہنی تعصب کا نام دیتا ہوں، سلیم کے دماغ میں تلاطم بپا کر دیا اور اس کا نتیجہ یہ ہوا کہ وہ اس طوفان کی تاب نہ لا کر از خود رفتہ ہو گیا اور پاگل خانے کی چار دیواری میں قید کر دیا گیا۔

پاگل خانے جانے سے کچھ روز پہلے سلیم مجھے اچانک شہر کے ایک ہوٹل میں چائے پیتا ہوا ملا۔ میں اور وہ دونوں ایک چھوٹے سے کمرے میں بیٹھ گئے۔ اس لیے کہ میں اس سے کچھ گفتگو کرنا چاہتا تھا۔ میں نے اپنے بازار کے چند دکان داروں سے سنا تھا کہ اب سلیم ہوٹلوں میں پاگلوں کی طرح تقریریں کرتا ہے ۔۔۔ میں یہ چاہتا تھا کہ اس سے فوراً مل کر اسے اس قسم کی حرکات کرنے سے منع کر دوں۔ اس کے علاوہ یہ اندیشہ تھا کہ شاید وہ کہیں سچ مچ مخبوط الحواس ہی نہ ہو گیا ہو۔ چونکہ میں اس سے فوراً ہی بات کرنا چاہتا تھا اس لیے میں نے ہوٹل میں گفتگو کرنا مناسب سمجھا۔

کرسی پر بیٹھتے وقت میں غور سے سلیم کے چہرے کی طرف دیکھ رہا تھا۔وہ مجھے اس طرح گھورتے دیکھ کر سخت متعجب ہوا۔وہ کہنے لگا، '' شاید میں سلیم نہیں ہوں،'' آواز میں کس قدر درد تھا۔گو یہ جملہ آپ کی نظروں میں بالکل سادہ معلوم ہو مگر خدا گواہ ہے میری آنکھیں بے اختیار نمناک ہو گئیں۔'' شاید میں سلیم نہیں ہوں۔ ۔ ۔ ،'' گویا وہ ہر وقت اس بات کا متوقع تھا کہ کسی روز اس کا بہترین دوست بھی اسے نہ پہچان سکے گا، شاید اسے معلوم تھا کہ وہ بہت حد تک تبدیل ہو چکا ہے۔

میں نے ضبط سے کام لیا اور اپنے آنسوؤں کو رومال میں چھپا کر اس کے کاندھے پر ہاتھ رکھتے ہوئے کہا، '' سلیم میں نے سنا ہے کہ تم نے میرے لاہور جانے کے بعد یہاں بازاروں میں تقریریں کرنی شروع کر دی ہیں۔ ۔ ۔ جانتے بھی ہو، اب تمہیں شہر کا بچہ بچہ پاگل کے نام سے پکارتا ہے ۔ ۔ ۔ ،''

'' پاگل! شہر کا بچہ بچہ مجھے پاگل کے نام سے پکارتا ہے ۔ ۔ پاگل! ہاں عباس، میں پاگل ہوں ۔ ۔ ۔ پاگل ۔ ۔ ۔ دیوانہ ۔ ۔ ۔ خرد باختہ ۔ ۔ ۔ لوگ مجھے دیوانہ کہتے ہیں ۔ ۔ معلوم ہے کیوں؟'' یہاں تک کہہ کر وہ میری طرف سرتاپا استفہام بن کر دیکھنے لگا۔مگر میری طرف سے کوئی جواب نہ پا کر وہ دوبارہ گویا ہوا، '' اس لیے کہ میں انہیں غریبوں کے ننگے بچے دکھلا دکھلا کر یہ پوچھتا ہوں کہ اس بڑھتی ہوئی غربت کا کیا علاج ہو سکتا ہے؟ وہ مجھے کوئی جواب نہیں دے سکتے۔اس لیے وہ مجھے پاگل تصور کرتے ہیں ۔ ۔ آہ! اگر مجھے صرف یہ معلوم ہو کہ ظلمت کے اس زمانے میں روشنی کی ایک شعاع کیونکر فراہم کی جا سکتی ہے ۔ ہزاروں غریب بچوں کا تاریک مستقبل کیونکر منّور بنایا جا سکتا ہے۔

وہ مجھے پاگل کہتے ہیں ۔ ۔ وہ جن کی نبضِ حیات دوسروں کے خون کی مرہون منّت ہے، وہ جن کا فردوس غربا کے جہنم کی مستعار اینٹوں سے استوار کیا گیا ہے، جن کے سازِ عشرت کے ہر تار کے ساتھ بیواؤں کی آہیں، یتیموں کی عریانی، لاوارث بچوں کی صدائے گریہ لپٹی ہوئی ہے ۔ ۔ کہیں، مگر ایک زمانہ آنے والا ہے جب یہی پروردۂ غربت اپنے دلوں کے مشترک کہ لہو میں اُنگلیاں ڈبو ڈبو کر ان لوگوں کی پیشانیوں پر اپنی لعنتیں لکھیں گے ۔ ۔ وہ وقت نزدیک ہے جب ارضی جنّت کے دروازے ہر شخص کے لیے وا ہوں گے ۔

میں پوچھتا ہوں کہ اگر میں آرام میں ہوں تو کیا وجہ ہے کہ تم تکلیف کی زندگی بسر کرو؟ کیا یہی انسانیّت ہے کہ میں کارخانے کا مالک ہوتے ہوئے ہر شب ایک نئی رقاصہ کا ناچ دیکھتا ہوں، ہر روز کلب میں سینکڑوں روپے قمار بازی کی نذر کر دیتا ہوں اور اپنی نکمی نکمی سے خواہش پر بے دریغ روپیہ بہا کر اپنا دل خوش کرتا ہوں، اور میرے مزدوروں کو ایک وقت کی روٹی نصیب نہیں ہوتی۔ان کے بچے مٹی کے ایک کھلونے

کے لیے ترستے ہیں۔۔۔پھر لطف یہ ہے کہ میں مہذب ہوں، میری ہر جگہ عزت کی جاتی ہے، اور وہ لوگ جن کا پسینہ میرے لیے گوہر تیار کرتا ہے، مجلسی دائرے میں حقارت کی نظر سے دیکھے جاتے ہیں۔ میں خود ان سے نفرت کرتا ہوں۔۔۔تم ہی بتاؤ، کیا یہ دونوں ظالم و مظلوم اپنے فرائض سے نا آشنا نہیں ہیں؟

''میں ان دونوں کو ان کے فرائض سے آگاہ کرنا چاہتا ہوں۔مگر کس طرح کروں؟ یہ مجھے معلوم نہیں۔''

سلیم نے اس قدر کہہ کر ہانپتے ہوئے ٹھنڈی چائے کا ایک گھونٹ بھرا اور میری طرف دیکھے بغیر پھر بولنا شروع کر دیا، ''میں پاگل نہیں ہوں۔۔۔مجھے ایک وکیل سمجھو۔ بغیر کسی امید کے، جو اس چیز کی وکالت کر رہا ہے جو بالکل گم ہو چکی ہے۔۔۔میں ایک دبی ہوئی آواز ہوں۔۔۔انسانیت ایک منہ ہے اور میں ایک چیخ۔ میں اپنی آواز دوسروں تک پہنچانے کی کوشش کرتا ہوں مگر وہ میرے خیالات کے بوجھ تلے دبی ہوئی ہے۔ میں بہت کچھ کہنا چاہتا ہوں مگر اسی لیے کچھ کہہ نہیں سکتا کہ مجھے بہت کچھ کہنا ہے۔ میں اپنا پیغام کہاں سے شروع کروں۔۔۔یہ مجھے معلوم نہیں۔ میں اپنی آواز کے بکھرے ہوئے ٹکڑے فراہم کرتا ہوں۔ ذہنی افیت کے دھندلے غبار میں سے چند خیالات تمہید کے طور پر پیش کرنے کی سعی کرتا ہوں۔ اپنے احساسات کی عمیق گہرائیوں سے چند احساس سطح پر لاتا ہوں کہ دوسرے اذہان پر منتقل کر سکوں مگر میری آواز کے ٹکڑے پھر منتشر ہو جاتے ہیں۔ خیالات پھر تاریکی میں روپوش ہو جاتے ہیں۔ احساسات پھر غوطہ لگا جاتے ہیں۔۔۔میں کچھ نہیں کہہ سکتا۔

جب میں یہ دیکھتا ہوں کہ میرے خیالات منتشر ہونے کے بعد پھر جمع ہو رہے ہیں تو جہاں کہیں میری قوت گویائی کام دیتی ہے میں شہر کے رؤسا سے مخاطب ہو کر یہ کہنے لگ جاتا ہوں، مرمریں محلات کے مکینو! تم اس وسیع کائنات میں صرف سورج کی روشنی دیکھتے ہو۔ مگر یقین جانو، اس کے سائے بھی ہوتے ہیں۔ تم مجھے سلیم کے نام سے جانتے ہو، یہ غلطی ہے۔ میں وہ کپکپی ہوں جو ایک کنواری لڑکی کے جسم پر طاری ہوتی ہے جب وہ غربت سے تنگ آ کر پہلی دفعہ ایوانِ گناہ کی طرف قدم بڑھانے لگے۔۔۔آؤ ہم سب کانپیں! تم ہنستے ہو۔ مگر نہیں، تمہیں مجھے ضرور سننا ہو گا۔ میں ایک غوطہ خور ہوں۔ قدرت نے مجھے تاریک سمندر کی گہرائیوں میں ڈبو دیا۔ کہ میں کچھ ڈھونڈ کر لاؤں۔ میں ایک بے بہا موتی لایا ہوں۔۔۔وہ سچائی ہے ۔۔۔اس تلاش میں، میں نے غربت دیکھی ہے، ننگی برداشت کی ہے، لوگوں کی نفرت سے دوچار ہوا ہوں، جاڑے میں غریبوں کی رگوں میں خون کو منجمد ہوتے ہوئے دیکھا ہے، نوجوان لڑکیوں کو عشرت کدوں کی زینت بڑھاتے دیکھا ہے، اس لیے کہ وہ مجبور تھیں۔۔۔اب میں یہی کچھ تمہارے منہ پر تھوک دینا چاہتا

ہوں کہ تمہیں تصویرِ زندگی کا تاریک پہلو نظر آجائے۔

انسانیت ایک دل ہے۔ ہر شخص کے پہلو میں ایک ہی قسم کا دل موجود ہے۔ اگر تمہارے بوٹ غریب مزدوروں کے ننگے سینوں پر ٹھوکریں لگاتے ہیں۔ اگر تم اپنے شہوانی جذبات کی بھڑکتی ہوئی آگ کسی ہمسایہ نادار لڑکی کی عصمت دری سے ٹھنڈی کرتے ہو۔ اگر تمہاری غفلت سے ہزار ہا یتیم بچے گہوارۂ جہالت میں پل کر جیلوں کو آباد کرتے ہیں۔ اگر تمہارا دل کاجل کے ماند سیاہ ہے تو یہ تمہارا قصور نہیں۔ ایوان معاشرت ہی کچھ ایسے ڈھب پر استوار کیا گیا ہے کہ اس کی ہر چھت اپنی ہمسایہ چھت کو دابے ہوئے ہے ۔۔۔ ہر اینٹ دوسری اینٹ کو۔

جانتے ہو، موجودہ نظام کے کیا معنی ہیں؟ یہ کہ لوگوں کے سینوں کو جہالت کدہ بنائے۔ انسانی تعزز کی کشتی، ہوا اور ہوس کی موجوں میں بہا دے۔ جوان لڑکیوں کی عصمت چھین کر انہیں ایوان تجارت میں کھلے بندوں حسن فروشی پر مجبور کر دے۔ غریبوں کا خون چوس کر انہیں جلی ہوئی راکھ کی مانند قبر کی مٹی میں یکساں کر دے ۔۔۔ کیا اسی کو تم تہذیب کا نام دیتے ہو ۔۔۔ بھیانک قصابی! تاریک شیطنیت!

آہ اگر تم صرف وہ دیکھ سکو جس کا میں نے مشاہدہ کیا ہے ۔۔۔! ایسے بہت سے لوگ ہیں جو قبر نما جھونپڑوں میں زندگی کے سانس پورے کر رہے ہیں۔ تمہاری نظروں کے سامنے ایسے افراد موجود ہیں جو موت کے منہ میں جی رہے ہیں۔ ایسی لڑکیاں ہیں جو بارہ سال کی عمر میں عصمت فروشی شروع کرتی ہیں اور بیس سال کی عمر میں قبر کی سردی سے لپٹ جاتی ہیں ۔۔۔ مگر تم ۔۔۔ ہاں تم، جو اپنے لباس کی تراش کے متعلق گھنٹوں غور کرتے رہتے ہو۔ یہ نہیں دیکھتے بلکہ الٹا غریبوں سے چھین کر اُمراء کی دولتوں میں اضافہ کرتے ہو۔ مزدور سے لے کر کاہل کے حوالے کر دیتے ہو۔ گودڑی پہنے انسان کا لباس اتار کر حریر پوش کے سپرد کر دیتے ہو۔ تم غرباء کے غیر مختتم مصائب پر ہنستے ہو مگر تمہیں یہ معلوم نہیں کہ اگر درخت کا نچلا حصہ لاغر و مردہ ہو رہا ہے تو کسی روز وہ بالائی حصے کے بوجھ کو برداشت نہ کرتے ہوئے گر پڑے گا۔'' یہاں تک بول کر سلیم خاموش ہو گیا اور ٹھنڈی چائے کو آہستہ آہستہ پینے لگا۔

تقریر کے دوران میں، میں سحر زدہ آدمی کی طرح چپ چاپ بیٹھا اس کے منہ سے نکلے ہوئے الفاظ جو بارش کی طرح برس رہے تھے، بغور سنتا رہا۔ میں سخت حیران تھا کہ وہ سلیم جو آج سے کچھ عرصہ پہلے بالکل خاموش ہوا کرتا تھا، اتنی طویل تقریر کیونکر جاری رکھ سکا ہے۔ اس کے علاوہ وہ خیالات کس قدر حق پر مبنی تھے اور آواز میں کتنا اثر تھا ۔۔۔ میں ابھی اس کی تقریر کے متعلق کچھ سوچ ہی رہا تھا کہ وہ پھر بولا، ''خاندان

کے خاندان، شہر کے یہ نہنگ نگل جاتے ہیں۔عوام کے اخلاق، قوانین سے مسخ کیے جاتے ہیں۔لوگوں کے زخم جُرمانوں سے کریدے جاتے ہیں۔ٹیکسوں کے ذریعے دامنِ غربت کتراجاتا ہے۔تباہ شدہ ذہنیت، جہالت کی تار یکی سیاہ بنا دیتی ہے ۔۔۔ہرطرف حالت نزع کے سانس کی لرزاں آوازیں، عریانی، گناہ اور فریب ہے۔مگر دعویٰ یہ ہے کہ عوام امن کی زندگی بسر کررہے ہیں۔۔۔کیا اس کے یہ معنی نہیں ہیں کہ ہماری آنکھوں پر سیاہ پٹی باندھی جارہی ہے۔ہمارے کانوں میں پگھلا ہوا سیسہ اتارا جا رہا ہے۔ہمارے جسم مصائب کے کوڑے سے بے حس بنائے جارہے ہیں کہ ہم نہ دیکھ سکیں، نہ سُن سکیں اور نہ محسوس کرسکیں! انسان جسے بلندیوں پر پرواز کرنا تھا کیا اس کے بال و پر نوچ کر اسے زمین پر رینگنے کے لیے مجبور نہیں کیا جارہا۔۔۔؟ کیا امراء کی نظرِ فریب عمارتیں مزدوروں کے گوشت پوست سے تیار نہیں کی جاتیں۔۔۔؟ کیا عوام کے مکتوبِ حیات پر جرائم کی مہرِ ثبت نہیں کی جاتی؟ کیا مجلسی بدن کی رگوں میں بدی کا خون موجز ن نہیں ہے؟ کیا جمہور کی زندگی کشمکشِ پیہم، ان تھک محنت اور قوتِ برداشت کا مرکب نہیں ہے؟ بتاؤ بتاؤ، بتاتے کیوں نہیں؟''

''درست ہے۔''میرے منہ سے بے اختیار نکل گیا۔

'' تو پھر اس کا علاج کرنا تمہارا فرض ہے ۔۔۔کیا تم کوئی طریقہ نہیں بتا سکتے کہ اس انسانی تذلیل کو کیونکر روکا جا سکتا ہے ۔۔۔مگر آہ! تمہیں معلوم نہیں، مجھے خود معلوم نہیں!''

تھوڑی دیر کے بعد وہ میرا ہاتھ پکڑ کر رازدارانہ لہجے میں یوں کہنے لگا،''عباس! عوام سخت تکلیف برداشت کر رہے ہیں۔بعض اوقات جب کبھی میں کسی سوختہ حال انسان کے سینے سے آہ بلند ہوتے دیکھتا ہوں تو مجھے اندیشہ ہوتا ہے کہ کہیں شہر نہ جل جائے ۔۔۔! اچھا اب میں جاتا ہوں، تم لاہور واپس کب جارہے ہو؟'' یہ کہہ کر وہ اٹھا اور ٹوپی سنبھال کر باہر چلنے لگا ''ٹھہرو! میں بھی تمہارے ساتھ چلتا ہوں۔۔۔ کہاں جاؤ گے اب؟''اسے یک لخت کہیں جانے کے لیے تیار دیکھ کر میں نے اسے فوراً ہی کہا۔'' مگر میں اکیلا جانا چاہتا ہوں۔۔۔کسی باغ میں جاؤں گا۔''میں خاموش ہو گیا اور وہ ہوٹل سے نکل کر بازار کے ہجوم میں گم ہو گیا۔

اس گفتگو کے چوتھے روز مجھے لاہور میں اطلاع ملی کہ سلیم نے میرے جانے کے بعد بازاروں میں دیوانہ وار شور بر پا کرنا شروع کر دیا تھا۔اس لیے اسے پاگل خانے میں داخل کر لیا گیا ہے۔

آنکھیں

اُس کے سارے جسم میں مجھے اُس کی آنکھیں بہت پسند تھیں۔ یہ آنکھیں بالکل ایسی ہی تھیں جیسے اندھیری رات میں موٹر کار کی ہیڈ لائٹس، جن کو آدمی سب سے پہلے دیکھتا ہے۔ آپ یہ نہ سمجھیے گا کہ وہ بہت خوبصورت آنکھیں تھیں۔ ہرگز نہیں۔ مَیں خوبصورتی اور بدصورتی میں تمیز کر سکتا ہوں۔ لیکن معاف کیجیے گا، اُن آنکھوں کے معاملے میں صرف اتنا ہی کہہ سکتا ہوں کہ وہ خوبصورت نہیں تھیں۔ لیکن اِس کے باوجود اُن میں بے پناہ کشش تھی۔

میری اور اُن آنکھوں کی ملاقات ایک ہسپتال میں ہوئی۔ مَیں اُس ہسپتال کا نام آپ کو بتانا نہیں چاہتا، اِس لیے کہ اِس سے میرے اِس افسانے کو کوئی فائدہ نہیں پہنچے گا۔ بس آپ یہی سمجھ لیجیے کہ ایک ہسپتال تھا، جس میں میرا ایک عزیز آپریشن کرانے کے بعد اپنی زندگی کے آخری سانس لے رہا تھا۔ یوں تو مَیں تیمار داری کا قائل نہیں، مریضوں کے پاس جا کر اِن کو دَم دِلاسا دینا بھی مجھے نہیں آتا لیکن اپنی بیوی کے پَے پَے اِصرار پر مجھے جانا پڑتا کہ مَیں اپنے مرنے والے عزیز کو اپنے خلوص اور محبت کا ثبوت دے سکوں یقین مانیے کہ مجھے سخت کوفت ہو رہی تھی۔ ہسپتال کے نام ہی سے مجھے نفرت ہے، معلوم نہیں کیوں۔ شاید اِس لیے کہ ایک بار بمبئی میں اپنی بوڑھی ہمسائی کو جس کی کلائی میں موچ آ گئی تھی، مجھے جے جے ہسپتال میں لے جانا پڑا تھا۔ وہاں کیژ والٹی ڈیپارٹمنٹ میں مجھے کم از کم ڈھائی گھنٹے انتظار کرنا پڑا تھا۔ وہاں مَیں جس آدمی سے بھی ملا، لوہے کے مانند سرد اور بے حس تھا۔

مَیں اُن آنکھوں کا ذکر کر رہا تھا جو مجھے بے حد پسند تھیں۔ پسند کا معاملہ اِنفَرادی حیثیت رکھتا ہے۔ بہت ممکن ہے اگر آپ یہ آنکھیں دیکھتے تو آپ کے دل و دماغ میں کوئی ردّعمل پیدا نہ ہوتا۔ یہ بھی ممکن ہے کہ آپ

سے اگر ان کے بارے میں کوئی رائے طلب کی جاتی تو آپ کہہ دیتے، ''نہایت واہیات آنکھیں ہیں۔''
لیکن مَیں جب مَیں نے اُس لڑکی کو دیکھا تو سب سے پہلے مجھے اُس کی آنکھوں نے اپنی طرف متوجہ کیا۔
وہ بُرقع پہنے ہوئے تھی، مگر نقاب اُٹھا ہوا تھا۔ اُس کے ہاتھ میں دوا کی بوتل تھی اور وہ جنرل وارڈ کے برآمدے
میں ایک چھوٹے سے لڑکے کے ساتھ چلی آرہی تھی۔ مَیں نے اُس کی طرف دیکھا تو اُس کی آنکھوں میں
جو بڑی تھیں، نہ چھوٹی، سیاہ تھیں نہ بھوری، نیلی تھیں نہ سبز، ایک عجیب قسم کی چمک پیدا ہوئی۔ میرے
قدم رک گئے۔ وہ بھی ٹھہر گئی۔ اُس نے اپنے ساتھی لڑکے کا ہاتھ پکڑا اور بوکھلائی ہوئی آواز میں کہا، ''تم
سے چلا نہیں جاتا!'' لڑکے نے اپنی کلائی چھڑائی اور تیزی سے کہا، ''چل تو رہا ہوں، تُو تو اندھی ہے!''
مَیں نے یہ سنا تو اس لڑکی کی آنکھوں کی طرف دوبارہ دیکھا۔ اُس کے سارے وُجود میں صرف اُس کی
آنکھیں ہی تھیں جو پسند آئی تھیں۔

مَیں آگے بڑھا اور اُس کے پاس پہنچ گیا۔ اُس نے مجھے پلکیں نہ جھپکنے والی آنکھوں سے دیکھا اور پوچھا،
''ایکسرے کہاں لیا جاتا ہے؟'' اتفاق کی بات ہے کہ ان دنوں ایکسرے ڈیپارٹمنٹ میں میرا ایک دوست
کام کر رہا تھا، اور مَیں اُسی سے ملنے کے لیے آیا تھا۔ مَیں نے اُس لڑکی سے کہا، ''آؤ، مَیں تمہیں وہاں لے
چلتا ہوں، مَیں بھی اُدھر ہی جا رہا ہوں۔''

لڑکی نے اپنے ساتھی لڑکے کا ہاتھ پکڑا اور میرے ساتھ چل پڑی۔ مَیں نے ڈاکٹر صادق کا پوچھا تو معلوم
ہوا کہ وہ ایکسرے لینے میں مصروف ہیں۔

دروازہ بند تھا اور باہر مریضوں کی بھیڑ لگی تھی۔ مَیں نے دروازہ کھٹکھٹایا۔ اندر سے تیز و تُند آواز آئی، ''کون
ہے۔۔۔ دروازہ مت ٹھوکو!'' لیکن مَیں نے پھر دستک دی۔ دروازہ کھلا اور ڈاکٹر صادق مجھے گالی
دیتے دیتے رہ گئے، ''اوہ تم ہو!''

''ہاں بھئی۔۔۔ مَیں تم سے ملنے آیا تھا۔ دفتر میں گیا تو معلوم ہوا کہ تم یہاں ہو۔''

''آ جاؤ اندر۔'' مَیں نے لڑکی کی طرف دیکھا اور اس سے کہا، ''آؤ۔۔۔ لیکن لڑکے کو باہر ہی رہنے
دو!'' ڈاکٹر صادق نے ہَولے سے مجھ سے پوچھا، ''کون ہے یہ؟'' مَیں نے جواب دیا، ''معلوم نہیں
کون ہے۔۔۔ ایکسرے ڈیپارٹمنٹ کا پوچھ رہی تھی۔ مَیں نے کہا چلو، مَیں لیے چلتا ہوں۔'' ڈاکٹر صادق
نے دروازہ اور زیادہ کھول دیا۔ مَیں اور وہ لڑکی اندر داخل ہو گئے۔

چار پانچ مریض تھے۔ ڈاکٹر صادق نے جلدی جلدی اُن کی سکرِینِنگ کی اور اُنہیں رخصت کیا۔ اس کے

بعد کمرے میں ہم صرف دو رہ گئے۔ مَیں اور وہ لڑکی۔ ڈاکٹر صادق نے مجھ سے پوچھا، ''اِنہیں کیا بیماری ہے؟''، مَیں نے اُس لڑکی سے پوچھا، ''کیا بیماری ہے تمہیں۔۔۔ایکسرے کے لیے تم سے کس ڈاکٹر نے کہا تھا؟'' اندھیرے کمرے میں لڑکی نے میری طرف دیکھا اور جواب دیا، ''مجھے معلوم نہیں کیا بیماری ہے۔۔۔ ہمارے محلّے میں ایک ڈاکٹر ہے، اُس نے کہا تھا کہ ایکسرے لو۔'' ڈاکٹر صادق نے اُس سے کہا کہ مشین کی طرف آئے۔ وہ آگے بڑھی تو بڑے زور کے ساتھ اُس سے ٹکرا گئی۔ ڈاکٹر نے تیز لہجے میں اُس سے کہا، ''کیا تمہیں سُجھائی نہیں دیتا۔'' لڑکی خاموش رہی۔ ڈاکٹر نے اُس کا برقع اتارا اور اسکرین کے پیچھے کھڑا کر دیا۔ پھر اُس نے سوئچ آن کیا۔ مَیں نے شیشے میں دیکھا تو مجھے اُس کی پسلیاں نظر آئیں۔ اُس کا دل بھی ایک کونے میں کالے سے دھبے کی صورت میں دھڑک رہا تھا۔

ڈاکٹر صادق پانچ چھ منٹ تک اُس کی پسلیوں اور ہڈیوں کو دیکھتا رہا۔ اس کے بعد اُس نے سوئچ آف کر دیا اور روشنی کر کے مجھ سے مخاطب ہوا، ''چھاتی بالکل صاف ہے۔'' لڑکی نے معلوم نہیں کیا سمجھا کہ اپنی چھاتیوں پر جو کافی بڑی بڑی تھیں، دوپٹے کو درست کیا اور برقع ڈھونڈنے لگی۔ برقع ایک کونے میں میز پر پڑا تھا۔ مَیں نے بڑھ کر اُسے اٹھایا اور اُس کے حوالے کر دیا۔ ڈاکٹر صادق نے رپورٹ لکھی اور اُس سے پوچھا، ''تمہارا نام کیا ہے؟'' لڑکی نے برقع اوڑھتے ہوئے جواب دیا، ''جی میرا نام۔۔۔ میرا نام حنیفہ ہے۔''

''حنیفہ!'' ڈاکٹر صادق نے اُس کا نام پرچی پر لکھا اور اُس کو دے دی۔ ''جاؤ، یہ اپنے ڈاکٹر کو دکھا دینا۔'' لڑکی نے پرچی لی اور قمیض کے اندر اپنی اُنگلیا اُنگیا میں اُڑس لی۔ جب وہ باہر نکلی تو مَیں غیر ارادی طور پر اُس کے پیچھے پیچھے تھا۔ لیکن مجھے اِس کا پوری طرح احساس تھا کہ ڈاکٹر صادق نے مجھے شک کی نظروں سے دیکھا تھا۔ اُسے، جہاں تک مَیں سمجھتا ہوں، اُس بات کا یقین تھا کہ اُس لڑکی سے میرا تعلق ہے، حالانکہ جیسا آپ جانتے ہیں، ایسا کوئی معاملہ نہیں تھا۔۔۔ سوائے اس کے کہ مجھے اُس کی آنکھیں پسند آ گئی تھیں۔

مَیں اُس کے پیچھے پیچھے تھا۔ اُس نے اپنے ساتھی لڑکے کی اُنگلی پکڑی ہوئی تھی۔ جب وہ تانگوں کے اڈّے پر پہنچے تو مَیں نے حنیفہ سے پوچھا، ''تمہیں کہاں جانا ہے؟'' اُس نے ایک گلی کا نام لیا تو مَیں نے اُس سے جھوٹ موٹ کہا، ''مجھے بھی اُدھر ہی جانا ہے۔۔۔ مَیں تمہیں تمہارے گھر چھوڑ دوں گا۔'' مَیں نے جب اُس کا ہاتھ پکڑ کر تانگے میں بِٹھایا تو مجھے محسوس ہوا کہ میری آنکھیں ایکس ریز کا شیشہ بن گئی ہیں۔ مجھے اُس کا گوشت پوست دکھائی نہیں دیتا تھا۔۔۔ صرف ڈھانچہ نظر آتا تھا۔۔۔ لیکن اُس کی

آنکھیں۔۔۔۔ وہ بالکل ثابت و سالم تھیں، جن میں بے پناہ کشش تھی۔ میرا جی چاہتا تھا کہ اُس کے ساتھ بیٹھوں لیکن یہ سوچ کر کہ کوئی دیکھ لے گا، میں نے اُس کے ساتھی لڑکے کو اُس کے ساتھ بِٹھا دیا اور آپ اگلی نِشست پر بیٹھ گیا۔

"میں۔۔۔۔ میں سعادت حسن منٹو ہوں۔"

"منٹو۔۔۔ یہ منٹو کیا ہوا؟"

"کشمیریوں کی ایک ذات ہے۔"

"ہم بھی کشمیری ہیں۔"

"اچھا!"

"ہم کنگ وائیس ہیں۔"

میں نے مُڑ کر اُس سے کہا، "یہ تو بہت اونچی ذات ہے۔"

وہ مسکرائی اور اُس کی آنکھیں اور زیادہ پُرکشش ہو گئیں۔

میں نے اپنی زندگی میں بے شمار خوبصورت آنکھیں دیکھی تھیں۔ لیکن وہ آنکھیں جو حنیفہ کے چہرے پر تھیں، بے حد پُرکشش تھیں۔ معلوم نہیں اُن میں کیا چیز تھی جو کشش کا باعث تھی۔ میں اِس سے پیشتر عرض کر چکا ہوں کہ وہ قطعاً خوبصورت نہیں تھیں، لیکن اِس کے باوجود میرے دل میں گُھب رہی تھیں۔ میں نے جسارت سے کام لیا اور اُس کی ایک لَٹ کو جو اُس کے ماتھے پر لٹک کر اُس کی ایک آنکھ کو ڈھانپ رہی تھی، انگلی سے اٹھایا اور اُس کے سَر پر چسپاں کر دی۔ اُس نے برانہ مانا۔ میں نے اور جسارت کی اور اُس کا ہاتھ اپنے ہاتھ میں لے لیا۔ اِس پر بھی اُس نے کوئی مزاحمت نہ کی اور اپنے ساتھی لڑکے سے مخاطب ہوئی، "تم میرا ہاتھ کیوں دبا رہے ہو؟" میں نے فوراً اُس کا ہاتھ چھوڑ دیا اور لڑکے سے پوچھا، "تمہارا مکان کہاں ہے؟" لڑکے نے ہاتھ کا اشارہ کیا، "اُس بازار میں!"

تانگے نے اُدھر کا رخ کیا، بازار میں بہت بِھیڑ تھی، ٹریفک بھی معمول سے زیادہ۔ تانگہ رک رک کر چل رہا تھا۔ سڑک میں چونکہ گڑھے تھے، اس لیے زور کے دھچکے لگ رہے تھے، بار بار اُس کا سَر میرے کندھوں سے ٹکراتا تھا اور میرا جی چاہتا تھا کہ اُسے اپنے زانو پر رکھ لوں اور اُس کی آنکھیں دیکھتا رہوں۔ تھوڑی دیر کے بعد اُن کا گھر آ گیا۔ لڑکے نے تانگے والے سے رکنے کے لیے کہا۔ جب تانگہ رکا تو وہ نیچے اترا۔ حنیفہ بیٹھی رہی۔ میں نے اُس سے کہا، "تمہارا گھر آ گیا ہے!" حنیفہ نے مُڑ کر میری طرف

عجیب و غریب آنکھوں سے دیکھا، ''بدرو کہاں ہے؟'' میں نے اُس سے پوچھا، ''کون بدرو؟''
''وہ لڑکا جو میرے ساتھ تھا۔'' میں نے لڑکے کی طرف دیکھا جو تانگے کے پاس ہی تھا، ''یہ کھڑا تو
ہے!''

''اچھا۔۔۔'' یہ کہہ کر اُس نے بدرو سے کہا، ''بدرو! مجھے اُتار تو دو۔''

بدرو نے اُس کا ہاتھ پکڑا اور بڑی مشکل سے نیچے اتارا۔ میں سخت متحیّر تھا۔ پچھلی نشست پر جاتے
ہوئے میں نے اُس لڑکے سے پوچھا، ''کیا بات ہے، یہ خود نہیں اتر سکتیں؟''

بدرو نے جواب دیا، ''جی نہیں۔۔۔ اُن کی آنکھیں خراب ہیں۔۔۔ دکھائی نہیں دیتا۔''

اوپر نیچے اور درمیان

۱

میاں صاحب.. بہت دیر کے بعد آج مل بیٹھنے کا اتفاق ہوا ہے۔

بیگم صاحبہ :..... جی ہاں!

میاں صاحب :. مصروفیتیں۔۔۔ بہت پیچھے ہٹتا ہوں مگر نا اہل لوگوں کا خیال کر کے قوم کی پیش کی ہوئی ذمہ داریاں سنبھالنی ہی پڑتی ہیں۔

بیگم صاحبہ :..... اصل میں آپ ایسے معاملوں میں بہت نرم دل واقع ہوئے ہیں، بالکل میری طرح۔

میاں صاحب :. ہاں! مجھے آپ کی سوشل ایکٹی ویٹیز کا علم ہوتا رہتا ہے۔فرصت ملے تو کبھی اپنی وہ تقریریں بھجوا دیجیے گا جو پچھلے دنوں آپ نے مختلف موقعوں پر کی ہیں۔۔۔۔ میں فرصت کے اوقات میں ان کا مطالعہ کرنا چاہتا ہوں۔

بیگم صاحبہ :..... بہت بہتر۔

میاں صاحب :. ہاں بیگم! وہ میں نے آپ سے اس بات کا ذکر کیا تھا!

بیگم صاحبہ :..... کس بات کا؟

میاں صاحب :. میرا خیال ہے، ذکر نہیں کیا۔۔کل اتفاق سے میں منجھلے صاحبزادے کے کمرے میں جا نکلا، وہ لیڈی چیٹر لیز لور پڑھ رہا تھا۔

بیگم صاحبہ :..... وہ رسوائے زمانہ کتاب!

میاں صاحب :. ہاں بیگم

بیگم صاحبہ :..... آپ نے کیا کیا؟

میاں صاحب :. میں نے اس سے کتاب چھین کر غائب کر دی۔

بیگم صاحبہ :..... بہت اچھا کیا آپ نے۔

میاں صاحب :. اب میں سوچ رہا ہوں کہ ڈاکٹر سے مشورہ کروں اور اس کی روزانہ غذا میں تبدیلی کرا

دوں۔

بیگم صاحبہ:.... بڑا صحیح قدم اٹھائیں گے آپ۔

میاں صاحب:. مزاج کیسا ہے آپ کا؟

بیگم صاحبہ:.... ٹھیک ہے۔

میاں صاحب:. میرا خیال تھا کہ آج آپ سے ۔۔۔ درخواست کروں۔

بیگم صاحبہ:.... اوہ! آپ بہت بگڑتے جا رہے ہیں۔

میاں صاحب:. یہ سب آپ کی کرشمہ سازیاں ہیں۔

بیگم صاحبہ:.... لیکن آپ کی صحت؟

میاں صاحب:. صحت؟ اچھی ہے لیکن ڈاکٹر سے مشورہ کیے بغیر کوئی قدم نہیں اٹھاؤں گا ۔۔۔ اور آپ کی طرف سے بھی مجھے پورا اطمینان ہونا چاہیے۔

بیگم صاحبہ:.... میں آج ہی مس سلڈ ھانا سے پوچھ لوں گی۔

میاں صاحب:. اور میں ڈاکٹر جلال سے

بیگم صاحبہ:.... قاعدے کے مطابق ایسا ہی ہونا چاہیے۔

میاں صاحب:. اگر ڈاکٹر جلال نے اجازت دے دی؟

بیگم صاحبہ:.... اگر مس سلڈ ھانا نے اجازت دے دی ۔۔۔ مفلر اچھی طرح لپیٹ لیجیے۔ باہر سردی ہے۔

میاں صاحب:. شکریہ

۲

ڈاکٹر جلال:.... تم نے اجازت دے دی؟

مس سلڈ ھانا:. جی ہاں

ڈاکٹر جلال:.... میں نے بھی اجازت دے دی ۔۔۔ حالانکہ شرارت کے طور پر ۔۔۔

مس سلڈ ھانا:. حالانکہ شرارت کے طور پر میں بھی چاہتی تھی کہ اجازت نہ دوں۔

ڈاکٹر جلال:.... لیکن مجھے ترس آ گیا۔

مس سلڈ ھانا:. مجھے بھی۔

ڈاکٹر جلال:.... پورے ایک برس کے بعد وہ ۔۔۔

مس سلڈھانا:.. ہاں پورے ایک برس کے بعد۔

ڈاکٹر جلال:.... میری انگلیوں کے نیچے اس کی نبض تیز ہوگئی، جب میں نے اس کو اجازت دی۔

مس سلڈھانا:.. اس کی بھی یہی کیفیت تھی۔

ڈاکٹر جلال:.... اس نے مجھ سے ڈرتے ہوئے کہا، ڈاکٹر! ایسا معلوم ہوتا ہے، میرا دل کمزور ہوگیا ہے۔۔ آپ کا ریڈیو گرام لیجیے۔۔۔

مس سلڈھانا:.. اس نے بھی مجھ سے یہی کہا۔

ڈاکٹر جلال:.... میں نے اس کے ٹیکہ لگا دیا۔

مس سلڈھانا:.. میں نے بھی۔۔صرف سادہ پانی کا۔

ڈاکٹر جلال:.... سادہ پانی بہترین چیز ہے۔

مس سلڈھانا:.. جلال! اگر تم اس بیگم کے شوہر ہوتے؟

ڈاکٹر جلال:.... اگر تم اس میاں کی بیوی ہوتیں؟

مس سلڈھانا:.. میرا کیریکٹر خراب ہو گیا ہوتا!

ڈاکٹر جلال:.... میرا جنازہ اٹھ گیا ہوتا!

مس سلڈھانا:.. یہ بھی تمہارے کیریکٹر کی خرابی کہلاتی۔

ڈاکٹر جلال:.... ہم جب بھی سوسائٹی کے ان الوؤں کو دیکھنے آتے ہیں، ہمارا کیریکٹر خراب ہو جاتا ہے

مس سلڈھانا:.. آج بھی ہوگا؟

ڈاکٹر جلال:.... بہت زیادہ۔

مس سلڈھانا:.. مگر مصیبت یہ ہے کہ ان کا لمبے لمبے وقفوں کے بعد ہوتا ہے۔

۳

بیگم صاحبہ:.... لیڈی چٹرلیز لور، یہ آپ نے تکیے کے نیچے کیوں رکھی ہوئی ہے؟

میاں صاحب:.. میں دیکھنا چاہتا تھا کہ یہ کتاب کتنی بے ہودہ اور واہیات ہے۔

بیگم صاحبہ:.... میں بھی آپ کے ساتھ دیکھوں گی۔

میاں صاحب:.. میں جستہ جستہ دیکھوں گا، پڑھتا جاؤں گا۔ آپ بھی سنتی جائیے۔

بیگم صاحبہ:.... بہت اچھا رہے گا۔

میاں صاحب:۔ میں نے منجھلے صاحبزادے کی روزانہ غذا میں ڈاکٹر کے مشورے سے تبدیلیاں کرا دی ہیں۔

بیگم صاحبہ:۔۔۔ مجھے یقین تھا کہ آپ نے اس معاملے میں غفلت نہیں برتی ہو گی۔

میاں صاحب:۔ میں نے اپنی زندگی میں کبھی آج کا کام کل پر نہیں چھوڑا۔

بیگم صاحبہ:۔۔۔ میں جانتی ہوں۔۔۔ اور خاص کر آج کا کام تو آپ کبھی۔۔۔

میاں صاحب:۔ آپ کا مزاج کتنا شگفتہ ہے۔۔۔

بیگم صاحبہ:۔۔۔ یہ سب آپ کی کرشمہ سازیاں ہیں۔

میاں صاحب:۔ میں بہت محظوظ ہوا ہوں۔۔۔ اگر آپ کی اجازت ہو تو۔۔۔

بیگم صاحبہ:۔۔۔ ٹھہریے! کیا آپ نے دانت صاف کیے؟

میاں صاحب:۔ جی ہاں! میں دانت صاف کر کے اور ڈیٹول کے غرارے کر کے آیا تھا۔

بیگم صاحبہ:۔۔۔ میں بھی

میاں صاحب:۔ اصل میں ہم دونوں ایک دوسرے کے لیے بنائے گئے تھے

بیگم صاحبہ:۔۔۔ اس میں کیا شک ہے

میاں صاحب:۔ میں جستہ جستہ یہ بے ہودہ کتاب پڑھنا شروع کروں۔

بیگم صاحبہ:۔۔۔ ٹھہریے! ذرا میری نبض دیکھیے۔

میاں صاحب:۔ کچھ تیز چل رہی ہے۔۔۔ میری دیکھیے۔

بیگم صاحبہ:۔۔۔ آپ کی بھی تیز چل رہی ہے

میاں صاحب:۔ وجہ؟

بیگم صاحبہ:۔۔۔ دل کی کمزوری!

میاں صاحب:۔ یہی وجہ ہو سکتی ہے۔۔۔ لیکن ڈاکٹر جلال نے کہا تھا کوئی خاص بات نہیں۔

بیگم صاحبہ:۔۔۔ مس سلڈھانا نے بھی یہی کہا تھا۔

میاں صاحب:۔ اچھی طرح امتحان کر کے اس نے اجازت دی تھی؟

بیگم صاحبہ:۔۔۔ بہت اچھی طرح امتحان کر کے اجازت دی تھی۔

میاں صاحب:۔ تو میرا خیال ہے کوئی حرج نہیں

بیگم صاحبہ :.... آپ بہتر سمجھتے ہیں ۔۔۔ایسا نہ ہو، آپ کی صحت ۔۔۔۔

میاں صاحب :. اور آپ کی صحت بھی ۔۔۔۔

بیگم صاحبہ :.... اچھی طرح سوچ سمجھ کر ہی قدم اُٹھانا چاہیے ۔

میاں صاحب :. مس سلڈ تھانا نے اس کا تو بندوبست کر دیا ہے نا ۔۔۔؟

بیگم صاحبہ :.... کس کا ۔۔۔؟ ہاں، ہاں، اس کا تو بندوبست کر دیا ہے اس نے ۔

میاں صاحب :. یعنی اس طرف سے تو پورا اطمینان ہے ۔

بیگم صاحبہ :.... جی ہاں !

میاں صاحب :. ذرا اب دیکھیے نبض ؟

بیگم صاحبہ :.... اب تو ۔۔۔ٹھیک چل رہی ہے ۔۔۔میری؟

میاں صاحب :. آپ کی بھی نارمل ہے ۔

بیگم صاحبہ :.... اس بے ہودہ کتاب کا کوئی پیرا تو پڑھیے ۔

میاں صاحب :. بہتر ۔۔۔۔ نبض پھر تیز ہو گئی ۔

بیگم صاحبہ :.... میری بھی ۔

میاں صاحب :. نوکروں سے مطلوبہ سامان رکھوا دیا آپ نے کمرے میں؟

بیگم صاحبہ :.... جی ہاں ! سب چیزیں موجود ہیں ۔

میاں صاحب :. اگر آپ کو زحمت نہ ہو تو میرا ٹمپریچر لے لیجیے ۔

بیگم صاحبہ :.... کیا آپ تکلیف نہیں کر سکتے ۔۔۔اسٹاپ واچ موجود ہے ۔ نبض کی رفتار بھی دیکھ لیجیے ۔

میاں صاحب :. ہاں ! یہ بھی نوٹ ہونی چاہیے ۔

بیگم صاحبہ :.... سملنگ سالٹ کہاں ہے ؟

میاں صاحب :. دوسری چیزوں کے ساتھ ہونا چاہیے ۔

بیگم صاحبہ :.... جی ہاں ! پڑا ہے تپائی پر ۔

میاں صاحب :. کمرے کا ٹمپریچر میرا خیال ہے تھوڑا سا بڑھا دینا چاہیے ۔

بیگم صاحبہ :.... میرا بھی یہی خیال ہے ۔

میاں صاحب :. نقاہت زیادہ ہو گئی تو مجھے دوا دینا نہ بھولیے گا ۔

بیگم صاحبہ:.... میں کوشش کروں گی اگر۔۔۔۔

میاں صاحب:. ہاں ہاں۔۔۔! بصورتِ دیگر آپ تکلیف نہ اُٹھایئے گا۔

بیگم صاحبہ:.... آپ یہ صفحہ۔۔۔ یہ پورا صفحہ پڑھیے۔۔۔۔

میاں صاحب:. سنیے!

بیگم صاحبہ:.... یہ آپ کو چھینک کیوں آئی؟

میاں صاحب:. معلوم نہیں۔

بیگم صاحبہ:.... حیرت ہے۔

میاں صاحب:. مجھے خود حیرت ہے۔

بیگم صاحبہ:.... اوہ۔۔۔ میں نے کمرے کا ٹمپریچر بڑھانے کے بجائے گھٹا دیا تھا۔۔۔ معافی چاہتی ہوں۔

میاں صاحب:. یہ اچھا ہوا کہ چھینک آ گئی اور بروقت پتہ چل گیا۔

بیگم صاحبہ:.... مجھے بہت افسوس ہے۔

میاں صاحب:. کوئی بات نہیں۔ بارہ قطرے برانڈی اس کی تلافی کر دیں گے۔

بیگم صاحبہ:.... ٹھہریے۔۔۔! مجھے ڈالنے دیں۔ آپ سے گننے میں غلطی ہو جایا کرتی ہے۔

میاں صاحب:. یہ تو درست ہے۔ آپ ڈال دیجیے۔

بیگم صاحبہ:.... آہستہ آہستہ پیچھے

میاں صاحب:. اس سے زیادہ آہستہ اور کیا ہو گا؟

بیگم صاحبہ:.... طبیعت بحال ہوئی؟

میاں صاحب:. ہو رہی ہے۔

بیگم صاحبہ:.... آپ تھوڑی دیر آرام کر لیں۔

میاں صاحب:. ہاں۔۔۔ میں خود اس کی ضرورت محسوس کر رہا ہوں۔

۴

نوکر:......... کیا بات ہے، آج بیگم صاحبہ نظر نہیں آئیں؟

نوکرانی:....... طبیعت ناساز ہے ان کی۔

نوکر:........ میاں صاحب کی طبیعت بھی ناساز ہے۔

نوکرانی::....... ہمیں معلوم تھا۔

نوکر:........ ہاں! لیکن کچھ سمجھ میں نہیں آتا۔

نوکرانی::....... کیا؟

نوکر:........ یہ قدرت کا تماشا۔۔ ہمیں تو آج بسترِ مرگ پر ہونا چاہیے تھا۔

نوکرانی::....... کیسی باتیں منہ سے نکالتے ہو۔ بسترِ مرگ پر ہوں وہ۔۔۔

نوکر:........ نہ چھیڑ وان کے بسترِ مرگ کا ذکر۔۔۔ بڑا شان دار ہو گا۔۔ خواہ مخواہ میراجی چاہے گا

کہ اٹھا کر اپنی کوٹھری میں لے جاؤں۔

نوکرانی::....... کہاں چلے؟

نوکر:........ بڑھئی ڈھونڈنے جا رہا ہوں۔۔۔ چارپائی اب بالکل جواب دے چکی ہے۔

نوکرانی::....... ہاں! اس سے کہنا، مضبوط لکڑی لگائے۔

اولاد

جب زبیدہ کی شادی ہوئی تو اُس کی عمر پچیس برس کی تھی۔ اُس کے ماں باپ تو یہ چاہتے تھے کہ سترہ برس کے ہوتے ہی اُس کا بیاہ ہو جائے مگر کوئی مناسب و موزوں رشتہ ملتا ہی نہیں تھا۔ اگر کسی جگہ بات طے ہونے پاتی تو کوئی ایسی مشکل پیدا ہو جاتی کہ رشتہ عملی صورت اختیار نہ کر سکتا۔

آخر جب زبیدہ پچیس برس کی ہو گئی تو اُس کے باپ نے ایک رنڈوے کا رشتہ قبول کر لیا۔ اُس کی عمر پینتیس برس کے قریب قریب تھی، یا شاید اِس سے بھی زیادہ ہو۔ صاحبِ روز گار تھا۔ مارکیٹ میں کپڑے کی تھوک فروشی کی دکان تھی۔ ہر ماہ پانچ چھ سو روپے کما لیتا تھا۔

زبیدہ بڑی فرماں بردار لڑکی تھی۔ اُس نے اپنے والدین کا فیصلہ منظور کر لیا۔ چنانچہ شادی ہو گئی، اور وہ اپنے سسرال چلی گئی۔

اُس کا خاوند جس کا نام علم الدین تھا، بہت شریف اور محبت کرنے والا ثابت ہوا۔ زبیدہ کی ہر آسائش کا خیال رکھتا، کپڑے کی کوئی کمی نہیں تھی۔ حالانکہ دوسرے لوگ اُس کے لیے ترستے تھے۔ چالیس ہزار اور تھری بی کالٹھا، شنوں اور دو گھوڑے کی بوسکی کے تھانوں کے تھان زبیدہ کے پاس موجود تھے۔

وہ اپنے میکے ہر ہفتے جاتی۔۔۔۔ایک دن وہ گئی تو اُس نے ڈیوڑھی میں قدم رکھتے ہی بین کرنے کی آواز سنی۔ اندر گئی تو اُسے معلوم ہوا کہ اُس کا باپ اچانک دل کی حرکت بند ہونے کے باعث مر گیا ہے۔ اب زبیدہ کی ماں اکیلی رہ گئی تھی۔ گھر میں سوائے ایک نوکر کے اور کوئی بھی نہیں تھا۔ اُس نے اپنے شوہر سے درخواست کی کہ وہ اُسے اجازت دے کہ وہ اپنی بیوہ ماں کو اپنے پاس بلا لے۔

علم الدین نے کہا، ''اجازت لینے کی کیا ضرورت تھی۔۔۔یہ تمہارا گھر ہے اور تمہاری ماں میری ماں۔۔۔۔

جاؤ اُنہیں لے آؤ۔۔۔ جو سامان وغیرہ ہو گا اُس کو یہاں لانے کا بندوبست میں ابھی کیے دیتا ہوں۔''

زبیدہ بہت خوش ہوئی۔ گھر کافی بڑا تھا۔ دو تین کمرے خالی پڑے تھے۔ وہ تانگے میں گئی اور اپنی ماں کو ساتھ لے آئی۔ علم الدین نے سامان اُٹھوانے کا بندوبست کر دیا تھا، چنانچہ وہ بھی پہنچ گیا۔ زبیدہ کی ماں کے لیے کچھ سوچ بچار کے بعد ایک کمرہ مُختص کر دیا گیا۔

وہ بہت ممنون و مُتَشکِّر تھی۔ اپنے داماد کے حُسنِ سلوک سے بہت متاثر۔ اُس کے جی میں کئی مرتبہ یہ خواہش پیدا ہوئی کہ وہ اپنا سارا زیور جو کئی ہزاروں کی مالیت کا تھا، اس کو دے دے کہ وہ اپنے کاروبار میں لگائے اور زیادہ کمائے۔ مگر وہ طبعاً کنجوس تھی۔

ایک دن اُس نے اپنی بیٹی سے کہا، ''مجھے یہاں آئے دس مہینے ہو گئے ہیں۔۔۔ میں نے اپنی جیب سے ایک پیسہ بھی خرچ نہیں کیا۔۔۔ حالانکہ تمہارے مرحوم باپ کے چھوڑے ہوئے دس ہزار روپے میرے پاس موجود ہیں۔۔۔ اور زیور الگ۔''

زبیدہ انگیٹھی کے کوئلوں پر پھلکا سینک رہی تھی، ''ماں، تم بھی کیسی باتیں کرتی ہو۔۔۔''

''کیسی ویسی میں نہیں جانتی۔۔۔ میں نے یہ سب روپے علم الدین کو دے دیے ہوتے، مگر میں چاہتی ہوں کہ تمہارے کوئی بچہ پیدا ہو۔۔۔ تو یہ سارا روپیہ اُس کو تحفے کے طور پر دوں۔۔۔''

زبیدہ کی ماں کو اِس بات کا بڑا خیال تھا کہ ابھی تک بچہ پیدا کیوں نہیں ہوا۔۔۔ شادی ہوئے قریب دو برس ہو چکے تھے، مگر بچے کی پیدائش کے آثار ہی نظر نہیں آتے تھے۔ وہ اُسے کئی حکیموں کے پاس لے گئی۔ کئی مَعجُونیں، کئی سُفُوف، کئی قُرص اُس کو کھلوائے، مگر خاطر خواہ نتیجہ برآمد نہ ہوا۔ آخر اُس نے پیروں فقیروں سے رجوع کیا۔ ٹونے ٹوٹکے استعمال کیے گئے، تعویذ، دھاگے بھی۔۔۔ مگر مراد بر نہ آئی۔ زبیدہ اِس دوران میں تنگ آ گئی۔ ایک دن چنانچہ اُس نے اُکتا کر اپنی ماں سے کہہ دیا، ''چھوڑو اِس قصّے کو۔۔۔ بچہ نہیں ہوتا تو نہ ہو۔۔۔''

اُس کی بوڑھی ماں نے منہ بَسور کر کہا، ''بیٹا۔۔۔ یہ بہت بڑا قصّہ ہے۔۔۔ تمہاری عقل کو معلوم نہیں کیا ہو گیا ہے۔۔۔ تم اتنا بھی نہیں سمجھتی کہ اولاد کا ہونا کتنا ضروری ہے۔۔۔ اِسی سے تو انسان کی زندگی کا باغ سدا ہرا بھرا رہتا ہے۔''

زبیدہ نے پھلکا چنگیر میں رکھا، ''میں کیا کروں۔۔۔ بچہ پیدا نہیں ہوتا تو اِس میں میرا کیا قصور ہے؟''

بڑھیا نے کہا، ''قصور کسی کا بھی نہیں بیٹی۔۔۔ بس صرف ایک اللہ کی مہربانی چاہیے۔''

زبیدہ اللہ میاں کے حضور ہزاروں مرتبہ دعائیں مانگ چکی تھی کہ وہ اپنے فضل و کرم سے اُس کی گود ہری کرے، مگر اُس کی اِن دعاؤں سے کچھ بھی نہیں ہوا تھا۔

جب اُس کی ماں نے ہر روز اُس سے بچے کی پیدائش کے متعلق باتیں کرنا شروع کیں، تو اُس کو ایسا محسوس ہونے لگا کہ وہ بنجر زمین ہے، جس میں کوئی پودا اگ ہی نہیں سکتا۔ راتوں کو وہ عجیب عجیب سے خواب دیکھتی۔ بڑے اوٹ پٹانگ قسم کے۔ کبھی یہ دیکھتی کہ وہ لق و دق صحرا میں کھڑی ہے، اُس کی گود میں ایک گل گوتھنا سا بچہ ہے، جسے وہ ہوا میں اِتنے زور سے اُچھالتی ہے کہ وہ آسمان تک پہنچ کر غائب ہو جاتا ہے۔ کبھی یہ دیکھتی کہ وہ اپنے بستر میں لیٹی ہے جو ننھے مُنّے بچوں کے زندہ اور متحرک گوشت سے بنا ہے۔

ایسے خواب دیکھ دیکھ کر اُس کا دل و دماغ غیر متوازن ہو گیا۔۔۔ بیٹھے بیٹھے اُس کے کانوں میں بچوں کے رونے کی آواز آنے لگی، اور وہ اپنی ماں سے کہتی، ''یہ کس کا بچہ رو رہا ہے؟'' اُس کی ماں نے اپنے کانوں پر زور دے کر یہ آواز سننے کی کوشش کی، جب کچھ سنائی نہ دیا تو اُس نے کہا'' کوئی بچہ رو نہیں رہا۔۔۔ '' ''نہیں ماں۔۔۔ رو رہا ہے۔۔۔ بلکہ رو رو کے ہلکان ہوئے جا رہا ہے۔''

اُس کی ماں نے کہا، ''یا تو میں بہری ہو گئی ہوں، یا تمہارے کان بجنے لگے ہیں۔''

زبیدہ خاموش ہو گئی، لیکن اُس کے کانوں میں دیر تک کسی نوزائیدہ بچے کے رونے اور بِلکنے کی آوازیں آتی رہیں۔ اُس کو کئی بار یہ بھی محسوس ہوا کہ اُس کی چھاتیوں میں دودھ اتر رہا ہے۔ اِس کا ذکر اُس نے اپنی ماں سے نہ کیا۔ لیکن جب وہ اندر اپنے کمرے میں تھوڑی دیر آرام کرنے کے لیے گئی تو اُس نے قمیص اٹھا کر دیکھا کہ اس کی چھاتیاں اُبھری ہوئی تھیں۔

بچے کے رونے کی آواز اُس کے کانوں میں اکثر ٹپکتی رہی۔۔۔ لیکن وہ اب سمجھ گئی تھی کہ یہ سب وہمہ ہے۔ حقیقت صرف یہ ہے کہ اُس کے دل و دماغ پر مسلسل ہتھوڑے پڑتے رہے ہیں کہ اُس کے بچے کیوں نہیں ہوتا اور وہ خود بھی بڑی شدت سے وہ خلا محسوس کرتی ہے، جو کسی بیاہی عورت کی زندگی میں نہیں ہونا چاہیے۔

وہ اب بہت اداس رہنے لگی۔۔۔ محلے میں بچے شور مچاتے تو اُس کے کان پھٹنے لگتے۔ اُس کا جی چاہتا کہ باہر نکل کر اُن سب کا گلا گھونٹ ڈالے۔ اُس کے شوہر علم الدین کو اولاد و لاد کی کوئی فکر نہیں تھی۔ وہ اپنے بیو پار میں مگن تھا۔ کپڑے کے بھاؤ روز بروز چڑھ رہے تھے۔ آدمی چونکہ ہوشیار تھا، اِس لیے اُس نے کپڑے کا کافی ذخیرہ جمع کر رکھا تھا۔ اب اُس کی ماہانہ آمدن پہلے سے دگنا ہو گئی تھی۔ مگر اُس آمدن کی زیادتی سے زبیدہ کو کوئی خوشی حاصل نہیں ہوئی تھی۔ جب اُس کا شوہر نوٹوں کی گڈی

اُس کو دیتا، تو اُسے اپنی جھولی میں ڈال کر دیر تک انہیں لوری دیتی رہتی۔۔۔ پھر وہ انہیں اٹھا کر کسی خیالی جھولنے میں بٹھا دیتی۔

ایک دن علم الدین نے دیکھا کہ وہ نوٹ جو اُس نے اپنی بیوی کو لا کر دیئے تھے، دودھ کی پتیلی میں پڑے ہیں۔ وہ بہت حیران ہوا کہ یہ کیسے یہاں پہنچ گئے۔ چنانچہ اُس نے زبیدہ سے پوچھا، ''یہ نوٹ دودھ کی پتیلی میں کس نے ڈالے ہیں؟''

زبیدہ نے جواب دیا، ''بچے بڑے شریر ہیں، یہ حرکت انہی کی ہو گی۔''

علم الدین بہت متحیّر ہوا، ''لیکن یہاں بچے کہاں ہیں؟''

زبیدہ اپنے خاوند سے کہیں زیادہ متحیّر ہوئی، ''کیا ہمارے ہاں بچے نہیں۔۔۔ آپ بھی کیسی باتیں کرتے ہیں۔۔۔ ابھی اسکول سے واپس آتے ہوں گے۔۔۔ اُن سے پوچھوں گی کہ یہ حرکت کس کی تھی۔''

علم الدین سمجھ گیا، اُس کی بیوی کے دماغ کا توازن قائم نہیں۔ لیکن اُس نے اپنی ساس سے اس کا ذکر نہ کرنے کا کہ وہ بہت کمزور عورت تھی۔ وہ دل ہی دل میں زبیدہ کی دماغی حالت پر افسوس کرتا رہا۔ مگر اُس کا علاج اُس کے بس میں نہیں تھا۔ اُس نے اپنے کئی دوستوں سے مشورہ لیا۔ اُن میں سے چند نے اس سے کہا کہ پاگل خانے میں داخل کرا دو۔ مگر اِس کے خیال ہی سے اُسے وحشت ہوتی تھی۔

اُس نے دکان پر جانا چھوڑ دیا۔ سارا وقت گھر رہتا اور زبیدہ کی دیکھ بھال کرتا کہ مبادا وہ کسی روز کوئی خطرناک حرکت کر بیٹھے۔

اُس کے گھر پر ہر وقت موجود رہنے سے زبیدہ کی حالت کسی قدر درست ہو گئی، لیکن اُس کو اِس بات کی بہت فکر تھی کہ دکان کا کاروبار کون چلا رہا ہے۔ کہیں وہ آدمی جس کو یہ کام سپرد کیا گیا ہے، غبن تو نہیں کر رہا۔ اُس نے چنانچہ کئی مرتبہ اپنے خاوند سے کہا، ''دکان پر تم کیوں نہیں جاتے؟''

علم الدین نے اُس سے بڑے پیار کے ساتھ کہا، ''جانم۔۔۔ میں کام کر کے تھک گیا ہوں، اب تھوڑی دیر آرام کرنا چاہتا ہوں۔''

''مگر دکان کس کے سپرد ہے؟''

''میرا نوکر ہے۔۔۔ وہ سب کام کرتا ہے۔''

''کیا ایمان دار ہے؟''

''ہاں، ہاں۔۔۔ بہت ایمان دار ہے۔۔۔ دمڑی دمڑی کا حساب دیتا ہے۔۔۔ تم کیوں فکر کرتی ہو۔''

زبیدہ نے بہت مُتفکِّر ہو کر کہا، ''مجھے کیوں فکر نہ ہوگی، بال بچے دار ہوں۔ مجھے اپنا تو کچھ خیال نہیں، لیکن اُن کا تو ہے۔۔۔ یہ آپ کا نو کر اگر آپ کا روپیہ مار گیا تو یہ سمجھیے کہ بچوں۔۔۔''

علم الدین کی آنکھوں میں آنسو آ گئے، ''زبیدہ۔۔۔ اُن کا اللہ مالک ہے۔ ویسے میرا نو کر بہت وفا دار ہے اور ایمان دار ہے۔ تمہیں کوئی تَرَدُّد نہیں کرنا چاہیے۔''

''مجھے تو کسی قسم کا تَرَدُّد نہیں ہے، لیکن بعض اوقات ماں کو اپنی اولاد کے متعلق سوچنا ہی پڑتا ہے۔''

علم الدین بہت پریشان تھا کہ کیا کرے۔ زبیدہ سارا دن اپنے خیالی بچوں کے کپڑے سیتی رہتی۔ اُن کی جرابیں دھوتی، اُن کے لیے اُونی سویٹر بُنتی۔ کئی بار اُس نے اپنے خاوند سے کہہ کر مختلف سائز کی چھوٹی چھوٹی سینڈلیں منگوائیں، جنہیں وہ ہر صبح پالش کرتی تھی۔

علم الدین یہ سب کچھ دیکھتا اور اُس کا دل رونے لگتا۔ وہ سوچتا کہ شاید اُس کے گناہوں کی سزا اُس کو مل رہی ہے۔ یہ گناہ کیا تھے، اس کا علم، علم الدین کو نہیں تھا۔

ایک دن اُس کا ایک دوست اُس سے ملا جو بہت پریشان تھا۔ علم الدین نے اُس سے پریشانی کی وجہ دریافت کی تو اس نے بتایا کہ اُس کا ایک لڑکی سے معاشقہ ہو گیا تھا۔ اب وہ حاملہ ہو گئی۔ اِسقاط کے تمام ذرائع استعمال کیے گئے ہیں مگر کامیابی نہیں ہوئی۔ علم الدین نے اُس سے کہا، ''دیکھو، اِسقاط و سقاط کی کوشش نہ کرو۔ بچہ پیدا ہونے دو۔''

اُس کے دوست نے، جسے ہونے والے بچے سے کوئی دلچسپی نہیں تھی، کہا، ''مَیں بچے کا کیا کروں گا؟''

''تم مجھے دے دینا۔''

بچہ پیدا ہونے میں کچھ دیر تھی۔ اِس دوران میں علم الدین نے اپنی بیوی زبیدہ کو یقین دلایا کہ وہ حاملہ ہے اور ایک ماہ کے بعد اس کے بچہ پیدا ہو جائے گا۔

زبیدہ بار بار کہتی، ''مجھے اب زیادہ اولاد نہیں چاہیے، پہلے ہی کیا کم ہیں۔''

علم الدین خاموش رہتا۔

اُس کے دوست کی داشتہ کے لڑکا پیدا ہوا، جو علم الدین نے زبیدہ کے پاس، جو کہ سو رہی تھی، لٹا دیا۔۔۔ اور اُسے جگا کر کہا ''زبیدہ، تم کب تک بے ہوش پڑی رہو گی۔ یہ دیکھو، تمہارے پہلو میں کیا ہے؟''

''زبیدہ نے کروٹ بدلی اور دیکھا کہ اُس کے ساتھ ایک ننھا منا بچہ ہاتھ پاؤں مار رہا ہے، علم الدین نے اُس سے کہا، ''لڑکا ہے۔ اب خدا کے فضل و کرم سے ہمارے پانچ بچے ہو گئے ہیں۔''

زبیدہ بہت خوش ہوئی، ''یہ لڑکا کب پیدا ہوا؟''

''صبح سات بجے۔''

''اور مجھے اس کا علم ہی نہیں۔۔۔میرا خیال ہے، درد کی وجہ سے مَیں بے ہوش ہو گئی ہوں گی۔''

علم الدین نے کہا، ''ہاں، کچھ ایسی ہی بات تھی، لیکن اللہ کے فضل و کرم سے سب ٹھیک ہو گیا۔''

دوسرے روز جب علم الدین اپنی بیوی کو دیکھنے گیا تو اُس نے دیکھا کہ وہ لہولہان ہے۔ اُس کے ہاتھ میں اُس کا کٹ تھرو استرا ہے۔ وہ اپنی چھاتیاں کاٹ رہی ہے۔

علم الدین نے اُس کے ہاتھ سے استرا چھین لیا، ''یہ کیا کر رہی ہو تم؟''

زبیدہ نے اپنے پہلو میں لیٹے ہوئے بچے کی طرف دیکھا اور کہا، ''ساری رات بِلکتا رہا ہے، لیکن میری چھاتیوں میں دودھ نہ اُترا۔۔۔لعنت ہے ایسی۔۔۔''

اِس سے آگے، وہ اور کچھ نہ کہہ سکی۔ خون سے لتھڑی ہوئی ایک انگلی اُس نے بچے کے منہ کے ساتھ لگا دی، اور ہمیشہ کی نیند سو گئی۔

ایک خط

تمہارا طویل خط ملا جسے مَیں نے دو مرتبہ پڑھا۔ دفتر میں اُس کے ایک ایک لفظ پر مَیں نے غور کیا۔ اور غالباً اِسی وجہ سے اُس روز مجھے رات کے دس بجے تک کام کرنا پڑا، اِس لیے کہ مَیں نے بہت سا وقت اِس غور و فکر میں ضائع کر دیا تھا۔ تم جانتے ہو اِس سرمایہ پرست دنیا میں اگر مزدور مقررہ وقت کے ایک ایک لمحے کے عوض اپنی جان کے ٹکڑے تول کر نہ دے تو اُسے اپنے کام کی اُجرت نہیں مل سکتی۔ لیکن یہ رونا رونے سے کیا فائدہ!

شام کو عزیز صاحب، جن کے یہاں مَیں آج کل ٹھہرا ہوں، دفتر میں تشریف لائے اور کمرے کی چابیاں دے کر کہنے لگے، ''میں ذرا کام سے کہیں جا رہا ہوں۔ شاید دیر میں آنا ہو۔ اِس لیے تم میرا انتظار کیے بغیر چلے جانا۔'' لیکن پھر فوراً ہی چابیاں جیب میں ڈالیں اور فرمانے لگے، ''نہیں، تم میرا انتظار کرنا، میں دس بجے تک واپس آ جاؤں گا۔''

دفتری کام سے فارغ ہوا تو دس بج چکے تھے۔ سخت نیند آ رہی تھی۔ آنکھوں میں بڑی پیاری گدگدی ہو رہی تھی۔ جی چاہتا تھا کرسی پر ہی سو جاؤں۔ نیند کے غلبے کے اثر میں مَیں نے گیارہ بجے تک عزیز صاحب کا انتظار کیا مگر وہ نہ آئے۔ آخر کار تھک کر مَیں نے گھر کی راہ لی۔ میرا خیال تھا کہ وہ اُدھر ہی اُدھر گھر چلے گئے ہوں گے اور آرام سے سو رہے ہوں گے۔ آہستہ آہستہ نصف میل کا فاصلہ طے کرنے کے بعد مَیں تیسری منزل پر چڑھا اور جب اندھیرے میں دروازے کی کنڈی کی طرف ہاتھ بڑھایا تو آہنی تالے کی ٹھنڈک نے مجھے بتایا کہ عزیز صاحب ابھی تشریف نہیں لائے۔

سیڑھیاں چڑھتے وقت میرے تھکے ہوئے اعضاء سکون بخش نیند کی قُربت محسوس کر کے اور بھی ڈھیلے ہو

"

گئے، اور جب مجھے ناامیدی کا سامنا کرنا پڑا تو مُضمحِل ہو گئے۔ دیر تک چوبی زینے کی ایک سیڑھی پر سر زانوؤں میں دبائے عزیز صاحب کا انتظار کرتا رہا مگر وہ نہ آئے۔ آخر کار تھک ہار کر میں اٹھا اور تین منزلیں اتر کر نیچے بازار میں آیا اور ایسے ہی ٹہلنا شروع کر دیا۔ ٹہلتے ٹہلتے پُل پر جا نکلا جس کے نیچے سے ریل گاڑیاں گزرتی ہیں۔ اُسی پل کے پاس ہی ایک بڑا چوک ہے۔

یہاں تقریباً آدھ گھنٹے تک میں بجلی کے ایک کھمبے کے ساتھ لگ کر کھڑا رہا اور سامنے نیم روشن بازار کو اِس امید پر دیکھتا رہا کہ عزیز صاحب گھر کی جانب لوٹتے نظر آ جائیں گے۔ آدھ گھنٹے کے اس انتظار کے بعد میں نے دفعتاً سر اٹھا کر کھمبے کے اوپر دیکھا، بجلی کا قُمقُمہ میری ہنسی اڑا رہا تھا۔ جانے کیوں! تھکاوٹ اور نیند کے شدید غلبے کے باعث میری کمر ٹوٹ رہی تھی اور میں چاہتا تھا کہ تھوڑی دیر کے لیے بیٹھ جاؤں۔ بند دوانوں کے تھڑے مجھے نشست پیش کر رہے تھے مگر میں نے اُن کی دعوت قبول نہ کی۔ چلتا چلتا پُل کی سنگین مُنڈیر پر چڑھ کر بیٹھ گیا۔

کُشادہ بازار بالکل خاموش تھا۔ آمدو رفت قریب قریب بند تھی، البتہ کبھی کبھی دُور سے موٹر کے ہارن کی رونی آواز خاموش فِضا میں لَرزِش پیدا کرتی ہوئی اوپر کی طرف اڑ جاتی تھی۔ میرے سامنے سڑک کے دو رویہ بجلی کے بلند کھمبے دُور تک پھیلے چلے گئے تھے جو نیند اور اُس کے احساس سے عاری معلوم ہوتے تھے۔ اُن کو دیکھ کر مجھے روس کے مشہور شاعر میاتلف کی نظم کے چند اشعار یاد آ گئے۔ یہ نظم چراغ ہائے سرِ راہ سے معنُون کی گئی ہے۔

میاتلف، سڑک کے کنارے جھلملاتی روشنیوں کو دیکھ کر کہتا ہے
یہ ننھے چراغ، یہ ننھے سردار
صرف اپنے لیے چمکتے ہیں
جو کچھ یہ دیکھتے ہیں، جو کچھ یہ سنتے ہیں
کسی کو نہیں بتاتے

روسی شاعر نے کچھ درست ہی کہا ہے۔۔۔۔ میرے پاس ہی ایک گز کے فاصلے پر بجلی کا کھمبا گڑا تھا اور اُس کے اوپر بجلی کا ایک شوخ چشم قمقمہ نیچے جھکا ہوا تھا۔ اُس کی آنکھیں روشن تھیں مگر وہ میرے سینے کے تلاطم سے بے خبر تھا۔ اُسے کیا معلوم مجھ پر کیا بیت رہی ہے۔

سگریٹ سلگانے کے لیے میں نے جیب میں ہاتھ ڈالا تو تمہارا وزنی لفافے پر پڑا۔ ذہن میں تمہارا خط

پہلے ہی سے موجود تھا۔ چنانچہ مَیں نے لفافہ کھول کر بَسنتی رنگ کے کاغذ نکال کر اِنہیں پڑھنا شروع کیا۔ تم لکھتے ہو، '' کبھی تم شیطان بن جاتے ہو اور کبھی فرشتہ نظر آنے لگتے ہو۔ '' یہاں بھی دو تین حضرات نے میرے متعلق یہی رائے قائم کی ہے اور مجھے یقین سا ہو گیا ہے کہ مَیں واقعی دو سیرتوں کا مالک ہوں۔ اِس پر مَیں نے اچھی طرح غور کیا ہے اور جو نتیجہ اخذ کیا ہے، وہ کچھ اِس طرح بیان کیا جا سکتا ہے : بچپن اور لڑکپن میں مَیں نے جو کچھ چاہا، وہ پورا ہونے دیا گیا، یوں کہو کہ میری خواہشات کچھ اِس طرح پوری کی گئیں کہ اُن کی تکمیل میرے آنسوؤں اور میری ہچکیوں سے لپٹی ہوئی تھی۔ مَیں شروع ہی سے جلد باز اور زُود رَنج رہا ہوں۔ اگر میرا جی کسی مٹھائی کھانے کو چاہا ہے اور یہ چاہ عین وقت پر پوری نہیں ہوئی تو بعد میں میرے لیے اُس خاص مٹھائی میں کوئی لذّت نہیں رہی۔ اِن اُمور کی وجہ سے مَیں نے ہمیشہ اپنے حلق میں ایک تلخی سی محسوس کی ہے اور اِس تلخی کی شدت بڑھانے میں اِس افسوس ناک حقیقت کا ہاتھ ہے کہ مَیں نے جس جس سے محبت کی، جس کو اپنے دل میں جگہ دی، اُس نے نہ صرف میرے جذبات کو مجروح کیا بلکہ میری اِس کمزوری '' محبت '' سے زبردستی ناجائز فائدہ بھی اٹھایا۔ وہ مجھ سے دغا فریب کرتے رہے، اور لطف یہ ہے کہ مَیں اِن تمام دغابازیوں کے احساس کے باوجود اُن سے محبت کرتا رہا۔ مجھے اچھی طرح معلوم ہے کہ وہ اپنی ہر نئی چال کی کامیابی پر بہت مسرور ہوتے تھے کہ انہوں نے مجھے بے وقوف بنا لیا اور میری بے وقوفی دیکھو کہ مَیں سب کچھ جانتے ہوئے بے وقوف بن جاتا تھا۔

جب اِس ضمن میں مجھے ہر طرف سے ناامیدی ہوئی، یعنی جس جس کو مَیں نے دل سے چاہا، اُس نے میرے ساتھ دھوکا کیا تو میری طبیعت بُجھ گئی اور مَیں نے محسوس کیا کہ مَیں ریگستان میں ایک بھنورے کے مانند ہوں، جسے رس چوسنے کے لیے حَدِّ نظر تک کوئی پھول نظر نہیں آ سکتا لیکن اِس کے باوجود محبت کرنے سے باز نہ رہا اور حسبِ معمول کسی نے بھی میرے اِس جذبے کی قدر نہ کی۔ جب پانی سر سے گزر گیا اور مجھے اپنے نام نہاد دوستوں کی بے وفائیاں اور سرد مہریاں یاد آنے لگیں تو میرے سینے کے اندر ایک ہنگامہ سا بر پا ہو گیا۔ میرے جذباتی، سرمدی اور ناطق وجود میں ایک جنگ سی چھڑ گئی۔

ناطق وجود اُن لوگوں کو ملعون و مطعون گردانتے ہوئے اور گزشتہ واقعات کی افسوس ناک تصویر دکھاتے ہوئے اِس بات کا طالب تھا کہ مَیں آئندہ سے اپنا دل پتھر کا بنا لوں اور محبت کو ہمیشہ کے لیے باہر نکال پھینکوں، لیکن جذباتی وجود اِن افسوس ناک واقعات کو دوسرے رنگ میں پیش کرتے ہوئے مجھے فخر کرنے پر مجبور کرتا تھا کہ مَیں نے زندگی کا صحیح راستہ اختیار کیا ہے۔ اُس کی نظر میں ناکامیاں ہی کامیابیاں تھیں۔ وہ

چاہتا تھا کہ میں محبت کیے جاؤں کہ یہی کائنات کی روحِ رواں ہے۔ تحت الشعور وجود اِس جھگڑے سے بالکل الگ تھلگ رہا۔ ایسا معلوم ہوتا ہے کہ اُس پر ایک نہایت ہی عجیب و غریب نیند کا غلبہ طاری ہے۔ یہ جنگ خدا جانے کس نامبارک روز شروع ہوئی کہ اب میری زندگی کا ایک جُزو بن کے رہ گئی ہے۔ دن ہو یا رات، جب کبھی مجھے فرصت کے چند لمحات میسر آتے ہیں، میرے سینے کے چٹیل میدان پر میرا ناطق وجود اور جذباتی وجود ہتھیار باندھ کر کھڑے ہو جاتے ہیں اور لڑنا شروع کر دیتے ہیں۔ اِن لمحات میں جب اُن دونوں کے درمیان لڑائی زوروں پر ہو، اگر میرے ساتھ کوئی ہم کلام ہو تو میرا لہجہ یقیناً کچھ اور قسم کا ہوتا ہے۔ میرے حلق میں ایک ناقابل بیان تلخی گھل رہی ہوتی ہے۔

آنکھیں گرم ہوتی ہیں اور جسم کا ایک ایک عضو بے کل ہوتا ہے۔ میں بہت کوشش کیا کرتا ہوں کہ اپنے لہجے کو دُرشت نہ ہونے دوں، اور بعض اوقات میں اِس کوشش میں کام یاب بھی ہو جاتا ہوں۔ لیکن اگر میرے کانوں کو کوئی چیز سنائی دے یا میں کوئی ایسی چیز محسوس کروں جو میری طبیعت کے یکسر خلاف ہے تو پھر میں کچھ نہیں کر سکتا۔ میرے سینے کی گہرائیوں سے جو کچھ بھی اٹھے، زبان کے رستے باہر نکل جاتا ہے۔ اور اکثر اوقات جو الفاظ بھی ایسے موقع پر میری زبان پر آتے ہیں، بے حد تلخ ہوتے ہیں۔ اُن کی تلخی اور دُرشتی کا احساس مجھے اُس وقت کبھی نہیں ہوا۔

اِس لیے کہ میں اپنے اخلاص سے ہمیشہ اور ہر وقت باخبر رہتا ہوں اور مجھے معلوم ہوتا ہے کہ میں کبھی کسی کو دکھ نہیں پہنچا سکتا۔ اگر میں نے اپنے ملنے والوں میں سے یا کسی دوست کو ناخوش کیا ہے تو اِس کا باعث میں نہیں ہوں بلکہ یہ خاص لمحات ہیں جب میں دیوانے سے کم نہیں ہوتا یا تمہارے الفاظ میں ''شیطان''، ہوتا ہوں، گو یہ لفظ بہت سخت ہے اور اِس کا اِطلاق میری دیوانگی پر نہیں ہو سکتا۔

جب تمہارا پچھلے سے پچھلا خط موصول ہوا تھا، اُس وقت میرا ناطق وجود جذباتی وجود پر غالب تھا اور میں اپنے دل کے نرم و ناز ک گوشت کو پتھر میں تبدیل کرنے کی کوشش کر رہا تھا۔ میں پہلے ہی سے اپنے سینے کی آگ میں پھُنکا جا رہا تھا کہ اوپر سے تمہارے خط نے تیل ڈال دیا۔

تم نے بالکل درست کہا ہے، ''تم درد مند دل رکھتے ہو، گو اِس کو اچھا نہیں سمجھتے۔'' میں اِس کو اچھا کیوں نہیں سمجھتا۔۔۔ اِس سوال کا جواب ہندوستان کا موجودہ انسانیت کُش نظام ہے جس میں لوگوں کی جوانی پر بڑھاپے کی مہر ثبت کر دی جاتی ہے۔

میرا دل درد سے بھرا ہوتا ہے، اور یہی وجہ ہے کہ میں علیل ہوں اور علیل رہتا ہوں۔ جب تک

درد مندی میرے سینے میں موجود ہے، مَیں ہمیشہ بے چین رہوں گا۔تم شاید اِسے مبالغہ یقین کرو مگر یہ واقعہ ہے کہ درد مندی میرے لہو کی بوندوں سے اپنی خوراک حاصل کر رہی ہے، اور ایک دن ایسا آئے گا جب درد ہی درد رہ جائے گا اور تمہارا دوست دنیا کی نظروں سے غائب ہو جائے گا۔مَیں اکثر سوچتا ہوں کہ درد مندی کے اس جذبے نے مجھے کیسے کیسے بھیانک دکھ پہنچائے ہیں۔ یہ کیا کام ہے کہ میری جوانی کے دن بڑھاپے کی راتوں میں تبدیل ہو گئے ہیں اور جب یہ سوچتا ہوں تو اِس بات کا تہیّہ کرنے پر مجبور ہو جاتا ہوں کہ مجھے اپنا دل پتھر بنا لینا چاہیے۔ لیکن افسوس ہے اس درد مندی نے مجھے اتنا کمزور بنا دیا ہے کہ مجھ سے یہ نہیں ہو سکتا، اور چونکہ مجھ سے یہ نہیں ہو سکتا اِس لیے میری طبیعت میں عجیب و غریب کیفیتیں پیدا ہو گئی ہیں۔

شعر میں اب بھی صحیح نہیں پڑھ سکتا، اِس لیے کہ شاعری سے مجھے بہت کم دلچسپی رہی ہے۔لیکن مجھے اِس بات کا کامل طور پر احساس ہے کہ میری طبیعت شاعری کی طرف مائل ہے۔شہر میں بسنے والے لوگوں کی ''وزنی شاعری''، مجھے پسند نہیں۔ دیہات کے ہلکے پھلکے نغمے مجھے بے حد بھاتے ہیں۔ یہ اِس قدر شفاف ہوتے ہیں کہ اُن کے پیچھے دل دھڑکتے ہوئے نظر آ سکتے ہیں۔تمہیں حیرت ہے کہ مَیں ''رومانی حزنیہ'' کیونکر لکھنے لگا اور مَیں اس بات پر خود حیران ہوں۔

بعض لوگ ایسے ہیں جو اپنے محسوسات کو دوسروں کی زبان میں بیان کر کے اپنا سینہ خالی کرنا چاہتے ہیں۔ یہ لوگ ''ذہنی مفلس'' ہیں اور مجھے اُن پر ترس آتا ہے۔ یہ ذہنی اِفلاس مالی اِفلاس سے زیادہ تکلیف دہ ہے۔ مَیں مالی مفلس ہوں مگر خدا کا شکر ہے، ذہنی مفلس نہیں ہوں، ورنہ میری مصیبتوں کی کوئی حد نہ ہوتی۔ مجھے یہ کتنا بڑا اطمینان ہے کہ مَیں جو کچھ محسوس کرتا ہوں، وہی اپنی زبان میں بیان کر لیتا ہوں۔ مَیں نے اپنے افسانوں کے متعلق کبھی غور نہیں کیا۔ اگر اُن میں کوئی چیز بقول تمہارے ''جلوہ گر'' ہے تو میرا بے کل باطن ۔میرا ایمان نہ تشدد پر ہے اور نہ عدم تشدد پر۔ دونوں پر ہے اور دونوں پر نہیں موجودہ تغیر پسند ماحول میں رہتے ہوئے میرے ایمان میں اِستقلال نہیں رہا۔ آج مَیں ایک چیز کو اچھا سمجھتا ہوں لیکن دوسرے روز سورج کی روشنی کے ساتھ ہی اُس چیز کی ہیئت بدل جاتی ہے۔ اُس کی تمام اچھائیاں برائیاں بن جاتی ہیں۔ انسان کا علم بہت محدود ہے اور میرا علم محدود ہونے کے علاوہ مُنتشِر بھی ہے۔ ایسی صورت میں تمہارے اِس سوال کا جواب میں کیونکر دے سکتا ہوں!

''مجھ'' پر مضمون لکھ کر کیا کرو گے پیارے! مَیں اپنے قلم کی مِقراض سے اپنا لباس پہلے ہی تار تار کر

چکا ہوں۔ خدا کے لیے مجھے اور ننگا کرنے کی کوشش نہ کرو۔ میرے چہرے سے اگر تم نے نقاب اٹھا دی تو تم دنیا کو ایک بہت ہی بھیانک شکل دکھاؤ گے۔ میں ہڈیوں کا ایک ڈھانچہ ہوں جس پر میرا قلم کبھی کبھی پتلی جھلی منڈھتا رہتا ہے۔ اگر تم نے جھلیوں کی یہ تہ ادھیڑ ڈالی تو میرا خیال ہے جو ہیبت تمہیں مُنہ کھولے نظر آئے گی، اُسے دیکھنے کی تاب تم خود میں نہ پاؤ گے۔

میری کشمیر کی زندگی، ہائے میری کشمیر کی زندگی! مجھے معلوم ہے تمہیں میری زندگی کے اِس خوش گوار ٹکڑے کے متعلق مختلف قسم کی باتیں معلوم ہوتی رہی ہیں۔ یہ باتیں جن لوگوں کے ذریعے تم تک پہنچتی ہیں، اُن کو میں اچھی طرح جانتا ہوں۔ اس لیے تمہارا یہ کہنا درست ہے کہ تم اُن کو سن کر ابھی تک کوئی صحیح رائے مرتب نہیں کر سکے۔ لیکن میں یہ ضرور کہوں گا کہ یہ کہنے کے باوجود تم نے ایک رائے مرتب کی اور ایسا کرنے میں بہت بہت عُجلت سے کام لیا ہے ۔

اگر تم میری تمام تحریروں کو پیشِ نظر رکھ لیتے تو تمہیں یہ غلط فہمی ہرگز نہ ہوتی کہ میں کشمیر میں ایک سادہ لوح لڑکی سے کھیلتا رہا ہوں۔ میرے دوست تم نے مجھے صدمہ پہنچایا ہے۔

وزیر کون تھی۔۔۔ اِس کا جواب مختصر یہی ہو سکتا ہے کہ وہ ایک دیہاتی لڑکی تھی۔ جوان اور پوری جوان! اُس پہاڑی لڑکی کے متعلق، جس نے میری کتاب زندگی کے کچھ اوراق پر چند حَسِین نُقُوش بنائے ہیں۔ میں بہت کچھ کہہ چکا ہوں۔

میں نے وزیر کو تباہ نہیں کیا۔ اگر ''تباہی'' سے تمہاری مراد ''جسمانی تباہی'' ہے تو وہ پہلے ہی سے تباہ شدہ تھی، اور وہ اُسی تباہی میں اپنی مسرت کی جستجو کرتی تھی۔ جوانی کے نشے میں مخمور اُس نے اس غلط خیال کو اپنے دماغ میں جگہ دے رکھی تھی کہ زندگی کا اصل حظ اور لطف اپنا خون کھولانے میں ہے، اور وہ اِس غرض کے لیے ہر وقت ایندھن چُنتی رہتی تھی۔ یہ تباہ کن خیال اُس کے دماغ میں کیسے پیدا ہوا، اِس کے متعلق بہت کچھ کہا جاتا ہے۔ ہماری صنف میں ایسے افراد کی کمی نہیں جن کا کام صرف بھولی بھالی لڑکیوں سے کھیلنا ہوتا ہے۔ جہاں تک میرا اپنا خیال ہے، وزیر اُس چیز کا شکار تھی جسے تہذیب و تمدن کا نام دیا جاتا ہے۔

ایک چھوٹا سا پہاڑی گاؤں ہے جو شہروں کے شور و شر سے بہت دور ہمالیہ کی گود میں آباد ہے، اور اب تہذیب و تمدن کی بدولت شہروں سے اُس کا تعارف کرا دیا گیا ہے۔ دوسرے الفاظ میں شہروں کی گندگی اُس جگہ منتقل ہونا شروع ہو گئی ہے۔

خالی سلیٹ پر تم جو کچھ بھی لکھو گے، نمایاں طور پر نظر آئے گا اور صاف پڑھا جائے گا۔ وزیر کا سینہ بالکل

خالی تھا۔دنیوی خیالات سے پاک اور صاف لیکن تہذیب کے کھردرے ہاتھوں نے اُس پر نہایت بھدّے نقش بنا دیے تھے جو مجھے اُس کی غلط روش کا باعث نظر آتے ہیں۔

وزیر کا مکان یا جھونپڑا، سٹرک کے اوپر پہاڑ کی ڈھلوان میں واقع تھا اور مَیں اُس کی ماں کے کہنے پر ہر روز اُسے ذرا اوپر چیڑ کے درختوں کی چھاؤں میں زمین پر دری بچھا کر کچھ لکھا پڑھا کرتا تھا اور عام طور پر وزیر میرے پاس ہی اپنی بھینس چرایا کرتی تھی۔ چونکہ ہوٹل سے ہر روز دری اٹھا کر لانا اور پھر اُسے واپس لے جانا میرے جیسے آدمی کے لیے ایک عذاب تھا، اس لیے مَیں اُسے اُن کے مکان ہی میں چھوڑ جاتا تھا۔ ایک روز کا واقعہ ہے کہ مجھے غسل کرنے میں دیر ہو گئی اور مَیں ٹہلتا ٹہلتا پہاڑی کے دشوار گزار راستوں کو طے کر کے جب اُن کے گھر پہنچا اور دری طلب کی تو اُس کی بڑی بہن کی زبانی معلوم ہوا کہ وزیر دری لے کر اوپر چلی گئی ہے۔ یہ سن کر مَیں اور اوپر چڑھا اور جب اس بڑے پتھر کے قریب آیا جسے مَیں میز کے طور پر استعمال کرتا تھا تو میری نگاہیں وزیر پر پڑیں۔ دری اپنی جگہ بچھی ہوئی تھی اور وہ اپنا سبز کلف لگا دوپٹہ تانے سو رہی تھی۔

مَیں دیر تک پتھر پر بیٹھا رہا۔ مجھے معلوم تھا وہ سونے کا بہانہ کر کے لیٹی ہے شاید اُس کا خیال تھا کہ مَیں اُسے جگانے کی کوشش کروں گا اور وہ گہری نیند کا بہانہ کر کے جاگنے میں دیر کرے گی۔ لیکن مَیں خاموش بیٹھا رہا بلکہ اپنے چرمی تھیلے سے ایک کتاب نکال کر اُس کی طرف پیٹھ کر کے پڑھنے میں مشغول ہو گیا۔ جب نصف گھنٹہ اسی طرح گزر گیا تو وہ مجبور ہو کر بیدار ہوئی۔ انگڑائی لے کر اُس نے عجیب سی آواز مُنہ سے نکالی۔ مَیں نے کتاب بند کر دی اور مُڑ کر اُس سے کہا، ''میرے آنے سے تمہاری نیند تو خراب نہیں ہوئی؟''

وزیر نے آنکھیں مل کر لہجے کو خواب آلود بناتے ہوئے کہا، ''آپ کب آئے تھے؟''

''ابھی ابھی آ کے بیٹھا ہوں۔سونا ہے تو سو جاؤ۔''

''نہیں۔ آج نگوڑی نیند کو جانے کیا ہو گیا۔ کمر سیدھی کرنے کے لیے یہاں ذری کی دری لیٹی تھی کہ بس سو گئی۔۔۔۔دو گھنٹے سے کیا مَیں سوئی ہوں گی۔''

اس کے گیلے ہونٹوں پر مسکراہٹ کھیل رہی تھی اور اُس کی آنکھوں سے جو کچھ باہر جھانک رہا تھا، اس کو میرا قلم بیان کرنے سے عاجز ہے۔ میرا خیال ہے اُس وقت اُس کے دل میں یہ احساس کروٹیں لے رہا تھا کہ اُس کے سامنے ایک مرد بیٹھا ہے اور وہ عورت ہے۔۔۔۔جوان عورت!۔۔۔شباب کی اُمنگوں کا اُبلتا ہوا چشمہ! تھوڑی دیر کے بعد وہ غیر معمولی باتونی بن گئی اور بہک سی گئی۔ مگر مَیں نے اُس کی بھینس اور بچھڑے کا ذکر کر کے

چھیڑنے کے بعد ایک دلچسپ کہانی سنائی جس میں ایک بچھڑے سے اُس کی ماں کی الفت کا ذکر تھا۔ اِس سے اُس کی آنکھوں میں وہ شرارے سرد ہو گئے جو کچھ پہلے لپک رہے تھے۔

میں زاہد نہیں ہوں، اور نہ میں نے کبھی اِس کا دعویٰ کیا ہے۔ گناہ و ثواب اور سزا و جزا کے متعلق میرے خیالات دوسروں سے جدا ہیں اور یقیناً تمہارے خیالات سے بھی بہت مختلف ہیں۔ میں اِس وقت ان بحثوں میں نہیں پڑنا چاہتا، اِس لیے کہ اِس کے لیے سکونِ قلب اور وقت درکار ہے۔ بر سَبیلِ تذکرہ ایک واقعہ بیان کرتا ہوں جس سے تم میرے خیالات کے متعلق کچھ اندازہ لگا سکو گے۔

باتوں باتوں میں ایک مرتبہ مَیں نے اپنے دوست سے کہا کہ حُسن اگر پورے شباب اور جوبَن پر ہو تو وہ دلکشی کھو دیتا ہے۔ مجھے اب بھی اِس خیال پر ایمان ہے۔ مگر میرے دوست نے اسے مُہمل منطق قرار دیا۔ ممکن ہے تمہاری نگاہ میں یہ بھی مُہمل ہو۔ مگر مَیں تم سے اپنے دل کی بات کہتا ہوں۔ اُس حُسن نے میرے دل کو اپنی طرف راغب نہیں کیا جو پورے شباب پر ہو۔ اُس کو دیکھ کر میری آنکھیں ضرور چُندھیا جائیں گی۔ مگر اِس کے یہ معنی نہیں کہ اُس حسن نے اپنی تمام کیفیتیں میرے دل و دماغ پر طاری کر دی ہیں۔ شوخ اور بھڑ کیلے رنگ اس بلندی تک کبھی نہیں جا سکتے جو نرم و نازک الوان و خطوط کو حاصل ہے ۔ وہ حُسن یقیناً قابلِ احترام ہے جو آہستہ آہستہ نگاہوں میں جذب ہو کر دل میں اتر جائے۔ روشنی کا خیرہ کُن شعلہ دل کے بجائے اعصاب پر اثر انداز ہوتا ہے۔۔۔ لیکن اس فضول بحث میں پڑنے سے کیا فائدہ۔

مَیں کہہ رہا تھا کہ مَیں زاہد نہیں ہوں، یہ کہتے وقت مَیں دبی زبان میں بہت سی چیزوں کا اعتراف بھی کر رہا ہوں لیکن اُس پہاڑی لڑکی سے جو جسمانی لذتوں کی دلدادہ تھی، میرے تعلقات صرف ذہنی اور روحانی تھے۔ مَیں نے شاید تمہیں یہ نہیں بتایا کہ مَیں اِس بات کا قائل ہوں کہ اگر عورت سے دوستی کی جائے تو اُس کے اندر نُدرت ہونی چاہیے۔ اُس سے اِس طرح ملنا چاہیے کہ وہ تمہیں دوسروں سے بالکل علیحدہ سمجھنے پر مجبور ہو جائے، اُسے تمہارے دل کی ہر دھڑ کن میں ایسی صدا سنائی دے جو اُس کے کانوں کے لیے نئی ہو۔ عورت اور مرد۔۔۔ اور اُن کا باہمی رشتہ ہر بالغ آدمی کو معلوم ہے۔ لیکن معاف کرنا، یہ رشتہ میری نظروں میں فرسودہ ہو چکا ہے۔ اِس میں یکسر حیوانیت ہے۔ مَیں پوچھتا ہوں اگر مرد کو اپنی محبت کا مرکز کسی عورت ہی کو بنانا ہے تو وہ انسانیت کے اِس مقدس جذبے میں حیوانیت کو کیوں داخل کرے۔۔۔ کیا اِس کے بغیر محبت کی تکمیل نہیں ہو سکتی۔۔۔ کیا جسم کی مشقت کا نام محبت ہے؟

وزیر اِس غلط فہمی میں مبتلا تھی کہ جسمانی لذتوں کا نام محبت ہے اور میرا خیال ہے جس مرد سے وہ بھی ملتی تھی،

وہ محبت کی تعریف انہی الفاظ میں بیان کرتی تھی۔ میں اُس سے ملا اور اُس کے تمام خیالات کی ضد بن کر میں نے اُس سے دوستی پیدا کی۔ اُس نے اپنے شوخ رنگ خوابوں کی تعبیر میرے وجود میں تلاش کرنے کی کوشش کی مگر اسے مایوسی ہوئی۔ لیکن چونکہ وہ غلط کار ہونے کے ساتھ ساتھ معصوم تھی، میری سیدھی سادی باتوں نے اُس مایوسی کو حیرت میں تبدیل کر دیا۔ اور آہستہ آہستہ اس کی یہ حیرت اس خواہش کی شکل اختیار کر گئی کہ وہ اس نئی رسم و راہ کی گہرائیوں سے واقفیت حاصل کرے۔ یہ خواہش یقیناً ایک مقدس معصومیت میں تبدیل ہو جاتی اور وہ اپنی نسوانیت کا وقارِ رفتہ پھر سے حاصل کر لیتی جسے وہ غلط راستے پر چل کر کھو بیٹھی تھی، لیکن افسوس ہے مجھے اس پہاڑی گاؤں سے دفعتاً پُر نم آنکھوں کے ساتھ اپنے شہر واپس آنا پڑا۔

مجھے وہ اکثر یاد آتی ہے۔۔۔ کیوں؟۔۔۔ اس لیے کہ رخصت ہوتے وقت اُس کی سدا مُتبسّم آنکھوں میں دو چھلکتے آنسو بتا رہے تھے کہ وہ میرے جذبے سے کافی متاثر ہو چکی ہے اور حقیقی محبت کی ایک ننھی سی شُعاع اس کے سینے کی تاریکی میں داخل ہو چکی ہے۔۔۔ کاش! میں وزیر کو محبت کی تمام عظمتوں سے روشناس کرا سکتا اور کیا پتہ ہے کہ یہ پہاڑی لڑکی مجھے وہ چیز عطا کر دیتی جس کی تلاش میں میری جوانی بڑھاپے کے خواب دیکھ رہی ہے۔

یہ ہے میری داستان جس میں بقول تمہارے، لوگ اپنی دلچسپی کا سامان تلاش کرتے ہیں۔۔۔ تم نہیں سمجھتے، اور نہ یہ لوگ سمجھتے ہیں کہ میں یہ داستانیں کیوں لکھتا ہوں۔۔۔ پھر کبھی سمجھاؤں گا۔

ایک زاہدہ، ایک فاحشہ

جاوید مسعود سے میرا اتنا گہرا دوستانہ تھا کہ میں ایک قدم بھی اس کی مرضی کے خلاف اٹھا نہیں سکتا تھا۔ وہ مجھ پر نثار تھا میں اس پر۔ ہم ہر روز قریب قریب دس بارہ گھنٹے ساتھ ساتھ رہتے۔

وہ اپنے رشتے داروں سے خوش نہیں تھا اس لیے جب بھی وہ بات کرتا تو کبھی اپنے بڑے بھائی کی برائی کرتا اور کہتا سگ براد رخورد مباش اور کبھی کبھی گھنٹوں خاموش رہتا جیسے خلاء میں دیکھ رہا ہے۔ میں اس کے ان لمحات سے تنگ آ کر جب زور سے پکارتا، ''جاوید یہ کیا بے ہودگی ہے؟''

وہ ایک دم چونکتا اور معذرت کرتا وہ۔۔۔سعادت بھائی معاف کرنا۔۔۔اچھا تو پھر کیا ہوا؟''

وہ اس وقت بالکل خالی الذہن ہوتا۔ میں کہتا، ''بھئی جاوید دیکھو۔۔۔مجھے تمہارا یہ فوقتاً فوقتاً معلوم نہیں کن گہرائیوں میں کھو جانا بالکل پسند نہیں۔۔۔مجھے تو ڈر لگتا ہے۔۔۔ایک دن تم پاگل ہو جاؤ گے۔ یہ سن کر جاوید بہت ہنسا، ''پاگل ہونا بہت مشکل ہے سعادت۔'' لیکن آہستہ آہستہ اس کا خلائیں دیکھنا بڑھتا گیا اور اس کی خاموشی طویل سکوت میں تبدیل ہو گئی اور وہ پیاری سی مسکراہٹ جو اس کے ہونٹوں پر ہر وقت کھیلتی رہتی تھی بالکل پھیکی پڑ گئی۔

میں نے ایک دن اس سے پوچھا، ''آخر بات کیا ہے تم ٹھہرے پانی بن گئے ہو۔۔۔ہوا کیا ہے تمھیں۔۔۔؟ میں تمہارا دوست ہوں۔۔۔خدا کے لیے مجھ سے تو اپنا راز نہ چھپاؤ۔'' جاوید خاموش رہا۔ جب میں نے اس کو بہت لعن طعن کی تو اس نے اپنی زبان کھولی، ''میں کالج سے فارغ ہو کر ڈیڑھ بجے کے قریب آؤں گا۔ اس وقت تمھیں جو پوچھنا ہو گا بتا دوں گا۔''

وعدے کے مطابق وہ ٹھیک ڈیڑھ بجے میرے یہاں آیا۔ وہ مجھ سے چار سال چھوٹا تھا۔ بے حد خوبصورت۔

اس میں نسوانیت کی جھلک تھی۔ پڑھائی سے مجھے کوئی دلچسپی نہیں تھی اس لیے میں آوارہ گرد تھا لیکن وہ باقاعدگی کے ساتھ تعلیم حاصل کر رہا تھا۔ میں اس کو اپنے کمرے میں لے گیا۔ جب میں نے اس کو سگریٹ پیش کیا تو اس نے مجھ سے کہا، ''تم میرے روگ کے متعلق پوچھنا چاہتے تھے؟'' میں نے کہا، ''مجھے معلوم نہیں ہے روگ ہے یا سوگ، بہر حال تم نارمل حالت میں نہیں ہو۔۔۔تمھیں کوئی نہ کوئی تکلیف ضرور ہے۔'' وہ مسکرایا، ''ہے۔۔۔اس لیے کہ مجھے ایک لڑکی سے محبت ہو گئی ہے۔''

محبت۔۔۔! میں بوکھلا گیا۔۔۔جاوید کی عمر بمشکل اٹھارہ برس کی ہو گی۔۔۔وہ خود ایک خوبرو لڑکی کی ماند تھا۔اس کو کس لڑکی سے محبت ہو سکتی ہے، یا ہو گئی ہے۔ وہ تو کنواری لڑکیوں سے کہیں زیادہ شرمیلا اور لجکیلا تھا۔ وہ مجھ سے باتیں کرتا تو مجھے یوں محسوس ہوتا کہ وہ ایک دہقانی دوشیزہ ہے جس نے پہلی دفعہ کوئی عشقیہ فلم دیکھا ہے۔ آج وہی مجھ سے کہہ رہا تھا کہ مجھے ایک لڑکی سے محبت ہو گئی ہے۔ میں نے پہلے سمجھا شاید مذاق کر رہا ہے مگر اس کا چہرہ بہت سنجیدہ تھا۔ ایسا لگتا تھا کہ فکر کی اتھاہ گہرائیوں میں ڈوبا ہوا ہے۔ آخر میں نے پوچھا، ''کس لڑکی سے محبت ہو گئی ہے تمھیں؟''

اس نے کوئی جھینپ محسوس نہ کی، ''ایک لڑکی ہے زاہدہ۔۔۔ہمارے پڑوس میں رہتی ہے، بس اس سے محبت ہو گئی ہے۔عمر سولہ برس کے قریب ہے، بہت خوبصورت ہے اور بھولی بھالی۔۔۔چوری چھپے اس سے کئی ملاقاتیں ہو چکی ہیں، اس نے میری محبت قبول کر لی ہے۔'' میں نے اس سے پوچھا، ''تو پھر اس اداسی کا مطلب کیا ہے جو تم پر ہر وقت چھائی رہتی ہے۔'' اس نے مسکرا کر کہا، ''سعادت تم نے کبھی محبت کی ہو تو جانو۔۔۔محبت اداسی کا دوسرا نام ہے۔۔۔ہر وقت آدمی کھویا کھویا سا رہتا ہے، اس لیے کہ اس کے دل و دماغ میں صرف خیالِ یار ہوتا ہے۔۔۔میں نے زاہدہ سے تمھارا ذکر کیا اور اس سے کہا کہ تمھارے بعد اگر کوئی ہستی مجھے عزیز ہے تو وہ میرا دوست سعادت ہے۔''

''یہ کہنے کی کیا ضرورت تھی؟''

''بس، میں نے کہہ دیا۔۔۔اور زاہدہ نے بڑا اشتیاق ظاہر کیا کہ میں تمھیں اس سے ملاؤں۔اسے میری وہ چیز پسند ہے جسے میں پسند کرتا ہوں۔۔۔بولو، چلو گے اپنی بھابی کو دیکھنے؟'' میری سمجھ میں کچھ نہ آیا کہ اس سے کیا کہوں، اس کے پتلے پتلے نازک ہونٹوں پر لفظ بھابی سجتا نہیں تھا۔

''میری بات کا جواب دو۔''

میں نے سرسری طور پر کہہ دیا، ''چلیں گے۔۔۔ضرور چلیں گے۔۔۔پر کہاں؟''

''اس نے مجھ سے کہا تھا کہ کل وہ شام کو پانچ بجے کسی بہانے سے لارنس گارڈن آئے گی۔۔۔آپ اپنے پیارے دوست کو ضرور ساتھ لائیے گا۔۔۔اب تم کل تیار رہنا۔۔۔بلکہ خود ہی پانچ بجے سے پہلے پہلے وہاں پہنچ جانا۔ہم جم خانہ کلب کے اس طرف لان میں تمہارا انتظار کرتے ہوں گے۔ ''میں انکار کیسے کرتا اس لیے کہ مجھے جاوید سے بے حد پیار تھا۔ میں نے وعدہ کر لیا لیکن مجھے اس پر کچھ ترس آ رہا تھا۔ میں نے اس سے اچانک پوچھا، ''لڑکی شریف اور پاکباز ہے نا؟''

جاوید کا چہرہ غصے سے تمتمانے لگا، ''میں زاہدہ کے بارے میں ایسی باتیں سوچ سکتا ہوں نہ سن سکتا ہوں۔۔۔تمہیں اگر اس سے ملنا ہے تو کل شام کو ٹھیک پانچ بجے لارنس گارڈن پہنچ جانا۔۔۔خدا حافظ۔''

جب وہ ایک دم اٹھ کر چلا گیا تو میں نے سوچنا شروع کیا۔ مجھے بڑی ندامت محسوس ہوئی کہ میں نے کیوں اس سے ایسا سوال کیا جس سے اس کے جذبات مجروح ہوئے۔۔۔آخر وہ اس سے محبت کرتا تھا۔ اگر کوئی لڑکی کسی سے محبت کرے تو ضروری نہیں وہ بد کردار ہو۔ جاوید مجھے اپنا مخلص ترین دوست یقین کرتا تھا یہی وجہ ہے کہ وہ ناراضی کے باوجود مجھ سے برہم نہ ہوا اور مجھ کو جاتے ہوئے کہہ گیا کہ وہ شام کو لارنس گارڈن آئے۔

میں سوچتا تھا کہ زاہدہ سے مل کر میں اس سے کس قسم کی باتیں کروں گا۔ بے شمار باتیں میرے ذہن میں آئیں لیکن وہ اس قابل نہیں تھیں کہ کسی دوست کی محبوبہ سے کی جائیں۔ میرے متعلق خدا معلوم وہ اس سے کیا کچھ کہہ چکا تھا۔۔۔یقیناً اس نے مجھ سے اپنی محبت کا اظہار بڑے والہانہ طور پر کیا ہو گا۔ یہ بھی ہو سکتا ہے کہ زاہدہ کے دل میں میری طرف سے حسد پیدا ہو گیا ہو کیونکہ عورتیں اپنے عاشقوں کی محبت بٹتے نہیں دیکھ سکتیں۔ شاید میرا مذاق اڑانے کے لیے اس نے جاوید سے کہا ہو کہ تم مجھے اپنے پیارے دوست سے ضرور ملاؤ۔

بہر حال مجھے اپنے عزیز ترین دوست کی محبوبہ سے ملنا تھا۔۔۔اس تقریب پر میں نے سوچا، کوئی تحفہ تو لے جانا چاہیے۔۔۔رات بھر غور کرتا رہا۔ آخر ایک تحفہ سمجھ میں آیا کہ سونے کے ٹاپس ٹھیک رہیں گے۔ انار کلی میں گیا تو سب دکانیں بند، معلوم ہوا کہ اتوار کی تعطیل ہے۔۔۔لیکن ایک جوہری کی دکان کھلی تھی۔ اس سے ٹاپس خریدے اور واپس گھر آیا۔ چار بجے تک کشش و پنچ میں مبتلا رہا کہ جاؤں یا نہ جاؤں۔ مجھے کچھ حجاب سا محسوس ہو رہا تھا۔۔۔لڑکیوں سے بے تکلف باتیں کرنے کا میں عادی نہیں تھا اس لیے مجھ پر گھبراہٹ کا عالم طاری تھا۔

دوپہر کا کھانا کھانے کے بعد میں نے کچھ دیر سونا چاہا مگر کروٹیں بدلتا رہا۔ ٹاپس میرے تکیے کے نیچے پڑے تھے۔ ایسا لگتا تھا کہ دو دہکتے ہوئے انگارے ہیں۔ ۔ ۔ اٹھا۔ ۔ ۔ غسل کیا۔ ۔ ۔ اس کے بعد شیو۔ ۔ ۔ پھر نہایا اور کپڑے بدل کر بڑے کمرے میں کلاک کی ٹک ٹک سننے لگا۔ تین بج چکے تھے۔ اخبار اٹھایا۔ ۔ ۔ مگر اس کی ایک خبر بھی نہ پڑھ سکا۔ ۔ ۔ عجب مصیبت تھی۔ عشق میرا دوست جاوید کر رہا تھا اور میں ایک قسم کا مجنوں بن گیا تھا۔ میرا بہترین سوٹ رینکن کا سلا ہوا میرے بدن پر تھا۔ رومال نیا، شو بھی نئے۔ ۔ ۔ میں نے یہ سنگھار اس لیے کیا تھا کہ جاوید نے جو تعریف کے پل زاہدہ کے سامنے باندھے ہیں کہیں ٹوٹ نہ جائیں۔

ساڑھے چار بجے میں اٹھا۔ اپنی ریلے کی سبز سائیکل لی اور آہستہ آہستہ لارنس گارڈن روانہ ہو گیا۔

جم خانہ کلب کے اس طرف لان میں مجھے جاوید دکھائی دیا۔ وہ اکیلا تھا، اس نے زور کا نعرہ بلند کیا۔ میں جب سائیکل پر سے اترا تو وہ میرے ساتھ چمٹ گیا، کہنے لگا، ''تم پہلے ہی پہنچ گئے بہت اچھا کیا۔ ۔ ۔ زاہدہ اب آتی ہی ہو گی۔ ۔ ۔ میں نے اس سے کہا تھا کہ میں اپنی کار بھیج دوں گا مگر وہ رضامند نہ ہوئی۔ تانگے میں آئے گی۔ ''

جاوید کے باپ کی ایک کار تھی۔ بے بی آسٹن۔ خدا معلوم کس صدی کا ماڈل تھا۔ زیادہ تر یہ جاوید ہی کے استعمال میں آتی تھی۔ لارنس گارڈن میں داخل ہوتے وقت یہ عجوبۂ روزگار موٹر دیکھ لی تھی۔ میں نے اس سے کہا، '' آؤ بیٹھ جائیں۔ '' لیکن وہ رضامند نہ ہوا۔ مجھ سے کہنے لگا، ''تم ایسا کرو۔ ۔ ۔ باہر گیٹ پر جاؤ۔ ۔ ۔ ایک تانگہ آئے گا، جس میں ایک دبلی پتلی لڑکی سیاہ برقع پہنے ہوئی ہو گی۔ تم تانگے والے کو ٹھہرا لینا اور اس سے کہنا، ''جاوید کا دوست سعادت ہوں۔ ۔ ۔ اس نے مجھے تمہارے استقبال کے لیے بھیجا ہے۔ '' نہیں جاوید۔ ۔ ۔ مجھ میں اتنی جرأت نہیں۔ ''

''لاحول ولا۔ ۔ ۔ جب تم نام بتا دو گے تو اسے چوں کرنے کی بھی جرأت نہیں ہو گی۔ ۔ ۔ تمہاری جرأت کا سوال ہی کہاں پیدا ہوتا ہے۔ ۔ ۔ یار، زندگی میں کوئی نہ کوئی ایسی چیز ہونی چاہیے جسے بعد میں یاد کر کے آدمی محظوظ ہو سکے۔ ۔ ۔ جب زاہدہ سے میری شادی ہو جائے گی تو ہم آج کے اس واقعے کو یاد کر کے خوب ہنسا کریں گے۔ ۔ ۔ جاؤ میرے بھائی۔ ۔ ۔ وہ بس اب آتی ہی ہو گی۔ '' میں جاوید کا کہنا کیسے موڑ سکتا تھا۔ بادل نخواستہ چلا گیا اور گیٹ سے کچھ دور کھڑا رہ کر اس تانگے کا انتظار کرنے لگا جس میں زاہدہ اکیلی کالے برقعے میں ہو۔

آدھے گھنٹے کے بعد ایک تانگہ اندر داخل ہوا جس میں ایک لڑکی کالے ریشمی برقعے میں ملبوس پچھلی

نشست پر ٹانگیں پھیلائے بیٹھی تھی۔

میں جھینپتا، سمٹتا، ڈرتا آگے بڑھا اور تانگے والے کو روکا۔اس نے فوراً اپنا تانگہ روک لیا۔ میں نے اس سے کہا، ''یہ سواری کہاں سے آئی ہے؟''

تانگے والے نے ذرا سختی سے جواب دیا، ''تمھیں اس سے کیا مطلب۔۔۔جاؤ اپنا کام کرو۔''برقع پوش لڑکی نے مہین سی آواز میں تانگے والے کو ڈانٹا، ''تم شریف آدمیوں سے بات کرنا بھی نہیں جانتے۔'' پھر وہ مجھ سے مخاطب ہوئی، ''آپ نے تانگہ کیوں روکا تھا جناب؟'' میں نے ہکلا کے جواب دیا، ''جاوید۔۔۔جاوید۔۔۔میں جاوید کا دوست سعادت ہوں تو۔۔۔آپ کا نام زاہدہ ہے نا۔''اس نے بڑی نرمی سے جواب دیا، ''جی ہاں! میں آپ کے متعلق ان سے بہت سی باتیں سن چکی ہوں۔''

''اس نے مجھ سے کہا تھا کہ میں آپ سے اسی طرح ملوں اور دیکھوں کہ آپ مجھ سے کس طرح پیش آتی ہیں۔۔۔وہ ادھر جم خانہ کلب کے پاس گھاس کے تختے پر بیٹھا آپ کا انتظار کر رہا ہے۔''اس نے اپنی نقاب اُٹھائی، اچھی خاصی شکل صورت تھی۔ مسکرا کر مجھ سے کہا، ''آپ اگلی نشست پر بیٹھ جائیے، مجھے ایک ضروری کام ہے، ابھی چند منٹوں میں لوٹ آئیں گے، آپ کے دوست کو زیادہ دیر تک گھاس پر نہیں بیٹھنا پڑے گا۔

میں انکار نہیں کر سکتا تھا۔ اگلی نشست پر کوچوان کے ساتھ بیٹھ گیا۔ تانگہ اسمبلی ہال کے پاس سے گزرا تو میں نے تانگے والے سے کہا، ''بھائی صاحب! یہاں کوئی سگریٹ والے کی دکان ہو تو ذرا دیر کے لیے ٹھہر جانا، میرے سگریٹ ختم ہو گئے ہیں۔''

ذرا آگے بڑھے تو سڑک پر ایک سگریٹ پان والا بیٹھا تھا۔ تانگے والے نے اپنا تانگہ روکا۔ میں اترا تو زاہدہ نے کہا آپ کیوں تکلیف کرتے ہیں۔۔۔یہ تانگے والا لے آئے گا۔''میں نے کہا، ''اس میں تکلیف کی کیا بات ہے؟''اور اس پان سگریٹ والے کے پاس پہنچ گیا۔ ایک ڈبیا گولڈ فلیک کی لی، ایک ماچس اور دو پان۔ جب پانچ کے نوٹ سے باقی پیسے لے کر مڑا تو کوچوان میرے پیچھے کھڑا تھا، اس نے دبی زبان میں مجھ سے کہا، ''حضور اس عورت سے بچ کے رہیے گا۔''

میں بڑا حیران ہوا، ''کیوں؟''

کوچوان نے بڑے وثوق سے کہا، ''فاحشہ ہے۔۔۔اس کا کام ہی یہی ہے کہ شریف اور نوجوان لڑکوں کو پھانستی رہے۔۔۔میرے تانگے میں اکثر بیٹھتی ہے۔''

یہ سن کر میرے اوسان خطا ہو گئے۔ میں نے تانگے والے سے کہا، ''خدا کے لیے تم اسے وہیں چھوڑ آؤ جہاں سے لائے ہو۔ کہہ دینا کہ میں اس کے ساتھ جانا نہیں چاہتا اس لیے کہ میرا دوست وہاں لارنس گارڈن میں انتظار کر رہا ہے۔'' تانگے والا چلا گیا۔۔ معلوم نہیں اس نے زاہدہ سے کیا کہا۔ میں نے ایک دوسرا تانگہ لیا اور سیدھا لارنس گارڈن پہنچا، دیکھا جاوید ایک خوبصورت لڑکی سے محو گفتگو ہے۔ وہ بڑی شرمیلی اور کجیلی تھی۔ میں جب پاس آیا تو اس نے فوراً اپنے دوپٹے سے منہ چھپا لیا۔

جاوید نے بڑی خفگی آمیز لہجے میں مجھ سے کہا، ''تم کہاں غارت ہو گئے تھے؟ تمہاری بھابی کب کی آئی بیٹھی ہیں۔'' سمجھ میں نہ آیا کیا کہوں۔۔ سخت بوکھلا گیا۔۔ اس بوکھلاہٹ میں یہ کہہ گیا، ''تو وہ کون تھیں جو مجھے تانگے میں ملیں؟'' جاوید ہنسا۔ مذاق نہ کرو مجھ سے ۔۔۔ بیٹھ جاؤ اور اپنی بھابی سے باتیں کرو یہ تم سے ملنے کی بہت مشتاق تھیں۔''

میں بیٹھ گیا اور کوئی سلیقے کی بات نہ کر سکا اس لیے کہ میرے دل و دماغ پر وہ لڑکی یا عورت مسلط ہو گئی تھی جس کے متعلق تانگے والے نے مجھے بڑے خلوص سے بتا دیا تھا کہ فاحشہ ہے۔

ایکٹریس کی آنکھ

’’پاپوں کی گٹھری‘‘ کی شوٹنگ تمام شب ہوتی رہی تھی، رات کے تھکے ماندے ایکٹر، لکڑی کے کمرے میں جو کمپنی کے ولن نے اپنے میک اپ کے لیے خاص طور پر تیار کرایا تھا اور جس میں فرصت کے وقت سب ایکٹر اور ایکٹرسیں سیٹھ کی مالی حالت پر تبصرہ کیا کرتے تھے، صوفوں اور کرسیوں پر اونگھ رہے تھے۔ اس چوبی کمرے کے ایک کونے میں میلی سی تپائی کے اوپر دس پندرہ چائے کی خالی پیالیاں اوندھی سیدھی پڑی تھیں جو شاید رات کو نیند کا غلبہ دور کرنے کے لیے ان ایکٹروں نے پی تھیں۔ ان پیالوں پر سینکڑوں مکھیاں بھنبھنا رہی تھیں۔ کمرے کے باہر ان کی بھنبھناہٹ سن کر کسی نووارد کو یہی معلوم ہوتا کہ اندر بجلی کا پنکھا چل رہا ہے۔

دراز قد ولن جو شکل و صورت سے لاہور کا کوچوان معلوم ہوتا تھا، ریشمی سوٹ میں ملبوس صوفے پر دراز تھا۔ آنکھیں کھلی تھیں اور منہ بھی نیم وا تھا مگر وہ سو رہا تھا۔ اسی طرح اس کے پاس ہی آرام کرسی پر ایک مونچھوں والا ادھیڑ عمر کا ایکٹر اونگھ رہا تھا۔ کھڑکی کے پاس ڈنڈے سے ٹیک لگائے ایک اور ایکٹر سونے کی کوشش میں مصروف تھا۔ کمپنی کے مکالمہ نویس یعنی منشی صاحب ہونٹوں میں بیڑی دبائے اور ٹانگیں میک اپ ٹیبل پر رکھے، شاید وہ گیت بنانے میں مصروف تھے جو انہیں چار بجے سیٹھ صاحب کو دکھانا تھا۔

’’اوئی، اوئی، اوئی ۔۔۔ ہائے ۔۔۔ ہائے ۔۔‘‘

دفعتاً یہ آواز باہر سے اس چوبی کمرے میں کھڑکیوں کے راستے اندر داخل ہوئی۔ ولن صاحب جھٹ سے اٹھ بیٹھے اور اپنی آنکھیں ملنے لگے۔ مونچھوں والے ایکٹر کے لمبے لمبے کان ایک ارتعاش کے ساتھ اس نسوانی آواز کو پہچاننے کے لیے تیار ہوئے۔ منشی صاحب نے میک اپ ٹیبل پر سے اپنی ٹانگیں اٹھالیں اور

ولن صاحب کی طرف سوالیہ نظروں سے دیکھنا شروع کر دیا۔

’’اُوئی، اُوئی، اُوئی۔۔۔ہائے ۔۔۔ہائے۔‘‘

اس پر، ولن، منشی اور دوسرے ایکٹر جو نیم غنودگی کی حالت میں تھے چونک پڑے۔سب نے کاٹھ کے اس بکس نما کمرے سے اپنی گردنیں باہر نکالیں۔

’’ارے، کیا ہے بھئی۔‘‘

’’خیر تو ہے!‘‘

’’کیا ہوا؟‘‘

’’اماں، یہ تو۔۔۔دیوی ہیں!‘‘

’’کیا بات ہے! دیوی؟‘‘

جتنے منہ اتنی باتیں۔۔۔کھڑکی میں سے نکلی ہوئی ہر گردن بڑے اضطراب کے ساتھ متحرک ہوئی اور ہر ایک کے منہ سے گھبراہٹ میں ہمدردی اور استفسار کے ملے جلے جذبات کا اظہار ہوا۔

’’ہائے، ہائے، ہائے ۔۔۔اُوئی ۔۔۔اُوئی!‘‘

دیوی، کمپنی کی ہر دلعزیز ہیروئن کے چھوٹے سے منہ سے چیخیں نکلیں اور بانہوں کو انتہائی کرب و اضطراب کے تحت ڈھیلا چھوڑ کر اس نے اپنے چپل پہنے پاؤں کو زور زور سے سٹوڈیو کی پتھریلی زمین پر مارتے ہوئے چِخنا چلانا شروع کر دیا۔ٹھمکا ٹھمکا بوٹا سا قد، گول گول گدرایا ہوا ڈیل، کھلتی ہوئی گندمی رنگت، خوب خوب کالی کالی تیکھی بھنویں، کھلی پیشانی پر گہرا سِیوم کا ٹیکا۔۔۔بال کالے بھونرا سے جو سیدھی مانگ نکال کر پیچھے جوڑے کی صورت میں لپیٹ دے کر کنگھی کیے ہوئے تھے، ایسے معلوم ہوتے تھے، جیسے شہد کی بہت سی مکھیاں چھتے پر بیٹھی ہوئی ہیں۔

کناروے دار سفید سوتی ساڑھی میں لپٹی ہوئی، چولی گجراتی تراش کی تھی، بغیر آستینوں کے، جن میں سے جو بن پھٹا پڑتا تھا، ساڑھی بمبئی کے طرز سے بندھی تھی۔ چاروں طرف میٹھا میٹھا جھول دیا ہوا تھا۔۔۔گول گول کلائیاں جن میں کھلی کھلی جاپانی ریشمیں چوڑیاں کھنکنا رہی تھیں۔ ان ریشمیں چوڑیوں میں ملی ہوئی اِدھر اُدھر ولایتی سونے کی پتلی پتلی کنگنیاں جھم جھم کر رہی تھیں، کان موزوں اور لویں بڑی خوبصورتی کے ساتھ نیچے جھکی ہوئیں، جن میں ہیرے کے آویزے، شبنم کی دو تھراتی ہوئی بوندیں معلوم ہو رہی تھیں۔ چیختی چلاتی، اور زمین کو چپل پہنے پیروں سے کوٹتی، دیوی نے داہنی آنکھ کو ننھے سے سفید

رومال کے ساتھ ملنا شروع کر دیا۔

''ہائے میری آنکھ۔۔۔ہائے میری آنکھ۔۔۔ہائے!''

کاٹھ کے بکس سے باہر نکلی ہوئی کچھ گردنیں اندر کو ہو گئیں اور جو باہر تھیں، پھر سے ملنے لگیں۔

''آنکھ میں کچھ پڑ گیا ہے؟''

''یہاں کنکر بھی تو بے شمار ہیں۔۔۔ہوا میں اڑتے پھرتے ہیں۔''

''یہاں جھاڑو بھی تو چھ مہینے کے بعد دی جاتی ہے۔''

''اندر آ جاؤ دیوی!''

''ہاں، ہاں، آؤ۔۔۔آنکھ کو اس طرح نہ ملو۔''

''ارے بابا۔۔۔بولانا! تکلیف ہو جائے گی۔۔۔تم اندر تو آؤ۔''

آنکھ ملتی ملتی، دیوی کمرے کے دروازے کی جانب بڑھی۔

ولن نے لپک کر تپائی پر سے بڑی صفائی کے ساتھ ایک رومال میں چائے کی پیالیاں سمیٹ کر میک اپ ٹیبل کے آئینے کے پیچھے چھپا دیں اور اپنی پرانی پتلون سے جھاڑ پونچھ کو ٹیبل سے جھاڑ پونچھ کر صاف کر دیا۔ باقی ایکٹروں نے کرسیاں اپنی اپنی جگہ پر جما دیں اور بڑے سلیقے سے بیٹھ گئے۔ منشی صاحب نے پرانی ادھ جلی بیڑی پھینک کر جیب سے ایک سگرٹ نکال کر سلگانا شروع کر دیا۔

دیوی اندر آئی۔ صوفے پر سے منشی صاحب اور ولن اٹھ کھڑے ہوئے۔ منشی صاحب نے بڑھ کر کہا، ''آؤ، دیوی یہاں بیٹھو۔'' دروازے کے پاس بڑی بڑی سیاہ و سفید مونچھوں والے بزرگ بیٹھے تھے، ان کی مونچھوں کے لٹکے اور بڑھے ہوئے بال تھرتھرائے اور انہوں نے اپنی نشست پیش کرتے ہوئے گجراتی لہجہ میں کہا، ''ادھر بیسو۔''

دیوی ان کی تھرتھراتی ہوئی مونچھوں کی طرف دھیان دیئے بغیر آنکھ ملتی اور ہائے ہائے کرتی آگے بڑھ گئی۔

ایک نوجوان نے جو ہیرو سے معلوم ہو رہے تھے اور پھنسی پھنسی قمیض پہنے ہوئے تھے، جھٹ سے ایک چوکی نما کرسی سر کا کر آگے بڑھا دی اور دیوی نے اس پر بیٹھ کر اپنی ناک کے بانسے کو رومال سے رگڑنا شروع کر دیا۔ سب کے چہرے پر دیوی کی تکلیف کے احساس نے ایک عجیب و غریب رنگ پیدا کر دیا تھا۔ منشی صاحب کی قوتِ احساس چونکہ دوسرے مردوں سے زیادہ تھی، اس لیے چشمہ ہٹا کر انہوں نے اپنی آنکھ ملنا شروع کر دی تھی۔ جس نوجوان نے کرسی پیش کی تھی، اس نے جھک کر دیوی کی آنکھ کا ملاحظہ

کیا اور بڑے مفکرانہ انداز میں کہا، ''آنکھ کی سرخی بتا رہی ہے کہ تکلیف ضرور ہے۔'' ان کا لہجہ پھٹا ہوا تھا۔ آواز اتنی بلند تھی کہ کمرہ گونج اٹھا۔

یہ کہتا کہ دیوی نے اور زور زور سے چلانا شروع کر دیا اور سفید ساڑھی میں اس کی ٹانگیں اضطراب کا بے پناہ مظاہرہ کرنے لگیں۔ ولن صاحب آگے بڑھے اور بڑی ہمدردی کے ساتھ اپنی سخت کمر جھکا کر دیوی سے پوچھا، ''جلن محسوس ہوتی ہے یا چُبھن!'' ایک اور صاحب جو اپنے سولا ہیٹ سمیت کمرے میں ابھی ابھی تشریف لائے تھے، آگے بڑھ کے پوچھنے لگے، ''پپوٹوں کے نیچے رگڑ سی محسوس تو نہیں ہوتی۔'' دیوی کی آنکھ سرخ ہو رہی تھی۔ پپوٹے ملنے اور آنسوؤں کی نمی کے باعث میلے میلے نظر آ رہے تھے۔ چتونوں میں سے لال لال ڈوروں کی جھلک، چک میں سے غروبِ آفتاب کا سرخ منظر پیش کر رہی تھی۔ دائہنی آنکھ کی پلکیں نمی کے باعث بھاری اور گھنی ہو گئی تھیں، جس سے ان کی خوبصورتی میں چار چاند لگ گئے تھے۔ بانہیں ڈھیلی کر کے دیوی نے دُکھتی آنکھ کی پتلی نچاتے ہوئے کہا۔

''آں۔۔۔بڑا انکلیپھ ہوتا ہے۔۔۔ہائے۔۔۔اُوئی!'' اور پھر سے آنکھ کو گیلے رومال سے ملنا شروع کر دیا۔

سیاہ و سفید موچھوں والے صاحب نے جو کونے میں بیٹھے تھے، بلند آواز میں کہا، ''اس طرح آنکھ نہ رگڑو، خالی پپلی کوئی اور تکلیپھ ہو جائے گا۔''

''ہاں، ہاں۔۔۔ارے، تم پھر وہی کر رہی ہو۔'' پھٹی آواز والے نوجوان نے کہا۔

ولن جو فوراً ہی دیوی کی آنکھ کو ٹھیک حالت میں دیکھنا چاہتے تھے، بگڑ کر بولے، ''تم سب بے کار باتیں بنا رہے ہو۔۔۔کسی سے ابھی تک یہ بھی نہیں ہوا کہ دوڑ کر ڈاکٹر کو بلا لائے۔۔۔اپنی آنکھ میں یہ تکلیف ہو تو پتہ چلے۔'' یہ کہہ کر انہوں نے مڑ کر کھڑکی میں سے باہر گردن نکالی اور زور زور سے پکارنا شروع کیا، ''ارے، کوئی ہے۔۔۔کوئی ہے۔۔۔گلاب۔۔۔؟ گلاب!''

جب ان کی آواز صدا بہ صحرا ثابت ہوئی تو انہوں نے گردن اندر کو کر لی اور بڑبڑانا شروع کر دیا، ''خدا جانے ہوٹل والے کا یہ چھوکرا کہاں غائب ہو جاتا ہے۔۔۔پڑا اونگھ رہا ہو گا اسٹوڈیو میں کسی تختے پر۔۔۔مردود نابکار۔'' پھر فوراً ہی دوبارہ اسٹوڈیو کے اس طرف گلاب کو دیکھ کر چلائے، جو انگلیوں میں چائے کی پیالیاں لٹکائے چلا آ رہا تھا، ''ارے گلاب۔۔۔گلاب!''

گلاب بھاگتا ہوا آیا اور کھڑکی کے سامنے پہنچ کر ٹھہر گیا۔ ولن صاحب نے گھبرائے ہوئے لہجہ میں اس

سے کہا، ''دیکھو! ایک گلاس میں پانی لاؤ۔ جلدی سے ۔۔۔ بھاگو!'' گلاب نے کھڑے کھڑے اندر جھانکا، دیکھنے کے لیے کہ یہاں گڑبڑ کیا ہے ۔۔۔اس پر ہیرو صاحب للکارے، ''ارے دیکھتا کیا ہے ۔۔۔لا، نا گلاس میں تھوڑا سا پانی ۔۔۔ بھاگ کے جا، بھاگ کے!''

گلاب، سامنے ٹین کی چھت والے ہوٹل کی طرف روانہ ہو گیا۔ دیوی کی آنکھ میں چبھن اور بھی زیادہ بڑھ گئی اور اس کی بنارسی لنگڑے کی کیری ایسی ننھی منی تھوڑی روتے بچے کا نپنے لگی اور وہ اٹھ کر درد کی شدت سے کراہتی ہوئی صوفے پر بیٹھ گئی۔ دستی بٹوے سے ماچس کی ڈبیا کے برابر ایک آئینہ نکال کر اس نے اپنی دکھتی آنکھ کو دیکھنا شروع کر دیا۔ اتنے میں منشی صاحب بولے، ''گلاب سے کہہ دیا ہوتا۔۔۔ پانی میں تھوڑی سی برف بھی ڈالتا لائے!''

''ہاں، ہاں، سرد پانی اچھا رہے گا۔'' یہ کہہ کر رولن صاحب کھڑ کی میں سے گردن باہر نکال کر چلائے، ''گلاب۔۔۔ارے گلاب۔۔۔ پانی میں تھوڑی سی برف چھوڑ کے لانا۔''

اس دوران میں ہیرو صاحب جو کچھ سوچ رہے تھے، کہنے لگے، ''میں بولتا ہوں کہ رومال کو سانس کی بھاپ سے گرم کرو اور اس سے آنکھ کو سینک دو۔۔۔ کیوں دادا؟''

''ایک دم ٹھیک رہے گا!'' سیاہ و سفید مونچھوں والے صاحب نے سر کو اثبات میں بڑے زور سے ہلاتے ہوئے کہا۔

ہیرو صاحب کھونٹیوں کی طرف بڑھے۔ اپنے کوٹ میں سے ایک سفید رومال نکال کر دیوی کو سانس کے ذریعے سے اس کو گرم کرنے کی ترکیب بتائی اور الگ ہو کر کھڑے ہو گئے۔ دیوی نے رومال لے لیا اور اسے منہ کے پاس لے جا کر گال پھلا پھلا کر سانس کی گرمی پہنچائی، آنکھ کو ٹکور دی مگر کچھ افاقہ نہیں ہوا۔

''کچھ آرام آیا؟'' سولہ ہیٹ والے صاحب نے دریافت کیا۔ دیوی نے رونی آواز میں جواب دیا، ''نہیں۔۔۔ نہیں۔۔۔ ابھی نہیں نکلا۔۔۔ میں مر گئی۔۔۔!'' اتنے میں گلاب پانی کا گلاس لے کر آ گیا۔

ہیرو اور رولن دوڑ کر بڑھے اور دونوں نے مل کر دیوی کی آنکھ میں پانی چوایا۔ جب گلاس کا پانی آنکھ کو غسل دینے میں ختم ہو گیا، تو دیوی پھر اپنی جگہ پر بیٹھ گئی اور آنکھ جھپکانے لگی۔

''کچھ افاقہ ہوا؟''

''اب تکلیف تو نہیں ہے؟''

''کنکری نکل گئی ہوگی۔''

’’بس تھوڑی دیر کے بعد آرام آ جائے گا!‘‘

آنکھ دھل جانے پر پانی کی ٹھنڈک نے تھوڑی دیر کے لیے دیوی کی آنکھ میں چبھن رفع کر دی، مگر فوراً ہی پھر سے اس نے درد کے مارے چلانا شروع کر دیا۔

’’کیا بات ہے؟‘‘ یہ کہتے ہوئے ایک صاحب باہر سے اندر آئے اور دروازے کے قریب کھڑے ہو کر معاملے کی اہمیت کو سمجھنا شروع کر دیا۔

نو وارد کہنہ سال ہونے کے باوجود چست و چالاک معلوم ہوتے تھے۔ مونچھیں سفید تھیں، جو بیڑی کے دھوئیں کے باعث سیاہی مائل زرد رنگت اختیار کر چکی تھیں، ان کے کھڑے ہونے کا انداز بتا رہا تھا کہ فوج میں رہ چکے ہیں۔ سیاہ رنگ کی ٹوپی سر پر ذرا اس طرف ترچھی پہنے ہوئے تھے۔ پتلون اور کوٹ کا کپڑا معمولی اور خاکستری رنگ کا تھا۔ کولھوں اور رانوں کے اوپر پتلون میں پڑے ہوئے جھول اس بات پر چغلیاں کھا رہے تھے کہ ان کی ٹانگوں پر گوشت بہت کم ہے۔ کالر میں بندھی ہوئی میلی نکٹائی کچھ اس طرح نیچے لٹک رہی تھی کہ معلوم ہوتا تھا وہ ان سے روٹھی ہوئی ہے، پتلون کا کپڑا گھٹنوں پر کھنچ کر آگے کو بڑھا ہوا تھا، جو یہ بتا رہا تھا کہ وہ اس بے جان چیز سے بہت کڑا کام لیتے رہے ہیں، گال بڑھاپے کے باعث پچکے ہوئے، آنکھیں ذرا اندر کو دھنسی ہوئیں، جو بار بار شانوں کی عجیب جنبش کے ساتھ سکیڑ لی جاتی تھیں۔ آپ نے کاندھوں کو جنبش دی اور ایک قدم آگے بڑھ کر کمرے میں بیٹھے ہوئے لوگوں سے پوچھا، ’’کنکر پڑ گیا ہے کیا؟‘‘ اور اثبات میں جواب پا کر دیوی کی طرف بڑھے۔ ہیرو اور ولن کو ایک طرف ہٹنے کا اشارہ کر کے آپ نے کہا، ’’پانی سے آرام نہیں آیا۔۔۔ خیر۔۔۔ رومال ہے کسی کے پاس؟‘‘

نصف درجن رومال ان کے ہاتھ میں دے دیئے گئے۔ بڑے ڈرامائی انداز میں آپ نے ان پیش کردہ رومالوں میں سے ایک منتخب کیا، اور اس کا ایک کنارہ پکڑ کر دیوی کو آنکھ پر سے ہاتھ ہٹا لینے کا حکم دیا۔ جب دیوی نے ان کے حکم کی تعمیل کی، تو انہوں نے جیب میں سے مداری کے سے انداز میں ایک چرمی بٹوا نکالا اور اس میں سے اپنا چشمہ نکال کر کمال احتیاط سے ناک پر چڑھا لیا۔ پھر چشمے کے شیشوں میں سے دیوی کی آنکھ کا دور ہی سے اکڑ کر معائنہ کیا۔ پھر دفعتاً فوٹو گرافر کی سی پھرتی دکھاتے ہوئے آپ نے اپنی ٹانگیں چوڑی کیں اور جب انہوں نے اپنی پتلی پتلی انگلیوں سے دیوی کے پپوٹوں کو وا کرنا چاہا تو ایسا معلوم ہوا کہ وہ فوٹو لیتے وقت کیمرے کا لینس بند کر رہے ہیں۔

دو تین مرتبہ ڈرامائی انداز سے اپنے کھڑے ہونے کا رخ بدل کر انہوں نے دیوی کی آنکھوں کا معائنہ کیا

اور پھر پپوٹے کھول کر بڑی آہستگی سے رومال کا کنارہ ان کے اندر داخل کر دیا۔۔۔ حاضرین خاموشی سے
اس عمل کو دیکھتے رہے۔ پانچ منٹ تک کمرے میں قبر کی سی خاموشی طاری رہی۔ آنکھ صاف کرنے کے
بعد اسی ڈرامائی انداز میں فوٹو گرافر صاحب نے۔۔۔ چونکہ وہ بزرگ فوٹو گرافر ہی تھے۔۔۔ چشمہ اتار کر
چرمی بٹوے میں رکھ کر دیوی سے کہا، ''اب کنکر نکل گیا ہے۔۔۔ تھوڑی دیر میں آرام آ جائے گا!'' دیوی
نے انگلیوں سے آنکھ کے پپوٹوں کو چھوا اور ننھا سا آئینہ نکال کر اپنا اطمینان کرنے لگی۔

''کنکری نکل گئی نا؟''

''اب درد محسوس تو نہیں ہوتا!''

''سالا، اب نکل گیا ہو گا، بہت دکھ دیا ہے اس نے۔''

''دیوی۔۔۔اب طبیعت کیسی ہے؟''

یہ شور سن کر فوٹو گرافر صاحب نے کاندھوں کو زور سے جنبش دی اور کہا، ''تم سارا دن کوشش کرتے رہتے
مگر کچھ نہ ہوتا۔۔۔ہم فوج میں پچیس برس بھاڑ نہیں جھونکتا رہا۔۔۔یہ سب کام جانتا ہے۔۔۔کنکر نکل گیا
ہے، اب صرف جلن باقی ہے، وہ بھی دور ہو جائے گی۔'' یہ باتیں ہو ہی رہی تھیں کہ دیوی جو آئینے میں
رونی صورت بنائے اپنا اطمینان کر رہی تھی، ایکا ایکی مسکرائی اور کھل کھلا کر ہنس دی۔۔۔چوبی کمرے میں
مترنم تارے بکھر گئے۔

''اب آرام ہے۔۔۔اب آرام ہے!'' یہ کہہ کر دیوی سیٹھ کی جانب روانہ ہو گئی جو ہوٹل کے پاس اکیلا
کھڑا تھا، اور سب لوگ دیکھتے رہ گئے۔ ہیرو جب صوفے پر بیٹھنے لگا تو منشی صاحب کی ران نیچے دب گئی۔ آپ
بھنّا گئے، ''اب کیا پھر سونے کا ارادہ ہے۔۔۔چلو بیٹھو، مجھے کل والے سین کے ڈائلاگ سناؤ۔''
ہیرو کے دماغ میں اس وقت کوئی اور ہی سین تھا۔

بابو گوپی ناتھ

بابو گوپی ناتھ سے میری ملاقات سن چالیس میں ہوئی۔ان دنوں میں بمبئی کا ایک ہفتہ وار پرچہ ایڈٹ کیا کرتا تھا۔دفتر میں عبدالرحیم سینڈو، ایک ناٹے قد کے آدمی کے ساتھ داخل ہوا۔ میں اس وقت لیڈر لکھ رہا تھا۔سینڈو نے اپنے مخصوص انداز میں بآوازِ بلند مجھے آداب کیا اور اپنے ساتھی سے متعارف کرایا، ''منٹو صاحب! بابو گوپی ناتھ سے ملیے۔''

میں نے اٹھ کر اس سے ہاتھ ملایا۔سینڈو نے حسبِ عادت میری تعریفوں کے پل باندھنے شروع کر دیئے، ''بابو گوپی ناتھ تم ہندوستان کے نمبرون رائٹر سے ہاتھ ملا رہے ہو۔لکھتا ہے تو دھڑن تختہ ہو جاتا ہے لوگوں کا۔ایسی ایسی کنٹی نیوٹلی ملاتا ہے کہ طبیعت صاف ہو جاتی ہے۔ پچھلے دنوں وہ کیا چٹکلا لکھا تھا آپ نے منٹو صاحب؟ مس خورشید نے کارخریدی۔اللہ بڑا کارساز ہے۔کیوں بابو گوپی ناتھ ہے، ہے اینٹی کی پینٹی پو؟''

عبدالرحیم سینڈو کے باتیں کرنے کا انداز بالکل نرالا تھا۔ کنٹی نیوٹلی۔ دھڑن تختہ اور اینٹی کی پینٹی پو ایسے الفاظ اس کی اپنی اختراع تھے جن کو وہ گفتگو میں بے تکلف استعمال کرتا تھا۔میرا تعارف کرانے کے بعد وہ بابو گوپی ناتھ کی طرف متوجہ ہوا جو بہت مرعوب نظر آتا تھا۔ ''آپ ہیں بابو گوپی ناتھ۔ بڑے خانہ خراب۔ لاہور سے جھک مارتے مارتے بمبئی تشریف لائے ہیں۔ساتھ کشمیر کی ایک کبوتری ہے۔'' بابو گوپی ناتھ مسکرایا۔

عبدالرحیم سینڈو نے تعارف کو ناکافی سمجھ کر کہا، ''نمبرون بے وقوف ہو سکتا ہے تو وہ آپ ہیں۔لوگ ان کے مسکا لگا کر روپیہ بٹورتے ہیں۔ میں صرف باتیں کر کے ان سے ہر روز پولس بٹر کے دو پیکٹ وصول کرتا ہوں۔بس منٹو صاحب یہ سمجھ لیجیے کہ بڑے اینٹی فلو جسٹین قسم کے آدمی ہیں۔ آپ آج شام کو

ان کے فلیٹ پر ضرور تشریف لائیے۔''

بابو گوپی ناتھ نے جو خدا معلوم کیا سوچ رہا تھا، چونک کر کہا، ''ہاں ہاں، ضرور تشریف لائیے منٹو صاحب۔'' پھر سینڈو سے پوچھا، ''کیوں سینڈو کیا آپ کچھ اُس کا شغل کرتے ہیں؟''

عبدالرحیم سینڈو نے زور سے قہقہہ لگایا۔ ''اجی ہر قسم کا شغل کرتے ہیں۔ تو منٹو صاحب آج شام کو ضرور آئیے گا۔ میں نے بھی پینی شروع کر دی ہے، اس لیے کہ مفت ملتی ہے۔''

سینڈو نے مجھے فلیٹ کا پتا لکھا دیا جہاں میں حسب وعدہ شام کو چھ بجے کے قریب پہنچ گیا۔ تین کمرے کا صاف ستھرا فلیٹ تھا جس میں بالکل نیا فرنیچر سجا ہوا تھا۔ سینڈو اور بابو گوپی ناتھ کے علاوہ بیٹھنے والے کمرے میں دو مرد اور دو عورتیں موجود تھیں جن سے سینڈو نے مجھے متعارف کرایا۔

ایک تھا غفار سائیں، تہمد پوش۔ پنجاب کا ٹھیٹ سائیں۔ گلے میں موٹے موٹے دانوں کی مالا۔ سینڈو نے اس کے بارے میں کہا، ''آپ بابو گوپی ناتھ کے لیگل ایڈوائزر ہیں۔ میرا مطلب سمجھ جائیے۔ جس آدمی کی ناک بہتی ہو یا جس کے منہ میں سے لعاب نکلتا ہو، پنجاب میں خدا کو پہنچا ہوا درویش بن جاتا ہے یہ بھی بس پہنچے ہوئے ہیں یا پہنچنے والے ہیں۔ لاہور سے بابو گوپی ناتھ کے ساتھ آئے ہیں کیونکہ انہیں وہاں کوئی اور بے وقوف ملنے کی امید نہیں تھی۔ یہاں آپ بابو صاحب سے اے کے سگریٹ اور سکاچ وہسکی کے پیگ پی کر دعا کرتے رہتے ہیں کہ انجام نیک ہو۔۔۔''

غفار سائیں یہ سن کر مسکراتا رہا۔

دوسرے مرد کا نام تھا غلام علی۔ لمبا ترنگا جوان، کسرتی بدن، منہ پر چیچک کے داغ۔ اس کے متعلق سینڈو نے کہا، ''یہ میرا شاگرد ہے۔ اپنے استاد کے نقشِ قدم پر چل رہا ہے۔ لاہور کی ایک نامی طوائف کی کنواری لڑکی اس پر عاشق ہو گئی۔ بڑی بڑی کنٹی نیوٹلیاں ملائی گئیں اس کو پھانسنے کے لیے، مگر اس نے کہا ڈو اور ڈائی، میں لنگوٹ کا پکا رہوں گا۔ ایک تکیے میں بات چیت کرتے پیتے بابو گوپی ناتھ سے ملاقات ہو گئی۔ بس اس دن سے ان کے ساتھ چمٹا ہوا ہے۔ ہر روز کریون اے کا ڈبہ اور کھانا پینا مقرر ہے۔''

یہ سن کر غلام علی بھی مسکراتا رہا۔

گول چہرے والی ایک سرخ و سفید عورت تھی۔ کمرے میں داخل ہوتے ہی میں سمجھ گیا تھا کہ وہ وہی کشمیر کی کبوتری ہے جس کے متعلق سینڈو نے دفتر میں ذکر کیا تھا۔ بہت صاف ستھری عورت تھی۔ بال چھوٹے تھے۔ ایسا لگتا تھا کٹے ہوئے ہیں مگر در حقیقت ایسا نہیں تھا۔ آنکھیں شفاف اور چمکیلی تھیں۔ چہرے کے خطوط

سے صاف ظاہر ہوتا تھا کہ بے حد الہڑ اور ناتجربہ کار ہے۔سینڈو نے اس سے تعارف کراتے ہوئے کہا، ''زینت بیگم۔ بابو صاحب پیار سے زینو کہتے ہیں۔ایک بڑی خرانٹ نائکہ کشمیر سے یہ سیب توڑ کر لاہور لے آئی۔ بابو گوپی ناتھ کو اپنی سی آئی ڈی سے پتہ چلا اور ایک رات لے اڑے۔مقدمے بازی ہوئی۔ تقریباً دو مہینے تک پولیس عیش کرتی رہی۔ آخر بابو صاحب نے مقدمہ جیت لیا اور اسے یہاں لے آئے ۔۔۔دھڑن تختہ!''

اب گہرے سانولے رنگ کی عورت باقی رہ گئی تھی جو خاموش بیٹھی سگریٹ پی رہی تھی۔ آنکھیں سرخ تھیں جن سے کافی بے حیائی مترشح تھی۔ بابو گوپی ناتھ نے اس کی طرف اشارہ کیا۔اور سینڈو سے کہا، ''اس کے متعلق بھی کچھ ہو جائے۔''

سینڈو نے اس عورت کی ران پر ہاتھ مارا اور کہا، ''جناب یہ ہے ٹین پٹوٹی، فل فل فوٹی۔مسز عبدالرحیم سینڈو عرف سردار بیگم۔۔۔آپ بھی لاہور کی پیداوار ہیں۔سن چھتیس میں مجھ سے عشق ہوا۔ دو برسوں ہی میں میرا دھڑن تختہ کر کے رکھ دیا۔ میں لاہور چھوڑ کر بھاگا۔ بابو گوپی ناتھ نے اسے یہاں بلوا لیا ہے تا کہ میرا دل لگا رہے۔اس کو بھی ایک ڈبہ اے کرین اے کارش میں ملتا ہے ہر روز شام کو ڈھائی روپے کا مورفیا کا انجکشن لیتی ہے۔رنگ کالا ہے۔مگر ویسے بڑی ٹٹ فورٹیڈ قسم کی عورت ہے۔''

سردار نے ایک ادا سے صرف اتنا کہا، ''بکواس نہ کر!''اس ادا میں پیشہ ور عورت کی بناوٹ تھی۔

سب سے متعارف کرانے کے بعد سینڈو نے حسب عادت میری تعریفوں کے پل باندھنے شروع کر دیئے۔میں نے کہا، ''چھوڑو یار۔آؤ کچھ باتیں کریں۔''

سینڈو چلایا، ''بوائے ۔۔۔وہسکی اینڈ سوڈا۔۔۔بابو گوپی ناتھ لگاؤ ہوا،ایک سبزے کو۔''

بابو گوپی ناتھ نے جیب میں ہاتھ ڈال کر سو کے نوٹوں کا ایک پلندا نکالا اور ایک نوٹ سینڈو کے حوالے کر دیا۔سینڈو نے نوٹ لے کر اس کی طرف غور سے دیکھا اور کھڑ کھڑا کر کہا، ''او گوڈ۔۔۔او میرے رب العالمین۔۔۔وہ دن کب آئے گا جب میں بھی لب لگا کر یوں نوٹ نکالا کروں گا۔۔۔جاؤ بھئی غلام علی۔ دو بوتلیں جانی واکر اسٹل گوئنگ سٹرانگ کی لے آؤ۔''بوتلیں آئیں تو سب نے پینا شروع کی۔یہ شغل دو تین گھنٹے تک جاری رہا۔

اس دوران میں سب سے زیادہ باتیں حسب معمول عبدالرحیم نے کیں۔ پہلا گلاس ایک ہی سانس میں ختم کر کے وہ چلایا، ''دھڑن تختہ! منٹو صاحب، وہسکی ہو تو ایسی حلق سے اتر کر پیٹ میں ''انقلاب، زندہ

باد،، لکھتی چلی گئی ہے ۔۔۔جیو بابو گوپی ناتھ! جیو ۔،،

بابو گوپی ناتھ بے چارہ خاموش رہا۔ کبھی کبھی البتہ وہ سینڈو کی ہاں میں ہاں ملا دیتا تھا۔ میں نے سوچا اس شخص کی اپنی رائے کوئی نہیں ہے۔ دوسرا جو بھی کہے، مان لیتا ہے۔ ضعیف الاعتقادی کا ثبوت غفار سائیں موجود تھا جسے وہ بقول سینڈو اپنا لیگل ایڈوائزر بنا کر لایا تھا۔ سینڈو کا اس سے دراصل یہ مطلب تھا کہ بابو گوپی ناتھ کو اس سے عقیدت تھی۔ یوں بھی مجھے دوران گفتگو میں معلوم ہوا کہ لاہور میں اس کا اکثر وقت فقیروں اور درویشوں کی صحبت میں کٹتا تھا۔ یہ چیز میں نے خاص طور پر نوٹ کی کہ وہ کھویا کھویا ساتھا، جیسے کچھ سوچ رہا تھا۔ میں نے چنانچہ اس سے ایک بار کہا، ''بابو گوپی ناتھ کیا سوچ رہے ہیں آپ؟،،

وہ چونک پڑا۔ ''جی میں۔۔۔۔میں۔۔۔۔کچھ نہیں۔،، یہ کہہ کر وہ مسکرایا اور زینت کی طرف ایک عاشقانہ نگاہ ڈالی۔ ''ان حسینوں کے متعلق سوچ رہا ہوں۔۔۔۔اور ہمیں کیا سوچ ہو گی۔،،

سینڈو نے کہا، ''بڑے خانہ خراب ہیں، یہ منٹو صاحب۔ بڑے خانہ خراب ہیں۔۔۔۔لاہور کی کوئی ایسی طوائف نہیں جس کے ساتھ بابو صاحب کی کنٹی نیوٹلی نہ رہ چکی ہو۔،،

بابو گوپی ناتھ نے یہ سن کر بڑے بھونڈے انکسار کے ساتھ کہا، ''اب کمر میں وہ دم نہیں منٹو صاحب۔،، اس کے بعد واہیات گفتگو شروع ہو گئی۔ لاہور کی طوائفوں کے سب گھرانے گنے گئے۔

کون ڈیرہ دار تھی، کون نٹنی تھی، کون کس کی نوچی تھی، ننھی اتارنے کا بابو گوپی ناتھ نے کیا دیا تھا وغیرہ وغیرہ۔ یہ گفتگو سردار، سینڈو، غفار سائیں اور غلام علی کے درمیان ہوتی رہی، ٹھیٹ لاہور کے کوٹھوں کی زبان میں یہ مطلب تو میں سمجھتا رہا مگر بعض اصطلاحیں سمجھ میں نہ آئیں۔

زینت بالکل خاموش بیٹھی رہی۔ کبھی کبھی کسی بات پر مسکرا دیتی۔ مگر مجھے ایسا محسوس ہوا کہ اسے اس گفتگو سے کوئی دلچسپی نہیں تھی۔ ہلکی وہسکی کا ایک گلاس بھی نہیں پیا۔ بغیر کسی دلچسپی کے سگریٹ بھی پیتی تھی تو معلوم ہوتا تھا اسے تمباکو اور اس کے دھویں سے کوئی رغبت نہیں لیکن لطف یہ ہے کہ سب سے زیادہ سگریٹ اسی نے پیے۔ بابو گوپی ناتھ سے اسے محبت تھی، اس کا پتا مجھے کسی بات سے نہ ملا۔ اتنا البتہ ظاہر تھا کہ بابو گوپی ناتھ کو اس کا کافی خیال تھا کیونکہ زینت کی آسائش کے لیے ہر سامان مہیا تھا۔ لیکن ایک بات مجھے محسوس ہوئی کہ ان دونوں میں کچھ عجیب سا کھنچاؤ تھا۔ میرا مطلب ہے وہ دونوں ایک دوسرے کے قریب ہونے کے بجائے کچھ ہٹے ہوئے سے معلوم ہوتے تھے۔

آٹھ بجے کے قریب سردار، ڈاکٹر مجید کے ہاں چلی گئی کیونکہ اسے مورفیا کا انجکشن لینا تھا۔ غفار سائیں تین

پیگ پینے کے بعد اپنی تسبیح اٹھا کر قالین پر سو گیا۔ غلام علی کو ہوٹل سے کھانا لینے کے لیے بھیج دیا گیا۔ سینڈرو نے اپنی دلچسپ بکواس جب کچھ عرصے کے لیے بند کی تو بابو گوپی ناتھ نے جو اب نشے میں تھا، زینت کی طرف وہی عاشقانہ نگاہ ڈال کر کہا، ''منٹو! میری زینت کے متعلق آپ کا خیال کیا ہے؟''

میں نے سوچا کیا کہوں۔ زینت کی طرف دیکھا تو وہ جھینپ گئی۔ میں نے ایسے ہی کہہ دیا، ''بڑا نیک خیال ہے۔''

بابو گوپی ناتھ خوش ہو گیا۔ ''منٹو صاحب! ہے بھی بڑی نیک لوگ۔ خدا کی قسم نہ زیور کا شوق ہے نہ کسی اور چیز کا۔ میں نے کئی بار کہا جان من مکان بنوا دوں؟ جواب کیا دیا، معلوم ہے آپ کو؟ کیا کروں گی مکان لے کر۔ میرا کون ہے۔۔۔''

''منٹو صاحب موٹر کتنے میں آجائے گی۔'' میں نے کہا، ''مجھے معلوم نہیں۔''

بابو گوپی ناتھ نے تعجب سے کہا، ''کیا بات کرتے ہیں آپ منٹو صاحب۔۔۔آپ کو، اور کاروں کی قیمت معلوم نہ ہو۔ کل چلیے میرے ساتھ، زینو کے لیے ایک موٹر لیں گے۔ میں نے اب دیکھا ہے کہ بمبئی میں موٹر ہونی ہی چاہیے۔'' زینت کا چہرہ ردِعمل سے خالی سا رہا۔

بابو گوپی ناتھ کا نشہ تھوڑی دیر کے بعد بہت تیز ہو گیا۔ ہمہ تن جذبات ہو کر اس نے مجھ سے کہا، ''منٹو صاحب! آپ بڑے لائق آدمی ہیں۔ میں تو بالکل گدھا ہوں۔۔۔لیکن آپ مجھے بتائیے میں آپ کی کیا خدمت کر سکتا ہوں۔ کل باتوں باتوں میں سینڈرو نے آپ کا ذکر کیا۔ میں نے اسی وقت ٹیکسی منگوائی اور اس سے کہا مجھے لے چلو منٹو صاحب کے پاس۔ مجھ سے کوئی گستاخی ہو گئی ہو تو معاف کر دیجیے گا۔۔۔بہت گنہ گار آدمی ہوں۔۔۔وہسکی منگاؤں آپ کے لیے اور؟'' میں نے کہا۔ ''نہیں نہیں۔۔۔بہت پی چکے ہیں۔''

وہ اور زیادہ جذباتی ہو گیا۔ ''اور پیجیے منٹو صاحب!'' یہ کہہ کر جیب سے سو سو کے نوٹوں کا پلندا نکالا اور ایک نوٹ جدا کرنے لگا۔ لیکن میں نے سب نوٹ اس کے ہاتھ سے لیے اور واپس اس کی جیب میں ٹھونس دیے، ''سو روپے کا ایک نوٹ آپ نے غلام علی کو دیا تھا۔ اس کا کیا ہوا؟''

مجھے دراصل کچھ ہمدردی سی ہو گئی تھی بابو گوپی ناتھ سے۔ کتنے آدمی اس غریب کے ساتھ جو نک کی طرح چمٹے ہوئے تھے۔ میرا خیال تھا بابو گوپی ناتھ بالکل گدھا ہے۔ لیکن وہ میرا اشارہ سمجھ گیا اور مسکرا کر کہنے لگا، ''منٹو صاحب! اس نوٹ میں سے جو کچھ باقی بچا، وہ یا تو غلام کی جیب سے گر پڑے گا۔۔۔''

بابو گوپی ناتھ نے پورا جملہ بھی ادا نہیں کیا تھا کہ غلام علی نے کمرے میں داخل ہو کر بڑے دکھ کے ساتھ یہ اطلاع دی کہ ہوٹل میں کسی حرام زادے نے اس کی جیب سے سارے روپے نکال لیے۔ بابو گوپی ناتھ میری طرف دیکھ کر مسکرایا۔ پھر سو روپے کا ایک نوٹ جیب سے نکال کر غلام علی کو دے کر کہا، ''جلدی کھانا لے آؤ۔''

پانچ چھ ملاقاتوں کے بعد مجھے بابو گوپی ناتھ کی صحیح شخصیت کا علم ہوا۔ پوری طرح تو خیر انسان کسی کو بھی نہیں جان سکتا لیکن مجھے اس کے بہت سے حالات معلوم ہوئے جو بے حد دلچسپ تھے۔

پہلے تو میں یہ کہنا چاہتا ہوں کہ میرا یہ خیال کہ وہ پرلے درجے کا چغد ہے، غلط ثابت ہوا۔ اس کو اس امر کا پورا احساس تھا کہ سینڈو، غلام علی اور سردار وغیرہ جو اس کے مصاحب بنے ہوئے تھے، مطلبی انسان ہیں۔ وہ ان سے جھٹر کیاں، گالیاں سب سنتا تھا لیکن غصّے کا اظہار نہیں کرتا تھا۔ اس نے مجھ سے کہا، ''منٹو صاحب! میں نے آج تک کسی کا مشورہ رد نہیں کیا۔ جب بھی کوئی مجھے رائے دیتا ہے، میں کہتا ہوں سبحان اللہ۔ وہ مجھے بے وقوف سمجھتے ہیں لیکن میں انہیں عقل مند سمجھتا ہوں اس لیے کہ ان میں کم از کم اتنی عقل تو تھی جو مجھ میں ایسی بے وقوفی کو شناخت کر لیا جس سے ان کا الو سیدھا ہو سکتا ہے۔ بات دراصل یہ ہے کہ میں شروع سے فقیروں اور کنجروں کی صحبت میں رہا ہوں۔ مجھے ان سے کچھ محبت سی ہو گئی ہے۔ میں ان کے بغیر نہیں رہ سکتا۔ میں نے سوچ رکھا ہے کہ جب میری دولت بالکل ختم ہو جائے گی تو کسی تکیے میں جا بیٹھوں گا۔ رنڈی کا کوٹھا اور پیر کا مزار بس یہ دو جگہیں ہیں جہاں میرے دل کو سکون ملتا ہے۔ رنڈی کا کوٹھا تو چھوٹ جائے گا اس لیے کہ جیب خالی ہونے والی ہے لیکن ہندوستان میں ہزاروں پیر ہیں۔ کسی ایک کے مزار میں چلا جاؤں گا۔''

میں نے اس سے پوچھا، ''رنڈی کے کوٹھے اور تکیے آپ کو کیوں پسند ہیں؟''

کچھ دیر سوچ کر اس نے جواب دیا، ''اس لیے کہ ان دونوں جگہوں پر فرش سے لے کر چھت تک دھوکا ہی دھوکا ہوتا ہے جو آدمی خود کو دھوکا دینا چاہتا ہے اس کے لیے ان سے اچھا مقام اور کیا ہو سکتا ہے۔''

میں نے ایک اور سوال کیا، ''آپ کو طوائفوں کا گانا سننے کا شوق ہے، کیا آپ موسیقی کی سمجھ رکھتے ہیں۔''

اس نے جواب دیا، ''بالکل نہیں اور یہ اچھا ہے کیونکہ میں کن سری سے کن سری طوائف کے ہاں جا کر بھی اپنا سر ہلا سکتا ہوں۔۔ منٹو صاحب مجھے گانے سے کوئی دلچسپی نہیں لیکن جیب سے دس یا سو روپے کا نوٹ نکال کر گانے والی کو دکھانے میں بہت مزا آتا ہے۔ نوٹ نکالا اور اس کو دکھایا۔ وہ اسے لینے کے لیے ایک

ادا سے اٹھی۔ پاس آئی تو نوٹ جراب میں اڑس لیا۔ اس نے جھک کر اسے باہر نکالا تو ہم خوش ہو گئے۔ ایسی بہت فضول فضول سی باتیں ہیں جو ہم ایسے تماش بینوں کو پسند ہیں، ورنہ کون نہیں جانتا کہ رنڈی کے کوٹھے پر ماں باپ اپنی اولاد سے پیشہ کراتے ہیں اور مقبروں اور تکیوں میں انسان اپنے خدا سے ۔''

بابو گوپی ناتھ کا شجرہ نسب تو میں نہیں جانتا لیکن اتنا معلوم ہوا کہ وہ ایک بہت بڑے کنجوس بنیے کا بیٹا ہے۔ باپ کے مرنے پر اسے دس لاکھ روپے کی جائداد ملی جو اس نے اپنی خواہش کے مطابق اڑانا شروع کر دی۔ بمبئی آتے وقت وہ اپنے ساتھ پچاس ہزار روپے لایا تھا۔ اس زمانے میں سب چیزیں سستی تھیں، لیکن پھر بھی ہر روز تقریباً سو سوا سو روپے خرچ ہو جاتے ہیں۔

زینو کے لیے اس نے فئیٹ موٹر خریدی۔ یاد نہیں رہا، لیکن شاید تین ہزار روپے میں آئی تھی۔ ایک ڈرائیور رکھا لیکن وہ بھی لفنگے ٹائپ کا۔ بابو گوپی ناتھ کو کچھ ایسے ہی آدمی پسند تھے۔

ہماری ملاقاتوں کا سلسلہ بڑھ گیا۔ بابو گوپی ناتھ سے مجھے تو صرف دلچسپی تھی، لیکن اسے مجھ سے کچھ عقیدت ہو گئی تھی۔ یہی وجہ ہے کہ دوسروں کی بہ نسبت میرا بہت زیادہ احترام کرتا تھا۔

ایک روز شام کے قریب جب میں فلیٹ پر گیا تو مجھے وہاں شفیق کو دیکھ کر سخت حیرانی ہوئی۔ محمد شفیق طوسی کہوں تو شاید آپ سمجھ لیں کہ میری مراد کس آدمی سے ہے۔ یوں تو شفیق کافی مشہور آدمی ہے۔ کچھ اپنی جدت طراز گانکی کے باعث اور کچھ اپنی بذلہ سنج طبیعت کی بدولت۔ لیکن اس کی زندگی کا ایک حصّہ اکثریت سے پوشیدہ ہے۔ بہت کم آدمی جانتے ہیں کہ تین سگی بہنوں کو یکے بعد دیگرے تین تین چار چار سال کے وقفے کے بعد داشتہ بنانے سے پہلے اس کا تعلق اس کی ماں سے بھی تھا۔ یہ بہت کم مشہور ہے کہ اس کو اپنی پہلی بیوی جو تھوڑے ہی عرصے میں مر گئی تھی، اس لیے پسند نہیں تھی کہ اس میں طوائفوں کے غمزے اور عشوے نہیں تھے۔

لیکن یہ تو خیر ہر آدمی جو شفیق طوسی سے تھوڑی بہت واقفیت رکھتا ہے، جانتا ہے کہ چالیس برس (یہ اس زمانے کی عمر ہے) کی عمر میں سینکڑوں طوائفوں نے اسے رکھا۔ اچھے سے اچھا کپڑا پہنا۔ عمدہ سے عمدہ کھانا کھایا۔ نفیس سے نفیس موٹر رکھی۔ مگر اس نے اپنی گرہ سے کسی طوائف پر ایک دمڑی بھی خرچ نہ کی۔ عورتوں کے لیے، خاص طور پر جو کہ پیشہ ور ہوں، اس کی بذلہ سنج طبیعت جس میں میرا ثیوں کے مزاح کی ایک جھلک تھی، بہت ہی جاذب نظر تھی۔ وہ کوشش کے بغیر ان کو اپنی طرف کھینچ لیتا تھا۔ میں نے جب اسے زینت سے ہنس ہنس کر باتیں کرتے دیکھا تو مجھے اس لیے حیرت نہ ہوئی کہ وہ ایسا کیوں کر رہا ہے،

میں نے صرف یہ سوچا کہ وہ دفعتاً یہاں پہنچا کیسے؟ ایک سیکنڈ وا سے جانتا تھا مگر ان کی بول چال تو ایک عرصے سے بند تھی۔ لیکن بعد میں مجھے معلوم ہوا کہ سیکنڈو ہی اسے لایا تھا۔ ان دونوں میں صلح صفائی ہوگئی تھی۔ بابو گوپی ناتھ ایک طرف بیٹھا حقہ پی رہا تھا۔ میں نے شاید اس سے پہلے ذکر نہیں کیا، وہ سگریٹ بالکل نہیں پیتا تھا۔ محمد شفیق طوسی میر اثیوں کے لطیفے سنا رہا تھا، جس میں زینت کسی قدر کم اور سردار بہت زیادہ دلچسپی لے رہی تھی۔ شفیق نے مجھے دیکھا اور کہا، ''او بسم اللہ ۔ بسم اللہ ۔ کیا آپ کا گزر بھی اس وادی میں ہوتا ہے؟''

سیکنڈو نے کہا، ''تشریف لے آیئے عزرائیل صاحب یہاں دھرن تختہ ۔'' میں اس کا مطلب سمجھ گیا۔ تھوڑی دیر گپ بازی ہوتی رہی۔ میں نے نوٹ کیا کہ زینت اور محمد شفیق طوسی کی نگاہیں آپس میں ٹکرا کر کچھ اور بھی کہہ رہی ہیں۔ زینت اس فن میں بالکل کوری تھی لیکن شفیق کی مہارت زینت کی خامیوں کو چھپاتی رہی۔ سردار، دونوں کی نگاہ بازی کو کچھ اس انداز سے دیکھ رہی تھی جیسے خلیفے اکھاڑے سے باہر بیٹھ کر اپنے پٹھوں کے داؤ پیچ کو دیکھتے ہیں۔

اس دوران میں، مَیں بھی زینت سے کافی بے تکلف ہو گیا تھا وہ مجھے بھائی کہتی تھی جس پر مجھے اعتراض نہیں تھا۔ اچھی ملنسار طبیعت کی عورت تھی۔ کم گو، سادہ لوح، صاف ستھری۔ شفیق سے مجھے اس کی نگاہ بازی پسند نہیں آئی تھی۔ اول تو اس میں بھونڈا پن تھا۔ اس کے علاوہ ۔۔۔۔۔۔ کچھ یوں کہیے کہ اس بات کا بھی اس میں دخل تھا کہ وہ مجھے بھائی کہتی تھی۔ شفیق اور سیکنڈو اٹھ کر باہر گئے تو میں نے شاید بڑی بے رحمی کے ساتھ اس سے نگاہ بازی کے متعلق استفسار کیا کیونکہ فوراً اس کی آنکھوں میں یہ موٹے موٹے آنسو آگئے اور روتی روتی وہ دوسرے کمرے میں چلی گئی۔ بابو گوپی ناتھ جو ایک کونے میں بیٹھا حقہ پی رہا تھا، اٹھ کر تیزی سے اس کے پیچھے گیا۔ سردار نے آنکھوں ہی آنکھوں میں اس سے کچھ کہا لیکن میں مطلب نہ سمجھا۔ تھوڑی دیر کے بعد بابو گوپی ناتھ کمرے سے باہر نکلا اور ''آیئے منٹو صاحب''، کہہ کر مجھے اپنے ساتھ اندر لے گیا۔

زینت پلنگ پر بیٹھی تھی۔ میں اندر داخل ہوا تو وہ دونوں ہاتھوں سے منہ ڈھانپ کر لیٹ گئی۔ میں اور بابو گوپی ناتھ، دونوں پلنگ کے پاس کرسیوں پر بیٹھ گئے۔ بابو گوپی ناتھ نے بڑی سنجیدگی کے ساتھ کہنا شروع کیا، ''منٹو صاحب! مجھے اس عورت سے بہت محبت ہے۔ دو برس سے یہ میرے پاس ہے۔ میں حضرت غوث اعظم جیلانی کی قسم کھا کر کہتا ہوں کہ اس نے مجھے کبھی شکایت کا موقع نہیں دیا۔ اس کی دوسری بہنیں، میرا مطلب ہے اس پیشے کی دوسری عورتیں دونوں ہاتھوں سے مجھے لوٹ کر کھاتی رہیں مگر اس نے کبھی ایک زائد پیسہ مجھ سے نہیں لیا۔ میں اگر کسی دوسری عورت کے ہاں ہفتوں پڑا رہا تو اس غریب نے اپنا

کوئی زیور گروی رکھ کر گزارا کیا کہ جیسا کہ آپ سے ایک دفعہ کہہ چکا ہوں بہت جلد اس دنیا سے کنارہ کش ہونے والا ہوں۔ میری دولت اب کچھ دن کی مہمان ہے میں نہیں چاہتا اس کی زندگی خراب ہو۔ میں نے لاہور میں اس کو بہت سمجھایا کہ تم دوسری طوائفوں کی طرف دیکھو جو کچھ وہ کرتی ہیں، سیکھو۔ میں آج دولت مند ہوں۔ کل مجھے بھکاری ہونا ہی ہے۔ تم لوگوں کی زندگی میں صرف ایک دولت کافی نہیں۔ میرے بعد تم کسی اور کو نہیں پھانسو گی تو کام نہیں چلے گا۔ لیکن منٹو صاحب اس نے میری ایک نہ سنی۔

سارا دن شریف زادیوں کی طرح گھر میں بیٹھی رہتی۔ میں نے غفار سائیں سے مشورہ کیا۔ اس نے کہا بمبئی لے جاؤ اسے۔ مجھے معلوم تھا کہ اس نے ایسا کیوں کہا۔ بمبئی میں اس کی دو جاننے والی طوائفیں ایکٹرسیں بنی ہوئی ہیں۔ لیکن میں نے سوچا بمبئی ٹھیک ہے۔ دو مہینے ہو گئے ہیں اسے یہاں لائے ہوئے۔ سردار کو لاہور سے بلایا ہے کہ اس کو سب گر سکھائے۔ غفار سائیں سے بھی یہ بہت کچھ سیکھ سکتی ہے۔ یہاں مجھے کوئی نہیں جانتا۔ اس کا یہ خیال تھا کہ بابو تمہاری بے عزتی ہو گی۔ میں نے کہا تم چھوڑو اس کو۔ بمبئی بہت بڑا شہر ہے۔ لاکھوں رئیس ہیں۔ میں نے تمہیں موٹر لے دی ہے۔ کوئی اچھا آدمی تلاش کر لو ۔۔۔۔

منٹو صاحب! میں خدا کی قسم کھا کر کہتا ہوں میری دلی خواہش ہے کہ یہ اپنے پیروں پر کھڑی ہو جائے، اچھی طرح ہوشیار ہو جائے۔ میں اس کے نام آج ہی بنک میں دس ہزار روپیہ جمع کرانے کو تیار ہوں۔ مگر مجھے معلوم ہے دس دن کے اندر اندر یہ باہر بیٹھی ہو گی۔ سردار اس کی ایک ایک پائی اپنی جیب میں ڈال لے گی۔ ۔۔۔ آپ بھی اسے سمجھائیے کہ چالاک بننے کی کوشش کرے۔ جب سے موٹر خرید ی ہے، سردار اسے ہر روز شام کو اپولو بندر لے جاتی ہے لیکن ابھی تک کامیابی نہیں ہوئی۔ سینڈو آج بڑی مشکلوں سے محمد شفیق کو یہاں لایا ہے۔ آپ کا کیا خیال ہے اس کے متعلق؟،،

میں نے اپنا خیال ظاہر کرنا مناسب خیال نہ کیا، لیکن بابو گوپی ناتھ نے خود ہی کہا، ''اچھا کھاتا پیتا آدمی معلوم ہوتا ہے اور خوبصورت بھی ہے ۔۔۔ کیوں زینو جانی ۔۔۔ پسند ہے تمہیں؟،،

زینو خاموش رہی۔

بابو گوپی ناتھ سے جب مجھے زینت کو بمبئی لانے کی غرض و غایت معلوم ہوئی تو میرا دماغ چکرا گیا۔ مجھے یقین نہ آیا کہ ایسا بھی ہو سکتا ہے۔ لیکن بعد میں مشاہدے نے میری حیرت دور کر دی۔ بابو گوپی ناتھ کی دلی آرزو تھی کہ زینت بمبئی میں کسی اچھے مال دار آدمی کی داشتہ بن جائے یا ایسے طریقے سیکھ جائے جس سے وہ مختلف آدمیوں سے روپیہ وصول کرتے رہنے میں کام یاب ہو سکے۔

زینت سے اگر صرف چھٹکارا ہی حاصل کرنا ہوتا تو یہ کوئی اتنی مشکل چیز نہیں تھی۔ بابو گوپی ناتھ ایک ہی دن میں یہ کام کر سکتا تھا۔ چونکہ اس کی نیت نیک تھی، اس لیے اس نے زینت کے مستقبل کے لیے ہر ممکن کوشش کی۔ اس کو ایکٹرس بنانے کے لیے اس نے کئی جعلی ڈائریکٹروں کی دعوتیں کیں۔ گھر میں ٹیلی فون لگوایا۔ لیکن اونٹ کسی کروٹ نہ بیٹھا۔

محمد شفیق طوسی تقریباً ڈیڑھ مہینہ آتا رہا۔ کئی راتیں بھی اس نے زینت کے ساتھ بسر کیں لیکن وہ ایسا آدمی نہیں تھا جو کسی عورت کا سہارا بن سکے۔ بابو گوپی ناتھ نے ایک روز افسوس اور رنج کے ساتھ کہا، ''شفیق صاحب تو خالی خالی جنٹلمین ہی نکلے۔ ٹھسّہ دیکھیے، بے چاری زینت سے چار چادریں، چھ تکیے کے غلاف اور دو سو روپے نقد ہتھیا کر لے گئے۔ سنا ہے آج کل ایک لڑکی الماس سے عشق لڑا رہے ہیں۔''

یہ درست تھا۔ الماس، نذیر جان پٹیالے والی کی سب سے چھوٹی اور آخری لڑکی تھی۔ اس سے پہلے تین بہنیں شفیق کی داشتہ رہ چکی تھیں۔ دو سو روپے جو اس نے زینت سے لیے تھے، مجھے معلوم ہے الماس پر خرچ ہوئے تھے۔ بہنوں کے ساتھ لڑ جھگڑ کر الماس نے زہر کھا لیا تھا۔

محمد شفیق طوسی نے جب آنا جانا بند کر دیا تو زینت نے مجھے کئی بار ٹیلی فون کیا اور کہا اسے ڈھونڈ کر میرے پاس لائیے۔ میں نے اسے تلاش کیا، لیکن کسی کو اس کا پتہ ہی نہیں تھا کہ وہ کہاں رہتا ہے۔ ایک روز اتفاقیہ ریڈیو اسٹیشن پر ملاقات ہوئی۔ سخت پریشانی کے عالم میں تھا۔ جب میں نے اس سے کہا کہ تمہیں زینت بلاتی ہے تو اس نے جواب دیا، ''مجھے یہ پیغام اور ذریعوں سے بھی مل چکا ہے۔ افسوس ہے آج کل مجھے بالکل فرصت نہیں۔ زینت بہت اچھی عورت ہے لیکن افسوس ہے کہ بے حد شریف ہے ۔۔۔ ایسی عورتوں سے جو بیویوں جیسی لگیں مجھے کوئی دلچسپی نہیں۔''

شفیق سے مایوسی ہوئی تو زینت نے سردار کے ساتھ اپولو بندر جانا شروع کیا۔ پندرہ دنوں میں، بڑی مشکلوں سے، کئی گیلن پٹرول پھونکنے کے بعد سردار نے دو آدمی پھانسے۔ ان سے زینت کو چار سو روپے ملے۔ بابو گوپی ناتھ نے سمجھا کہ حالات امید افزا ہیں کیونکہ ان میں سے ایک جو ریشمی کپڑوں کی مل کا مالک تھا، زینت سے کہتا تھا کہ میں تم سے شادی کروں گا۔ ایک مہینہ گزر گیا لیکن یہ آدمی پھر زینت کے پاس نہ آیا۔ ایک روز میں جانے کس کام سے ہار بنی روڈ پر جا رہا تھا کہ مجھے فٹ پاتھ کے پاس زینت کی موٹر کھڑی نظر آئی۔ پچھلی نشست پر محمد یاسین بیٹھا تھا۔ نگینہ ہوٹل کا مالک۔ میں نے اس سے پوچھا، ''یہ موٹر تم نے کہاں سے لی؟''

یاسمین مسکرائی، ''تم جانتے ہو موٹر والی کو۔''

میں نے کہا، ''جانتا ہوں۔''

''تو بس سمجھ لو میرے پاس کیسے آئی۔۔۔اچھی لڑکی ہے یار!'' یاسمین نے مجھے آنکھ ماری۔ میں مسکرا دیا۔ اس کے چوتھے روز بابو گوپی ناتھ ٹیکسی پر میرے دفتر میں آیا۔ اس سے مجھے معلوم ہوا کہ زینت سے یاسمین کی ملاقات کیسے ہوئی۔ ایک شام اپولو بندر سے ایک آدمی لے کر سردار اور زینت نگینہ ہوٹل گئیں۔ وہ آدمی تو کسی بات پر جھگڑا کر کے چلا گیا لیکن ہوٹل کے مالک سے زینت کی دوستی ہو گئی۔

بابو گوپی ناتھ مطمئن تھا کیونکہ دس پندرہ روز کی دوستی کے دوران میں یاسمین نے زینت کو بہت ہی عمدہ اور قیمتی ساڑیاں لے دی تھیں۔ بابو گوپی ناتھ اب یہ سوچ رہا تھا کچھ دن اور گزر جائیں، زینت اور یاسمین کی دوستی اور مضبوط ہو جائے تو لاہور واپس چلا جائے۔۔۔مگر ایسا نہ ہوا۔

نگینہ ہوٹل میں ایک کرسچین عورت نے کمرہ کرائے پر لیا۔ اس کی جوان لڑکی میوریل سے یاسمین کی آنکھ لڑ گئی۔ چنانچہ زینت بے چاری ہوٹل میں بیٹھی رہتی اور یاسمین اس کی موٹر میں صبح شام اس لڑکی کو گھماتا رہا۔ بابو گوپی ناتھ کو اس کا علم ہونے پر دکھ ہوا۔ اس نے مجھ سے کہا، ''منٹو صاحب یہ کیسے لوگ ہیں۔ بھئی دل اچاٹ ہو گیا ہے تو صاف کہہ دو۔ لیکن زینت بھی عجیب ہے۔ اچھی طرح معلوم ہے کیا ہو رہا ہے مگر منہ سے اتنا بھی نہیں کہتی، میاں! اگر تم نے اس کرسٹان چھوکری سے عشق لڑانا ہے تو اپنی موٹر کار کا بندوبست کرو، میری موٹریں کیوں استعمال کرتے ہو۔ میں کیا کروں منٹو صاحب! بڑی شریف اور نیک بخت عورت ہے۔۔۔کچھ سمجھ میں نہیں آتا۔۔۔تھوڑی سی چالاک تو بننا چاہیے۔''

یاسمین سے تعلق قطع ہونے پر زینت نے کوئی صدمہ محسوس نہ کیا۔ بہت دنوں تک کوئی نئی بات وقوع پذیر نہ ہوئی۔ ایک دن ٹیلی فون کیا تو معلوم ہوا بابو گوپی ناتھ، غلام علی اور غفار سائیں کے ساتھ لاہور چلا گیا، روپے کا بندوبست کرنے، کیونکہ پچاس ہزار ختم ہو گئے تھے۔ جاتے وقت وہ زینت سے کہہ گیا تھا کہ اسے لاہور میں زیادہ دن لگیں گے کیونکہ اسے چند مکان فروخت کرنے پڑیں گے۔

سردار کو مورفیا کے ٹیکوں کی ضرورت تھی۔ سینڈو کو پولس مکھن کی۔ چنانچہ دونوں نے متحدہ کوشش کی اور ہر روز تین آدمی پھانس کر لے آتے۔ زینت سے کہا گیا کہ بابو گوپی ناتھ واپس نہیں آئے گا، اس لیے اسے اپنی فکر کرنی چاہیے۔ سو سوا سو روپے روز کے ہو جاتے جن میں سے آدھے زینت کو ملتے باقی سینڈو اور سردار دبا لیتے۔ میں نے ایک دن زینت سے کہا، ''یہ تم کیا کر رہی ہو۔'' اس نے بڑے الہڑ پن سے کہا،

''مجھے کچھ معلوم نہیں بھائی جان۔ یہ لوگ جو کچھ کہتے ہیں مان لیتی ہوں۔''

جی چاہا کہ بہت دیر پاس بیٹھ کر سمجھاؤں کہ جو کچھ تم کر رہی ہو، ٹھیک نہیں، سینڈو اور سردار اپنا اُلو سیدھا کرنے کے لیے تمہیں بیچ بھی ڈالیں گے مگر میں نے کچھ نہ کہا۔ زینت اکتا دینے والی حد تک بے سمجھ، بے آہنگ اور بے جان عورت تھی۔ اس کم بخت کو اپنی زندگی کی قدر و قیمت ہی معلوم نہیں تھی۔ جسم بیچتی مگر اس میں بیچنے والوں کا کوئی انداز تو ہوتا۔ واللہ مجھے بہت کوفت ہوتی تھی اسے دیکھ کر۔ سگریٹ سے، شراب سے، کھانے سے، گھر سے، ٹیلی فون سے، حتیٰ کہ اس صوفے سے بھی جس پر وہ اکثر لیٹی رہتی تھی، اسے کوئی دلچسپی نہ تھی۔

بابو گوپی ناتھ پورے ایک مہینے کے بعد لوٹا۔ وہاں گیا تو وہاں فلیٹ میں کوئی اور ہی تھا۔ سینڈو اور سردار کے مشورے سے زینت نے باندرہ میں ایک بنگلے کا بالائی حصہ کرائے پر لے لیا تھا۔ بابو گوپی ناتھ میرے پاس آیا تو میں نے اسے پورا پتہ بتا دیا۔ اس نے مجھ سے زینت کے متعلق پوچھا۔ جو کچھ مجھے معلوم تھا، میں نے کہہ دیا لیکن یہ نہ کہا کہ سینڈو اور سردار اس سے پیشہ کرا رہے ہیں۔

بابو گوپی ناتھ اب کہ دس ہزار روپیہ اپنے ساتھ لایا تھا جو اس نے بڑی مشکلوں سے حاصل کیا تھا۔ غلام علی اور غفار سائیں کو وہ لاہور ہی چھوڑ آیا تھا۔ ٹیکسی نیچے ہی کھڑی تھی۔ بابو گوپی ناتھ نے اصرار کیا کہ میں بھی اس کے ساتھ چلوں۔ تقریباً ایک گھنٹے میں ہم باندرہ پہنچ گئے۔ بالی ہِل پر ٹیکسی چڑھ رہی تھی کہ سامنے تنگ سڑک پر سینڈو دکھائی دیا۔ بابو گوپی ناتھ نے زور سے پکارا، ''سینڈو!''

سینڈو نے جب بابو گوپی ناتھ کو دیکھا تو اس کے منہ سے صرف اتنا نکلا، ''دھرن تختہ۔''

بابو گوپی ناتھ نے اس سے کہا آؤ ٹیکسی میں بیٹھ جاؤ اور ساتھ چلو، لیکن سینڈو نے کہا ٹیکسی ایک طرف کھڑی کیجیے، مجھے آپ سے کچھ پرائیویٹ باتیں کرنی ہیں۔ بابو گوپی ناتھ باہر نکلا تو سینڈو اسے کچھ دور لے گیا دیر تک ان میں باتیں ہوتی رہیں جب ختم ہوئیں تو بابو گوپی ناتھ اکیلا ٹیکسی کی طرف آیا۔ ڈرائیور سے اس نے کہا، ''واپس لے چلو!''

بابو گوپی ناتھ خوش تھا۔ ہم دادر کے پاس پہنچے تو اس نے کہا، ''منٹو صاحب! زینو کی شادی ہونے والی ہے۔''

میں نے حیرت سے کہا، ''کس سے؟''

بابو گوپی ناتھ نے جواب دیا، ''حیدر آباد سندھ کا ایک دولت مند زمیندار ہے۔ خدا کرے وہ خوش

رہیں۔ یہ بھی اچھا ہوا جو میں عین وقت پر آپہنچا۔ جو روپے میرے پاس ہیں، ان سے زینو کا زیور بن جائے گا۔۔۔ کیوں، کیا خیال ہے آپ کا؟''

میرے دماغ میں اس وقت کوئی خیال نہ تھا۔ میں سوچ رہا تھا کہ یہ حیدر آباد سندھ کا دولت مند زمیندار کون ہے، سینڈو اور سردار کی کوئی جعلسازی تو نہیں، لیکن بعد میں اس کی تصدیق ہوگئی کہ وہ حقیقتاً حیدر آباد کا متمول زمیندار ہے جو حیدر آباد سندھ ہی کے ایک میوزک ٹیچر کی معرفت زینت سے متعارف ہوا۔

یہ میوزک ٹیچر زینت کو گانا سکھانے کی بے سود کوشش کیا کرتا تھا۔ ایک روز وہ اپنے مربی غلام حسین (یہ اس حیدر آباد سندھ کے رئیس کا نام تھا) کو ساتھ لے کر آیا۔ زینت نے خوب خاطر مدارات کی۔ غلام حسین کی پر زور فرمائش پر اس نے غالب کی غزل:

نکتہ چیں ہے غم دل اس کو سنائے نہ بنے

گا کر سنائی۔ غلام حسین سو جان سے اس پر فریفتہ ہوگیا۔ اس کا ذکر میوزک ٹیچر نے زینت سے کیا۔ سردار اور سینڈو نے مل کر معاملہ پکا کر دیا اور رشادی طے ہوگئی۔

بابو گوپی ناتھ خوش تھا۔ ایک دفعہ سینڈو کے دوست کی حیثیت سے وہ زینت کے ہاں گیا۔ غلام حسین سے اس کی ملاقات ہوئی۔ اس سے مل کر بابو گوپی ناتھ کی خوشی دگنی ہوگئی۔ مجھ سے اس نے کہا، ''منٹو صاحب! خوبصورت، نوجوان اور بڑا لائق آدمی ہے۔ میں نے یہاں آتے ہوئے داتا گنج بخشؒ کے حضور جا کر دعا مانگی تھی جو قبول ہوئی۔ بھگوان کرے دونوں خوش رہیں!''

بابو گوپی ناتھ نے بڑے خلوص اور بڑی توجہ سے زینت کی شادی کا انتظام کیا۔ دو ہزار کے زیور اور دو ہزار کے کپڑے بنوا دیئے اور پانچ ہزار نقد دیئے۔ محمد شفیق طوسی، محمد یاسین پروپرائٹر نگینہ ہوٹل، سینڈو، میوزک ٹیچر، میں اور گوپی ناتھ شادی میں شامل تھے دلہن کی طرف سے سینڈو وکیل تھے۔

ایجاب و قبول ہوا تو سینڈو نے آہستہ سے کہا، ''دھڑن تختہ۔''

غلام حسین سرج کا نیلا سوٹ پہنے تھے۔ سب نے اس کو مبارک باد دی جو اس نے خندہ پیشانی سے قبول کی۔ کافی وجیہہ آدمی تھا۔ بابو گوپی ناتھ اس کے مقابلے میں اس کے سامنے چھوٹی سی بیر معلوم ہوتا تھا۔ شادی کی دعوتوں پر خورد و نوش کا جو سامان بھی ہوتا ہے، بابو گوپی ناتھ نے مہیا کیا تھا۔ دعوت سے جب لوگ فارغ ہوئے تو بابو گوپی ناتھ نے سب کے ہاتھ دھلوائے۔ میں جب ہاتھ دھونے کے لیے آیا تو اس نے مجھ سے بچوں کے انداز سے کہا، ''منٹو صاحب! ذرا اندر جائیے اور دیکھیے زینو دلہن کے لباس میں کیسی لگتی ہے۔''

میں پردہ ہٹاکر اندر داخل ہوا۔ زینت سرخ زربفت کا شلوار کرتہ پہنے تھی۔۔۔دوپٹہ بھی اسی رنگ کا تھا جس پر گوٹ لگی تھی چہرے پر ہلکا ہلکا میک اپ تھا حالانکہ مجھے ہونٹوں پر لپ اسٹک کی سرخی بہت بری معلوم ہوتی ہے مگر زینت کے ہونٹ سجے ہوئے تھے۔ اس نے شرما کر مجھے آداب کیا تو بہت پیاری لگی لیکن جب میں نے دوسرے کونے میں ایک مسہری دیکھی جس پر پھول ہی پھول تھے تو مجھے بے اختیار ہنسی آگئی۔ میں نے زینت سے کہا یہ کیا مسخرہ پن ہے ۔

زینت نے میری طرف بالکل معصوم کبوتری کی طرح دیکھا، ''آپ مذاق کرتے ہیں بھائی جان!''اس نے یہ کہا اور آنکھوں میں آنسو ڈبڈبا آئے ۔

مجھے ابھی غلطی کا احساس بھی نہ ہوا تھا کہ بابو گوپی ناتھ اندر داخل ہوا۔ بڑے پیار کے ساتھ اس نے اپنے رومال کے ساتھ زینت کے آنسو پونچھے اور بڑے دکھ کے ساتھ مجھ سے کہا، ''منٹو صاحب! میں سمجھتا تھا کہ آپ بڑے سمجھ دار اور لائق آدمی ہیں۔۔۔زینو کا مذاق اڑانے سے پہلے آپ نے کچھ تو سوچ لیا ہوتا۔''

بابو گوپی ناتھ کے لہجے میں وہ عقیدت جو اسے مجھ سے تھی، زخمی نظر آئی لیکن پیشتر اس کے کہ میں اس سے معافی مانگوں، اس نے زینت کے سر پر ہاتھ پھیرا اور بڑے خلوص کے ساتھ کہا، ''خدا تمہیں خوش رکھے!''

یہ کہہ کر بابو گوپی ناتھ نے بھیگی ہوئی آنکھوں سے میری طرف دیکھا۔ان میں ملامت تھی۔۔۔بہت ہی دکھ بھری ملامت۔۔۔اور چلا گیا۔

بادشاہت کا خاتمہ

ٹیلی فون کی گھنٹی بجی۔ من موہن پاس ہی بیٹھا تھا۔ اس نے ریسیور اٹھایا اور کہا، ''ہیلو۔۔۔فور فور فائیو سیون۔''

دوسری طرف سے بتلی سی نسوانی آواز آئی، ''سوری۔۔۔رونگ نمبر۔''

من موہن نے ریسیور رکھ دیا اور کتاب پڑھنے میں مشغول ہو گیا۔

یہ کتاب وہ تقریباً بیس مرتبہ پڑھ چکا تھا۔ اس لیے نہیں کہ اس میں کوئی خاص بات تھی۔ دفتر میں جو ویران پڑا تھا، ایک صرف یہی کتاب تھی جس کے آخری اوراق کرم خوردہ تھے۔ ایک ہفتے سے دفتر من موہن کی تحویل میں تھا کیونکہ اس کا مالک جو کہ اس کا دوست تھا، کچھ روپیہ قرض لینے کے لیے کہیں باہر گیا ہوا تھا۔ من موہن کے پاس چونکہ رہنے کے لیے کوئی جگہ نہیں تھی، اس لیے فٹ پاتھ سے عارضی طور پر وہ اس دفتر میں منتقل ہو گیا تھا اور اس ایک ہفتے میں وہ دفتر کی اکلوتی کتاب تقریباً بیس مرتبہ پڑھ چکا تھا۔

دفتر میں وہ اکیلا پڑا رہتا۔ نوکری سے اسے نفرت تھی۔ اگر وہ چاہتا تو کسی بھی فلم کمپنی میں بطور فلم ڈائریکٹر کے ملازم ہو سکتا تھا۔ مگر وہ غلامی نہیں چاہتا تھا۔ نہایت ہی بے ضرر اور مخلص آدمی تھا۔ اس لیے دوست یار اس کے روزانہ اخراجات کا بندوبست کر دیتے تھے۔ یہ اخراجات بہت ہی کم تھے۔ صبح کو چائے کی پیالی اور دو توس۔ دو پہر کو دو پھلکے اور تھوڑا سا سالن سارے دن میں ایک پیکٹ سگریٹ اور بس!

من موہن کا کوئی عزیز یا رشتہ دار نہیں تھا۔ بے حد خاموشی پسند تھا۔ جفا کش تھا۔ کئی کئی دن فاقے سے رہ سکتا تھا۔ اس کے متعلق اس کے دوست اور تو کچھ نہیں جانتے تھے لیکن اتنا جانتے تھے کہ وہ بچپن ہی سے گھر چھوڑ چھاڑ کے نکل آیا تھا اور ایک مدت سے بمبئی کے فٹ پاتھوں پر آباد تھا۔ زندگی میں صرف اس کو ایک چیز

کی حسرت تھی۔۔۔عورت کی محبت کی۔ ''اگر مجھے کسی عورت کی محبت مل گئی تو میری ساری زندگی بدل جائے
گی۔'' دوست اس سے کہتے، ''تم کام پھر بھی نہ کرو گے۔''
من موہن آہ بھر کر جواب دیتا، ''کام۔۔۔؟ میں مجسم کام بن جاؤں گا۔''
دوست اس سے کہتے، ''تو شروع کر دو کسی سے عشق۔''
من موہن جواب دیتا، ''نہیں۔۔۔میں ایسے عشق کا قائل نہیں جو مرد کی طرف سے شروع ہو۔''
دوپہر کے کھانے کا وقت قریب آ رہا تھا۔ من موہن نے سامنے دیوار پر کلاک کی طرف دیکھا۔ ٹیلی فون کی
گھنٹی بجنا شروع ہوئی۔ اس نے ریسیور اٹھایا اور کہا، ''ہیلو۔۔۔فور فور فور فائیو سیون۔''
دوسری طرف سے پتلی سی آواز آئی، ''فور فور فور فائیو سیون؟''
برج موہن نے جواب دیا، ''جی ہاں!''
نسوانی آواز نے پوچھا، ''آپ کون ہیں؟''
''من موہن۔۔۔فرمایئے!''
دوسری طرف سے آواز آئی تو من موہن نے کہا، ''فرمایئے کس سے بات کرنا چاہتی ہیں آپ؟''
آواز نے جواب دیا، ''آپ سے!''
من موہن نے ذرا حیرت سے پوچھا، ''مجھ سے؟''
''جی ہاں۔۔۔آپ سے۔۔۔کیا آپ کو کوئی اعتراض ہے۔''
من موہن ٹپٹا سا گیا، ''جی۔۔۔؟ جی نہیں!''
آواز مسکرائی، ''آپ نے اپنا نام مدن موہن بتایا تھا۔''
''جی نہیں۔۔۔من موہن۔''
''من موہن؟''
چند لمحات خاموشی میں گزر گئے تو من موہن نے کہا، ''آپ باتیں کرنا چاہتی تھیں مجھ سے؟''
آواز آئی، ''جی ہاں!''
''تو کیجیے!''
تھوڑے وقفے کے بعد آواز آئی، ''سمجھ میں نہیں آتا کیا بات کروں۔۔۔آپ ہی شروع کیجیے نہ کوئی
بات۔''

’’بہت بہتر،‘‘ یہ کہہ کر من موہن نے تھوڑی دیر سوچا، ’’نام اپنا بتا چکا ہوں۔ عارضی طور پر ٹھکانہ میرا یہ دفتر ہے ۔ ۔ ۔ پہلے فٹ پاتھ پر سوتا تھا۔ اب ایک ہفتہ سے اس دفتر کے بڑے میز پر سوتا ہوں۔‘‘

آواز مسکرائی، ’’فٹ پاتھ پر آپ مسہری لگا کر سوتے تھے؟‘‘

من موہن ہنسا، ’’اس سے پہلے کہ میں آپ سے مزید گفتگو کروں، میں یہ بات واضح کر دینا چاہتا ہوں کہ میں نے کبھی جھوٹ نہیں بولا۔ فٹ پاتھوں پر سوتے مجھے ایک زمانہ ہو گیا ہے۔ یہ دفتر تقریباً ایک ہفتے سے میرے قبضے میں ہے۔ آج کل عیش کر رہا ہوں۔‘‘

آواز مسکرائی، ’’کیسی عیش؟‘‘

من موہن نے جواب دیا، ’’ایک کتاب مل گئی تھی یہاں سے ۔ ۔ ۔ آخری اوراق گم ہیں لیکن میں اسے بیس مرتبہ پڑھ چکا ہوں۔ ۔ ۔ سالم کتاب کبھی ہاتھ لگی تو معلوم ہو گا ہیرو ہیروئن کے عشق کا انجام کیا ہوا۔‘‘

آواز ہنسی، ’’آپ بڑے دلچسپ آدمی ہیں۔‘‘

من موہن نے تکلف سے کہا، ’’آپ کی ذرہ نوازی ہے۔‘‘

آواز نے تھوڑے توقف کے بعد پوچھا، ’’آپ کا شغل کیا ہے؟‘‘

’’شغل؟‘‘

’’میرا مطلب ہے آپ کرتے کیا ہیں؟‘‘

’’کیا کرتا ہوں ۔ ۔ ۔؟ کچھ بھی نہیں۔ ایک بے کار انسان کیا کر سکتا ہے۔ سارا دن آوارہ گردی کرتا ہوں۔ رات کو سو جاتا ہوں۔‘‘

آواز نے پوچھا، ’’یہ زندگی آپ کو اچھی لگتی ہے۔‘‘

من موہن سوچنے لگا۔ ’’ٹھہریئے ۔ ۔ ۔ بات دراصل یہ ہے کہ میں نے اس پر کبھی غور ہی نہیں کیا۔ اب آپ نے پوچھا ہے تو میں اپنے آپ سے پوچھ رہا ہوں کہ یہ زندگی تمہیں اچھی لگتی ہے یا نہیں؟‘‘

’’کوئی جواب ملا؟‘‘

تھوڑے وقفے کے بعد من موہن نے جواب دیا، ’’جی نہیں ۔ ۔ لیکن میرا خیال ہے کہ ایسی زندگی مجھے اچھی لگتی ہی ہو گی۔ جب کہ ایک عرصے سے بسر کر رہا ہوں۔‘‘

آواز ہنسی۔ من موہن نے کہا، ’’آپ کی ہنسی بڑی مترنم ہے۔‘‘

آواز شرما گئی۔ ’’شکریہ!‘‘ اور سلسلہ گفتگو منقطع کر دیا۔

من موہن تھوڑی دیر ریسیور ہاتھ میں لیے کھڑا رہا۔ پھر مسکرا کر اسے رکھ دیا اور دفتر بند کر کے چلا گیا۔

دوسرے روز صبح آٹھ بجے جب کہ من موہن دفتر کے بڑے میز پر سو رہا تھا، ٹیلیفون کی گھنٹی بجنا شروع ہوئی۔ جمائیاں لیتے ہوئے اس نے ریسیور اٹھایا اور کہا، ''ہلو فور فور فائیو سیون۔''

دوسری طرف سے آواز آئی، ''آداب عرض من موہن صاحب!''

''آداب عرض!'' من موہن ایک دم چونکا۔ ''اوہ، آپ۔۔۔آداب عرض۔''

''تسلیمات!''

آواز آئی، ''آپ غالباً سو رہے تھے؟''

''جی ہاں۔۔۔۔یہاں آ کر میری عادات کچھ بگڑ رہی ہیں۔ واپس فٹ پاتھ پر گیا تو بڑی مصیبت ہو جائے گی۔''

آواز مسکرائی۔ ''کیوں؟''

''وہاں صبح پانچ بجے سے پہلے پہلے اٹھنا پڑتا ہے۔''

آواز ہنسی۔ من موہن نے پوچھا، ''کل آپ نے ایک دم ٹیلی فون بند کر دیا۔''

آواز شرمائی۔ ''آپ نے میری ہنسی کی تعریف کیوں کی تھی۔''

من موہن نے کہا، ''لو صاحب، یہ بھی عجیب بات کہی آپ نے۔۔۔کوئی چیز جو خوبصورت ہو تو اس کی تعریف نہیں کرنی چاہیے؟''

''بالکل نہیں۔''

''یہ شرط آپ مجھ پر عائد نہیں کر سکتیں۔۔۔میں نے آج تک کوئی شرط اپنے اوپر عائد نہیں ہونے دی۔ آپ ہنسیں گی تو میں ضرور تعریف کروں گا۔''

''میں ٹیلی فون بند کر دوں گی۔''

''بڑے شوق سے۔''

''آپ کو میری ناراضی کا کوئی خیال نہیں۔''

''میں سب سے پہلے اپنے آپ کو ناراض نہیں کرنا چاہتا۔۔۔اگر میں آپ کی ہنسی کی تعریف نہ کروں تو میرا ذوق مجھ سے ناراض ہو جائے گا۔۔۔یہ ذوق مجھے بہت عزیز ہے!''

تھوڑی دیر خاموشی رہی۔ اس کے بعد دوسری طرف سے آواز آئی، ''معاف کیجیے گا، میں ملازمہ سے کچھ

کہہ رہی تھی۔۔۔آپ کا ذوق آپ کو بہت عزیز ہے۔۔۔ہاں یہ تو بتایئے آپ کو شوق کس چیز کا ہے؟''

''کیا مطلب؟''

''یعنی۔۔۔کوئی شغل۔۔۔کوئی کام۔۔۔میرا مطلب ہے آپ کو آتا کیا ہے؟''

من موہن ہنسا، ''کوئی کام نہیں آتا۔۔۔فوٹوگرافی کا تھوڑا سا شوق ہے۔''

''یہ بہت اچھا شوق ہے۔''

''اس کی اچھائی یا برائی کا میں نے کبھی نہیں سوچا۔''

آواز نے پوچھا، ''کیمرا تو آپ کے پاس بہت اچھا ہو گا؟''

من موہن ہنسا، ''میرے پاس اپنا کوئی کیمرا نہیں۔ دوست سے مانگ کر شوق پورا کر لیتا ہوں۔ اگر میں نے کبھی کچھ کمایا تو ایک کیمرا میری نظر میں ہے۔ وہ خریدوں گا۔''

آواز نے پوچھا، ''کون سا کیمرا؟''

من موہن نے جواب دیا، ''ایگز کٹا۔ ریفلکس کیمرا ہے۔ مجھے بہت پسند ہے۔''

تھوڑی دیر خاموشی رہی۔ اس کے بعد آواز آئی، ''میں کچھ سوچ رہی تھی۔''

''کیا؟''

''آپ نے میرا نام پوچھا نہ ٹیلی فون نمبر دریافت کیا۔''

''مجھے اس کی ضرورت ہی محسوس نہیں ہوئی۔''

''کیوں؟''

''نام آپ کا کچھ بھی ہو کیا فرق پڑتا ہے۔۔۔آپ کو میرا نمبر معلوم ہے بس ٹھیک ہے۔۔۔آپ گر چاہیں گی تو میں آپ کو ٹیلی فون کروں تو نام اور نمبر بتا دیجیے گا۔''

''میں نہیں بتاؤں گی۔''

''لو صاحب یہ بھی خوب رہی۔۔۔میں جب آپ سے پوچھوں گا ہی نہیں تو بتانے نہ بتانے کا سوال ہی کہاں پیدا ہوتا ہے۔''

آواز مسکرائی، ''آپ عجیب و غریب آدمی ہیں۔''

من موہن مسکرا دیا، ''جی ہاں کچھ ایسا ہی آدمی ہوں۔''

چند سیکنڈ خاموشی رہی۔ ''آپ پھر سوچنے لگیں۔''

’’جی ہاں، کوئی اور بات اس وقت سوجھ نہیں رہی تھی۔‘‘

’’تو ٹیلی فون بند کر دیجیے۔۔۔پھر سہی۔‘‘

آواز کسی قدر تیکھی ہو گئی، ’’آپ بہت روکھے آدمی ہیں۔۔۔ٹیلی فون بند کر دیجیے۔ لیجیے میں بند کرتی ہوں۔‘‘

من موہن نے ریسیور رکھ دیا اور مسکرانے لگا۔

آدھے گھنٹے کے بعد جب من موہن ہاتھ دھو کر کپڑے پہن کر باہر نکلنے کے لیے تیار ہوا تو ٹیلی فون کی گھنٹی بجی۔ اس نے ریسیور اٹھایا اور کہا، ’’فور فور فور فائیو سیون!‘‘

آواز آئی، ’’مسٹر من موہن؟‘‘

من موہن نے جواب دیا، ’’جی ہاں من موہن۔ ارشاد؟‘‘

آواز مسکرائی۔ ’’ارشاد یہ ہے کہ میری ناراضی دور ہو گئی ہے۔‘‘

من موہن نے بڑی شگفتگی سے کہا، ’’مجھے بڑی خوشی ہوئی ہے۔‘‘

’’ناشتا کرتے ہوئے مجھے خیال آیا کہ آپ کے ساتھ بگاڑنی نہیں چاہیے۔۔۔ہاں آپ نے ناشتا کر لیا؟‘‘

’’جی نہیں، باہر نکلنے ہی والا تھا کہ آپ نے ٹیلی فون کیا۔‘‘

’’اوہ۔۔۔تو آپ جائیے۔‘‘

’’جی نہیں، مجھے کوئی جلدی نہیں، میرے پاس آج پیسے نہیں ہیں۔ اس لیے میرا خیال ہے کہ آج ناشتا نہیں ہو گا۔‘‘

’’آپ کی باتیں سن کر۔۔۔آپ ایسی باتیں کیوں کرتے ہیں۔۔۔میرا مطلب ہے ایسی باتیں آپ اس لیے کرتے ہیں کہ آپ کو دکھ ہوتا ہے؟‘‘

من موہن نے ایک لمحہ سوچا، ’’جی نہیں۔۔۔میرا اگر کوئی دکھ درد ہے تو میں اس کا عادی ہو چکا ہوں۔‘‘

آواز نے پوچھا، ’’میں کچھ روپے آپ کو بھیج دوں؟‘‘

من موہن نے جواب دیا، ’’بھیج دیجیے۔ میرے فنانسروں میں ایک آپ کا بھی اضافہ ہو جائے گا!‘‘

’’نہیں، میں نہیں بھیجوں گی!‘‘

’’آپ کی مرضی!‘‘

’’میں ٹیلی فون بند کرتی ہوں۔‘‘

’’بہتر!‘‘

من موہن نے ریسیور رکھ دیا اور مسکراتا ہوا دفتر سے نکل گیا۔ رات کو دس بجے کے قریب واپس آیا اور کپڑے بدل کر میز پر لیٹ کر سوچنے لگا کہ یہ کون ہے جو اسے فون کرتی ہے۔ آواز سے صرف اتنا پتہ چلتا تھا کہ جوان ہے۔ ہنسی بہت ہی مترنم تھی۔ گفتگو سے یہ صاف ظاہر ہے کہ تعلیم یافتہ اور مہذب ہے۔ بہت دیر تک وہ اس کے متعلق سوچتا رہا۔ ادھر کلاک نے گیارہ بجائے ادھر ٹیلی فون کی گھنٹی بجی۔ من موہن نے ریسیور اٹھایا۔ ’’ہلو۔‘‘

دوسری طرف سے وہی آواز آئی، ’’مسٹر من موہن۔‘‘

’’جی ہاں۔۔۔ من موہن۔۔۔ ارشاد۔‘‘

’’ارشاد یہ ہے کہ میں نے آج دن میں کئی مرتبہ رِنگ کیا۔ آپ کہاں غائب تھے؟‘‘

’’صاحب بے کار ہوں، لیکن پھر بھی کام پر جاتا ہوں۔‘‘

’’کس کام پر؟‘‘

’’آوارہ گردی۔‘‘

’’واپس کب آئے؟‘‘

’’دس بجے۔‘‘

’’اب کیا کر رہے تھے؟‘‘

’’میز پر لیٹا آپ کی آواز سے آپ کی تصویر بنا رہا تھا۔‘‘

’’بنی؟‘‘

’’جی نہیں۔‘‘

’’بنانے کی کوشش نہ کیجیے۔۔۔ میں بڑی بدصورت ہوں۔‘‘

’’معاف کیجیے گا، اگر آپ واقعی بدصورت ہیں تو ٹیلی فون بند کر دیجیے، بدصورتی سے مجھے نفرت ہے۔‘‘

آواز مسکرائی، ’’ایسا ہے تو چلیے میں خوبصورت ہوں، میں آپ کے دل میں نفرت نہیں پیدا کرنا چاہتی۔‘‘

تھوڑی دیر خاموشی رہی۔ من موہن نے پوچھا، ’’کچھ سوچنے لگیں؟‘‘

آواز چونکی ’’جی نہیں۔۔۔ میں آپ سے پوچھنے والی تھی کہ۔۔۔‘‘

’’سوچ لیجیے اچھی طرح۔‘‘

آواز ہنس پڑی۔ ''آپ کو گانا سناؤں؟''

''ضرور۔ ۔ ۔''

''ٹھہریے!''

گلہ صاف کرنے کی آواز آئی۔ پھر غالب کی یہ غزل شروع ہوئی

نکتہ چیں ہے غمِ دل ۔ ۔ ۔

سہگل والی نئی دھن تھی۔ آواز میں درد اور خلوص تھا۔ جب غزل ختم ہوئی تو من موہن نے داد دی۔ ''بہت خوب ۔ ۔ ۔ زندہ رہو ۔''

آواز شرما گئی۔ ''شکریہ!'' اور ٹیلی فون بند کر دیا۔

دفتر کے بڑے میز پر من موہن کے دل و دماغ میں ساری رات غالب کی غزل گونجتی رہی۔ صبح جلدی اٹھا اور ٹیلی فون کا انتظار کرنے لگا۔ تقریباً ڈھائی گھنٹے کرسی پر بیٹھا رہا مگر ٹیلی فون کی گھنٹی نہ بجی۔ جب مایوس ہو گیا تو ایک عجیب سی تلخی اس نے اپنے حلق میں محسوس کی۔ اٹھ کر ٹہلنے لگا۔ اس کے بعد میز پر لیٹ گیا اور کڑھنے لگا۔ وہی کتاب جس کو وہ متعدد مرتبہ پڑھ چکا تھا اٹھائی اور ورق گردانی شروع کر دی۔ یونہی لیٹے لیٹے شام ہو گئی۔ تقریباً سات بجے ٹیلی فون کی گھنٹی بجی۔ من موہن نے ریسیور اٹھایا اور تیزی سے پوچھا،

''کون ہے؟''

وہی آواز آئی، ''میں!''

من موہن کا لہجہ تیز رہا، ''اتنی دیر تم کہاں تھیں؟''

آواز لرزی، ''کیوں؟''

''میں صبح سے یہاں جھک مار رہا ہوں ۔ ۔ ۔ ناشتا کیا ہے نہ دوپہر کا کھانا کھایا ہے حالانکہ میرے پاس پیسے موجود تھے۔''

آواز آئی، ''میری جب مرضی ہوگی ٹیلی فون کروں گی ۔ ۔ ۔ آپ ۔ ۔ ۔''

من موہن نے بات کاٹ کر کہا، ''دیکھو جی یہ سلسلہ بند کرو۔ ٹیلی فون کرنا ہے تو ایک وقت مقرر کرو۔ مجھ سے انتظار برداشت نہیں ہوتا۔''

آواز مسکرائی۔ ''آج کی معافی چاہتی ہوں۔ کل سے باقاعدہ صبح اور شام فون آیا کرے گا آپ کو۔''

''یہ ٹھیک ہے!''

آواز ہنسی ''مجھے معلوم نہیں تھا آپ اس قدر بگڑے دل ہیں۔''

من موہن مسکرایا۔ ''معاف کرنا۔ انتظار سے مجھے بہت کوفت ہوتی ہے اور جب مجھے کسی بات سے کوفت ہوتی ہے تو اپنے آپ کو سزا دینا شروع کر دیتا ہوں۔''

''وہ کیسے؟''

''صبح تمہارا ٹیلی فون نہ آیا۔۔۔چاہیے تو یہ تھا کہ میں چلا جاتا۔۔۔لیکن بیٹھا دن بھر اندر ہی اندر کڑھتا رہا۔ بچپنا ہے صاف۔''

آواز ہمدردی میں ڈوب گئی، ''کاش مجھ سے یہ غلطی نہ ہوتی۔۔۔میں نے قصداً صبح ٹیلی فون نہ کیا!''

'' کیوں؟''

''یہ معلوم کرنے کے لیے آپ انتظار کریں گے یا نہیں؟''

من موہن ہنسا۔ ''بہت شریر ہو تم۔۔۔اچھا اب ٹیلی فون بند کرو۔ میں کھانا کھانے جا رہا ہوں۔''

''بہتر، کب تک لوٹے گا؟''

''آدھے گھنٹے تک۔''

من موہن آدھے گھنٹے کے بعد کھانا کھا کر لوٹا تو اس نے فون کیا۔ دیر تک دونوں باتیں کرتے رہے۔ اس کے بعد اس نے غالب کی ایک غزل سنائی۔ من موہن نے دل سے داد دی۔ پھر ٹیلی فون کا سلسلہ منقطع ہو گیا۔

اب ہر روز صبح اور شام من موہن کو اس کا ٹیلی فون آتا۔ گھنٹی کی آواز سنتے ہی وہ ٹیلی فون کی طرف لپکتا۔ بعض اوقات گھنٹوں باتیں جاری رہتیں۔ اس دوران میں من موہن نے اس سے نہ ٹیلی فون کا نمبر پوچھا، نہ اس کا نام۔ شروع شروع میں اس نے اس کی آواز کی مدد سے تخیل کے پردے پر اس کی تصویر کھینچنے کی کوشش کی تھی مگر اب وہ جیسے آواز ہی سے مطمئن ہو گیا تھا۔ آواز ہی شکل تھی۔ آواز ہی صورت تھی۔ آواز ہی جسم تھا۔ آواز ہی روح تھی۔

ایک دن اس نے پوچھا، ''موہن تم میرا نام کیوں نہیں پوچھتے؟''

من موہن نے مسکرا کر کہا، ''تمہارا نام تمہاری آواز ہے۔''

''جو کہ بہت مترنم ہے۔''

''اس میں کیا شک ہے؟''

ایک دن وہ بڑا ٹیڑھا سوال کر بیٹھی۔ ''موہن تم نے کبھی کسی لڑکی سے محبت کی ہے؟''

من موہن نے جواب دیا، ''نہیں!''

''کیوں؟''

موہن ایک دم اداس ہوگیا، ''اس کیوں کا جواب چند لفظوں میں نہیں دے سکتا۔ مجھے اپنی زندگی کا سارا ملبہ اٹھانا پڑے گا۔۔۔اگر کوئی جواب نہ ملے تو بڑی کوفت ہوگی۔''

''جانے دیجیے۔''

ٹیلی فون کا رشتہ قائم ہوئے تقریباً ایک مہینہ ہوگیا۔ بلاناغہ دن میں دو مرتبہ اس کا فون آتا۔ من موہن کو اپنے دوست کا خط آیا کہ قرضے کا بندوبست ہوگیا ہے۔ سات آٹھ روز میں وہ بمبئی پہنچنے والا ہے۔ من موہن یہ خط پڑھ کر افسردہ ہوگیا۔ اس کا ٹیلیفون آیا تو من موہن نے اس سے کہا میری دفتر کی بادشاہی اب چند دنوں کی مہمان ہے۔

اس نے پوچھا، ''کیوں؟''

من موہن نے جواب دیا۔ ''قرضے کا بندوبست ہوگیا ہے۔۔۔دفتر آباد ہونے والا ہے۔''

''تمہارے کسی اور دوست کے گھر میں ٹیلی فون نہیں۔''

''کئی دوست ہیں جن کے ٹیلی فون ہیں۔ مگر میں تمہیں ان کا نمبر نہیں دے سکتا۔''

''کیوں؟''

''میں نہیں چاہتا تمہاری آواز کوئی اور سنے۔''

''وجہ؟''

''میں بہت حاسد ہوں۔''

وہ مسکرائی۔ ''یہ تو بڑی مصیبت ہوئی۔''

''کیا کیا جائے؟''

''آخری دن جب تمہاری بادشاہت ختم ہونے والی ہوگی۔ میں تمہیں اپنا نمبر دوں گی۔''

''یہ ٹھیک ہے!''

من موہن کی ساری افسردگی دور ہوگئی۔ وہ اس دن کا انتظار کرنے لگا کہ دفتر میں اس کی بادشاہت ختم ہو۔ اب پھر اس نے اس کی آواز کی مدد سے اپنے تخیل کے پردے پر اس کی تصویر کھینچنے کی کوشش شروع کی۔ کئی تصویریں بنیں مگر وہ مطمئن نہ ہوا۔ اس نے سوچا چند دنوں کی بات ہے۔ اس نے ٹیلی فون نمبر بتا دیا

تو وہ اسے دیکھ بھی سکے گا۔ اس کا خیال آتے ہی اس کا دل و دماغ سُن ہو جاتا۔ ''میری زندگی کا وہ لمحہ کتنا بڑا لمحہ ہو گا جب میں اس کو دیکھوں گا۔''

دوسرے روز جب اس کا ٹیلی فون آیا تو من موہن نے اس سے کہا، ''تمہیں دیکھنے کا اشتیاق پیدا ہو گیا ہے۔''

'' کیوں؟''

''تم نے کہا تھا کہ آخری دن جب یہاں میری بادشاہت ختم ہونے والی ہو گی، تو تم مجھے اپنا نمبر بتا دو گی۔''

'' کہا تھا۔''

''اس کا یہ مطلب ہے تم مجھے اپنا ایڈریس دے دو گی۔۔۔ میں تمہیں دیکھ سکوں گا۔''

''تم مجھے جب چاہو دیکھ سکتے ہو۔۔۔ آج ہی دیکھ لو۔''

نہیں نہیں۔۔۔ پھر کچھ سوچ کر کہا، ''میں ذرا اچھے لباس میں تم سے ملنا چاہتا ہوں۔۔۔ آج ہی ایک دوست سے کہہ رہا ہوں۔ وہ مجھے سوٹ دلوا دے گا۔''

وہ ہنس پڑی۔ ''بالکل بچے ہو تم۔۔۔ سنو۔ جب تم مجھ سے ملو گے تو میں تمہیں ایک تحفہ دوں گی۔''

من موہن نے جذباتی انداز میں کہا، ''تمہاری ملاقات سے بڑھ کر اور کیا تحفہ ہو سکتا ہے؟''

''میں نے تمہارے لیے ایگزکٹا کیمرا خرید لیا ہے۔''

''اوہ!''

''اس شرط پر دوں گی کہ پہلے میرا فوٹو اتارو۔''

من موہن مسکرایا۔ ''اس شرط کا فیصلہ ملاقات پر کروں گا۔''

تھوڑی دیر اور گفتگو ہوئی اس کے بعد اُدھر سے وہ بولی، ''میں کل اور پرسوں تمہیں ٹیلی فون نہیں کر سکوں گی۔''

من موہن نے تشویش بھرے لہجے میں پوچھا، '' کیوں؟''

''میں اپنے عزیزوں کے ساتھ کہیں باہر جا رہی ہوں صرف دو دن غیر حاضر رہوں گی۔ مجھے معاف کر دینا۔''

یہ سن کر من موہن سارا دن دفتر ہی میں رہا۔ دوسرے دن صبح اٹھا تو اس نے حرارت محسوس کی سوچا

کہ یہ اضمحلال شاید اس لیے ہے کہ اس کا ٹیلی فون نہیں آئے گا لیکن دو پہر تک حرارت تیز ہوگئی۔ بدن تپنے لگا۔ آنکھوں سے شرارے پھوٹنے لگے۔ من موہن میز پر لیٹ گیا۔ پیاس بار بار ستاتی تھی۔ اٹھتا اور نل سے منہ لگا کر پانی پیتا۔ شام کے قریب اسے اپنے سینے پر بوجھ محسوس ہونے لگا۔ دوسرے روز وہ بالکل نڈھال تھا۔ سانس بڑی دقت سے آتا تھا۔ سینے کی دکھن بہت بڑھ گئی تھی۔

کئی بار اس پر ہذیانی کیفیت طاری ہوئی۔ بخار کی شدت میں وہ گھنٹوں ٹیلی فون پر اپنی محبوب آواز کے ساتھ باتیں کرتا رہا۔ شام کو اس کی حالت بہت زیادہ بگڑ گئی۔ دھندلائی ہوئی آنکھوں سے اس نے کلاک کی طرف دیکھا، اس کے کانوں میں عجیب و غریب آوازیں گونج رہی تھیں۔ جیسے ہزار ہا ٹیلی فون بول رہے ہیں، سینے میں گھنگھرو بج رہے تھے۔ چاروں طرف آوازیں ہی آوازیں تھیں۔ چنانچہ جب ٹیلی فون کی گھنٹی بجی تو اس کے کانوں تک اس کی آواز نہ پہنچی۔ بہت دیر تک گھنٹی بجتی رہی۔ ایک دم من موہن چونکا۔ اس کے کان اب اُن رہے تھے۔ لڑکھڑاتا ہوا اٹھا اور ٹیلی فون تک گیا۔ دیوار کا سہارا لے کر اس نے کانپتے ہوئے ہاتھوں سے ریسیور اٹھایا اور خشک ہونٹوں پر لکڑی جیسی زبان پھیر کر کہا، ''ہلو،''

دوسری طرف سے وہ لڑکی بولی، ''ہلو۔۔موہن؟''

من موہن کی آواز لڑکھڑائی۔ ''ہاں موہن!''

''ذرا اونچی بولو۔۔''

من موہن نے کچھ کہنا چاہا۔ مگر وہ اس کے حلق ہی میں خشک ہوگیا۔

آواز آئی، ''میں جلدی آگئی۔۔ بڑی دیر سے تمہیں رنگ کر رہی ہوں۔۔ کہاں تھے تم؟''

من موہن کا سر گھومنے لگا۔

آواز آئی، ''کیا ہو گیا ہے تمہیں؟''

من موہن نے بڑی مشکل سے اتنا کہا، ''میری بادشاہت ختم ہوگئی ہے آج۔''

اس کے منہ سے خون نکلا اور ایک تپتی لکیر کی صورت میں گردن تک دوڑتا چلا گیا۔

آواز آئی، ''میرا نمبر نوٹ کرلو۔۔ فائیو نوٹ تھری ون فور، فائیو نوٹ تھری ون فور۔۔ صبح فون کرنا۔''

یہ کہہ کر اس نے ریسیور رکھ دیا۔ من موہن اوندھے منہ ٹیلی فون پر گرا۔۔ اس کے منہ سے خون کے بلبلے پھوٹنے لگے۔

بارہ شمالی

دو گوگلز آئیں۔ تین بش شرٹوں نے ان کا استقبال کیا۔ بش شرٹیں دنیا کے نقشے بنی ہوئی تھیں، ان پر پرندے، چرندے، درندے، پھول بوٹے اور کئی ملکوں کی شکلیں بنی ہوئی تھیں۔

دونوں گوگلز نے اپنی کتابیں میز پر رکھیں۔ اپنے ڈسٹ کو را تارے اور بش شرٹوں کے بٹن بن گئیں۔ ایک گوگل نے اس بش شرٹ سے جو خالص امریکی تھی، کہا، ''آپ کا لباس بڑا واہیات ہے۔'' وہ بش شرٹ ہنسا، ''تمہارے گوگلز بڑے واہیات ہیں۔ اسے لگا کہ تم ایسی دکھائی دیتی ہو جیسے روشن دِن اندھیری رات بن گیا ہے۔'' اس اندھیری رات نے اس بش شرٹ سے کہا، ''میں تو چاندنی رات ہوں۔'' امریکی بش شرٹ نے اس کو ایک کوہ ہمالہ پیش کیا جو بہت ٹھنڈا اور میٹھا تھا۔

اس نے چمچ سے اس کوہ ہمالہ کو سر کر لیا۔ لیکن اس مہم کے دوران میں اس کو بڑی کوفت ہوئی۔۔ ۔ وہ برفوں کی عادی نہیں تھی۔ وہ مجبوراً اپنی سہیلی دوسری گوگلز کے ساتھ آ گئی تھی کہ وہاں اس کا چہیتا بش شرٹ مل گیا دوسری گوگلز اپنے بش شرٹ سے علیحدہ باتیں کر رہی تھی۔

''آج تم اتنی حسین کیوں دکھائی دے رہی ہو؟''

''مجھے کیا معلوم؟''

''اپنی چقیں اتار دو۔''

''کیوں؟''

''مجھے تمہاری آنکھیں نظر نہیں آتیں۔''

''میرا دل تو تمہیں نظر آ رہا ہو گا۔''

’’نظر آتا رہا ہے۔۔۔نظر آتا رہے گا۔۔۔لیکن مجھے تمہاری آنکھوں پر یہ غلاف پسند نہیں۔‘‘

’’تیز روشنی مجھے پسند نہیں۔‘‘

’’کیوں؟‘‘

’’بس نہیں۔۔۔تمہاری بش شرٹ بھی مجھے پسند نہیں۔‘‘

’’کیوں؟‘‘

’’اس لیے کہ اس کا ڈیزائن بہت بے ہودہ ہے۔۔۔ایسا معلوم ہوتا ہے کہ آئس کریم میں کیڑے مکوڑے چل رہے ہیں۔‘‘

’’تم کھا تو چکی ہو۔‘‘

’’میں نے تو صرف چکھی ہے، کھائی کب ہے؟‘‘

’’آپ ’بارہ شمالی‘ میں صرف آئس کریم چکھنے کے لیے ہی آتی ہیں؟‘‘

’’آپ مجبور کرتے ہیں تو میں آتی ہوں، ورنہ مجھے اس جگہ سے کوئی رغبت نہیں۔‘‘

’’میں یہ چاہتا تھا کہ ہم دونوں مل کر کوئی مہم سر کریں۔‘‘

’’کون سی مہم؟‘‘

’’بے شمار مہمیں ہیں۔۔۔لیکن ایک سب سے بڑی ہے۔‘‘

’’کون سی؟‘‘

’’کسی آتش فشاں پہاڑ کے اندر کود جائیں اور وہاں کے حالات معلوم کریں۔‘‘

’’میں تیار ہوں۔۔۔لیکن پھر میں یہاں آ کر آئس کریم ضرور کھاؤں گی۔‘‘

’’میں کھلاؤں گا تمہیں۔‘‘

دونوں بانہوں میں بانہیں ڈالے ایک ایسی دوزخ میں چلے گئے جو آہستہ آہستہ ٹھنڈی ہوتی گئی۔ اس گوگلز کی ساری کتابیں اس بش شرٹ کی لائبریری میں داخل ہو گئیں۔ دوسری گوگلز نے اپنی بش شرٹ کو اپنے بلاؤز کی ساری کتابیں پڑھائیں مگر اس کی سمجھ میں نہ آئیں، ایسا معلوم ہوتا تھا کہ وہ بش شرٹ کسی گھٹیا قسم کے درزی کی سلی ہوئی ہے۔

اس نے ’بارہ شمالی‘ میں اس سے کہا، ’’تم آئس کریم نہ کھایا کرو۔۔۔ہم آئندہ ’آتشیں ہاؤس‘ میں جایا کریں گے۔۔۔‘‘ دوسری گوگلز کلبلانے لگی۔ اس گلگاہٹ میں اس نے اپنی بش شرٹ کے

کاج بنانے شروع کر دیئے اور ان میں کئی پھول ٹانک دیئے۔ یہ بش شرٹ گھٹیا قسم کے درزی کی سلی ہوئی نہیں تھی، اصل میں اس کا کپڑا کھردرا تھا، جیسے ٹاٹ ہو، اس میں دوسری گوگلز نے اپنی مخمل کے کئی پیوند لگائے، مگر خاطر خواہ نتیجہ بر آمد نہ ہوا۔

وہ ''آتشیں ہاؤس'' میں بھی کئی مرتبہ گئے، وہاں انہوں نے کئی گلاس پگھلی ہوئی آگ کے پیے مگر کوئی تسکین نہ ہوئی۔ دوسری گوگلز حیران تھی کہ اس کا بش شرٹ جس کے لیے اس نے اپنے بلاؤز کے تمام بخیے ادھیڑ دیئے، اس سے ملتفت کیوں نہیں ہوتا۔ وہ اس کی ہر سلوٹ سے پیار کرتی تھی۔ لیکن وہ ''باردہ شمالی'' میں اور ''آتشیں ہاؤس'' میں اس کے خوبصورت فریم سے کوئی دلچسپی لیتا ہی نہیں تھا۔ عجیب بات ہے کہ وہ باردہ شمالی میں گرم ہو جاتا اور آتشیں ہاؤس میں اولاسابن جاتا۔ دوسری بش شرٹ بہت حیران تھی کہ یہ کیا ماجرا ہے!

اس نے پہلی گوگلز کو جو اس کی سہیلی تھی، ایک خط لکھا اور اس کو اپنا سارا دکھ بتایا۔ اس نے جواب میں یہ لکھا، ''تم کچھ فکر نہ کرو۔ یہ بش شرٹ ایسے ہی ہوتے ہیں۔ کبھی سکڑ جاتے ہیں۔ کبھی پھیل جاتے ہیں۔ میرا خیال ہے کہ تمہاری لانڈری میں بھی کوئی نقص ہے۔ اسے دور کرنے کی کوشش کرو۔ تمہاری استری بھی ایسا معلوم ہوتا ہے، خراب ہو گئی ہے، اسے ٹھیک کراؤ۔ کہیں کرنٹ تو نہیں مارتی؟

دوسری گوگلز نے اسے لکھا، ''کبھی کبھی مجھے ایسا محسوس ہوتا ہے کہ میری استری کرنٹ مارتی ہے ۔۔۔۔ میرا بش شرٹ گیلا ہو چکا ہوتا ہے کہ میری استری گرم ہوتی ہے، میں جب اس پر پھیرتی ہوں تو مجھے بجلی کے دھچکے لگتے ہیں۔'' جواب میں اس کی سہیلی نے لکھا، ''میں تمہاری استری کی خرابی سمجھ گئی ہوں۔ نیا پلگ بھیج رہی ہوں، اس کو لگا کر دیکھو، شاید یہ خرابی دور ہو جائے۔''

وہ پلگ آیا۔ بڑا خوبصورت تھا۔ مگر جب اس نے اپنی استری میں لگانا چاہا تو فٹ نہ ہوا۔ کنڈم کر کے اس نے واپس کر دیا، اور اپنے بش شرٹ کی رفوگری شروع کر دی۔ یہ کام بڑا نازک تھا مگر اس دوسری گوگلز نے بڑی محنت سے کیا پر نتیجہ پھر بھی صفر رہا۔۔۔۔ وہ ''باردہ شماں'' میں گئی۔ وہاں اس نے پانچ کو ہمالہ چیچوں سے سر کیے۔۔۔۔ وہاں سے تیخ بستہ ہو کے اٹھی اور ایک نہایت واہیات بش شرٹ کے ساتھ ''آتشیں ہاؤس'' جا کر اس نے دس جوالا مکھی نگلے اور واپس اپنے چڑے کے تھیلے میں آ گئی۔

دوسرے دن وہ پھر اپنے چہیتے بش شرٹ سے ملی۔ اس کو اس نے بتایا کہ وہ رات ایک نہایت لغو قسم کے بش شرٹ کے ساتھ ''آتشیں ہاؤس'' گئی تھی، اس نے قطعاً برا نہ مانا، وہ سوچنے لگی کہ یہ کیسا کلف لگا

بش شرٹ ہے جس کی جیبوں میں رشک اور حسد کے سکے کھنکھناتے ہی نہیں۔

اس نے پھر اپنی سہیلی گوگلز کو خط لکھا اور سنایا، ''تمہارا بھیجا ہوا پلگ میری استری میں لگا ہی نہیں۔۔۔میں نے واپس بھیج دیا تھا۔ امید ہے کہ تمہیں مل گیا ہوگا۔۔۔اب مجھے تم سے یہ پوچھنا ہے کہ میں کیا کروں۔۔۔ وہ میرا بش شرٹ۔۔۔سمجھ میں نہیں آتا کیا ستے ہے۔۔۔ خدا کے لیے آؤ۔۔۔ میں بہت پریشان ہوں، اپنے بش شرٹ کو میرا اسلام کہنا، میرا خیال ہے کہ تم اس کو ہر رات پہنتی ہو۔۔۔ اس کا کپڑا بڑا املائم ہے۔''

اس کی سہیلی، اس کے بلاوے پر آ گئی، اس کے ساتھ کا اپنا بش شرٹ نہیں تھا۔۔۔ دونوں بہت خوش تھیں، ان کے شیشے آپس میں ٹکرائے۔۔۔ بڑی کھنکیں پیدا ہوئیں، جیسے کئی کانچ کی چوڑیاں ایک کلائی میں پڑی بج رہی ہیں۔ اس کی سہیلی گوگلز کا فریم سنہرا تھا۔ اسے دیکھ کر دوسری کو تھوڑا سا رشک ہوا، مگر اس نے اس جذبے کو فوراً دور کر دیا اور اس سنہرے فریم کا تعارف اپنے ''بش شرٹ'' سے کرایا تا کہ وہ اس کے متعلق کوئی رائے قائم کرے اور بتائے کہ اس پر استری کس طرح کرنی چاہیے تا کہ اس کی سلوٹیں دور ہو جائیں۔ وہ اپنی سہیلی کے بش شرٹ سے بڑے تپاک سے ملی، اس نے بڑے غور سے اس کا ٹانکہ ٹانکہ دیکھا، مگر اسے کوئی عیب نظر نہ آیا۔ وہ اس کے اپنے بش شرٹ کے مقابلے میں کئی درجے اچھا سلا ہوا تھا۔ ان دونوں کی ملاقاتیں ہوتی رہیں، آخر ایک دن انہوں نے ''بارہ دہ شمالی'' جانے کا پروگرام بنایا۔ وہ معلوم کرنا چاہتی تھی کہ اس بش شرٹ کا ردِ عمل کیا ہوتا ہے۔ وہ اپنی سہیلی گوگلز سے کہہ گئی تھی کہ وہ اپنے شیشوں میں سے اس کے بش شرٹ کو دیکھنا چاہتی ہے۔

جب وہ ''بارہ دہ شمالی'' میں گئے تو وہاں اس بش شرٹ کو آگ لگ گئی جس میں اس نے اپنی ساتھی گوگلز کو بھی لپیٹ میں لے لیا۔۔۔ دونوں دیر تک اس آگ میں جلتے رہے۔۔۔ اور اسے بجھانے کے لیے ''آتشیں ہاؤس'' میں چلے گئے۔۔۔ چونکہ آبلے زیادہ پڑ گئے تھے، اس لیے وہ کئی دن ان کا علاج باہر ہی باہر کرتے رہے۔

دوسری گوگلز حیران تھی کہ یہ دونوں کہاں غائب ہو گئے ہیں۔۔۔ اس کے دونوں شیشے دھندلے ہوتے جا رہے تھے کہ اچانک اس کی سہیلی کا بش شرٹ آ گیا۔ اس نے اس کو نہ پہچانا اور کہا، ''معاف کیجیے گا میرے شیشے دھندلے ہو گئے ہیں۔'' اس نے فوراً اس کے شیشے نکالے، ان کو اپنی سانسوں سے پہلے گرم، پھر نم آلود کیا، اور اپنے دامن سے پونچھ کر صاف کر دیا۔

وہ حیرت زدہ ہو گئی۔۔۔ اس کی زندگی میں اس کے شیشے کبھی اتنے صاف نہیں ہوئے تھے۔۔۔ دونوں

''بارده شمالی'' میں کوہ ہمالہ کھانے کے لیے گئے ۔۔۔۔وہ یہ کھا ہی رہے تھے کہ پہلا بش شرٹ دوسری گوگلز کے ساتھ آ گیا۔ دونوں خاموش رہے ۔۔۔ انہوں نے دل ہی دل میں محسوس کر لیا کہ وہ غلط چوٹیوں پر چڑھ رہے تھے۔

''بارده شمالی'' میں کوہ ہمالہ کھانے کے لیے گئے ۔۔۔۔وہ یہ کھا ہی رہے تھے کہ پہلا بش شرٹ دوسری گوگلز کے ساتھ آ گیا۔ دونوں خاموش رہے ۔۔۔ انہوں نے دل ہی دل میں محسوس کر لیا کہ وہ غلط چوٹیوں پر چڑھ رہے تھے۔

بارش

موسلا دھار بارش ہو رہی تھی اور وہ اپنے کمرے میں بیٹھا جل تھل دیکھ رہا تھا۔ باہر بہت بڑا لان تھا، جس میں دو درخت تھے۔ ان کے سبز پتے بارش میں نہا رہے تھے۔ اس کو محسوس ہوا کہ وہ پانی کی اس یورش سے خوش ہو کر ناچ رہے ہیں۔

ادھر ٹیلی فون کا ایک کھمبا گڑا تھا۔ اس کے فلیٹ کے عین سامنے یہ بھی بڑا مسرور نظر آتا تھا، حالانکہ اس کی مسرت کی کوئی وجہ معلوم نہیں ہوتی تھی۔ اس بے جان شے کو بھلا مسرور کیا ہونا تھا، لیکن تنویر نے جو کہ بہت مغموم تھا، یہی محسوس کیا کہ اس کے آس پاس جو بھی شے ہے، خوشی سے ناچ گا رہی ہے۔

ساون گزر چکا تھا اور بارانِ رحمت نہیں ہوئی تھی۔ لوگوں نے مسجدوں میں اکٹھے ہو کر دعائیں مانگیں مگر کوئی نتیجہ برآمد نہ ہوا۔ بادل آتے اور جاتے رہے، مگر ان کے تھنوں سے پانی کا ایک قطرہ بھی نہ ٹپکا۔

آخر ایک دن اچانک کالے کالے بادل آسمان پر گھر آئے اور چھاجوں پانی برسنے لگا۔ تنویر کو بادلوں اور بارشوں سے کوئی دلچسپی نہیں تھی۔۔۔۔اس کی زندگی چٹیل میدان بن چکی تھی جس کے منہ میں پانی کا ایک قطرہ بھی کسی نے نہ ٹپکایا ہو۔

دو برس پہلے، اس نے ایک لڑکی سے جس کا نام ثریا تھا، محبت کرنا شروع کی۔ مگر یکطرفہ محبت تھی۔ ثریا نے اسے درخورِ اعتنا ہی نہ سمجھا۔ ساون کے دن تھے، بارش ہو رہی تھی۔ وہ اپنی کوٹھی سے باہر نکلا۔ جانگیہ پہن کر کہ نہائے اور بارش کا لطف اٹھائے۔ آم بالٹی میں پڑے تھے۔ وہ اکیلا بیٹھا انہیں چوس رہا تھا کہ اچانک اسے چیخیں اور قہقہے سنائی دیے۔

اس نے دیکھا کہ ساتھ والی کوٹھی کے لان میں دو لڑکیاں بارش میں نہا رہی ہیں اور خوشی میں شور مچا رہی

ہیں۔اس کی کوٹھی اور ساتھ والی کوٹھی کے درمیان صرف ایک جھاڑیوں کی دیوار حائل تھی۔تنویر اٹھا، آم کا رس چوستے ہوئے وہ باڑ کے پاس گیا اور غور سے ان دونوں لڑکیوں کو دیکھا۔

دونوں مہین ململ کے کرتے پہنے تھیں، جو ان کے بدن کے ساتھ چپکے ہوئے تھے۔شلوار چونکہ لٹھے کی تھی، اس لیے تنویر کو ان کے بدن کے نچلے حصے کے صحیح خد و خال کا پتہ نہ چل سکا۔

اس نے پہلے کسی عورت کو ایسی نظروں سے کبھی نہیں دیکھا تھا، جیسا کہ اس روز جب کہ بارش ہو رہی تھی، اس نے ان دونوں لڑکیوں کو دیکھا۔دیر تک وہ ان کو دیکھتا رہا جو بارش میں بھیگ بھیگ کر خوشی کے نعرے بلند کر رہی تھیں۔

تنویر نے ان کو پہلے کبھی نہیں دیکھا تھا، اس لیے کہ وہ طبعاً کچھ اس قسم کا لڑکا تھا کہ وہ کسی لڑکی کو بری نظروں سے دیکھنا گناہ سمجھتا تھا، مگر اس نے اس روز بڑی للچائی نظروں سے ان کو دیکھا۔ دیکھا ہی نہیں، بلکہ ان کے گیلے بدن میں انگارہ بن کر برمے کی طرح چھید کرتا رہا۔

تنویر کی عمر اس وقت بیس برس کے قریب ہو گی۔ ناتجربہ کار تھا۔ زندگی میں اس نے پہلی مرتبہ جوان لڑکیوں کے شباب کو گیلی ململ میں لپٹے دیکھا، تو اس نے یوں محسوس کیا کہ اس کے خون میں چنگاریاں دوڑ رہی ہیں۔اس نے ان لڑکیوں میں سے ایک کو منتخب کرنا چاہا۔ دیر تک وہ غور کرتا رہا۔ایک لڑکی بڑی شریر تھی۔دوسری اس سے کم۔اس نے سوچا شریر اچھی رہے گی جو اس کو شرارتوں کا سبق دے سکے۔یہ شریر لڑکی خوبصورت تھی، اس کے بدن کے اعضا بھی بہت مناسب تھے۔ بارش میں نہاتی جل پری معلوم ہوتی تھی۔تھوڑی دیر کے لیے تنویر شاعر بن گیا۔اس نے کبھی اس طور پر نہیں سوچا تھا۔لیکن اس لڑکی نے جس کا کرتہ دوسری کے مقابلے میں بہت زیادہ مہین تھا، اس کو ایسے ایسے شعر یاد کرا دیئے جن کو عرصہ ہوا بھول چکا تھا۔

اس کے علاوہ ریڈیو پر سنے ہوئے فلمی گانوں کی دُھنیں بھی اس کے کانوں میں گونجنے لگیں اور اس نے باڑ کے پیچھے یہ محسوس کرنا شروع کیا کہ وہ اشوک کمار ہے ۔۔۔دلیپ کمار ہے ۔۔۔۔پھر اسے کامنی کوشل اور نلنی جیونت کا خیال آیا۔۔۔مگر اس نے جب اس لڑکی کی طرف اس غرض سے دیکھا کہ اس میں کامنی کوشل اور نلنی جیونت کے خد و خال نظر آ جائیں تو اس نے ان دونوں ایکٹرسوں پر لعنت بھیجی۔ وہ ان سے کہیں زیادہ حسین تھی۔اس کے ململ کے کرتے میں جو شباب تھا، اس کا مقابلہ اس نے سوچا، کوئی بھی نہیں کر سکتا۔

تنویر نے آم چوسنے بند کر دیئے اور اس لڑکی سے جس کا نام پروین تھا، عشق لڑانا شروع کر دیا۔ شروع شروع میں اسے بڑی مشکلات پیش آئیں، اس لیے کہ اس لڑکی تک رسائی تنویر کو آسان نہیں معلوم ہوتی تھی۔ پھر اسے اپنے والدین کا بھی ڈر تھا۔ اس کے علاوہ اسے یہ بھی یقین تھا کہ وہ اس سے ملتفت ہو گی یا نہیں؟ بہت دیر تک وہ انہی الجھنوں میں گرفتار رہا۔۔۔راتیں جاگتا۔۔۔جھاڑیوں کی پست قد جھاڑ کے پاس جاتا مگر وہ نظر نہ آتی۔ گھنٹوں وہاں کھڑا رہتا، اور وہ بارش والا منظر جو اس نے دیکھا تھا، آنکھیں بند کر کے ذہن میں دہراتا رہتا۔

بہت دنوں کے بعد آخرِ اس کو ایک روز اس سے ملاقات کا موقع مل گیا، وہ اپنے باپ کی کار میں گھر کے کسی کام کی غرض سے جا رہا تھا کہ پروین سے اس کی مڈ بھیڑ ہو گئی۔ وہ کار اسٹارٹ کر چکا تھا کہ ساتھ والی کوٹھی میں سے تنویر کے خوابوں کی شہزادی نکلی۔ اس نے ہاتھ سے اشارہ کیا کہ وہ موٹر روک لے۔

تنویر گھبرا گیا۔۔۔ہر عاشق ایسے موقعوں پر گھبرا ہی جایا کرتا ہے۔ اس نے موٹر کچھ ایسے بیہودے انداز میں روکی کہ اس کو زبردست دھچکا لگا۔ اس کا سر زور سے اسٹیرنگ وہیل کے ساتھ ٹکرایا، مگر اس وقت وہ شراب کے نشے سے زیادہ مخمور تھا۔ اس کو اس کی محبوبہ نے خود مخاطب کیا تھا۔ پروین کے ہونٹوں پر گہرے سرخ رنگ کی لپ اسٹک تھپی ہوئی تھی۔۔۔اس نے سرخ مسکراہٹ سے کہا، ''معاف فرمائیے گا، میں نے آپ کو تکلیف دی۔ بارش ہو رہی ہے، تانگہ اس دور دراز جگہ ملنا محال ہے، اور مجھے ایک ضروری کام سے جانا تھا۔ آپ میرے ہمسائے ہیں اسی لیے آپ کو یہ زحمت دی۔'' تنویر نے کہا، ''زحمت کا کیا سوال پیدا ہوتا ہے۔ میں تو۔۔۔میں تو۔۔۔'' اس کی زبان لڑکھڑا گئی، ''آپ سے میرا تعارف تو نہیں لیکن آپ کو ایک بار دیکھا تھا۔'' پروین اپنی سرخ مسکراہٹوں کے ساتھ کار میں بیٹھ گئی اور تنویر سے پوچھا، ''آپ نے مجھے کب دیکھا تھا۔'' تنویر نے جواب دیا، ''آپ کی کوٹھی کے لان میں۔۔۔جب آپ۔۔۔جب آپ اور آپ کے ساتھ ایک اور لڑکی بارش میں نہا رہی تھی۔'' پروین نے اپنے گہرے سرخ لبوں میں سے چیخ نما آواز نکالی، ''ہائے۔۔۔آپ دیکھ رہے تھے؟''

''یہ گستاخی میں نے ضرور کی۔۔۔اس کے لیے معافی چاہتا ہوں۔''

پروین نے ایک ادا کے ساتھ اس سے پوچھا؛ ''آپ نے دیکھا کیا تھا؟''

یہ سوال ایسا تھا کہ تنویر اس کا جواب نہیں دے سکتا تھا، آئیں بائیں شائیں کر کے رہ گیا، ''جی کچھ نہیں۔۔۔بس آپ کو۔۔۔میرا مطلب ہے کہ دو لڑکیاں تھیں جو بارش میں نہا رہی تھیں اور ۔۔۔اور خوش ہو رہی

تھیں۔۔۔ میں اس وقت آم چوس رہا تھا۔'' پروین کے گہرے سرخ لبوں پر شریر مسکراہٹ پیدا ہوئی،
'' آپ آم چوستے کیوں ہیں۔۔۔ کاٹ کر کیوں نہیں کھاتے؟''

تنویر نے موٹر اسٹارٹ کر دی، اس کی سمجھ میں نہ آیا کہ اس سوال کا جواب کیا دے، چنانچہ وہ گول کر گیا،
'' آپ کو میں کہاں ڈراپ کر دوں۔''

پروین مسکرائی ' آپ مجھے کہیں بھی ڈراپ کر دیں، وہی میری منزل ہو گی۔''

تنویر نے یوں محسوس کیا کہ اسے اپنی منزل مل گئی ہے، لڑکی جو اس کے پہلو میں بیٹھی ہے، اب اسی کی
ہے لیکن اس میں اتنی جرأت نہیں تھی کہ وہ اس کا ہاتھ دبائے، یا اس کی کمر میں ایک دو سیکنڈ کے لیے اپنا
بازو حمائل کر دے۔

بارش ہو رہی تھی، موسم بہت خوش گوار تھا، اس نے کافی دیر سوچا موٹر کی رفتار اس کے خیالات کے ساتھ
ساتھ تیز ہوتی گئی۔ آخر اس نے ایک جگہ اسے روک لیا اور جذبات سے مغلوب ہو کر اس کو اپنے ساتھ چمٹا
لیا، اس کے ہونٹوں سے اپنے ہونٹ پیوست کر دیئے۔۔۔ اس کو ایسا محسوس ہوا کہ وہ کوئی بہت ہی لذیذ
آم چوس رہا ہے۔ پروین نے کوئی مزاحمت نہ کی۔ لیکن فوراً تنویر کو یہ احساس بڑی شدت سے ہوا کہ
اس نے بڑی ناشائستہ حرکت کی ہے اور غالباً پروین کو اس کی یہ حرکت پسند نہیں آئی، چنانچہ ایک دم سنجیدہ ہو
کر اس نے کہا، '' آپ کو کہاں جانا ہے؟''

پروین کے چہرے پر یوں خفگی کے کوئی آثار نہیں تھے لیکن تنویر یوں محسوس کر رہا تھا جیسے وہ اس کے خون
کی پیاسی ہے۔

پروین نے اسے بتا دیا کہ اسے کہاں جانا ہے ۔۔۔ جب وہ اس جگہ پہنچا تو اسے معلوم ہوا وہ رنڈیوں کا
چکلہ ہے ۔۔۔ جب اس نے پروین کو موٹر سے اتارا تو اس کے ہونٹوں پر گہرے لال رنگ کی مسکراہٹ
بکھر رہی تھی۔ اس نے کولھے مٹکا کر تھیٹ کسبیوں کے انداز میں اس سے کہا،
'' شام کو میں یہاں ہوتی ہوں ۔۔۔ آپ کبھی ضرور تشریف لائیے۔''

تنویر جب بھو نکا ہو کر اپنی موٹر کی طرف بڑھا تو اسے ایسا لگا کہ وہ بھی ایک کسبی عورت ہے جسے وہ ہر روز
چلاتا ہے، اس کی لال بتی لپ اسٹک ہے جو پروین نے ہونٹوں پر رتھی ہوئی تھی۔
وہ واپس اپنی کوٹھی چلا آیا
بارش ہو رہی تھی۔۔۔

اور تنویر بیحد مغموم تھا۔۔۔۔

اس کو ایسا محسوس ہوا کہ س کی آنکھوں کے آنسو بارش کے قطرے بن کر ٹپک رہے ہیں۔

باسط

باسط بالکل رضامند نہیں تھا، لیکن ماں کے سامنے اس کی کوئی پیش نہ چلی۔ اول اول تو اس کو اتنی جلدی شادی کرنے کی کوئی خواہش نہیں تھی، اس کے علاوہ وہ لڑکی بھی اسے پسند نہیں تھی جس سے اس کی ماں اس کی شادی کرنے پر تُلی ہوئی تھی۔ وہ بہت دیر تک ٹالتا رہا۔ جتنے بہانے بنا سکتا تھا۔ اس نے بنائے، لیکن آخر ایک روز اس کو ماں کی اٹل خواہش کے سامنے سرِ تسلیم خم کرنا ہی پڑا۔ دراصل انکار کرتے کرتے وہ بھی تنگ آ گیا تھا۔ چنانچہ اس نے دل میں سوچا، ''یہ بک بک ختم ہی ہو جائے تو اچھا ہے، ہونے دو شادی۔ کوئی قیامت تو نہیں ٹوٹ پڑے گی۔۔۔ میں نبھالوں گا۔''

اس کی ماں بہت خوش ہوئی۔ لڑکی والے اس کے عزیز تھے اور وہ عرصہ ہوا ان کو زبان دے چکی تھی۔ جب باسط نے ہاں کی تو وہ تاریخ پکی کرنے کے لیے لڑکی والوں کے ہاں گئی۔ انہوں نے ٹال مٹول کی تو باسط کی ماں کو بہت غصہ آیا۔ ''سعیدہ کی ماں، میں نے اتنی مشکلوں سے باسط کو رضامند کیا ہے، اب تم تاریخ پکی نہیں کر رہی ہو۔ شادی ہو گی تو اسی مہینے کی بیس کو ہو گی۔ نہیں تو نہیں ہو گی۔ اور یہ بات سولہ آنے پکی ہے۔ سمجھ لیا۔''

دھمکی نے کام کیا۔ لڑکی کی ماں بالآخر راضی ہو گئی۔ سب تیاریاں مکمل ہوئیں۔ بیس کو دلہن گھر میں تھی۔ باسط کو گو وہ پسند نہیں تھی لیکن وہ اس کے ساتھ نبھانے کا فیصلہ کر چکا تھا، چنانچہ وہ اس سے بڑی محبت سے پیش آیا۔ اس پر بالکل ظاہر نہ ہونے دیا کہ وہ اس سے شادی کرنے کے لیے تیار نہیں تھا اور یہ کہ وہ زبردستی اس کے سر مَنڈھ دی گئی ہے۔

نئی دلہنیں عام طور پر بہت شرمیلی ہوتی ہیں لیکن باسط نے محسوس کیا کہ سعیدہ ضرورت سے زیادہ شرمیلی

ہے۔اُس کے اِس شرمیلے پن میں کچھ خوف بھی تھا جیسے وہ باسط سے ڈرتی ہے۔ شروع شروع میں باسط نے سوچا کہ یہ چیز دور ہو جائے گی مگر وہ بڑھتی ہی گئی۔ باسط نے اس کو چند روز کے لیے میکے بھیج دیا۔ واپس آئی تو اس کا خوف آلود شرمیلا پن ایک حد تک دور ہو چکا تھا۔ باسط نے سوچا ایک دو مرتبہ اور میکے جائے گی تو ٹھیک ہو جائے گی۔ مگر اس کا یہ قیاس غلط نکلا۔سعیدہ پھر خوف زدہ رہنے لگی۔

باسط نے ایک روز اس سے پوچھا، ''سعیدہ تم ڈری ڈری کیوں رہتی ہو؟'' سعیدہ یہ سن کر چونکی، ''نہیں تو۔۔۔نہیں تو۔'' باسط نے اس سے بڑے پیار بھرے لہجے میں کہا، ''آخر بات کیا ہے۔۔۔خدا کی قسم مجھے بڑی الجھن ہوتی ہے۔۔۔کس بات کا ڈر ہے تمہیں۔۔۔میری ماں اتنی اچھی ہے۔۔۔وہ تم سے ساسوں کا سا سلوک نہیں کرتی۔ میں تم سے اتنی محبت کرتا ہوں۔۔۔پھر تم ایسی صورت کیوں بنائے رکھتی ہو کہ معلوم ہوتا ہے تمہیں یہ خوف ہے کہ کوئی تمہیں پیٹے گا۔'' یہ کہہ کر اس نے سعیدہ کا منہ چوما۔سعیدہ خاموش رہی۔اس کی آنکھیں البتہ اور زیادہ خوف زدہ ہو گئیں۔

باسط نے اس کو اور پیار کیا اور کہا، ''تمہیں ہر وقت ہنستی رہنا چاہیے۔۔۔لو، اب ذرا ہنسو۔۔۔ہنسو میری جان۔'' سعیدہ نے ہنسنے کی کوشش کی۔ باسط نے پیار سے اس کو تھپکی دی۔ ''شاباش۔۔۔! اسی طرح مسکراتا چہرہ ہونا چاہیے ہر وقت!''

باسط کی یہ محبت ظاہر ہے کہ بالکل مصنوعی تھی، کیونکہ سعیدہ کے لیے اس کے دل میں کوئی جگہ نہیں تھی، لیکن وہ صرف اپنی ماں کی خاطر چاہتا تھا کہ سعیدہ سے اس کا رشتہ نا کام ثابت نہ ہو۔۔۔اس کی ماں اپنی شکست کبھی برداشت نہ کر سکتی۔اس نے اپنی زندگی میں شکست کا منہ دیکھا ہی نہیں تھا۔اس لیے باسط کی انتہائی کوشش یہی تھی کہ سعیدہ سے اس کی نبھ جائے، چنانچہ اپنے دل میں سعیدہ کے لیے اس نے بڑے خلوص کے ساتھ مصنوعی محبت پیدا کر لی تھی۔اس کی ہر آسائش کا خیال رکھتا تھا۔اپنی ماں سے سعیدہ کی چھوٹی سی بات کی بھی تعریف کرتا تھا۔ جب وہ یہ محسوس کرتا کہ اس کی ماں بہت مطمئن ہے، اس بات سے مطمئن ہے کہ اس نے باسط کا رشتہ ٹھیک جگہ کیا ہے تو اس کو دلی خوشی ہوتی۔

شادی کو ایک مہینہ ہو گیا۔اس دوران میں سعیدہ کئی مرتبہ میکے گئے۔ باسط کو اس پر کوئی اعتراض نہیں تھا۔وہ سمجھتا تھا کہ یوں اس کا خوف آلود شرمیلا پن دور ہو جائے گا۔ مگر ایسا نہ ہوا۔ یہ دن بہ دن بڑھتا چلا جا رہا تھا۔اب تو سعیدہ وحشت زدہ دکھائی دیتی تھی۔ باسط حیران تھا کہ بات کیا ہے۔اس کے بارے میں اس نے ماں سے کوئی بات نہ کی اس لیے کہ اسے یقین تھا کہ وہ اس کو ڈانٹ پلاتیں، ''بکواس نہ کرو۔

مجھے معلوم تھا تم ضرور ایک روز اس میں کیڑے ڈالو گے۔ ''باسط نے سعیدہ ہی سے کہا، ''میری جان، تم مجھے بتاتی کیوں نہیں ہو۔ ''سعیدہ چونک اٹھی۔ ''جی؟''

اس کے چونکنے پر باسط نے یوں محسوس کیا جیسے اس نے سعیدہ کی کسی دُکھتی رگ پر زور سے ہاتھ رکھ دیا تھا۔ لہجے میں اور زیادہ پیار بھر کے اس نے کہا، ''میں نے پوچھا تھا کہ اب تم اور زیادہ خوف زدہ رہنے لگی ہو۔ آخر بات کیا ہے؟''

سعیدہ نے تھوڑے توقف کے بعد جواب دیا، ''بات تو کچھ بھی نہیں۔۔۔ میں ذرا بیمار ہوں۔''

''کیا بیماری ہے۔۔۔ تم نے مجھ سے کبھی ذکر ہی نہیں کیا۔''

سعیدہ نے دوپٹے کے کنارے کو انگلی پر لپیٹتے ہوئے جواب دیا، ''امی جان علاج کرا رہی ہے میرا۔ جلدی ٹھیک ہو جاؤں گی۔ ''باسط نے سعیدہ سے اور زیادہ دلچسپی لینا شروع کی تو اس نے دیکھا کہ وہ ہر روز چھپ کر کوئی دوا کھاتی ہے۔ ایک دن جب کہ وہ اپنے قفل لگے ٹرنک سے دوا نکال کر کھانے والی تھی۔ وہ اس کے پاس پہنچ گیا۔ وہ زور سے چونکی سفوف کی کھلی ہوئی پڑیا اس کے ہاتھ سے گر پڑی۔ باسط نے اس سے پوچھا، ''یہ دوا کھاتی ہو؟'' سعیدہ نے تھوک نگل کر جواب دیا، ''جی ہاں۔۔۔امی جان نے حکیم صاحب سے منگوائی تھی۔''

''کچھ افاقہ ہے اس سے؟''

''جی ہاں!''

''تو کھاؤ۔۔۔اگر آرام نہ آئے تو مجھ سے کہنا۔ میں ڈاکٹر کے پاس لے چلوں گا۔ ''سعیدہ نے پڑیا فرش پر سے اٹھائی اور سر ہلا کر کہا، ''جی اچھا۔''

باسط چلا گیا۔ اس نے سوچا، ''اچھا ہے، کوئی علاج تو ہو رہا ہے۔ خدا کرے اچھی ہو جائے۔ میرا خیال ہے یہ ڈرور کچھ نہیں۔ بیماری ہے۔۔۔ دور ہو جائے گی اِن شاءاللہ !''

اس نے سعیدہ کی اس بیماری کا اپنی ماں سے پہلی بار ذکر کیا تو کہنے لگی، ''بکو اس ہے۔ خدا کے فضل و کرم سے اچھی بھلی ہے۔ کیا بیماری ہے اسے؟ ''باسط نے کہا، ''مجھے کیا معلوم امی جان۔۔۔؟ یہ تو سعیدہ ہی بتا سکتی ہے آپ کو۔ ''باسط کی ماں نے بڑی بے پروائی سے کہا، ''میں پوچھوں گی اس سے۔۔۔۔'' جب سعیدہ سے دریافت کیا تو اس نے جواب دیا، ''کچھ نہیں خالہ جان، سر میں درد رہتا تھا۔ امی جان نے حکیم صاحب سے دوا منگا دی تھی۔ اصل میں باسط صاحب بڑے وہمی ہیں۔۔۔ ہر وقت کہتے رہتے ہیں

تم ڈری ڈری سی دکھائی دیتی ہو۔۔۔ مجھے ڈر کس بات کا ہو گا بھلا۔ '' باسط کی ماں نے کہا، '' بکو اس کرتا ہے۔ تم اس کی فضول باتوں کا خیال نہ کرو۔ '' چند روز کے بعد باسط نے محسوس کیا کہ سعیدہ بہت ہی زیادہ گھبرائی ہوئی ہے۔ اس کا اِضطِراب اس کے رویّیں رویّیں سے ظاہر ہوتا تھا۔ شام کے قریب اس نے باسط سے کہا، '' امی جان سے ملنے کو جی چاہتا ہے۔۔۔ مجھے وہاں چھوڑ آیئے۔ ''

باسط نے جواب دیا، '' نہیں سعیدہ۔ آج تمہاری طبیعت ٹھیک نہیں۔ '' سعیدہ نے اصرار کیا، '' آپ مجھے وہاں چھوڑ آیئے۔ ٹھیک ہو جاؤں گی۔ '' باسط نے انکار کر دیا۔ '' وہاں طبیعت ٹھیک ہو سکتی ہے تو یہاں بھی ٹھیک ہو سکتی ہے۔ جاؤ آرام سے لیٹ جاؤ۔ '' باسط کی ماں آ گئی۔ باسط نے اس سے کہا، '' امی جان، دیکھیے سعیدہ ضد کر رہی ہے طبیعت اس کی ٹھیک نہیں، کہتی ہے مجھے امی جان کے پاس لے چلو۔ '' باسط کی ماں نے بڑی بے پروائی سے کہا، '' کل چلی جانا سعیدہ۔ ''

سعیدہ نے اور کچھ نہ کہا۔ خاموش ہو کر باہر صحن میں چلی گئی۔ تھوڑی دیر کے بعد باسط باہر نکلا۔ سعیدہ صحن میں نہیں تھی۔ اس نے اِدھر اُدھر تلاش کیا۔ مگر وہ نہ ملی۔ باسط نے سوچا اوپر کوٹھے پر ہو گی۔ اوپر گیا تو غسل خانے کا دروازہ بند تھا۔ کھٹکھٹا کر اس نے آواز دی، '' سعیدہ! '' کوئی جواب نہ ملا تو پھر پکارا، '' سعیدہ! '' اندر سے بڑی نحیف آواز آئی۔ '' جی! '' باسط نے پوچھا، '' کیا کر رہی ہو۔ '' اور زیادہ نحیف آواز آئی، '' نہار ہی ہوں۔ ''

باسط نیچے آ گیا۔ سعیدہ کے بارے میں سوچتا سوچتا باہر گلی میں نکلا۔ موری کی طرف نظر پڑی تو اس میں خون ہی خون تھا اور یہ خون اس غسل خانے سے آ رہا تھا جس میں سعیدہ نہار ہی تھی۔ باسط کے ذہن میں تلے اوپر کئی خیالات اوندھے سیدھے گرے۔ پھر یہ گردان شروع ہو گئی۔ '' دوا۔۔۔ خون۔۔۔ دوا۔۔۔ ڈر۔۔۔ دوا۔۔۔ خون۔۔۔ ڈر! ''

پھر اس نے آہستہ آہستہ سوچنا شروع کیا۔ سعیدہ کی ماں شادی کی تاریخ کی یقی نہیں کرتی تھی۔ اس نے کہا تھا ایک دو مہینے ٹھہر جاؤ۔۔۔ سعیدہ کا بار بار اپنی ماں سے ملنے جانا۔ اس کا ہر وقت خوفزدہ رہنا، دوا کھانا اور خاص طور پر آج بہت ہی زیادہ وحشت زدہ رہنا۔ باسط سارا معاملہ سمجھ گیا۔ سعیدہ پیٹ سے تھی۔ جب وہ دلہن بن کر اس کے پاس آئی تھی۔ اس کی ماں کی یہ کوشش تھی کہ حمل گر جائے۔ چنانچہ آج وہ چیز ہو گئی۔ باسط نے سوچا، '' کیا میں اوپر جاؤں۔ جا کر سعیدہ کو دیکھوں۔۔۔ اپنی ماں سے بات کروں۔ '' ماں کا سوچا تو اس کو خیال آیا کہ وہ یہ صدمہ برداشت نہیں کر سکے گی۔ وہ اپنے بیٹے کی آنکھوں میں ذلیل ہونا کبھی گوارا نہیں

کرے گی ضرور کچھ کھا کر مر جائے گی۔ وہ کوئی فیصلہ نہ کر سکا۔ اپنے کمرے میں گیا اور سر پکڑ کر بیٹھ گیا۔ کئی بار اس کو سعیدہ کا خیال آیا کہ وہ خدا معلوم کس حالت میں ہو گی۔ اس کے جسم پر، اس کے دل و دماغ پر کیا کچھ بیتا ہو گا اور کیا بیت رہا ہو گا۔ کیسے اتنا بڑا راز چھپائے گی۔ کیا لوگ پہچان نہیں جائیں گے۔ جوں جوں وہ سعیدہ کے بارے میں سوچتا اس کے دل میں ہمدردی کا جذبہ بڑھتا جاتا۔ اس کو سعیدہ پر ترس آنے لگا، ''بے چاری، معلوم نہیں بے ہوش پڑی ہے یا ہوش میں ہے۔ ہوش میں بھی اس پر جانے کیا گزر رہی ہو گی۔۔۔ کیا وہ نیچے آ سکے گی؟ ''

تھوڑی دیر کے بعد وہ اٹھ کر صحن میں گیا تو سعیدہ نیچے آئی۔ اس کا رنگ بے حد زرد تھا، اتنا زرد کہ وہ بالکل مردہ معلوم ہوتی تھی۔ اس سے بمشکل چلا جاتا تھا۔ ٹانگیں لڑکھڑا رہی تھیں۔ کمر میں جیسے جان ہی نہیں تھی۔ باسط نے اس کو دیکھا تو اس پر بہت ترس آیا۔ اندر سے برقعہ اٹھایا اور اس سے کہا، ''چلو میں تمہیں چھوڑ آؤں۔'' سعیدہ نے بہت ہمت سے کام لیا۔ باسط کے ساتھ چل کر باہر سڑک تک چل گئی۔ باسط نے تانگہ لیا اور اس کو اس کی ماں کے پاس چھوڑ آیا۔ ماں نے اس سے پوچھا، ''سعیدہ کہاں ہے؟ '' باسط نے جواب دیا، ''ضد کرتی تھی۔ میں اسے چھوڑ آیا ہوں۔ ''

باسط کی ماں نے اس کو ڈانٹا، ''بکواس کرتے ہو۔ ضد کرنے دی ہوتی تم اسی طرح اس کی عادتیں خراب کرو گے اور پھر مجھ سے کہو کہ میں نے غلط جگہ تمہارا رشتہ کیا تھا۔ ''

باسط نے کہا، ''نہیں امی جان۔ سعیدہ بڑی اچھی لڑکی ہے۔'' اس کی ماں مسکرائی، ''میں نے تم سے کہا نہیں تھا کہ وہ بہت نیک لڑکی ہے تم اسے ضرور پسند کرو گے۔'' پھر تھوڑی دیر کے چھپنے کے بعد ایک دم باسط سے مخاطب ہوئی، ''اور ہاں باسط، یہ اوپر غسل خانے میں خون کیسا تھا؟ ''

باسط سٹپٹا سا گیا۔ ''وہ۔۔۔ کچھ نہیں امی جان۔ میری نکسیر پھوٹی تھی۔'' ماں نے بڑے غصے کے ساتھ کہا، ''کم بخت گرم چیزیں نہ کھایا کرو۔۔۔ جب دیکھو جیبیں مونگ پھلی سے بھری ہیں۔ ''

باسط کچھ دیر اپنی ماں کے ساتھ باتیں کرتا رہا۔ وہ اٹھ کر کہیں گئی تو باسط اوپر غسل خانے میں گیا۔ پانی ڈال کر اس کو اچھی طرح صاف کیا۔ اس کے دل کو اس بات کا بڑا اطمینان تھا کہ اس نے اپنی ماں سے سعیدہ کے متعلق کوئی بات نہیں کی اور نہ اس نے سعیدہ پر یہ ظاہر ہونے دیا کہ وہ اس کا راز جانتا ہے۔ وہ دل میں فیصلہ کر چکا تھا کہ سعیدہ کا راز ہمیشہ اس کے سینے میں دفن رہے گا۔ وہ کافی تکلیف اٹھا چکی تھی۔ باسط کے خیال کے مطابق اس کو اپنے کیے کی سزا مل چکی تھی۔ مزید سزا دینے کا کوئی فائدہ نہیں تھا۔ ''خدا

کرے وہ جلد تندرست ہو جائے۔اب اس کے چہرے پر وہ الجھن پیدا کرنے والا خوف نہیں رہے گا۔''

وہ یہ سوچ ہی رہا تھا کہ نیچے اس کی ماں کی چیخ کی آواز آئی۔ باسط لوٹا رکھ کر دوڑا نیچے گیا۔سب کمرے دیکھے ۔ڈیوڑھی میں گیا تو اس کی ماں فرش پر اوندھی پڑی تھی، مردہ۔اس کے سامنے کوڑے والے لکڑی کے بکس میں ایک چھوٹا بہت ہی چھوٹا سا نامکمل بچہ کپڑے میں لپٹا پڑا تھا۔

باسط کو بے حد صدمہ ہوا۔اس نے پہلے اس بچے کو اٹھایا۔ کپڑے میں اچھی طرح لپیٹا اور اندر جا کر بوٹ کے خالی ڈبے میں بند کر دیا۔ پھر ماں کو اٹھا کر اندر چارپائی پر لٹایا اور اس کے سرہانے بیٹھ کر دیر تک روتا رہا۔سعیدہ کو اطلاع پہنچی تو اس کو اپنی ماں کے ساتھ آنا پڑا۔وہ اسی طرح زرد تھی۔ پہلے سے زیادہ نڈھال۔ باسط کو بہت ترس آیا۔اس سے کہا، ''سعیدہ جو اللہ کو منظور تھا، ہو گیا۔تمہاری طبیعت ٹھیک نہیں۔ رونا بند کرو اور جاؤ اندر لیٹ جاؤ۔''

اندر جانے کے بجائے سعیدہ ڈیوڑھی میں گئی۔ جب واپس آئی تو اس کا چہرہ ہلدی کی طرح زرد تھا۔ باسط خاموش رہا۔سعیدہ نے اس کی طرف دیکھا،اس کی آنکھوں میں آنسو تھے۔ یہ آنسو صاف بتا رہے تھے کہ وہ باسط کا شکریہ ادا کر رہی ہے۔۔۔باسط نے اس سے بڑے پیار سے کہا، ''زیادہ رونا اچھا نہیں سعیدہ۔۔۔ جو خدا کو منظور تھا ہو گیا۔''

دوسرے روز اس نے بچے کو نہر کے کنارے گڑھا کھود کر دفنا دیا۔

بانجھ

میری اور اُس کی ملاقات آج سے ٹھیک دو برس پہلے اپولو بندر پر ہوئی۔ شام کا وقت تھا۔ سورج کی آخری کرنیں سمندر کی اُن دراز لہروں کے پیچھے غائب ہو چکی تھیں جو ساحل کے بنچ پر بیٹھ کر دیکھنے سے موٹے کپڑے کی تہیں معلوم ہوتی تھیں۔ مَیں گیٹ آف انڈیا کے اُس طرف پہلا بنچ چھوڑ کر جس پر ایک آدمی چپی والے سے اپنے سر کی مالش کرا رہا تھا، دوسرے بنچ پر بیٹھا تھا۔ اور حدِ نظر تک پھیلے ہوئے سمندر کو دیکھ رہا تھا۔ دُور بہت دُور جہاں سمندر اور آسمان گھل مل رہے تھے۔ بڑی بڑی لہریں آہستہ آہستہ اُٹھ رہی تھیں۔ اور ایسا معلوم ہوتا تھا کہ بہت بڑا گدلے رنگ کا قالین ہے جسے اِدھر سے اُدھر سمیٹا جا رہا ہے۔

ساحل کے سب قمقمے روشن تھے جن کا عکس کنارے کے لرزاں پانی پر کپکپاتی ہوئی موٹی لکیروں کی صورت میں جگہ جگہ رینگ رہا تھا۔ میرے پاس پتھریلی دیوار کے نیچے کئی کشتیوں کے لپٹے ہوئے بادبان اور بانس ہولے ہولے حرکت کر رہے تھے۔ سمندر کی لہریں اور تماشائیوں کی آواز ایک گنگناہٹ بن کر فضا میں گھلی ہوئی تھی۔ کبھی کبھی کسی آنے یا جانے والی موٹر کے ہارن کی آواز بلند ہوتی اور یوں معلوم ہوتا کہ بڑی دلچسپ کہانی سننے کے دوران میں کسی نے زور سے 'ہوں' کی ہے۔

ایسے ماحول میں سگریٹ پینے کا بہت مزہ آتا ہے، مَیں نے جیب میں ہاتھ ڈال کر سگریٹ کی ڈبیا نکالی۔ مگر ماچس نہ ملی۔ جانے کہاں بھول آیا تھا۔ سگریٹ کی ڈبیا واپس جیب میں رکھنے ہی والا تھا کہ پاس سے کسی نے کہا، ''ماچس لیجیے گا۔''

میں نے مڑ کر دیکھا۔ بنچ کے پیچھے ایک نوجوان کھڑا تھا۔ یوں تو بمبئی کے عام باشندوں کا رنگ زرد ہوتا ہے۔

لیکن اس کا چہرہ خوف ناک طور پر زرد تھا۔ مَیں نے اس کا شکریہ ادا کیا، ''آپ کی بڑی عنایت ہے۔''
اُس نے جواب دیا، ''آپ سگریٹ سلگا لیجیے مجھے جانا ہے۔''

مجھے ایسا محسوس ہوا کہ اُس نے جھوٹ بولا ہے۔ کیونکہ اُس کے لہجے سے اِس بات کا پتہ چلتا تھا کہ اُسے
کوئی جلدی نہیں ہے اور نہ اُسے کہیں جانا ہے۔ آپ کہیں گے کہ لہجے سے ایسی باتوں کا پتہ کیسے چل سکتا ہے۔
لیکن حقیقت یہ ہے کہ مجھے اُس وقت ایسا محسوس ہوا چنانچہ مَیں نے ایک بار پھر کہا، ''ایسی جلدی کیا ہے
ـ ـ تشریف رکھیے۔'' اور یہ کہہ کر مَیں نے سگریٹ کی ڈبیا اُس کی طرف بڑھا دی، ''شوق فرمائیے''
اُس نے سگریٹ کی چھاپ کی طرف دیکھا۔ اور جواب دیا، ''شکریہ، مَیں صرف اپنا برانڈ پیا کرتا ہوں۔''
آپ مانیں نہ مانیں۔ مگر مَیں قسمیہ کہتا ہوں کہ اِس بار اُس نے پھر جھوٹ بولا۔ اِس مرتبہ پھر اُس کے
لہجے نے چُغلی کھائی۔ اور مجھے اُس سے دلچسپی پیدا ہو گئی۔ اِس لیے کہ مَیں نے اپنے دل میں قصد
کر لیا تھا کہ اُسے ضرور اپنے پاس بٹھاؤں گا۔ اور اپنا سگریٹ پلواؤں گا۔ میرے خیال کے مطابق اِس
میں مشکل کی کوئی بات ہی نہ تھی۔ کیونکہ اُس کے دو جملوں ہی نے مجھے بتا دیا تھا کہ وہ اپنے آپ کو دھوکا
دے رہا ہے۔ اُس کا جی چاہتا ہے کہ میرے پاس بیٹھے اور سگریٹ پیے۔ لیکن بیک وقت اُس کے دل
میں یہ خیال بھی پیدا ہوا تھا کہ میرے پاس نہ بیٹھے اور میرا سگریٹ نہ پیے۔ چنانچہ ہاں اور نہ کا یہ تصادم
اُس کے لہجے میں صاف طور پر مجھے نظر آیا تھا۔ آپ یقین جانیے کہ اُس کا وُجود بھی ہونے اور نہ ہونے
کے بیچ میں لٹکا ہوا تھا۔

اُس کا چہرہ جیسا کہ مَیں بیان کر چکا ہوں بے حد پیلا تھا۔ اِس پر اُس کی ناک، آنکھوں اور مُنہ کے خطوط
اس قدر مدھم تھے جیسے کسی نے تصویر بنائی ہے اور اُس کو پانی سے دھو ڈالا ہے۔ کبھی کبھی اُس کی طرف
دیکھتے دیکھتے اُس کے ہونٹ ابھر سے آتے لیکن پھر راکھ میں لپٹی ہوئی چنگاری کے مانند سو جاتے۔ اُس
کے چہرے کے دوسرے خطوط کا بھی یہی حال تھا۔ آنکھیں گدلے پانی کی دو بڑی بڑی بوندیں تھیں جن
پر اُس کی چھدری پلکیں جُھکی ہوئی تھیں۔ بال کالے تھے۔ مگر اُن کی سیاہی جلے ہوئے کاغذ کے مانند
تھی جن میں بھوسلا پن ہوتا ہے۔ قریب سے دیکھنے پر اُس کی ناک کا صحیح نقشہ معلوم ہو سکتا تھا۔ مگر دُور
سے دیکھنے پر وہ بالکل چپٹی معلوم ہوتی تھی۔ کیونکہ جیسا کہ مَیں اِس سے پیشتر بیان کر چکا ہوں۔ اُس کے
چہرے کے خطوط بالکل ہی مدھم تھے۔
اُس کا قد عام لوگوں جتنا تھا۔ یعنی نہ چھوٹا نہ بڑا۔ البتہ جب وہ ایک خاص انداز سے اپنی کمر کی ہڈی کو

ڈھیلا چھوڑ کے کھڑا ہوتا۔ تو اُس کے قد میں نمایاں فرق پیدا ہو جاتا۔ اِس طرح جب کہ وہ ایک دم کھڑا ہوتا تو اُس کا قد جسم کے مقابلے میں بہت بڑا دکھائی دیتا۔

کپڑے اُس کے خستہ حالت میں تھے۔ لیکن میَلے نہیں تھے۔ کوٹ کی آستینوں کے آخری حصّے کثرتِ استعمال کے باعث گھس گئے تھے اور بھُوسڑے نکل آئے تھے۔ کالر کھلا تھا۔ اور قمیض بس ایک اور دھلائی کی ماری تھی۔ مگر اُن کپڑوں میں بھی وہ خود کو ایک باوقار انداز میں پیش کرنے کی سعی کر رہا تھا۔ میَں نے سعی کر رہا تھا! اِس لیے کہا کیونکہ جب میَں نے اُس کی طرف دیکھا تو اُس کے سارے وُجود میں بے چینی کی لہر دوڑ گئی تھی اور مجھے ایسا معلوم ہوا تھا کہ وہ اپنے آپ کو میری نگاہوں سے اوجھل رکھنا چاہتا ہے۔

میَں اُٹھ کھڑا ہوا اور سگریٹ سلگا کر اُس کی طرف ڈبیا بڑھا دی، ''شوق فرمایئے۔'' یہ میَں نے کچھ اِس طریقے سے کہا اور فوراً ماچس سلگا کر اِس انداز سے پیش کی کہ وہ سب کچھ بھول گیا۔ اُس نے ڈبیا میں سے سگریٹ نکال کر مُنہ میں دبا لیا۔ اور اُسے سلگا کر پینا بھی شروع کر دیا۔ لیکن ایکا ایکی اُسے اپنی غلطی کا احساس ہوا۔ اور مُنہ میں سے سگریٹ نکال کر مصنوعی کھانسی کے آثار حلق میں پیدا کرتے ہوئے اُس نے کہا، '' کیونڈر مجھے راس نہیں آتے ان کا تمباکو بہت تیز ہے۔ میرے گلے میں فوراً اَخراشیں پیدا ہو جاتی ہیں۔'' میَں نے اُس سے پوچھا، '' آپ کون سے سگریٹ پسند کرتے ہیں؟'' اُس نے بتُلا کر جواب دیا، '' میَں۔۔۔۔ میَں۔۔۔۔ دراصل سگریٹ بہت کم پیتا ہوں۔ کیونکہ ڈاکٹر روکنے منع کر رکھا ہے۔ ویسے میَں تھری فائیو پیتا ہوں جن کا تمباکو تیز نہیں ہوتا۔''

اُس نے جس ڈاکٹر کا نام لیا وہ بمبئی کا بہت بڑا ڈاکٹر ہے۔ اُس کی فیس دس روپے ہے۔ اور جن سگریٹوں کا اُس نے حوالہ دیا اُس کے متعلق آپ کو بھی معلوم ہو گا کہ بہت مہنگے داموں پر ملتے ہیں۔ اُس نے ایک ہی سانس میں دو جھوٹ بولے۔ جو مجھے ہضم نہ ہوئے۔ مگر میَں خاموش رہا۔ حالانکہ سچ عرض کرتا ہوں اُس وقت میرے دل میں یہی خواہش چٹکیاں لے رہی تھی کہ اُس کا غلاف اتار دوں اور اُس کی دروغ گوئی کو بے نقاب کر دوں۔ اور اُسے کچھ اِس طرح شرمندہ کروں کہ وہ مجھ سے معافی مانگے۔ مگر میَں نے جب اُس کی طرف دیکھا تو اِس فیصلے پر پہنچا کہ اُس نے جو کچھ کہا ہے اُس کا جزو بن کر رہ گیا ہے۔ جھوٹ بول کر چہرے پر جو ایک سرخی سی دوڑ جایا کرتی ہے مجھے نظر نہ آئی بلکہ میَں نے یہ دیکھا کہ وہ جو کچھ کہہ چکا ہے اُس کو حقیقت سمجھتا ہے۔ اُس کے جھوٹ میں اِس قدر اخلاص تھا یعنی اُس نے اتنے پُر

خلوص طریقے پر جھوٹ بولا تھا کہ اُس کی میزانِ احساس میں ہلکی سی جُنبش بھی پیدا نہیں ہوئی تھی۔ خیر اس قصّے کو چھوڑیئے۔ ایسی باریکیاں آپ کو بتانے لگوں تو صفحوں کے صفحے کالے ہو جائیں گے۔ اور افسانہ بہت خشک ہو جائے گا۔

تھوڑی سی رسمی گفتگو کے بعد میں نے اُس کو راہ پر لگایا۔ اور ایک اور سگریٹ پیش کر کے سمندر کے دلفریب منظر کی بات چھیڑ دی۔ چونکہ افسانہ نگار ہوں۔ اِس لیے کچھ اِس دلچسپ طریقے پر اُسے سمندر، اپولو بندر اور وہاں آنے جانے والے تماشائیوں کے بارے میں چند باتیں سنائیں۔ کہ چھ سگریٹ پینے پر بھی اُس کے حلق میں خرخراہٹ پیدا نہ ہوئی۔ اُس نے میرا نام پوچھا۔ میں نے بتایا تو وہ اُٹھ کھڑا ہوا اور کہنے لگا، ''آپ مسٹر ۔۔۔ ہیں۔ میں آپ کے کئی افسانے پڑھ چکا ہوں۔ مجھے ۔۔۔ مجھے معلوم نہ تھا۔ کہ آپ ۔۔۔ ہیں۔۔۔ مجھے آپ سے مل کر بہت خوشی ہوئی ہے واللہ بہت خوشی ہوئی ہے۔''

میں نے اُس کا شکریہ ادا کرنا چاہا۔ مگر اُس نے اپنی بات شروع کر دی ۔۔۔ ''ہاں خوب یاد آیا ابھی حال ہی میں آپ کا ایک افسانہ میں نے پڑھا ہے۔ عنوان بھول گیا ہوں۔ اُس میں آپ نے ایک لڑکی پیش کی ہے جو کسی مرد سے محبت کرتی تھی۔ مگر وہ اُسے دھوکا دے گیا۔ اُسی لڑکی سے ایک اور مرد بھی محبت کرتا تھا۔ جو افسانہ سناتا ہے جب اُس کو لڑکی کی اُفتاد کا پتہ چلتا ہے تو وہ اُس سے ملتا ہے اور اُس سے کہتا ہے۔ زندہ رہو ۔۔۔ اُن چند گھڑیوں کی یاد میں اپنی زندگی کی بنیادیں کھڑی کرو۔ جو تم نے اُس کی محبت میں گزاری ہیں۔ اُس مَسَرَّت کی یاد میں جو تم نے چند لمحات کے لیے حاصل کی تھی۔ مجھے اصل عبارت یاد نہیں رہی۔ لیکن مجھے بتایئے۔ کیا ایسا ممکن ہے۔ ممکن کو چھوڑیئے۔ آپ یہ بتایئے کہ وہ آدمی آپ تو نہیں تھے؟ مگر کیا آپ ہی نے اُس سے کوٹھے پر ملاقات کی تھی اور اُس کی تھی ہوئی جوانی کو اوگھتی ہوئی چاندنی میں چھوڑ کر نیچے اپنے کمرے میں سونے کے لیے چلے آئے تھے۔۔۔'' یہ کہتے ہوئے وہ ایک دم ٹھہر گیا۔

''مگر مجھے ایسی باتیں نہیں پوچھنی چاہئیں۔۔۔ اپنے دل کا حال کون بتاتا ہے۔''

اِس پر میں نے کہا، ''میں آپ کو بتاؤں گا۔۔۔ لیکن پہلی ملاقات میں سب کچھ پوچھ لینا اور سب کچھ بتا دینا اچھا معلوم نہیں ہوتا۔ آپ کا کیا خیال ہے؟'' وہ جوش جو گفتگو کرتے وقت اُس کے اندر پیدا ہو گیا تھا ایک دم ٹھنڈا پڑ گیا۔ اُس نے دھیمے لہجے میں کہا، ''آپ کا فرمانا بالکل درست ہے مگر کیا پتہ ہے کہ آپ سے پھر کبھی ملاقات نہ ہو۔''

اِس پر میں نے کہا، ''اِس میں شک نہیں بمبئی بہت بڑا شہر ہے لیکن ہماری ایک نہیں بہت سی ملاقاتیں ہو

سکتی ہیں بے کار آدمی ہوں یعنی افسانہ نگار۔۔۔ شام کو ہر روز اِسی وقت بشرطیکہ بیمار نہ ہو جاؤں آپ مجھے ہمیشہ اِسی جگہ پر پائیں گے۔۔۔ یہاں بے شمار لڑکیاں سیر کو آتی ہیں۔ اور مَیں اس لیے آتا ہوں کہ خود کو کسی کی محبت میں گرفتار کر سکوں۔۔۔ محبت بری چیز نہیں ہے۔''

''محبت۔۔۔ محبت!'' اُس نے اِس سے آگے کچھ کہنا چاہا مگر نہ کہہ سکا۔ اور جلتی ہوئی رسّی کی طرح آخری بل کھا کر خاموش ہو گیا۔

مَیں نے اَزراہِ مذاق اُس سے محبت کا ذکر کیا تھا۔ دراصل اُس وقت فضا ایسی دلفریب تھی کہ اگر کسی عورت پر عاشق ہو جاتا تو مجھے افسوس نہ ہوتا جب دونوں وقت آپس میں مل رہے ہوں۔ نیم تاریکی میں بجلی کے قُمقُمے قطار اندر قطار آنکھیں جھپکنا شروع کر دیں۔ ہوا میں خنکی پیدا ہو جائے اور فضا پر ایک افسانوی کیفیت سی چھا جائے تو کسی اجنبی عورت کی قربت کی ضرورت محسوس ہوا کرتی ہے۔ ایک ایسی جس کا احساس تحت شعور میں چھپا رہتا ہے۔

خدا معلوم اُس نے کس افسانے کے متعلق مجھ سے پوچھا تھا۔ مجھے اپنے سب افسانے یاد نہیں۔ اور خاص طور پر وہ تو بالکل یاد نہیں ہیں جو رومانی ہیں۔ میں اپنی زندگی میں بہت کم عورتوں سے ملا ہوں۔ وہ افسانے جو مَیں نے عورتوں کے متعلق لکھے ہیں یا تو کسی خاص ضرورت کے ماتحت لکھے گئے ہیں یا محض دماغی عیاشی کے لیے۔ میرے ایسے افسانوں میں چو نکہ خلوص نہیں ہے اِس لیے مَیں نے کبھی اِن کے متعلق غور نہیں کیا۔ ایک خاص طبقے کی عورتیں میری نظر سے گزری ہیں۔ اور اُن کے متعلق مَیں نے چند افسانے لکھے ہیں۔ مگر وہ رومان نہیں ہیں۔ اُس نے جس افسانے کا ذکر کیا تھا وہ یقیناً کوئی ادنیٰ درجے کا رومان تھا۔ جو مَیں نے اپنے چند جذبات کی پیاس بجھانے کے لیے لکھا ہو گا۔۔۔ لیکن مَیں نے تو اپنا افسانہ بیان کرنا شروع کر دیا۔

ہاں تو جب وہ محبت کہہ کر خاموش ہو گیا تو میرے دل میں خواہش پیدا ہوئی کہ محبت کے بارے میں کچھ اور کہوں۔ چنانچہ مَیں نے کہنا شروع کیا، ''محبت کی یوں تو بہت سی قسمیں ہمارے باپ دادا بیان کر گئے ہیں۔ مگر مَیں سمجھتا ہوں کہ محبت خواہ ملتان میں ہو یا سائبیر یا کے یخ بستہ میدانوں میں۔ سردیوں میں پیدا ہو یا گرمیوں میں، امیر کے دل میں پیدا ہو یا غریب کے دل میں۔۔۔ محبت خوبصورت کرے یا بدصورت، بد کردار کرے یا نیکو کار۔۔۔ محبت محبت ہی رہتی ہے۔ اُس میں کوئی فرق پیدا نہیں ہوتا جس طرح بچے پیدا ہونے کی صورت، ہمیشہ ایک سی چلی آ رہی ہے، اِسی طرح محبت کی پیدائش بھی ایک ہی طریقے پر ہوتی ہے۔ یہ جذبات ہے کہ سعیدہ بیگم ہسپتال میں بچہ جنے اور راجکماری جنگل میں۔ غلام محمد کے دل میں

بھگن محبت پیدا کر دے، اور نٹورلال کے دل میں کوئی رانی جس طرح بعض بچے وقت سے پہلے پیدا ہوتے ہیں اور کمزور رہتے ہیں اسی طرح وہ محبت بھی کمزور رہتی ہے جو وقت سے پہلے جنم لے بعض دفعہ بچے بڑی بڑی تکلیف سے پیدا ہوتے ہیں بعض دفعہ محبت بھی بڑی تکلیف دے کر پیدا ہوتی ہے۔ جس طرح عورتوں کا حَمل گر جاتا ہے اسی طرح محبت بھی گر جاتی ہے بعض دفعہ بانجھ پن پیدا ہو جاتا ہے۔ اِدھر بھی آپ کو ایسے آدمی نظر آئیں گے جو محبت کرنے کے معاملہ میں بانجھ ہیں۔۔۔ اِس کا مطلب یہ نہیں کہ محبت کرنے کی خواہش اُن کے دل سے ہمیشہ کے لیے مِٹ جاتی ہے، یا اُن کے اندر وہ جذبہ ہی نہیں رہتا، نہیں، یہ خواہش اُن کے دل میں موجود ہوتی ہے۔ مگر وہ اِس قابل نہیں رہتے کہ محبت کر سکیں۔ جس طرح عورت اپنے جسمانی نَقائص کے باعث بچے پیدا کرنے کے قابل نہیں رہتی اسی طرح یہ لوگ چند روحانی نَقائص کی وجہ سے کسی کے دل میں محبت پیدا کرنے کی قوت نہیں رکھتے۔۔۔ محبت کا اِسقاط بھی ہو سکتا ہے۔۔۔ ''

مجھے اپنی گفتگو دلچسپ معلوم ہو رہی تھی۔ چنانچہ مَیں اُس کی طرف دیکھے بغیر لیکچر دیئے جا رہا تھا۔ لیکن جب مَیں اُس کی طرف متوجہ ہوا تو وہ سمندر کے اُس پار خلا میں دیکھ رہا تھا اور اپنے خیالات میں گم تھا۔ مَیں خاموش ہو گیا۔

جب زور سے کسی موٹر کا ہارن بجا تو وہ چونکا اور خالی الذِّہن ہو کر کہنے لگا، ''جی۔۔۔ آپ نے بالکل درست فرمایا ہے، ''

میرے جی میں آئی کہ اُس سے پوچھوں۔۔۔ درست فرمایا ہے؟ اس کو چھوڑیے آپ یہ بتائیے کہ مَیں نے کیا کہا ہے؟ '' لیکن مَیں خاموش رہا۔ اور اُس کو موقع دیا کہ اپنے وزنی خیالات دماغ سے جھٹک دے۔ وہ کچھ دیر سوچتا رہا۔ اِس کے بعد اُس نے پھر کہا، '' آپ نے بالکل ٹھیک فرمایا ہے۔ لیکن۔۔۔ خیر چھوڑیے اس قصّے کو۔ ''

مجھے اپنی گفتگو بہت اچھی معلوم ہوئی تھی۔ مَیں چاہتا تھا کہ کوئی میری باتیں سنتا چلا جائے۔ چنانچہ مَیں نے پھر سے کہنا شروع کیا، '' تو میں عرض کر رہا تھا کہ بعض آدمی بھی محبت کے معاملے میں بانجھ ہوتے ہیں۔ یعنی اُن کے دل میں محبت کرنے کی خواہش تو موجود ہوتی ہے لیکن اُن کی یہ خواہش کبھی پوری نہیں ہوتی۔ مَیں سمجھتا ہوں کہ اِس بانجھ پن کا باعث روحانی نقائص ہیں۔ آپ کا کیا خیال ہے؟ ''

اُس کا رنگ اور بھی زرد پڑ گیا جیسے اُس نے کوئی بھوت دیکھ لیا ہو۔ یہ تبدیلی اُس کے اندر اتنی جلدی پیدا

ہوئی کہ میں نے گھبرا کر اُس سے پوچھا، ''خیریت تو ہے۔۔۔ آپ بیمار ہیں۔''

''نہیں تو۔۔۔نہیں تو،'' اُس کی پریشانی اور بھی زیادہ ہو گئی۔

''مجھے کوئی بیماری ویماری نہیں ہے۔۔۔ لیکن آپ نے کیسے سمجھ لیا کہ میں بیمار ہوں۔'' میں نے جواب دیا، ''اس وقت آپ کو جو کوئی بھی دیکھے گا، یہی کہے گا کہ آپ بہت بیمار ہیں۔ آپ کا رنگ خوف ناک طور پر زرد ہو رہا ہے۔۔۔ میرا خیال ہے آپ کو گھر چلے جانا چاہیے۔ آیئے میں آپ کو چھوڑ آؤں۔''

''نہیں میں چلا جاؤں گا۔ مگر میں بیمار نہیں ہوں۔۔۔ کبھی کبھی میرے دل میں معمولی سا درد پیدا ہو جایا کرتا ہے۔ شاید وہی ہو۔۔۔ میں ابھی ٹھیک ہو جاؤں گا آپ اپنی گفتگو جاری رکھیے۔''

میں تھوڑی دیر خاموش رہا۔ کیونکہ وہ ایسی حالت میں نہیں تھا کہ میری بات غور سے سن سکتا۔ لیکن جب اُس نے اِصرار کیا تو میں نے کہنا شروع کیا، ''میں آپ سے یہ پوچھ رہا تھا کہ اُن لوگوں کے متعلق آپ کا کیا خیال ہے جو محبت کرنے کے معاملے میں بانجھ ہوتے ہیں۔۔۔ میں ایسے آدمیوں کے جذبات اور اُن کی اندرونی کیفیات کا اندازہ نہیں کر سکتا۔ لیکن جب میں اُس بانجھ عورت کا تصور کرتا ہوں جو صرف ایک بیٹی یا بیٹا حاصل کرنے کے لیے دعائیں مانگتی ہے۔ خدا کے حضور میں گڑگڑاتی ہے اور جب وہاں سے کچھ نہیں ملتا تو ٹوٹکوں میں اپنا مقصود ڈھونڈتی ہے۔ شمشانوں سے راکھ لاتی ہے کئی کئی راتیں جاگ کر سادھوؤں کے بتائے ہوئے منتر پڑھتی ہے۔ منتیں مانتی ہے۔ چڑھاوے چڑھاتی ہے۔ تو میں خیال کرتا ہوں کہ اُس آدمی کی بھی یہی حالت ہوتی ہوگی جو محبت کے معاملے میں بانجھ ہو۔۔۔ ایسے لوگ واقعی ہمدردی کے قابل ہیں۔ مجھے اندھوں پر اتنا رحم نہیں آتا جتنا اِن لوگوں پر آتا ہے۔''

اُس کی آنکھوں میں آنسو آ گئے۔ اور وہ تھوک نگل کر دفعتاً اُٹھ کھڑا ہوا۔ اور پرلی طرف منہ کر کے کہنے لگا، ''اوہ بہت دیر ہو گئی۔ مجھے ضروری کام کے لیے جانا تھا یہاں باتوں باتوں میں کتنا وقت گزر گیا۔''

میں بھی اُٹھ کھڑا ہوا۔ وہ پلٹا اور جلدی سے میرا ہاتھ دبا کر میری طرف دیکھے بغیر اُس نے ''اب رخصت چاہتا ہوں،'' کہا اور چل دیا۔

دوسری مرتبہ اُس سے میری ملاقات پھر اپولو بندر ہی پر ہوئی۔ میں سیر کا عادی نہیں ہوں۔ مگر اُس زمانے میں ہر شام اپولو بندر پر جانا میرا دستور ہو گیا تھا۔ ایک مہینے کے بعد جب مجھے آگرہ کے ایک شاعر نے ایک لمبا چوڑا خط لکھا جس میں اُس نے نہایت ہی حریصانہ طور پر اپولو بندر اور وہاں جمع ہونے والی پریوں کا ذکر کیا۔ اور مجھے اِس لحاظ سے بہت خوش قسمت کہا کہ میں بمبئی میں ہوں تو اپولو بندر سے میری دلچسپی

ہمیشہ کے لیے فنا ہوگئی۔ اب جب کبھی کوئی مجھے اپولو بندر جانے کو کہتا ہے تو مجھے آگرے کے شاعر کا خط یاد آ جاتا ہے اور میری طبیعت متلا جاتی ہے۔ لیکن میں اُس زمانے کا ذکر کر رہا ہوں جب خط مجھے نہیں ملا تھا۔ اور میں ہر روز جا کر شام کو اپولو بندر کے اِس بینچ پر بیٹھا کرتا تھا جس کے اُس طرف کئی آدمی چَھپّی والوں سے اپنی کھوپڑیوں کی مرمت کراتے رہتے ہیں۔

دن پوری طرح ڈھل چکا تھا۔ اور اجالے کا کوئی نشان باقی نہیں رہا تھا۔ اکتوبر کی گرمی میں کمی واقع نہیں ہوئی تھی۔ ہوا چل رہی تھی۔۔۔ تھکے ہوئے مسافر کی طرح۔ سیر کرنے والوں کا ہجوم زیادہ تھا۔ میرے پیچھے موٹریں ہی موٹریں کھڑی تھیں۔ بینچ بھی سب کے سب پُر تھے۔ جہاں بیٹھا کرتا تھا وہاں دو باتونی ایک گجراتی اور ایک پارسی نہ جانے کب کے جمے ہوئے تھے۔ دونوں گجراتی بولتے تھے۔ مگر مختلف لب و لہجہ سے۔ پارسی کی آواز میں دوسرے تھے۔ وہ کبھی باریک سُر میں بات کرتا تھا کبھی موٹے سُر میں۔ جب دونوں تیزی سے بولنا شروع کر دیتے تو ایسا معلوم ہوتا جیسے طوطے مینا کی لڑائی ہو رہی ہے۔

میں اُن کی لامتناہی گفتگو سے تنگ آ کر اٹھا اور ٹہلنے کی خاطر تاج محل ہوٹل کا رخ کرنے ہی والا تھا کہ سامنے سے مجھے وہ آتا دکھائی دیا۔ مجھے اُس کا نام معلوم نہیں تھا۔ اِس لیے میں اُسے پکار نہ سکا۔ لیکن جب اُس نے مجھے دیکھا۔ تو اُس کی نگاہیں ساکن ہو گئیں۔ جیسے اُسے وہ چیز مل گئی ہو جس کی اُسے تلاش تھی۔ کوئی بینچ خالی نہیں تھا۔ اِس لیے میں نے اُس سے کہا، ''آپ سے بہت دیر کے بعد ملاقات ہوئی۔۔۔ چلیے سامنے ریستوران میں بیٹھتے ہیں، یہاں کوئی بینچ خالی نہیں۔''

اُس نے رسمی طور پر چند باتیں کیں اور میرے ساتھ ہو لیا۔ چند گزوں کا فاصلہ طے کرنے کے بعد ہم دونوں ریستوران میں بید کی کرسیوں پر بیٹھ گئے۔ چائے کا آرڈر دے کر میں نے اُس کی طرف سگریٹوں کا ٹین بڑھا دیا۔ اتفاق کی بات ہے۔ میں نے اُسی روز دس روپے دے کر ڈاکٹر اولکر سے مشورہ لیا تھا۔ اور اُس نے مجھ سے کہا تھا کہ اوّل تو سگریٹ پینا ہی موقوف کر دو۔ اور اگر تم ایسا نہیں کر سکتے تو اچھے سگریٹ پیا کرو۔ مثال کے طور پر پانچ سو پچپن۔۔۔ چنانچہ میں نے ڈاکٹر کے کہنے کے مطابق یہ ٹین اُسی شام خریدا تھا۔ اس نے ڈبے کی طرف غور سے دیکھا۔ پھر میری طرف نگاہیں اٹھائیں، کچھ کہنا چاہا مگر خاموش رہا۔ میں ہنس پڑا۔ ''آپ یہ نہ سمجھیے گا کہ میں نے آپ کے کہنے پر یہ سگریٹ پینا شروع کیے ہیں۔۔۔ اتفاق کی بات ہے کہ آج مجھے بھی ڈاکٹر اولکر کے پاس جانا پڑا۔ کیونکہ کچھ دنوں سے میرے سینے میں درد ہو رہا ہے چنانچہ اُس نے مجھ سے کہا کہ یہ سگریٹ پیا کرو لیکن بہت کم۔۔۔'' میں نے یہ کہتے ہوئے اُس کی

طرف دیکھااور محسوس کیا کہ اُس کو میری یہ باتیں ناگوار معلوم ہوئی ہیں۔ چنانچہ مَیں نے فوراً عجیب سے وہ نسخہ نکالا جو ڈاکٹر ارو لکر نے مجھے لکھ کر دیا تھا۔ یہ کاغذ میز پر مَیں نے اُس کے سامنے رکھ دیا، ''یہ عبارت مجھ سے پڑھی تو نہیں جاتی۔ مگر ایسا معلوم ہوتا ہے کہ ڈاکٹر صاحب نے وٹامن کا سارا خاندان اِس نسخے میں جمع کر دیا ہے۔''

اُس کاغذ کو جس پر اُبھرے ہوئے کالے کالے حروف میں ڈاکٹر ارو لکر کا نام اور پتہ مُندرَج تھا اور تاریخ بھی لکھی ہوئی تھی۔ اُس نے چور نگاہوں سے دیکھااور وہ اِضطِراب جو اُس کے چہرے پر پیدا ہو گیا تھا فوراً دُور ہو گیا۔ چنانچہ اُس نے مسکرا کر کہا، ''کیا وجہ ہے کہ اکثر لکھنے والوں کے اندر وٹامنز جلد ختم ہو جاتی ہیں؟'' مَیں نے جواب دیا، ''اِس لیے کہ اُنہیں کھانے کو کافی نہیں ملتا۔ کام زیادہ کرتے ہیں۔ لیکن اجرت بہت کم ملتی ہے۔''

اِس کے بعد چائے آ گئی اور دوسری باتیں شروع ہو گئیں۔

پہلی ملاقات اور اِس ملاقات میں غالباً ڈھائی مہینے کا فاصلہ تھا۔ اُس کے چہرے کا رنگ پہلے سے زیادہ پیلا تھا۔ آنکھوں کے گرد سیاہ حلقے پیدا ہو رہے تھے۔ اُسے غالباً کوئی تکلیف تھی جس کا احساس اُسے ہر وقت رہتا تھا۔ کیونکہ باتیں کرتے کرتے بعض اوقات وہ ٹھہر جاتا۔ اور اُس کے ہونٹوں میں سے غیر اِرادی طور پر آہ نکل جاتی۔ اگر ہنسنے کی کوشش بھی کرتا تو اُس کے ہونٹوں میں زندگی پیدا نہیں ہوتی تھی۔ مَیں نے یہ کیفیت دیکھ کر اُس سے اچانک طور پر پوچھا، ''آپ اداس کیوں ہیں؟''

''اداس۔۔۔اداس'' ایک پھیکی سی مسکراہٹ جو اُن مرنے والوں کے لبوں پر پیدا ہوا کرتی ہے جو ظاہر کرنا چاہتے ہیں کہ وہ موت سے خائف نہیں، اُس کے ہونٹوں پر پھیلی۔ ''مَیں اداس نہیں ہوں۔ آپ کی طبیعت اداس ہو گی۔'' یہ کہہ کر اُس نے ایک ہی گھونٹ میں چائے کی پیالی خالی کر دی اور اُٹھ کھڑا ہوا، ''اچھا تو مَیں اجازت چاہتا ہوں۔۔۔ایک ضروری کام سے جانا ہے۔''

مجھے یقین تھا کہ اُسے کسی ضروری کام سے نہیں جانا ہے۔ مگر مَیں نے اُسے نہ روکا اور جانے دیا۔ اِس دفعہ پھر اُس کا نام دریافت نہ کر سکا۔ لیکن اتنا پتہ چل گیا کہ وہ ذہنی اور رُوحانی طور پر بے حد پریشان تھا۔ وہ اداس تھا۔ بلکہ یوں کہیے کہ اداسی اُس کے رگ و ریشہ میں سرایت کر چکی تھی۔ مگر وہ نہیں چاہتا تھا کہ اُس کی اداسی کا دوسروں کو علم ہو۔ وہ دو زندگیاں بسر کرنا چاہتا تھا۔ ایک وہ جو حقیقت تھی اور ایک وہ جس کی تخلیق میں ہر گھڑی، ہر لمحہ مصروف رہتا تھا۔ لیکن اُس کی زندگی کے یہ دونوں پہلو ناکام تھے۔ کیوں؟ یہ

مجھے معلوم نہیں۔

اُس سے تیسری مرتبہ میری ملاقات پھر اپولو بندر پر ہوئی۔ اِس دفعہ مَیں اُسے اپنے گھر لے گیا۔ راستے میں ہماری کوئی بات چیت نہ ہوئی لیکن گھر پر اُس کے ساتھ بہت سی باتیں ہوئیں۔ جب وہ میرے کمرے میں داخل ہوا تو اُس کے چہرے پر چند لمحات کے لیے اُداسی چھا گئی۔ مگر وہ فوراً سنبھل گیا۔ اور اُس نے اپنی عادت کے خلاف اپنے آپ کو بہت تروتازہ اور باتونی ظاہر کرنے کی کوشش کی۔ اُس کو اِس حالت میں دیکھ کر مجھے اُس پر اور بھی ترس آ گیا۔ وہ ایک موت جیسی یقینی حقیقت کو جھٹلا رہا تھا۔ اور مزا یہ ہے کہ اِس خود فریبی سے کبھی کبھی وہ مطمئن بھی نظر آتا تھا۔

باتوں کے دوران میں اُس کی نظر میرے میز پر پڑی۔ شیشے کے فریم میں اُس کو ایک لڑکی کی تصویر نظر آئی۔ اُٹھ کر اس نے تصویر کی طرف جاتے ہوئے کہا، ''کیا میں آپ کی اجازت سے یہ تصویر دیکھ سکتا ہوں۔'' مَیں نے کہا، ''بصد شوق۔'' اُس نے تصویر کو ایک نظر دیکھا اور دیکھ کر کرسی پر بیٹھ گیا۔ اچھی خوبصورت لڑکی ہے ۔۔۔ میں سمجھتا ہوں کہ آپ کی ۔۔۔''

''جی نہیں ۔۔۔ ایک زمانہ ہوا۔ اِس سے محبت کرنے کا خیال میرے دل میں پیدا ہوا تھا۔ بلکہ یوں کہیے کہ تھوڑی سی محبت میرے دل میں پیدا بھی ہو گئی تھی۔ مگر افسوس ہے کہ اُس کو اِس کی خبر تک نہ ہوئی۔ اور میں ۔۔۔ میں ۔۔۔ نہیں، بلکہ وہ بیاہ دی گئی ۔۔۔ یہ تصویر میری پہلی محبت کی یادگار ہے جو اچھی طرح پیدا ہونے سے پہلے ہی مر گئی ۔۔۔''

''یہ آپ کی محبت کی یادگار ہے ۔۔۔ اِس کے بعد تو آپ نے اور بھی بہت سے رومان لڑائے ہوں گے۔'' اُس نے اپنے خشک ہونٹوں پر زبان پھیری۔ ''یعنی آپ کی زندگی میں تو کئی ایسی ناکمل اور مکمل محبتیں موجود ہوں گی۔''

مَیں کہنے ہی والا تھا کہ جی نہیں خاکسار بھی محبت کے معاملے میں آپ جیسا بنجر ہے۔ مگر جانے کیوں یہ کہتا کہتا رُک گیا۔ اور خواہ مخواہ جھوٹ بول دیا۔ ''جی ہاں ۔۔۔ ایسے سلسلے ہوتے رہتے ہیں ۔۔۔ آپ کی کتابِ زندگی بھی تو ایسے واقعات سے بھر پور ہو گی۔''

وہ کچھ نہ بولا اور بالکل خاموش ہو گیا۔ جیسے کسی گہرے سمندر میں غوطہ لگا گیا ہے۔ دیر تک جب وہ اپنے خیالات میں غرق رہا اور میں اُس کی خاموشی سے اداس ہونے لگا۔ تو مَیں نے کہا، ''اجی حضرت! آپ کن خیالات میں کھو گئے؟'' وہ چونک پڑا، ''مَیں ۔۔۔ مَیں ۔۔۔ کچھ نہیں مَیں ایسے ہی کچھ سوچ رہا تھا۔''

میں نے پوچھا، ''کوئی بیتی کہانی یاد آگئی۔۔۔کوئی بچھڑا ہوا سپنا مل گیا۔۔۔پرانے زخم ہرے ہوگئے؟''

''زخم۔۔۔پرانے۔۔۔زخم۔۔۔کئی زخم نہیں۔۔۔صرف ایک ہی ہے، بہت گہرا، بہت کاری۔۔۔اور زخم مَیں چاہتا بھی نہیں۔ایک ہی زخم کافی ہے،''

یہ کہہ کر وہ اُٹھ کھڑا ہوا۔اور میرے کمرے میں ٹہلنے کی کوشش کرنے لگا۔کیونکہ اُس چھوٹی سی جگہ میں جہاں کرسیاں، میز اور چارپائی سب کچھ پڑا تھا۔ٹہلنے کے لیے کوئی جگہ نہیں تھی۔میز کے پاس اُسے رکنا پڑا۔تصویر کو اب کی دفعہ گہری نظروں سے دیکھا اور کہا، ''اِس میں اور اُس میں کتنی مشابہت ہے۔۔۔مگر اُس کے چہرے پر ایسی شوخی نہیں تھی۔اُس کی آنکھیں بڑی تھیں۔مگر اُن آنکھوں کی طرح اِن میں شرارت نہیں تھی۔وہ فکرمند آنکھیں تھیں۔ایسی آنکھیں جو دیکھتی بھی ہیں اور سمجھتی بھی ہیں۔''یہ کہتے ہوئے اُس نے ایک سرد آہ بھری اور کرسی پر بیٹھ گیا۔موت بالکل ناقابلِ فہم چیز ہے۔خاص طور پر اُس وقت جب کہ یہ جوانی میں آئے۔۔۔مَیں سمجھتا ہوں کہ خدا کے علاوہ ایک طاقت اور بھی ہے جو بڑی حاسد ہے۔جو کسی کو خوش دیکھنا نہیں چاہتی۔۔۔مگر چھوڑیے اِس قصّے کو۔''

مَیں نے اُس سے کہا، ''نہیں نہیں، آپ سناتے جایئے۔۔۔لیکن اگر آپ ایسا مناسب سمجھیں۔۔۔سچ پوچھیے تو میں یہ سمجھ رہا تھا کہ آپ نے کبھی محبت کی ہی نہ ہوگی۔''

''یہ آپ نے کیسے سمجھ لیا کہ مَیں نے کبھی محبت کی ہی نہیں اور ابھی تو آپ کہہ رہے تھے کہ میری کتاب زندگی ایسے کئی واقعات سے بھری پڑی ہوگی۔''یہ کہہ کر اُس نے میری طرف سوالیہ نگاہوں سے دیکھا۔

''میں نے اگر محبت نہیں کی تو یہ دُکھ میرے دل میں کہاں سے پیدا ہو گیا ہے؟ مَیں نے اگر محبت نہیں کی تو میری زندگی کو یہ روگ کہاں سے چمٹ گیا ہے؟ میں روز بروز موم کی طرح کیوں پگھلا جا رہا ہوں؟''

بظاہر یہ تمام سوال وہ مجھ سے کر رہا تھا۔مگر دراصل وہ سب کچھ اپنے آپ ہی سے پوچھ رہا تھا۔

مَیں نے کہا، ''مَیں نے جھوٹ بولا تھا کہ آپ کی زندگی میں ایسے کئی واقعات ہوں گے۔مگر آپ نے بھی جھوٹ بولا تھا کہ مَیں اداس نہیں ہوں اور مجھے کوئی روگ نہیں ہے۔۔۔کسی کے دل کا حال جاننا آسان بات نہیں ہے، آپ کی اداسی کی اور بہت سی وَجہیں ہو سکتی ہیں۔مگر جب تک آپ خود نہ بتائیں مَیں کسی نتیجے پر کیسے پہنچ سکتا ہوں۔۔۔اِس میں کوئی شک نہیں کہ آپ واقعی روز بروز کمزور ہوتے جا رہے ہیں۔آپ کو یقیناً بہت بڑا صدمہ پہنچا ہے اور۔۔۔اور۔۔۔مجھے آپ سے ہمدردی ہے۔''

''ہمدردی۔۔۔''اُس کی آنکھوں میں آنسو آ گئے۔''مجھے کسی کی ہمدردی کی ضرورت نہیں اِس لیے کہ

ہمدردی اُسے واپس نہیں لاسکتی۔۔۔اُس عورت کو موت کی گہرائیوں سے نکال کر میرے حوالے نہیں کر
سکتی جس سے مجھے پیار تھا۔ آپ نے محبت نہیں کی۔ مجھے یقین ہے، آپ نے محبت نہیں کی، اِس لیے کہ
اُس کی ناکامی نے آپ پر کوئی داغ نہیں چھوڑا۔ میری طرف دیکھیے۔۔''۔ یہ کہہ کر اس نے خود اپنے آپ
کو دیکھا۔ ''کوئی جگہ آپ کو ایسی نہیں ملے گی جہاں میری محبت کے نقش موجود نہ ہوں۔۔۔میرا وجود
خود اُس محبت کی ٹوٹی ہوئی عمارت کا ملبہ ہے۔۔۔میں آپ کو یہ داستان کیسے سناؤں اور کیوں سناؤں جب
کہ آپ اسے سمجھ ہی نہیں سکیں گے۔۔۔کسی کا یہ کہہ دینا کہ میری ماں مر گئی ہے آپ کے دل پر وہ اثر پیدا
نہیں کر سکتا جو موت کا بیٹے نے بیٹے پر کیا تھا۔۔۔میری داستان محبت آپ کو۔۔۔کسی کو بھی بالکل معمولی معلوم ہو
گی مگر مجھ پر جو اثر ہوا ہے اِس سے کوئی بھی آگاہ نہیں ہو سکتا۔ اِس لیے کہ محبت میں نے کی ہے اور سب
کچھ صرف مجھی پر گزرا ہے۔۔''۔

یہ کہہ کر وہ خاموش ہو گیا۔ اُس کے حلق میں تلخی پیدا ہو گئی تھی۔ کیونکہ وہ بار بار تھوک نگلنے کی کوشش کر رہا تھا۔

''کیا وہ آپ کو دھوکا دے کر گئی۔''، میں نے اس سے پوچھا، ''یا کچھ اور حالات تھے؟''

''دھوکا۔۔۔وہ دھوکا دے ہی نہیں سکتی تھی۔ خدا کے لیے دھوکا نہ کہیے۔ وہ عورت نہیں فرشتہ تھی۔ مگر بُرا
ہو اُس موت کا جو ہمیں خوش نہ دیکھ سکی۔ اور اُسے ہمیشہ کے لیے اپنے پروں میں سمیٹ کر لے گئی۔۔۔
آہ! آپ نے میرے دل پر خراشیں پیدا کر دی ہیں۔ سنیے۔۔۔سنیے، میں آپ کو دردناک داستان کا کچھ
حصہ سناتا ہوں۔۔۔وہ ایک بڑے اور امیر گھرانے کی لڑکی تھی جس زمانے میں اُس کی اور میری پہلی ملاقات
ہوئی۔ میں اپنے باپ دادا کی ساری جائداد عیاشیوں میں برباد کر چکا تھا۔ میرے پاس ایک کوڑی بھی نہیں
تھی۔ پھر بمبئی چھوڑ کر میں لکھنو چلا آیا۔ اپنی موٹر چونکہ میرے پاس ہوا کرتی تھی۔ اس لیے میں صرف
موٹر چلانے کا کام جانتا تھا۔ چنانچہ میں نے اِسی کو اپنا پیشہ قرار دینے کا فیصلہ کیا۔ پہلی ملازمت مجھے ڈپٹی
صاحب کے یہاں ملی۔ جن کی اکلوتی لڑکی تھی۔۔۔''، یہ کہتے کہتے وہ اپنے خیالات میں کھو گیا۔ اور دفعتاً
چپ ہو گیا، میں بھی خاموش رہا۔

تھوڑی دیر بعد وہ پھر چونکا اور کہنے لگا۔

''میں کیا کہہ رہا تھا؟''

''آپ ڈپٹی صاحب کے یہاں ملازم ہو گئے۔''

''ہاں وہ اُنہی ڈپٹی صاحب کی اکلوتی لڑکی تھی ہر روز صبح نو بجے میں زہرہ کو موٹر میں اسکول لے جایا کرتا

تھا۔ وہ پردہ کرتی تھی مگر موٹر ڈرائیور سے کوئی کب تک چھپ سکتا ہے۔ مَیں نے اسے دوسرے روز ہی دیکھ لیا۔۔۔وہ صرف خوبصورت ہی نہیں تھی۔ اُس میں ایک خاص بات بھی تھی۔۔۔بڑی سنجیدہ اور متین لڑکی تھی۔ اُس کی سیدھی مانگ نے اُس کے چہرے پر ایک خاص قسم کا وقار پیدا کر دیا تھا۔۔۔وہ۔۔۔مَیں کیا عرض کروں وہ کیا تھی۔ میرے پاس الفاظ نہیں ہیں کہ میں اُس کی صورت اور سیرت بیان کر سکوں۔۔۔''

بہت دیر تک وہ اپنی زہرہ کی خوبیاں بیان کرتا رہا۔ اس دوران میں اُس نے کئی مرتبہ اُس کی تصویر کھینچنے کی کوشش کی۔ مگر ناکام رہا۔ ایسا معلوم ہوتا تھا کہ خیالات اُس کے دماغ میں ضرورت سے زیادہ جمع ہو گئے ہیں۔ کبھی کبھی بات کرتے کرتے اُس کا چہرہ تمتما اٹھتا۔ لیکن پھر اداسی چھا جاتی۔ اور وہ آہوں میں گفتگو کرنا شروع کر دیتا۔۔۔وہ اپنی داستان بہت آہستہ آہستہ سنا رہا تھا۔ جیسے خود بھی مزا لے رہا ہو۔ ایک ایک ٹکڑا جوڑ کر اُس نے ساری کہانی پوری کی جس کا ماحصل یہ تھا۔

زہرہ سے اُسے بے پناہ محبت ہو گئی۔ کچھ دن تو موقع پا کر اُس کا دیدار کرنے اور طرح طرح کے منصوبے باندھنے میں گزر گئے۔ مگر جب مَیں نے سنجیدگی سے اُس محبت پر غور کیا تو خود کو زہرہ سے بہت دور پایا۔ ایک موٹر ڈرائیور اپنے آقا کی لڑکی سے محبت کیسے کر سکتا ہے؟ چنانچہ جب اس تلخ حقیقت کا احساس اس کے دل میں پیدا ہوا تو وہ مغموم رہنے لگا۔ لیکن ایک دن اس نے بڑی جرات سے کام لیا، کاغذ کے ایک پُرزے پر اس نے زہرہ کو چند سطریں لکھیں۔۔۔یہ سطریں مجھے یاد ہیں۔

''زہرہ! میں اچھی طرح جانتا ہوں کہ تمہارا نوکر ہوں! تمہارے والد صاحب مجھے تیس روپے ماہوار دیتے ہیں۔ مگر مَیں تم سے محبت کرتا ہوں۔۔۔مَیں کیا کروں، کیا نہ کروں، میری سمجھ میں نہیں آتا۔۔۔''

یہ سطریں کاغذ پر لکھ کر اُس نے کاغذ اُس کی کتاب میں رکھ دیا۔ دوسرے روز جب وہ اسے موٹر میں اسکول لے گیا۔ تو اس کے ہاتھ کانپ رہے تھے۔ ہینڈل کئی بار اس کی گرفت سے نکل نکل گیا۔ مگر خدا کا شکر ہے کہ کوئی ایکسیڈنٹ نہ ہوا۔ اُس روز اُس کی کیفیت عجیب رہی۔ شام کو جب وہ زہرہ کو اسکول سے واپس لا رہا تھا۔ تو راستے میں اُس لڑکی نے موٹر روکنے کے لیے کہا۔ اُس نے جب موٹر روک لی تو زہرہ نے نہایت سنجیدگی کے ساتھ کہا، ''دیکھو نعیم آئندہ تم ایسی حرکت بھی نہ کرنا۔ مَیں نے ابھی تک اباجی سے تمہارے اس خط کا ذکر نہیں کیا جو تم نے میری کتاب میں رکھ دیا تھا۔ لیکن اگر پھر تم نے ایسی حرکت کی۔ تو مجبوراً اُن سے شکایت کرنا پڑے گی۔ سمجھے۔۔۔چلو اب موٹر چلاؤ۔''

اس گفتگو کے بعد اُس نے بہت کوشش کی کہ ڈپٹی صاحب کی نوکری چھوڑ دے اور زہرہ کی محبت کو اپنے

دل سے ہمیشہ کے لیے مٹا دے مگر وہ کام یاب نہ ہوسکا۔ ایک مہینہ اسی کشمکش میں گزر گیا۔ ایک روز اُس نے پھر جرأت سے کام لے کر خط لکھا اور زہرہ کی ایک کتاب میں رکھ کر اپنی قسمت کے فیصلے کا انتظار کرنے لگا۔ اُسے یقین تھا کہ دوسرے روز صبح کو اسے نوکری سے برطرف کردیا جائے گا۔ مگر ایسا نہ ہوا۔ شام کو اسکول سے واپس آتے ہوئے زہرہ اُس سے ہم کلام ہوئی۔ ایک بار پھر اُس کو ایسی حرکتوں سے باز رہنے کے لیے کہا، ''اگر تمہیں اپنی عزت کا خیال نہیں تو کم از کم میری عزت کا تو کچھ خیال تمہیں ہونا چاہیے'' یہ اُس نے ایک بار پھر، اسے کچھ اس سنجیدگی اور متانت سے کہا کہ نعیم کی ساری امیدیں فنا ہوگئیں۔ اور اُس نے قصد کرلیا کہ وہ نوکری چھوڑ دے گا۔ اور لکھنؤ سے ہمیشہ کے لیے چلا جائے گا۔ مہینے کے اخیر میں نوکری چھوڑنے سے پہلے اُس نے اپنی کوٹھری میں لالٹین کی مدھم روشنی میں زہرہ کو آخری خط لکھا۔ اس میں اُس نے نہایت درد بھرے لہجے میں اُس سے کہا، ''زہرہ! مَیں نے بہت کوشش کی کہ مَیں تمہارے کہے پر عمل کرسکوں مگر دل پر میرا اختیار نہیں ہے۔ یہ میرا آخری خط ہے۔ کل شام کو مَیں لکھنؤ چھوڑ دوں گا۔ اِس لیے تمہیں اپنے والد صاحب سے کچھ کہنے کی ضرورت نہیں۔ تمہاری خاموشی میری قسمت کا فیصلہ کر دے گی۔ مگر یہ خیال نہ کرنا کہ تم سے دور رہ کر تم سے محبت نہیں کروں گا۔ مَیں جہاں کہیں بھی رہوں گا۔ میرا دل تمہارے قدموں میں ہو گا۔۔۔ مَیں ہمیشہ اِن دنوں کو یاد کرتا رہوں گا۔ جب مَیں موٹر آہستہ آہستہ چلاتا تھا کہ تمہیں دھکا نہ لگے۔۔۔ مَیں اِس کے سوا اور تمہارے لیے کر ہی کیا سکتا تھا۔۔۔''

یہ خط بھی اُس نے موقع پا کر اُس کتاب میں رکھ دیا۔ صبح کو زہرہ نے اسکول جاتے ہوئے اُس سے کوئی بات نہ کی۔ اور شام کو بھی راستے میں اُس نے کچھ نہ کہا۔ چنانچہ وہ بالکل ناامید ہو کر اپنی کوٹھری میں چلا آیا۔ جو تھوڑا بہت اسباب اُس کے پاس تھا باندھ کر اُس نے ایک طرف رکھ دیا۔ اور لالٹین کی اندھی روشنی میں چارپائی پر بیٹھ کر سوچنے لگا کہ زہرہ اور اُس کے درمیان کتنا بڑا فاصلہ ہے۔

وہ بے حد مغموم تھا۔ اپنی پوزیشن سے اچھی طرح واقف تھا۔ اُسے اِس بات کا احساس تھا کہ وہ ایک ادنٰی درجے کا ملازم ہے اور اپنے آقا کی لڑکی سے محبت کرنے کا کوئی حق نہیں رکھتا۔ لیکن اِس کے باوجود کبھی کبھی بے اختیار اُس سے محبت کرتا ہے تو اس میں اُس کا کیا قصور ہے اور پھر اُس کی محبت فریب تو نہیں۔ وہ اُسی ادھیڑ بن میں تھا کہ آدھی رات کے قریب اُس کی کوٹھری کے دروازے پر دستک ہوئی۔ اُس کا دل دھک سے رہ گیا۔ لیکن پھر اُس نے خیال کیا کہ مالی ہو گا۔ ممکن ہے اُس کے گھر میں کوئی ایکا ایکی بیمار پڑ گیا ہو اور وہ اُس سے مدد لینے کے لیے آیا ہو۔ لیکن جب اُس نے دروازہ کھولا تو زہرہ سامنے

کھڑی تھی۔۔۔جی ہاں زہرہ۔۔۔دسمبر کی سردی میں شال کے بغیر وہ اُس کے سامنے کھڑی تھی۔ اُس کی زبان گنگ ہو گئی۔ اُس کی سمجھ میں نہیں آتا تھا کیا کہے، چند لمحات قبر کی سی خاموشی میں گزر گئے۔ آخر زہرہ کے ہونٹ وا ہوئے اور تھرتھراتے ہوئے لہجے میں اُس نے کہا، ''نعیم میں تمہارے پاس آ گئی ہوں۔ بتاؤ اب تم کیا چاہتے ہو۔۔۔لیکن اُس سے پہلے کہ تمہاری اِس کوٹھری میں داخل ہوں، میں تم سے چند سوال کرنا چاہتی ہوں۔''

نعیم خاموش رہا۔ لیکن زہرہ اُس سے پوچھنے لگی، ''کیا واقعی تم مجھ سے محبت کرتے ہو؟''

نعیم کو جیسے ٹھیس سی لگی۔ اُس کا چہرہ تمتما اٹھا۔ ''زہرہ تم نے ایسا سوال کیا ہے جس کا جواب اگر میں دوں تو میری محبت کی توہین ہو گی۔۔۔میں تم سے پوچھتا ہوں۔'' ''کیا میں محبت نہیں کرتا؟''

زہرہ نے اُس سوال کا جواب نہ دیا۔ اور تھوڑی دیر خاموش رہ کر اپنا دوسرا سوال کیا۔ ''میرے باپ کے پاس دولت ہے، مگر میرے پاس ایک پھوٹی کوڑی بھی نہیں، جو کچھ میرا کہا جاتا ہے میرا نہیں ہے، اُن کا ہے۔ کیا تم مجھے دولت کے بغیر بھی ویسا ہی عزیز سمجھو گے؟''

نعیم بہت جذباتی آدمی تھا۔ چنانچہ اِس سوال نے بھی اُس کے وقار کو زخمی کیا، بڑے دکھ بھرے لہجے میں اُس نے زہرہ سے کہا، ''زہرہ خدا کے لیے مجھ سے ایسی باتیں نہ پوچھو جن کا جواب اس قدر عام ہو چکا ہے کہ تمہیں تھرڈ کلاس عشقیہ ناولوں میں بھی مل سکتا ہے۔'' زہرہ اُس کی کوٹھری میں داخل ہو گئی۔ اور اُس کی چارپائی پر بیٹھ کر کہنے لگی۔ ''میں تمہاری ہوں اور ہمیشہ تمہاری رہوں گی۔''

زہرہ نے اپنا قول پورا کیا جب دونوں لکھنو چھوڑ کر دہلی چلے آئے اور شادی کر کے ایک چھوٹے سے مکان میں رہنے لگے۔ تو ڈپٹی صاحب ڈھونڈتے ڈھونڈتے وہاں پہنچ گئے۔ نعیم کو نوکری مل گئی تھی۔ اِس لیے وہ گھر میں نہیں تھا۔ ڈپٹی صاحب نے زہرہ کو بہت بُرا بھلا کہا۔ اُن کی ساری عزت خاک میں مل گئی تھی۔ وہ چاہتے تھے کہ زہرہ نعیم کو چھوڑ دے اور جو کچھ ہو چکا ہے اُسے بھول جائے۔ وہ نعیم کو دو تین ہزار روپیہ دینے کے لیے بھی تیار تھے۔ مگر اُنہیں ناکام لوٹنا پڑا۔ اِس لیے کہ زہرہ نعیم کو کسی قیمت پر بھی چھوڑنے کے لیے تیار نہ ہوئی۔ اُس نے اپنے باپ سے کہا، ''اباّ جی! میں نعیم کے ساتھ بہت خوش ہوں۔ آپ اُس سے اچھا شوہر میرے لیے کبھی تلاش نہیں کر سکتے۔ میں اور وہ آپ سے کچھ نہیں مانگتے۔ اگر آپ ہمیں دعائیں دے سکیں تو ہم آپ کے ممنون ہوں گے۔''

ڈپٹی صاحب نے جب یہ گفتگو سنی تو بہت خشم آلودہ ہوئے؟۔ انہوں نے نعیم کو قید کرا دینے کی دھمکی بھی

دی مگر زہرہ نے صاف صاف کہہ دیا، ''اباجی! اِس میں نعیم کا کیا قصور ہے۔ سچ تو یہ ہے کہ ہم دونوں بے قصور ہیں۔ البتہ ہم ایک دوسرے سے محبت ضرور کرتے ہیں اور وہ میرا شوہر ہے۔۔۔۔ یہ کوئی قصور نہیں ہے میں نابالغ نہیں ہوں۔''

ڈپٹی صاحب عقل مند تھے، فوراً سمجھ گئے کہ جب اُن کی بیٹی ہی رضامند ہے تو نعیم پر کیسے جرم عائد ہو سکتا ہے۔ چنانچہ وہ زہرہ کو ہمیشہ کے لیے چھوڑ کر چلے گئے۔ کچھ عرصے کے بعد ڈپٹی صاحب نے مختلف لوگوں کے ذریعے سے نعیم پر دباؤ ڈالنے اور اُس کو روپے پیسے سے لالچ دینے کی کوشش کی مگر ناکام رہے۔

دونوں کی زندگی بڑے مزے میں گزر رہی تھی۔ گو نعیم کی آمدنی بہت ہی کم تھی اور زہرہ کو جو ناز و نعم میں پلی تھی، بدن پر کھُردرے کپڑے پہننے پڑتے تھے۔ اور اپنے ہاتھ سے سب کام کرنے پڑتے تھے۔ مگر وہ خوش تھی۔ اور خود کو ایک نئی دنیا میں پاتی تھی۔ وہ بہت سُکھی تھی۔۔۔۔ بہت سُکھی تھی۔ نعیم بھی بہت خوش تھا۔ لیکن ایک روز خدا کا کرنا ایسا ہوا کہ زہرہ کے سینے میں موذی درد اُٹھا اور پیشتر اس کے کہ نعیم اس کے لیے کچھ کر سکے وہ اِس دنیا سے رُخصت ہو گئی اور نعیم کی دنیا ہمیشہ کے لیے تاریک ہو گئی۔

یہ داستان اُس نے رک رک کر اور خود مزے لے لے کر قریباً چار گھنٹوں میں سنائی۔ جب وہ اپنا حالِ دل سُنا چکا۔ تو اُس کا چہرہ بجائے زرد ہونے کے تمتما اُٹھا جیسے اُس کے اندر آہستہ آہستہ کسی نے خون داخل کر دیا ہے۔ لیکن اُس کی آنکھوں میں آنسو تھے اور اُس کا حلق سُوکھ گیا تھا۔

داستان جب ختم ہوئی تو وہ فوراً اُٹھ کھڑا ہوا۔ جیسے اُسے بہت جلدی ہے اور کہنے لگا، ''میں نے بہت غلطی کی۔۔۔۔ جو آپ کو اپنی داستانِ محبت سنا دی۔۔۔۔ میں نے بہت غلطی کی۔۔۔۔ زہرہ کا ذکر صرف مجھی تک محدود رہنا چاہیے تھا۔۔۔۔ لیکن۔۔۔۔ اُس کی آواز بھرّا گئی۔۔۔۔ میں زندہ ہوں اور وہ۔۔۔۔ وہ۔۔۔۔ اِس سے آگے وہ کچھ نہ کہہ سکا اور جلدی سے میرا ہاتھ دبا کر کمرے سے باہر چلا گیا۔

نعیم سے پھر میری ملاقات نہ ہوئی۔ اپولو بندر پر کئی مرتبہ اُس کی تلاش میں گیا۔ مگر وہ نہ ملا۔ چھ یا سات مہینے کے بعد اُس کا ایک خط مجھے ملا۔ جو میں یہاں پر نقل کر رہا ہوں۔

صاحب!

آپ کو یاد ہو گا۔ میں نے آپ کے مکان پر اپنی داستانِ محبت سنائی تھی۔ وہ محض فسانہ تھا۔ ایک جھوٹا فسانہ۔ کوئی زہرہ ہے نہ نعیم۔۔۔۔ میں ویسے موجود تو ہوں مگر وہ نعیم نہیں ہوں جس نے زہرہ سے محبت کی تھی۔ آپ نے ایک بار کہا تھا کہ بعض لوگ ایسے بھی ہوتے ہیں جو محبت کے معاملے میں بانجھ ہوتے ہیں۔ میں

بھی اُن بدقسمت آدمیوں میں سے ایک ہوں جس کی ساری جوانی اپنا دل پُر چانے میں گزر گئی۔ زہرہ سے نعیم کی محبت ایک دِلی بہلاوا تھا اور زہرہ کی موت۔۔۔۔ مَیں ابھی تک نہیں سمجھ سکا کہ مَیں نے اُسے کیوں مار دیا۔ بہت ممکن ہے کہ اِس میں بھی میری زندگی کی سیاہی کا دخل ہو۔

مجھے معلوم نہیں آپ نے میرے افسانے کو جھوٹا سمجھا یا سچا لیکن مَیں آپ کو ایک عجیب و غریب بات بتاتا ہوں کہ مَیں نے۔۔۔ یعنی اِس جھوٹے افسانے کے خالق نے اِس کو بالکل سچا سمجھا۔ سو فیصدی حقیقت پر مبنی۔ مجھے ایسا محسوس ہوا کہ مَیں نے واقعی زہرہ سے محبت کی ہے اور وہ سچ مچ مر چکی ہے۔ آپ کو یہ سن کر اور بھی تعجب ہو گا کہ جیسے جیسے وقت گزرتا گیا۔ اِس افسانے کے اندر حقیقت کا عنصر زیادہ ہوتا گیا۔ اور زہرہ کی آواز، اُس کی ہنسی بھی میرے کانوں میں گونجنے لگی۔ مَیں اُس کے سانس کی گرمی تک محسوس کرنے لگا۔ افسانے کا ہر ذرہ جان دار ہو گیا اور مَیں نے۔۔۔۔ اور مَیں نے یوں اپنی قبر اپنے ہاتھوں سے کھودی۔ زہرہ فسانہ نہ سہی مگر مَیں تو فسانہ ہوں۔ وہ مر چکی ہے۔ اِس لیے مجھے بھی مر جانا چاہیے۔ یہ خط آپ کو میری موت کے بعد ملے گا۔۔۔۔ الوداع۔۔۔۔ زہرہ مجھے ضرور ملے گی۔۔۔۔ کہاں! یہ مجھے معلوم نہیں۔ مَیں نے یہ چند سطور صرف اِس لیے آپ کو لکھ دی ہیں کہ آپ افسانہ نگار ہیں اگر اِس سے آپ افسانہ تیار کریں تو آپ کو سات آٹھ روپے مل جائیں گے۔ کیونکہ ایک مرتبہ آپ نے کہا تھا کہ افسانے کا معاوضہ آپ کو سات سے دس روپے تک مل جایا کرتا ہے۔ یہ میرا تحفہ ہو گا۔ اچھا الوداع۔

آپ کا ملاقاتی،

،، نعیم ،،

نعیم نے اپنے لیے زہرہ بنائی اور مر گیا۔۔۔۔ مَیں نے اپنے لیے یہ افسانہ تخلیق کیا ہے اور زندہ ہوں۔۔۔۔ یہ میری زیادتی ہے۔

More by Ghazal Sara Dot Org

Title	Description
Aankh Bhar Asman – (Hardcover , Paperback, eBook)	Adult poetry of Yawar Maajed
Aafat Ki Ziyafat – Hindi – (Hardcover, Paperback, eBook)	Children's bedtime poetry book by Yawar Maajed in Hindi
Aafat Ki Ziyafat – Urdu – (Hardcover, Paperback, eBook)	Children's bedtime poetry book by Yawar Maajed in Urdu
Kulliyat e Allama Iqbal – (Hardcover, Paperback)	Classical poetry by Sir Allama Iqbal, one of the greatest Urdu poets of the 20th century
Taar o Paud – (Paperback, eBook)	Short stories by Balwant Singh, a legendary fiction Urdu writer
Pehla Patthar – (Paperback, eBook)	Short stories by Balwant Singh, a legendary fiction Urdu writer
Manto Ke Hashiye – (Hardcover , Paperback, eBook)	Most controversial short stories by Saadat Hasan Manto, for which he was dragged in the court of law
Kulliyat e Manto – (Hardcover , Paperback, eBook)	This series comprises nine books that feature all of the short stories written by Saadat Hasan Manto throughout his career.
Kulliyat e Ghazal - Mirza Ghalib – (eBook)	Complete collection of all Ghazals of Mirza Ghalib
Kulliyat e Mir Taqi Mir – (eBook)	Complete collection of all Ghazals of Mir Taqi Mir

Purchase our books at

https://ghazalsara.org/shop

Scan the QR code below to visit the site. Our paperback and hardcover books are available on Amazon in every country that Amazon sells in. Additionally, all eBooks are available on Amazon Kindle, Apple Books for iPhone/iPad and Google Playbooks for Android platforms.